TERRES CHAUDES
Les Barcelonnettes

DES MÊMES AUTEURS

Les Barcelonnettes, « Les Jardins de l'Alameda », Éd. Jean-Claude Lattès.

Alain Dugrand :

Les dossiers noirs du racisme, Le Seuil (en collaboration).
« Jean avait la gueule en or », dans *Le retour du Je,* Éd. Galilée.
Le désemparé, Éd. Jean-Claude Lattès.

ALAIN DUGRAND
et
ANNE VALLAEYS

TERRES CHAUDES

Les Barcelonnettes

roman

JCLattès

A Fabienne, Patrice
et les enfants

« Les gringos possédaient la seconde force. Ils nous l'ont volée. Ils se sont tenus très tranquilles comme une tarentule dans son trou, puis la tarentule s'est élancée, a mordu sa victime, lui a dérobé son secret et inoculé son poison. Aussi ont-ils volé les secrets de l'air et de l'eau, et les secrets au fond de la terre. »

D.H. LAWRENCE.

I

Barcelonnette, 7 décembre 1851. L'homme se déplaçait sans un bruit dans les courants de bise de la rue Mercière. Pas un chat. Et si par malheur un passant attardé avait plongé son regard dans celui de Jean Fabre, les rêves de toute sa vie à venir seraient devenus cauchemars. Fabre le muletier portait dans ses yeux le feu du partisan, l'exaltation qui parfois transforme l'acte de l'humble en héroïsme. L'ombre se déplaçait, furtive, entre les piliers. Le pas, précis, n'épargnait pas les flaques de fange, déjà durcies par la glace qui se formait avec le gel du soir. Mais le bruit du pas était imperceptible. L'*Almanach des cultivateurs* avait prévenu : l'hiver à pierre fendre laisserait mauvais souvenir.

Le muletier se rendait à la boutique de Bastien Proal, le bottier. En habit de nuit, il filait sous les portiques à l'italienne si serrés qu'un âne bâté y eût laissé son foin. Fabre marchait vite, malgré l'immense fatigue qui lui prenait les omoplates et les épaules. Il avait galopé tout le jour dans la plaine, il avait poussé aux dernières limites l'alezan qu'il avait dessellé dans le hangar des Graviers. La pauvre bête l'avait inquiété : sa robe, son poitrail étaient carapace tant la bave et la mousse avaient gelé sur son poil. L'homme et le cheval étaient exténués.

En se glissant dans les venelles, il louait le maire de n'avoir pas installé encore les fameux quinquets à huile que le Conseil réclamait depuis des mois : les rues obscures protégeaient la course du conspirateur. Car Jean Fabre était « charbonnier », l'un de ces savants travailleurs de Provence qui auraient donné tous leurs biens pour le salut de la République que les émigrés, bourgeois d'Empire et rois de banque, avaient vidée de son sang. Ce soir de grande froidure, l'homme dans l'ombre portait la flamme au cœur. Les siens l'attendaient, et il savait qu'il faudrait sortir les pétoires. La Jeune Montagne, la société secrète qui veillait dans chaque village, dans chaque hameau, avait l'ordre de soulever la vallée de l'Ubaye. Le clocher de Barcelonnette sonnerait la cloche de la révolte.

La monarchie de Juillet s'était enfouie sous les pavés des barricades de Paris, la République de 1848, en deux jours, avait réglé son compte au roi-président. Mais bientôt, Louis Napoléon devait renier son passé, oublier qu'il avait participé, carbonaro, à une conspiration contre le pape. Crachant sur ce passé, il avait donné les gages de sa volonté aux catholiques et à leur chef Montalembert. Protecteur des bourgeois, il redonnait désormais le pouvoir à l'Église sur les provinces et sur l'école. Les députés nantis avaient bien vite fait comprendre au peuple que cette République-là n'était pas « la Sociale » qu'ils attendaient.

A Digne, Jean Fabre avait appris que dans la nuit du 1er décembre, alors qu'il donnait un bal aux Tuileries, le prince-président avait fait arrêter les questeurs de l'Assemblée nationale, quelques dizaines de députés orléanistes, légitimistes et royalistes. Le muletier aurait pu s'en réjouir, mais il avait bien vite compris qu'en guise de sauveur de la République, le Bonaparte projetait un plébiscite pour faire proroger ses pouvoirs de président pour dix ans. Et ça, c'était un coup d'État, disait la Jeune Montagne. Les déguenillés de toute la Provence, protestants ou catholiques, vaudois ou rien du tout, faillis ou pauvres comme Job, haïssaient le prince-président.

Fabre toqua au linteau de l'étal du bottier. Proal n'avait pas tiré ses volets, le muletier passa la tête par l'un des carreaux crevés de la croisée et siffla les premières notes d'une chanson. Dans la pénombre de l'atelier, il aperçut un rai de lumière et entendit les pas du vieillard. Ils se serrèrent la main et le vieux chuchota :

— Ces salopiots de collégiens ont d'abord brisé les carreaux, maintenant ils crèvent le papier huilé. Bon Dieu ! Si j'en attrape un, mon sabot lui marquera le cul pour tout l'hiver.

Fabre sourit et suivit son compagnon dans le miroir.

« L'appartement », une simple pièce, faisait office à la fois de salle à manger, de cuisine, de salon, de chambre à coucher, de fumoir et de librairie. Un bouc s'y serait senti à l'aise. Les voûtes noircies par deux siècles de vie domestique ne se distinguaient plus, mais on apprenait vite à rentrer son cou dans les épaules pour éviter les jambons séchés qui pendaient du ciel en grappes. En même temps, il fallait avancer sur la pointe des pieds pour deviner les béances du plancher d'où affleurait le gravier d'Ubaye, avec lequel on construisait depuis Noé. Dans un renfoncement — l'alcôve où dormait le vieux —, s'entassaient des piles de livres aux couvertures rapiécées, des collections de *La Feuille de vigne,* de *La Voix du peuple,* des brochures, des gravures. Sur la paillasse, l'*Almanach des opprimés* était ouvert sur un libelle assassin qui s'en prenait à l'arrêt du préfet qui avait interdit en février 1850 « d'organiser des banquets par souscription, de chanter, faire des discours ou manifestations bruyantes sur les places publiques, dans les rues, chemins, cabarets et tous lieux publics ». Sur un bahut en bois de mélèze qui n'avait jamais connu la cire, s'entassait un bric-à-brac de casseroles, de chaudrons, d'écuelles, d'outils et même de plantes médicinales, puisque le vieux avait sans cesse des maux d'intestins. Une bouillotte d'eau de thym chantonnait d'ailleurs sur le fourneau bas sur pattes, pas plus haut qu'un goret.

Ils étaient cinq, assis sur des bancs autour de la table, cinq visages soucieux, faiblement éclairés par la lueur vacillante d'une lampe-carcel à l'huile d'amande. Cinq figures à vous donner la chair de poule. Il y avait là André, le libraire de Barcelonnette, qui cachait d'une main la littérature défendue et vendait de l'autre les manuels scolaires aux maîtres du collège. Gastinel, Buff, propriétaires de moutons à Saint-Pons, Astier, le radelier du Sauze, et Gilly, l'instituteur, le plus fier ennemi des « blancs », tous « bêtes à Bon Dieu ». Le radelier, chargé d'amener à bon port le bois commandé par les négociants, le transportait par flottage sur l'Ubaye et la Durance. Il était en hivernage, tranquille pour quelques mois.

A cette heure, dans chaque maison de Barcelonnette, la veillée débutait. A tisser des bandes de laine, à carder des tontes. Les femmes cuisaient des croquants, s'occupaient, tandis que les hommes jouaient à la sixette ou au piquet ; les uns chez les autres bien au chaud, pour se donner l'impression qu'on n'est pas seul, chacun chez soi. Ensemble, en veillée, petits, riches et pauvres, quels que soient le rang et la condition, tous dans les maisons chaudes, au coin de l'âtre.

Seulement, chez Bastien Proal, les veillées n'étaient pas du même genre. Et ce soir de décembre plus particulièrement... Depuis le 4 décembre, quelques beaux esprits et sales caboches vivaient une sainte colère. Ce jeudi-là, Antonin le tambour, un fainéant qui s'était loué au sous-préfet, avait forcé sur ses baguettes au pied de la tour Cardinalis. Il avait lu une proclamation du prince-président envoyée de Digne par courrier extraordinaire s'il vous plaît...

« Au nom du peuple français, le président de la République décrète :

Article 1 — L'Assemblée nationale est dissoute.

Article 2 — Le suffrage universel est rétabli. La loi du 31 mai est abrogée.

Article 3 — Le peuple français est convoqué dans ses comices à partir du 14 décembre jusqu'au 21 décembre.

Article 4 — Le Conseil d'État est dissous.

Fait au palais de l'Élysée le 2 décembre 1851. Louis Napoléon Bonaparte. Le ministre de l'Intérieur, Morny. »

Le tambour s'était foulé d'une roulade, puis, comme s'il se prenait pour un baron d'Empire, le saoulot, fier de lire si auguste prose, poursuivit par une adresse aux Français : « la situation actuelle ne peut durer plus longtemps. Chaque jour qui s'écoule aggrave les dangers du pays. L'Assemblée, qui devait être le plus ferme appui de l'ordre, est devenue un foyer de complot. Le patriotisme de trois cents membres n'a pas arrêté ses fatales tendances. J'ai fidèlement respecté la Constitution, mais on veut me lier les mains afin de renverser la République que mon devoir est de maintenir ! Si vous avez confiance en moi, donnez-moi les moyens d'accomplir la grande mission que je tiens de vous. Cette mission consiste à fermer l'ère des révolutions en satisfaisant les besoins légitimes du peuple et en le protégeant contre les passions subversives. Consacrez les pouvoirs que je demande. Alors la France sera préservée de l'anarchie car tous les respecteront, dans l'arrêt du peuple, le décret de la Providence. »

Antonin espérait les applaudissements, un silence de mort accueillit son discours-perroquet. Personne n'était dupe, tous savaient que ces mesures félonnes annulaient de fait les élections législatives de 1852. Le vieux Proal, qui se moquait bien de garder sa langue dans la poche, fut le seul à crier :

— Il est joli, le démocrate ! Un potentat, oui, un potentat, le Poléon !

Les jours suivants, ça discuta ferme dans les étables, dans les chemins, aux veillées. Comme l'auberge de Pierre-Antoine Olivier avait été bouclée par l'ordre de l'autorité comme lieu « de rassemblement séditieux », c'est au cabaret à pot et à pinte de la grande rue que les langues se délièrent. Les moins courageux, ceux qui n'avaient rien dit quand la préfecture ordonna le décrochage du bonnet rouge de l'arbre de Mai, quand les gendarmes saisirent au collet ceux qui portaient l'insigne écarlate au revers, commencèrent à murmurer. Jusqu'aux lavandières qui allèrent de leurs jasements autour du brasero du lavoir, quand elles chauffaient leurs doigts gourds. Ça remuait dans les esprits, et chacun se repassait le poulet écrit par la main de Gilly, l'instituteur : « Article 68 de la Constitution : toute mesure par laquelle le président de la République dissout l'Assemblée nationale, la proroge ou met obstacle à l'exercice de son mandat est un crime de haute trahison. Par ce seul fait, le président est déchu de ses fonctions. » Louis Napoléon avait touché à la République ! Et même si cette République avait amené plus de tracas que de bonheur, c'était la République ! Un point c'est tout. Alors, les plus informés rendaient « les députés blancs » coupables de toutes les misères qui s'étaient abattues sur le pays depuis quelques années. Les impôts sur le sel et le vin, abolis puis rétablis par la République, c'était eux : les blancs ; les gardes forestiers qui empêchaient de paître dans les forêts communales devenues propriétés d'État, c'était encore la faute des bourgeois, des « poudrés ». Et puis, le blé, malgré une belle récolte, avait atteint son cours le plus bas depuis 1800... Alors, ils avaient connu les huissiers, les hommes de loi. L'usurier et le banquier étaient devenus les seigneurs. Ces rapaces eurent les quatre sous de Jauffred, de Faucon, et de Bellon, du Plan. Rapport à la tolérance, c'était tout comme : en Ubaye, depuis les siècles, des juifs, des Piémontais, des Vénitiens, des protestants, des vaudois, tous fuyards, avaient fait souche. Or d'un coup, tout était chamboulé à l'école normale de Barcelonnette depuis la loi Falloux de mars 1850. L'aumônier se conduisait en général, le directeur spirituel en grand inquisiteur. Le cul-blanc avait interdit l'étude de Jean-Jacques Rousseau ; quant au nom même de Voltaire, il était proscrit. On punissait de la badine les contrevenants. Les maîtres d'école et les bacheliers n'avaient plus le droit de dispenser des leçons particulières, et les curés voulaient, à l'improviste, entendre les cours des instituteurs. Mieux, les maîtres barbus reçurent l'ordre d'aller chez le barbier : le menton poilu était un insigne de mauvais esprit, l'attribut des démocrates radicaux. On révoqua un professeur d'histoire aux idées avancées. Bref, c'était, disait Gilly, « l'âge des cavernes ». Les journées studieuses étaient toutes occupées par l'étude de l'histoire sainte et des Évangiles ; les gaillards du département, fils de colporteurs, de coureurs de montagne, se devaient de réciter par cœur des phrases latines apprises dans le psautier. Les adolescents sauvages durent fonder une chorale pour chanter aux vêpres, aux prières du dimanche, aux prêches extraordinaires, aux retraites, aux messes du jeudi matin, aux offices de Carême... L'école de la République était devenue séminaire ! Et dire que c'était un Bas-Alpin de Digne, Hyppolite Fortoul, qui était ministre de l'Instruction publique ! De bons chrétiens, même, estimaient qu'on en faisait un peu trop.

Ils étaient nombreux à espérer le scrutin des élections de mai 1852. Le suffrage universel permettrait de régler leurs comptes aux curaillons, à l'Assemblée blanche. Et patatras ! Le prince Napoléon annulait tout, et par un coup d'État encore. Le chant de Paul Dupont, que l'on fredonnait dans les alpages, faudrait-il l'oublier ? « C'est dans deux ans, deux ans à peine/ Que le coq gaulois chantera./ Entendez-vous ce qu'il dira ?/ Il dit aux enfants de la terre/ Qui sont courbés sous leurs fardeaux/ Voici la fin de la misère,/ Mangeurs de pain noir, buveurs d'eau. »

Quand Jean Fabre prit place à la table, six visages tendus le dévisageaient. Le cadet apportait de graves nouvelles de Digne.

— Faisons notre deuil des élections de 1852, le coup d'État est passé. C'est au fusil qu'il faut songer, mes amis, c'en est enfin fini des palabres, des murmures et des réunions secrètes. En bas, le peuple se lève et on entend sa grosse voix !

L'insurrection, car c'en était une, s'était allumée dans la majeure partie du département. Sans délibération, les gavots avaient quitté les étables et les montagnettes, on ne comptait plus les cantons et les communes occupés par les « rouges ». Les sociétés, et surtout la Jeune Montagne, récoltaient ce qu'elles avaient semé : les idées républicaines étaient celles de tous. Ils étaient bien quarante mille, dans les Basses-Alpes, à partager le secret des décuries. Par groupes de dix ouvriers et paysans, ils étudiaient, débattaient de cette République à naître sur les décombres de celle de 1848. Et dans tout le Midi rouge, les sociétés vivaient dans l'ombre, en évitant les racontars des bavards, l'espionnage des ratapoils qui avaient vendu leur langue à la police en espérant être réintégrés dans l'armée, ou tout au moins en rêvant à leur retraite augmentée. C'était là le prix commun de la délation. En bas, avocats, médecins, notaires, artisans et propriétaires portaient le fusil à l'épaule. Correson, le juge de Forcalquier, avait adhéré à l'insurrection et s'était mis à la disposition du comité républicain. Dans chaque arrondissement, à Digne, à Sisteron, la plus petite famille de paysans donnait un de ses membres à la révolte.

— Tocsin, tambour, le pays s'est levé, vous comprenez ? Les autres restaient bouche bée, ils ne partageaient pas encore l'exaltation du muletier, ils ne comprenaient pas l'ampleur des événements.

— Que se passe-t-il donc ? Mais que se passe-t-il donc, bon Dieu ? coupa André. Raconte depuis le début. Calme-toi, par saint Ferréol !

Fabre se redressa, étira ses bras et reprit, calmé.

— Tout a commencé à Forcalquier. Dans la nuit de jeudi, l'archiprêtre lui-même a sonné la cloche. Une première colonne conduite par Buisson arrivait de Manosque à l'heure des mulots...

— Buisson ? L'ancien maire de Manosque ? coupa Gastinel.

— Lui-même ! En personne, en bottes et pelisse ! A Mâne, la troupe s'est mêlée à un grand rassemblement à la tête duquel se trouvait le citoyen Pascal, vous savez, l'instituteur révoqué, et puis Escoffier, l'horloger de Forcalquier.

— Seigneur ! La Montagne et les charbonniers entrent dans la danse !

— Vendredi, à 11 heures le matin, Paillard le sous-préfet envoie la gendarmerie sur la route de Manosque. Et hop ! les gabelous sont désarmés et prisonniers. Mais tenez-vous bien, quelques heures plus tard, le ci-devant Paillard est arrêté par nos amis.

— Quoi ? Paillard à l'ombre ?

— Oui, et vert de trouille devant l'armée de gueux. Une troupe seulement armée de fusils de chasse doubles, de fourches et de couteaux emmanchés sur de longs bâtons. Mais j'en étais au vendredi... Eh bien, ce jour, les gens de Sisteron prennent les armes derrière l'avocat Barnéaud. Le sous-préfet se calfeutre dans la citadelle avec sa garnison. Et voilà qu'Aillaud entre dans la ville à la tête de deux colonnes venues des cantons.

— Aillaud, de Volx ? fit Buff le berger. C'était sûr qu'il serait au rendez-vous. C'est un brave homme, et révoqué en 1849 de son poste de garde général des Forêts. Trois mois de prison, il a fait, le fier. Et le voilà reparti de plus belle.

Ils s'étaient tus, les yeux droit devant eux. Un instant de respect pour le forestier héroïque en une époque où les gardes, ennemis des bergers, leur interdisaient la traversée des bois.

Fabre reprit.

— Il venait de Saint-Étienne-les-Orgues, d'où il était parti la nuit précédente. Toutes les communes de là-haut se sont levées à son appel. A Volonne, sur la route de Sisteron, ils ont balayé un détachement de gendarmes. Samedi matin, Barnéaud, Aillaud et leurs armées s'en allaient sur Digne. A la mairie de Sisteron, une commission révolutionnaire dirigeait la ville et un corps de volontaires tenait le siège de la citadelle.

La Haute-Provence était en ébullition, Digne était coupée du reste du pays par des barricades sur les routes de Marseille et de Grenoble.

— Mais Dunoyer, ce salopard de préfet, aidé du procureur Prestat, avait déjà envoyé le bataillon d'infanterie de la garnison pour occuper Malijaï.

— Malijaï ? Mais pourquoi Malijaï ?

— Deviens-tu bête ou quoi ? Tu n'ignores pas que le village est au confluent de la Durance et de la Bléone ? C'est un point stratégique important. Les chemins de Marseille, de Forcalquier, de Sisteron et de Digne s'y croisent, et les bandes républicaines qui arrivaient de cette direction devaient y faire leur jonction. Dunoyer le savait. Mais vers 10 heures du matin, le chef de bataillon est de retour : il avait battu en retraite... battu en retraite, vous entendez... C'est qu'à Malijaï, ils étaient bien huit mille à l'attendre. De tous les cantons, de tout l'arrondissement, de Gréoulx et de Valensolle, avec Aristide Guibert et Gustave Jourdan. Le Dunoyer ne demanda pas son reste, il fila comme un voleur. *Exit* Dunoyer et son acolyte Prestat. Et nous arrivons à ce matin. Un grand moment, je vous le jure : le plus beau de toute ma vie...

A 3 heures du matin, Digne s'était réveillée au son du tambour et de *la Marseillaise.* Douze à quinze cents hommes de Riez, Moustiers, Mezel, conduits par le docteur Allemand, entraient par la route du Var, en ordre, en colonnes serrées par sections. Ils avaient occupé la mairie, le palais de justice puis la préfecture. Des postes avaient été placés partout. Au lever du jour, la ville était au pouvoir des républicains. Et voilà qu'à 10 heures, la grande armée d'insurrection, qui avait campé à Malijaï pendant la nuit, faisait à son tour son entrée dans Digne.

— Quel spectacle ! Ce mouvement, comme il faisait chaud au cœur ! Six mille hommes marchant serrés derrière les tambours, les drapeaux et les chefs aux brassards rouges. Six mille hommes... Avez-vous déjà seulement vu une fois dans votre vie six mille hommes ensemble ?

Les autres tentaient de se représenter ce spectacle. Dix mille, en comptant ceux du docteur Allemand... Plus d'insurgés que d'habitants. Ils imaginaient la population faisant la haie de chaque côté du boulevard, ils imaginaient ces hommes marchant au mitan de la rue, épanouis malgré leur fatigue, saluant de la main ou du fusil, caressant les enfants qui demandaient à porter leurs pétoires, chantant en chœur le refrain de la Montagne, foule hérissée d'armes extravagantes, sabres de hussard, cognées de bûcheron ou de sapeur, faux, fourches, carabines, fusils de chasse, vieux mousquets... Ils les voyaient comme s'ils y étaient, jacques et bourgeois confondus, blouses bleues et redingotes corbeau, bures fauves et vestes, bonnets et gibus, sabots et brodequins. Plus de préfet à Digne, plus d'armée, plus de gendarmes, plus un homme de Poléon, ils avaient peine à y croire.

Les chefs s'étaient hâtés d'organiser l'insurrection. Les nouvelles de Paris étaient confuses : on disait que des députés s'étaient réunis pour prononcer la déchéance du prince-président, mais que l'armée, à l'ordre de Forey, les avait cernés. Tous arrêtés. Même Victor Hugo ! Mais il y avait Marseille, Lyon, Grenoble. Ça bougeait là-bas. Et dans le Vaucluse : à Apt, le sous-préfet avait été chassé avec ses soudards. Et dans le Var : de Brignolles, Camille Duteil, le journaliste marseillais de *La Voix du peuple*, avait rassemblé tout l'arrondissement. Avec ceux de Vidauban, du Luc et de La Garde-Freinet, ils étaient bien six mille. Et dans la Drôme : là, pas de quartier, mille insurgés marchaient sur Loriol ; vers Montélimar, mille autres mettaient en déroute un détachement du 63e de ligne. Quant à Crest, on s'y battait, une bataille terrible : sept mille républicains donnaient l'assaut.

A Digne, toutes les mesures furent prises pour un seul objectif : mettre les Basses-Alpes en état de fournir le contingent d'hommes et d'argent pour la lutte sanglante qui allait s'engager. On installa un comité de résistance à la préfecture. Il se composait des citoyens Buisson, de Manosque, Charles Cotte, de Digne, Escoffier, de Forcalquier, Aillaud, de Volx, Guibert, de Gréoulx, Jourdan et Barnéaud, de Sisteron. Une circulaire fut adressée prescrivant, pour chaque commune, les mesures suivantes : un comité de résistance de trois membres devait être élu sur-le-champ dans chaque chef-lieu de canton et dans chaque village. Les comités communaux devaient correspondre avec les comités cantonaux, et ceux-ci avec le comité central de Digne. Toutes les municipalités étaient dissoutes et les comités avaient plein pouvoir. Tous les juges de paix étaient révoqués et devaient être remplacés par le peuple au suffrage universel. Les comités communaux devaient veiller au désarmement de toutes les brigades de gendarmerie encore pourvues...

— Voilà... Si le triomphe de la République ne doit pas se faire à Paris, frères, il se fera ailleurs. Pas à la traîne, les gavots !

— A nous de jouer, l'interrompit André. Il faut lever tous les hommes sûrs. Au lever du jour, notre cher sous-préfet et nos gendarmes auront été mis hors d'état de nuire.

Ils étaient une bonne trentaine sous la tour Cardinalis. Ce n'était plus des conspirateurs, mais des révoltés. La Montagne allait passer... Jean Fabre fit taire les murmures et lança des ordres précis. Ils s'égaillèrent en silence, qui à se faufiler entre les congères gelées, qui sous les portiques de la rue Grande. Un clair de lune donnait à toutes les ombres d'inquiétantes proportions. La pureté de la nuit annonçait une journée lumineuse, un après-midi doux. C'est l'hiver d'Ubaye, avec son froid cinglant la nuit, sa douceur quand le soleil est tout en haut et son gel brutal vers 4 heures, qui prend dans sa cangue bleuie toutes les sources de vie, trahies, le jour, par la douceur du temps. Dans la clarté du crépuscule, on reconnaissait Jean, le muletier, sa taille épaisse et sa chevelure de Romain. Il portait les habits de tous les jours, ceux de son état, une roupe en bure de Saint-André, de longues guêtres de cuir, sa taillole écrue et des lourds godillots ferrés. On reconnaissait de-ci, de-là des figures honnêtes. Celles de Jauffred, le radelier, celle de Signoret Jeune, le cantonnier, et son chapeau verni brillant sous les astres. Les boutons de cuivre de son habit rapiécé lui faisaient l'allure d'un nobliaud, sa pipe à 5 centimes puait le tabac de caporal et sa herse sur l'épaule découpait sur l'ombre des murailles la défroque d'une camarde bien en chair et redoutable.

Quand ils arrivèrent en groupe devant la maison préfectorale, ils se rangèrent en colonne, histoire d'impressionner Blavette, le sous-préfet. Pierre André quitta la bande ; à la main il tenait un antique mousquet de la garde nationale emmanché d'une baïonnette luisante comme un sou neuf. Un souvenir de famille ayant appartenu à Dieu sait qui. Il tira dans la nuit claire et lança un coup de grolle contre la porte, un coup à desceller les gonds.

— Citoyen Blavette, levez-vous ! Le peuple vous réclame !

Tous les gars, mentons levés, scrutaient la rambarde forgée de la chambre où le sous-préfet dormait. Rien ne bougea.

— Il a le sommeil lourd, le bougre, gueula Jauffred, tandis que Jean Fabre tirait, lui aussi, deux coups au ciel. Enfin les volets brinquebalèrent et Blavette apparut, grotesque.

Réveillé en sursaut, tiré de ses rêves ambitieux, le sous-préfet n'avait pas ôté son bonnet de nuit. Il était là, à 5 mètres audessus d'eux, un châle sur les épaules, un brin de flanelle sur la poitrine, tentant de retenir tout l'attirail.

Personne n'avait envie de ricaner. Fabre parla.

— Citoyen Blavette, la Constitution a été violée, l'insurrection nous commande de vous ôter votre pouvoir. Vous êtes prisonnier !

Au balcon, l'autre était interloqué. On voyait défiler dans ses yeux des craintes de torture, et pire, de cul-de-basse-fosse. Le sous-préfet n'en revenait pas : quoi, des culs-terreux, fils des eaux et des neiges, qui se bâfraient de brouet et dormaient dans leurs étables, pensaient quelque chose de Paris et du courage de Napoléon...

— Vous êtes notre prisonnier, entendez-vous ? reprit André. Notre prisonnier, comme le sont à cette heure le capitaine des gendarmes, le collecteur des impôts et le procureur.

D'un geste vif, Blavette ôta son bonnet.

— Citoyens, je ne vois pas vos figures, mais je suppose qu'il y a parmi vous des hommes d'esprit. Qui que vous soyez, on vous trompe !

La voix n'était guère assurée, le sous-préfet avait peur, c'était clair.

— Citoyens, l'Assemblée nationale a été dissoute sous les hourras de Paris. Cette Assemblée voulait renverser le gouvernement, compromettre le repos de la France ! Elle a été dissoute, et le président assure la pérennité de la République. Il a rétabli le suffrage universel, fait appel au peuple, alors citoyens...

— A bas ! Rendez-vous, Blavette, résignez vos pouvoirs !

— Citoyen, je vous conseille de passer un pantalon et de descendre sans résistance, reprit sèchement André.

Le ton du conseil ne souffrait pas la contestation.

Quelques minutes plus tard, six hommes conduisaient sans brutalité le citoyen Blavette à la maison d'arrêt.

Après la sonnerie de 2 heures du matin, les insomniaques réveillèrent leurs nichées : la cloche de la Cardinalis donnait la sarabande. Ce n'était pas le timbre angoissant et lent du tocsin, mais un carillon de Pâques, mieux, une folle sonatine, comme le bedeau la tire pour la messe de minuit. Très vite, les roulements de trois tambours battant la charge se mélangèrent au son du bronze. Les chefs de famille se sentirent des fourmis dans les jambes quand ils entendirent *la Farigoulo*, le chant des artisans et des paysans provençaux : « *Plantaren la farigoulo, arrapara ! La mountagno flourira*[1]. » Les femmes, inquiètes ou pâles de plaisir, les mioches échevelés de sommeil regardaient sur le pas des portes, aux fenêtres, les hommes en armes, enrubannés, encocardés, qui défilaient dans les ruelles rougeoyantes à la lueur des torchères. La ville était debout.

Au point du jour, une cohue de comice agricole régnait entre église et mairie. Trois cents gaillards, jeunes et vieux, artisans et valets accueillaient les volontaires des hameaux. Il en venait de partout, de Saint-Pons, de Jausiers, de Fours, du Sauze et d'Enchastrayes. Outre *la Farigoulo*, ça chantait *le Chant du départ*, *le Chant des pauvres*, et même *la Carmagnole*, chez les plus humbles. On avait sorti des cannes ferrés, des carabines à pierre, des tridents et même de simples et gros bâtons noueux. Chacun s'était habillé comme pour aller à la chasse au chamois. Les chaudes bures aux teintes bistre, les bleus des blouses dominaient toutes les autres couleurs fanées. Le Cuzin, l'aubergiste de Jausiers, avait passé la tenue de zouave de son père, trop vieux pour la révolution républicaine. Et puis, sous les toiles huilées, quelques redingotes de richards portant dans des sacs à brides munitions et provisions de bouche. On reconnaissait le docteur en médecine Louis Léotard, Reynaud, le roulier, Bellon, le notaire myope, et même Manuel, le grainetier-meunier. On aurait beau les accuser d'ambition — ils étaient tous les trois candidats proclamés pour les élections de 1852 —, ils n'en défendaient pas moins la République, et chacun, dans cette foule vaillante, se faisait un plaisir de les saluer. C'était cela, « la Sociale » dont rêvait Gilly, le maître d'école. Aux voix et à main levée, André, Gastinel et Buff furent élus à la mairie : comité de résistance. Une heure plus tard, une affiche écrite par la main d'un copiste de l'étude de Bellon prohibait l'usure, proclamait l'abolition des contributions indirectes et

1. « Nous planterons le thym. Il s'agrippera. La montagne fleurira. »

le repartage des biens communaux. Avec toute cette folie, on était toujours sur les bords d'Ubaye avec quelques mules chargées jusqu'au collet et des grappes de femmes qui sans cesse apportaient des victuailles à leurs révolutionnaires de bonshommes. Les bâts des bêtes étaient aussi lourds que ceux de beurre de Thorame et de sels qu'elles convoyaient des Pays-Bas vers la haute vallée. Ce matin, elles étaient harnachées comme de coutume, mais de poudre et de provisions pour les volontaires armés. Les mulets portaient entre les oreilles des pompons rouges soutachés de bleu, avec des grelots et des clochettes luisantes. Sur le chanfrein de la mule du cantonnier, une plaque de cuivre était gravée : « Contentement passe richesse. Vive Blaise Pascal et sa maîtresse. » L'agitation était à son comble, et le gouvernement de cette petite armée spontanée songeait sérieusement à l'ordre : les chefs montagnards d'Ubaye tenaient à ce que Barcelonnette et les villages de basse Ubaye respectent sérieusement l'insurrection. En l'absence des chefs combattants, il fallait que le comité de résistance tienne bon la Vallée. Le départ des colonnes était prévu pour 2 heures vers Marseille, base du mouvement de résistance du Midi.

L'air était sec et froid, mais illuminé par un soleil bien net. On s'apprêtait à lever le camp quand Gassier, de Saint-Paul, déboucha à triple galop dans la foule des volontaires. Ce qu'il annonça ne provoqua pas l'effroi, mais la rage. Au cours de la nuit, un douanier avait quitté Barcelonnette pour les villages du haut, vers la frontière du Piémont, en appelant les fermes à la rescousse. Quatre-vingts douaniers et deux cents montagnards hostiles aux républicains s'étaient formés en garde nationale et marchaient sur Barcelonnette pour réinstaller l'autorité... Les gens « d'en haut » étaient comme ça, cela ne surprenait personne. L'influence des curés était forte dans la montagne. Et puis, les douaniers agissaient comme s'ils étaient des seigneurs. Grâce à leur commerce, ils faisaient vivre les paysans, les marchands de lait et de vin, enfin tous ceux de Saint-Paul et de Larche savaient s'arranger avec la douane : le Piémont proche, source de contrebande, créait des liens... Ceux « d'en haut » jalousaient ceux « d'en bas », moins misérables, enviaient leur vie plus douce, tandis que ceux « d'en bas » en voulaient à ceux « d'en haut » et au pécule qu'ils tiraient du franchissement des frontières.

En quelques instants, Jean Fabre organisa trois groupes qui devaient aller se poster sur la route de Faucon pour s'opposer à l'avance des réactionnaires. Le curé de Barcelonnette, brave bougre de chrétien qui pleurnichait en priant la Vierge pour que ses brebis ne s'étripent pas, proposa ses bons offices. On l'autorisa à se rendre en habits sacerdotaux au devant de ceux « d'en haut », accompagné par Raynaud le roulier, l'un des notables de Barcelonnette que ceux de Saint-Paul, de Morin et de Serennes respectaient pour l'importance de son industrie. Sans Raynaud, ceux de haute Ubaye n'auraient pas valu plus cher qu'un quart de roupies de sansonnet.

Les deux revinrent au milieu de l'après-midi. Paysans et douaniers avaient regagné le haut. Le prêtre les avait exhortés à ne pas ouvrir une lutte fratricide, puisque les destinées de la France ne se dérouleraient pas à Barcelonnette, mais dans la plaine. Quant à Raynaud, il expliqua pourquoi la révolte était nécessaire ; il dit que Louis Napoléon avait dissout l'Assemblée, ce qui était contraire à l'esprit de la Constitution ; qu'il ne s'agissait pas de mettre tous les curés à l'ombre, et la preuve, celui de Barcelonnette était là ; qu'enfin, on allait respirer, que les gardes des forêts seraient remis à leur place et surtout que si le sous-préfet était au pain sec, il n'était pas question de lui trouer la peau. Il dit encore :

— Qui n'est pas d'accord avec le partage des biens communaux ?

Tous gueulèrent.

— Personne !

Tant et si bien qu'une centaine de gars parmi les plus costauds suivirent le curé et le roulier, d'accord pour marcher sur Marseille avec ceux « d'en bas ».

Ils étaient quatre cents à *débarouller* du Pas de la Thuile, quatre cents au mieux, en colonnes et sans grade de discipline, les trois couleurs en tête, hurlant *la Marseillaise* dans les descentes. De temps en temps, un coup de feu dans l'air pour prévenir les hameaux que les gars arrivaient, pour avertir les bedeaux pour qu'ils tirent la cloche. Jour de fête. On avait le ventre plein, le gosier humide : aux cols, les *fiascous* de ratafia perdaient du poids. On allait, l'esprit en goguette, sauver la République. Seuls les femmes et les tout-petits s'effrayaient de cette armée de faux et de pétoires qui se déplaçait vers les fermes, telle une grande vipérine lumineuse, puisque avec le soir, on avait mis le feu à des torchères de chiffons résineux. Quelques-uns parmi les plus vieux savaient qu'en bas, il faudrait marcher sous le feu des lignards et des canons, mais ils n'en soufflaient mot aux puceaux. Le courage, c'est comme la colique, ça vous vient sans qu'on s'y attende ! Ils marchaient, et il n'avait jamais fait si froid un début décembre. Comme en 1837, les loups traînaient à nouveau, la nuit, leurs babines près des villages ; on entendait dans les bois leurs hurlements d'écorchés. C'en était fini des tambours et des chants, rien que les roulements de rocailles sous les pas des gaillards. Ils marchaient la tête rentrée dans les épaules, le menton gelé sous les châles et les écharpes, ils marchaient en pensant chacun aux soldats de l'usurpateur. C'est étrange comme la gravité de l'âme accompagne souvent le mauvais temps qu'il fait. On blaguait par-ci, on riait par-là quand un vieux lâchait un pet forcé pour faire rire les jeunes, mais sous chaque crâne, la crainte et le sérieux s'installaient. A l'avant, Cuzin racontait pour la millième fois l'histoire du jour où il avait failli être tué par le fusil d'un chamois... Ils la connaissaient tous, cette incroyable aventure de l'aubergiste, gelé par les frimas, suspendu, l'oreille tendue, dans une cheminée latérale d'un grand couloir glacé où les chamois n'avaient pas d'autre choix que de grimper. Il écoutait la bise sifflante, et dans les courts silences, le tricotis feutré des chamois sur la glace meuble.

— Bon Dieu... Voilà les pierres qui me roulent au-dessus... Puis le silence... Alors, j'arme mon fusil, et je glisse dans les orgues, quand un chamois, lancé comme la foudre, me tombe dessus... Je lâche ma pétoire, tombe sur le cul. Un coup part, et une douzaine de bestioles me courent sur les mollets. Le coup avait traversé mon pantalon juste au-dessus du genou... la peau éraflée. Vous pouvez me croire : pendant deux semaines, j'ai traqué cette bande, et les chamois ont payé cher la gouttelette de sang. J'en ai fusillé six...

Ses voisins l'écoutaient, l'esprit ailleurs. Le radelier avait accéléré le pas pour se retrouver en tête de colonne à la hauteur de Jean Fabre.

— Dis, Jean, tu es de la Montagne, pas vrai ?

Fabre ne répondit rien.

— Je voudrais en être, insista l'autre. Dis-moi ce que je dois faire pour venir avec vous, étudier et palabrer dans les mélèzes.

— Plus tard, radelier, plus tard. En attendant, nous avons mieux à faire.

Le vent de montagne cloua soudainement tous les clapets. C'était un air de Levant, ce vent marin qui vient du sud-est avec une force de tempête. Il se ruait, rageur, sur la troupe, qui se resserra, frileuse. Plus un mot, sinon la cadence des grolles frappant le chemin.

Le lendemain, le détachement des volontaires arriva dans la matinée au Pas de Saint-Jean, perclus de fatigue. Les hommes s'installèrent pour casser la croûte, quand un détachement de Dignois républicains les surprit dans la clairière où ils avaient relâché la marche.

— Compagnons, arrivez-vous de Barcelonnette ? lança un gamin, étudiant chez les jésuites.

— Pour sûr ! Et nous allons de ce pas vers Digne. Nous sommes tous d'Ubaye, et fiers d'en être.

— Ça va mal, compagnons ! A Paris c'est fini, la troupe a tiré sur les bourgeois, un député, Baudin, est mort.

— On s'en fout, dit Fabre, nous, nous allons sur Marseille. Rejoindre les républicains de Provence, et on verra si, là-haut, ils nous tuent nos députés.

— Mes pauvres amis, à Marseille ça ne va pas fort, il paraît. Nous, nous allons vers le Grenoblois, où l'on craint pour la force du mouvement. A Lyon et Valence, si on s'en tient aux dépêches saisies sur un colonel blanc, c'est foutu. Quant à Crest, en Drôme, c'est une ville tombée. Les gens n'ont plus le droit de sortir de chez eux. Pourtant, bon Dieu, ils étaient mille six cents de Bourdeau et de Saou à filer sur la vallée ! A Saillans, ils ont tiré au canon. Castellane a envoyé un bataillon du 13e de ligne en renfort et Lapène organise des colonnes mobiles qui fouillent les forêts pour prendre les nôtres. On dit qu'à Crest, il y a eu cent morts, que la ville est égorgée, que dans le grand donjon, des centaines de compagnons sont prisonniers. La ville est interdite et le couvre-feu s'étend...

— Mais Marseille, mon compagnon ?

— Les chefs se sont fait cocxer le 5 avant même d'avoir pu appeler au combat. Il ne reste plus que le Var, des morceaux de notre pays des Alpes basses et puis, les abords de Grenoble, dit le jeune, qui avait mis pied à terre pour fouiller du couteau le sabot de son cheval épuisé. Le 50e de ligne a quitté Draguignan, et ça va chauffer. Le Var est pris en tenaille, les troupes de Marseille marchent sur Brignolles. Duteil marche avec ses canons sur le Verdon, pour nous rejoindre par le pays d'Aups.

La colonne de l'Ubaye se taisait. Pas un son, pas un murmure. Les hommes, la tête penchée vers la terre, portaient dans leurs yeux tous les chagrins du monde. Comme toujours dans les révolutions, les plus vaillants vouaient au diable les réactionnaires et saignaient en dedans de n'être pas morts pour la liberté ; les gars du commun, ceux qui se lancent fusil à la main contre les troupes d'en face, soufflaient d'avoir échappé au combat, car ceux-là sont faits de telle manière qu'entre deux assauts héroïques, ils sont pris de frayeur et de vertige ; enfin, les derniers, les pleutres, volontaires par obligation de famille, marcheurs par lâcheté, ils se sentaient heureux à hurler. Mais tous étaient infiniment las, fatigués.

Jean Fabre se leva et fit le tour des groupes.

— Il faut continuer, frères, il faut rejoindre les nôtres à Digne. Là, nous verrons de nos yeux.

Les feux des bivouacs réchauffèrent les abattis épuisés. Le sommeil gagna la plupart, mais souvent Fabre apercevait des ombres furtives qui se glissaient dans la pénombre... Des hommes désertaient. Joseph Cuzin blaguait au milieu d'un groupe de jeunes gars, mais ils l'écoutaient sans même sourire ; le cœur n'y était plus. Et le vieux se forçait à ricaner pour dissimuler son chagrin.

— Tu veux vraiment être des nôtres, jeune homme ? demanda Jean Fabre à Astier.

Le radelier acquiesça gravement, des larmes dans les yeux.

— Bien, suis-moi.

Ils quittèrent la lumière et marchèrent un instant en direction de la forêt, à l'abri des regards. Jean tira un mouchoir de ses chausses et demanda au radelier de porter un genou en terre sur les lames de deux couteaux formant la croix.

— Astier, radelier du Sauze, désires-tu être affilié à la Société ?

— Je le désire.

— Promets-tu de ne jamais révéler ses secrets ?

— Je le promets.

— Jures-tu d'obéir à tous les ordres qui te seront donnés, même s'ils te prescrivent d'ôter la vie à ton semblable ?

— Je le jure.

— Que sens-tu sous ton genou ?

— Je sens... deux couteaux placés en croix, et deux pièces de 5 francs.

— Ces ustensiles, sous ton genou, te rappellent que si l'appât de l'argent t'engageait à trahir les tiens, la Société t'en punirait par la mort.

Quand il se leva, Jean Fabre le prit dans ses bras et lui baisa la joue. Jean était chef de décurie, le radelier compléterait son groupe. Jean informerait Gaspard, des Mées, dès qu'il le pourrait. Les radeliers étaient de bonnes recrues. Une part importante du commerce de Haute-Provence recouvrait le marchandage du bois. Le transport des billes se faisait par flottage sur les rivières de Durance, de basse Ubaye et de Bléone. Les radeliers guidaient tant bien que mal ces bois rassemblés en radeaux dans les masses bouillonnantes de crues, en charriant les troncs quand le cours d'eau se réduisait à un ruisseau dans les déserts de galets, l'été. Les mélèzes de la forêt de Saint-Vincent-les-Forts parvenaient ainsi jusqu'à Manosque et Marseille. Les radeliers connaissaient tout le Sud comme leur poche. Pas une ferme où un des leurs était étranger, et comme les colporteurs d'Ubaye, ils savaient le nom de chaque chemin, le tenancier de chaque goguette sur des centaines de lieues.

Quand le jour gris blanchit la cime des pins et des hêtres, les tambours battirent le rappel. Le nombre des combattants avait bien diminué ; ceux qui restaient là avaient foi en la République. Mais ils étaient bien peu. Ni chants, ni parlotes, seulement l'immense force de posséder la vérité. Mais, bien peu...

Quand ils arrivèrent aux portes de Digne, les derniers

combattants les abjurèrent de faire demi-tour : le comité central d'insurrection avait donné ordre aux insurgés de rentrer chez eux. Les plus connus avaient pour consigne de fuir le pays pour échapper à l'armée, puisque des fonctionnaires sympathisants avaient prévenu les illégaux qu'en haut lieu, on parlait d'exiler les meneurs en Algérie et à Cayenne.

Digne était pacifiée, mais non sans combat. Le 9 décembre, aux Mées, les gueux et les artisans en bleu s'étaient vaillamment opposés au 14e léger du colonel Parson. Soixante républicains étaient tombés dans la neige. Mais à quoi bon poursuivre cette guérilla ? De nouvelles forces réactionnaires se dirigeaient vers la Provence et la lutte s'annonçait sanglante. A Aups, le 10, les braves de Duteil s'étaient fait clouer contre les murailles, à la baïonnette. Cent vingt morts. Le comité de résistance de Digne ? Arrêté. A Manosque ? Les rouges n'avaient pu endiguer les troupes loyalistes accourues de Marseille. La grande insurrection des Basses-Alpes crevait.

Les gavots barcelonnettes pleurèrent. Jean Fabre ressentait avec douleur la responsabilité d'avoir exposé les siens, leur fortune et leur liberté, sans même avoir tiré un seul coup de feu, sans même avoir mérité le glaive des vainqueurs. Ils n'avaient pas bataillé. Astier sanglotait, appuyé contre une muraille de Digne la valeureuse. Un gel à pierre fendre les enveloppait.

A la demande de Jean, ils se dispersèrent avec l'ordre de rentrer en Ubaye par tous les chemins possibles.

Qui pourra simplement rapporter ou relater fidèlement le Golgotha de ces hommes courageux ? Ils marchèrent jours et nuits dans les combes et les pentes, dans les drailles et les éboulis. Ils grimpaient, les mains meurtries par l'eau et les roches glacées. Ils s'écartaient des chemins taillés à la barre à mine, ils marchaient, rampaient dans l'ombre et le silence du jour gris. Des aveugles dans la brume, devinant, dans leurs os et leurs muscles, le chemin escarpé dans les décombres et les éclats de roches. Ils reprenaient souffle dans un repli, un vallon suspendu, pentu comme un flanc de vague, ils soufflaient dans un évasement de roc. Ils avançaient par deux, se signalant parfois aux autres par des hululements de chouette. Et leurs voix de gorge se répercutaient, amplifiées par les versants, les éperons, les plates-formes, les crêtes et les pitons. Froid, faim, larmes. En se dissimulant sous les genévriers, en cherchant des trous dans la terre pour se dissimuler des éclaireurs blancs. Dans l'horizon de neige, un après-midi, certains crurent apercevoir Dunoyer le bourreau qui traquait le rouge dans les montagnes à la tête de ses bandits du 40e de ligne.

Quand les premiers arrivèrent aux lisières de Barcelonnette, les troupes faisaient le recensement des familles pour mettre une croix noire sous le nom des absents. Les curés de la vallée et le sous-préfet avaient fourni l'état civil et les listes paroissiales. La trouille passée, le sabre et le goupillon s'étaient réunis.

Fabre et Astier se cachèrent dans une ramière de l'Ubaye. Les yeux brouillés par les larmes, ils regardaient leur pays soumis à la botte des réactionnaires. Ils décidèrent alors de partir vers la montagne, pour le Piémont, l'Italie, afin d'attendre, désespérés, la suite des événements. Pour distancer les meutes qui fouillaient les vallons, ils enterrèrent leurs armes sous la neige. Ils avaient décidé de faire le grand tour par la montagne de Fours, par les goulets et les rocailles. Là-haut, vers le Pas de Fours, dans les fermes perdues, on leur donnerait à manger, ils pourraient se chauffer dans les étables. Là-haut, si haut qu'à la chasse au chamois, il faut descendre pour tuer les bêtes. Deux jours plus tard, en marchant la nuit, se cachant le jour près des hameaux des Longs, de Saint-Louis, ils tombèrent sur six douaniers qui faisaient cause commune avec la troupe. La chasse aux fuyards battait son plein. Ils marchaient tous les deux sur les graviers gelés, sous le pont de la Moutrière. Quatre gars s'étaient rendus sans résistance et on les avait attachés les uns aux autres par des longes de cuir, comme le bétail. Quand les douaniers virent Fabre et Astier, ils eurent peur... Ça n'était plus des hommes, mais des fantômes. Ils avaient la gueule pleine de barbe, et leurs habits faisaient pièce avec la terre. Crottés du haut en bas, on aurait dit des sangliers roux et jaune quand ils sortent des grottes, après avoir fouillé du groin et s'être vautrés dans les fonds froids. Ils tentèrent de fuir en grimpant dans les rochers constellés de glace, de givre et les tuyaux d'orgue clairs comme des chandelles. Les balles les frappèrent dans le dos.

On les enterra ensemble, dans deux trous peu profonds, sans linceuls et tout habillés, dans la haute montagne de Fours, où l'on aperçoit le dessus des aigles quand ils volent, où les gamins rêvent qu'ils mordent la lune avec les dents.

A Barcelonnette, dans la prison pleine à craquer, on chantait *la Farigoulo* pour la mémoire des preux. Barcelonnette, le dernier bastion républicain soulevé, fut le dernier canton pacifié. Dans le maquis, près des hautes cimes, des fuyards marchaient sur l'Italie en espérant rejoindre les républicains piémontais à Cuneo. Mais la plupart savaient qu'ils partiraient vers le Mexique rejoindre leurs cousins...

II

6 mars 1852. Une matinée en tous points pareille au premier matin de la Création. A Mexico, les jours et les saisons se ressemblent si fort que le rêveur peut imaginer sans peine l'aube neuve et barbare du Tenochtitlan de Moctezuma, avant que les étrangers détruisent la ville sur la lagune. La même inquiétude vous presse le cœur, la même indicible nostalgie étreint l'âme des modernes comme celle, sans doute, des anciens. Tout au bout des longues rues rectilignes, tracées au fil par le conquérant, émergent du léger brouillard matinal les sierras sombres, vert d'encre, et plus loin, barrant l'horizon de la vallée d'Anahuac, les pentes roses des montagnes et des volcans coiffés de neige vibrent déjà de chaleur dans les altitudes glacées. Un calme à pleurer.

Dans la fraîcheur des logis, sur la boue sèche des *plazas*, sous les arcades froides, cent cinquante mille êtres se réveillaient. Ceux qui avaient un toit allaient jeter du grain aux poules sur les *azoteas*, dénichaient dans la paille chaude des œufs tout frais. Les vagabonds, les « sans-rien », se mettaient à la recherche de leur pitance. La quête de la tortilla, dont la graisseuse odeur de maïs et de chaux envahissait déjà l'air léger de la grande ville, commençait.

Dans le centre ville, la stridence d'un sifflet d'étain réveilla les *serenos*. Ceux-là, une curiosité de Mexico, font sourire les graves voyageurs anglo-saxons. Dans la paix profonde de l'aurore, les *serenos*, gardiens de la paix de la capitale, sommeillaient tous, vautrés dans une embrasure de portail, ou tout simplement allongés sur les pierres des trottoirs de la ville commerçante. Ils dormaient du sommeil de l'innocence. Au pied de chacun d'eux, la flamme inutile d'une lanterne vacillait dans le petit jour... Les agents de la sûreté urbaine veillaient sur leurs concitoyens. Le sifflet réveilla en sursaut ce petit monde des gardiens de l'ombre, et tous soufflèrent dans leurs cylindres. A l'instant même, appels et réponses se croisèrent dans les airs, une brigade de gendarmes à cheval déboucha sur la place d'Armes ; un *sereno* hurlait sur le pavé nu. Il protestait à propos du vomis qu'un ivrogne avait lâché en gerbes alors qu'il était assoupi au pied d'un réverbère. Les « à cheval » le conduisirent à la *Diputación*. Les *serenos* se réinstallèrent sur la terre : le règlement spécifiait qu'ils pouvaient rentrer dormir chez eux quand le soleil se distinguait vraiment au levant. Les gardiens de l'ordre, enveloppés dans leurs *sarapes* crasseux, se pelotonnèrent de leur mieux par-ci par-là, en prenant garde de ne pas se blesser avec leurs coupe-choux de fer-blanc. Une pauvre arme de parade tout juste bonne à frapper les chiens errants dont ils vendaient la peau.

Imperceptiblement le petit matin se peupla. Des faubourgs arrivèrent les marchands ambulants de café noir et de *gelatina*, poussant devant eux des carrioles chargées de ces entremets tremblotants comme de la colle de poisson. Ils transportaient dans des verres des pyramides de cette gélatine parfumée à la rose qu'affectionnent tant les citadins. Dès que ceux-ci avaient dressé leurs étals dans la ville calme, on pouvait, sans crainte de se tromper, donner l'heure exacte. Avec les marchands de café qui cuisent l'eau à même la rue dans des boîtes en fer-blanc pourvues de filtres et de robinets, ils annonçaient le déferlement. Bientôt, les Indiens tristes de Xochimilco, de San Geronimo pénétrèrent, silencieux, par toutes les rues de la ville, charriant leurs chargements de volailles, d'œufs, leurs monceaux de charbon de bois sur des charrettes, les montagnes de fruits dorés, des savons, des rouleaux de nattes de jonc. Les suivaient les marchands d'habits qui offrent des calebasses, des poteries de vaisselle en échange d'une harde qu'ils vont offrir plus loin pour quelques réaux. Voici les merciers de la Piedad avec leurs longs bâtons couverts, en parapluie, d'élastiques, de fils et de laines. Puis, encore, les Indiennes à demi nues qui tendront aux chalands, au bout de leurs doigts brûlés, le *tequesquite*, ce natron impur qu'elles vont recueillir tout au long des lagunes et qui sert à récurer les ustensiles de la cuisine.

Alors, le soleil inondait les rues. Sans ombre, la ville se mettait à vivre, à bouillir comme une cuve remplie de pulque nouveau. Les employés s'engouffraient dans les magasins, rejoignaient les bureaux. Des domestiques en retard couraient sur leurs pieds nus pour aller chausser les feutres que les maîtres des hôtels particuliers gardaient le soir. Chariots et voitures fermées, abritant quelques *señoras* au retour de la première messe, roulaient avec fracas, ébranlant les maisons boiteuses, se croisant à se briser dans les claquements de fouet des cochers, sous les injures des passants effrayés. Les commissionnaires et les porteurs d'eau s'interpellaient, joyeux, et s'en allaient bras dessus, bras dessous prendre à la *tienda* le premier verre d'eau-de-vie de canne. Les redingotes, les habits, les beaux hommes gantés, tirés à quatre épingles, croisaient des officiers à cheval, des députés en calèche, des journalistes et des littérateurs à pied... On se saluait, on se prenait la main, on se jetait dans les bras l'un de l'autre pour des embrassades, des claques dans le dos, des *abrazos* à la mexicaine. Celui-là, narquois, écoutait l'un de ses créanciers qu'il n'avait pu éviter, il hochait du chef, le regard concentré sur ses doigts qui roulaient une cigarette. Poussière, chaleur, humanité. Le Mexique.

Calle Espiritu Santo, à l'encoignure de la calle de las Capuchinas, Jeanne Fortoul verrouilla sa porte, apposa un panonceau sur le volet de l'atelier et, d'un air plus que maussade, ôta de ses épaules un foulard de cotonnade verte qu'elle noua sur sa nuque. Sans entrain, elle tira vers elle le paquet déposé à ses pieds et se dirigea vers la calle Plateros.

Le vacarme emportait tout. Les portefaix au torse couvert de scapulaires, de médailles et de grigris saints, portaient, attachés sur le front, d'énormes ballots de café, de cochenille, d'indigo. Ils croisaient des femmes du peuple, pieds et poitrines nus, à peine dissimulées par des écharpes de cotonnade à raies bleues. En un équilibre admirable, elles tenaient, sur de minuscules tambours de chiffon posés sur le plat du crâne, des corbeilles de fruits, de maïs. Une chaleur phénoménale jaillit tout d'un coup, ne laissant pas même un atome de silence possible pour un court repos de l'esprit. Cris des vendeurs, exclamations des chalands, hurlements des chiens, injures et insultes des commissionnaires et des *pelados* qui se chamaillent. Des Indiens hurlaient la liste des choses qu'ils offraient, et de temps à autre, on entendait, étonné, l'affreuse voix de la ramasseuse de graisse, d'eaux usées, de déchets de cuisine qui beuglait vers les façades, grimpait dans les escaliers pour récupérer les sanies qu'elle vidait dans un grand bidon ligoté sur deux roues. La pitance des porcs à Mexico ne coûte rien... Partout la même intensité de bruits et de vacarmes. Les invraisemblables *aguadores* assiégeaient les fontaines publiques, bousculant les chariots croulant sous des montagnes de haricots rouges, de *frijoles* et d'avocats blets.

Le regard de la Française s'intéressa à ce spectacle digne des images de M. Hugo dans son *Notre-Dame de Paris.* Surgissant d'un buisson d'héliotropes que vendait un gamin, un cri de crécelle annonçait le corps d'un monstre ; un cul-de-jatte avançait sur deux grosses mains noires de saleté et balançait son torse en réclamant la charité.

La rue était marché, le centre ville la halle. Tout ce qui se consommait, se rôtissait, se dégustait était là, à même le pavé. C'était les fruitiers portant sur le chef des mannes remplies de *zapotilles,* d'oranges, de *mameys* ou de pastèques ; bouquetiers et bouquetières, marchands d'allumettes s'invectivaient sur les trottoirs trop étroits ; les marchands d'*enchiladas* retournaient de deux doigts, dans la graisse en fusion, des chaussons au piment, de longs morceaux de boudin ; les *tortilleras* accostaient au vol les passants à mine de clients et les forçaient à plonger le nez dans leurs paniers remplis de galettes de maïs chaudes ; marchands de têtes de mouton grillées, mets prisé des buveurs d'eau-de-vie ; vendeurs de fromages mous, de lait caillé ; *eloteras* offrant leurs *elotes* chauds, ces gros épis de blé de Turquie rôtis sous la cendre ou bouillis. Et enfin, une infinité de mendiants, goitreux, dépenaillés.

« Sûre que peu de villes au monde en sont autant infestées », maugréa Jeanne en dédaignant le *tamale* que lui tendait une Indienne assise au bord du trottoir. Toute cette armée de mendigots qu'une vague odeur de côtelette répandue rendait menaçants... Jeanne connaissait toutes les parades pour échapper aux harcèlements permanents : ne pas craindre de jouer des coudes, regarder droit devant soi, marcher d'un pas résolu, rester sourde à ces longs cris étranges, à ces sifflements qui emplissaient la rue. Surtout ne pas s'arrêter, ne pas tendre de pièces... Vingt mendiants de tous âges sortiraient alors de l'ombre et vous imploreraient en vous tirant par le vêtement : « Jésus, Joseph, Marie, une aumône ! *Señor* Dieu et votre amoureux vous le rendront. »

Jeanne n'éprouvait plus ni répulsion, ni commisération à l'égard des misérables qui peuplaient la grande ville, qui vous tendaient de hideux moignons et des trognes repoussantes. D'abord, elle avait appris à dissimuler son effroi, puis elle s'était endurcie, comme tous les Blancs, comme tous les créoles qui feignaient si bien l'indifférence. Pour la classe aisée, cette marée humaine de pauvres Indiens, de scrofuleux, d'éclopés n'existait pas. Jeanne Fortoul, dans un premier temps, avait été effrayée par ce cynisme, puis elle s'était habituée à détourner le regard, en se surprenant elle-même. Désormais, son œil transperçait cette sordide humanité. Comme ceux de la classe riche, elle ne voyait plus la misère, elle ne voyait plus le peuple mendiant, elle n'était plus troublée par les ulcères et les torses en décomposition. Elle ignorait la mendicité, refusait la charité qu'on lui demandait dans des langues inconnues, elle passait. Elle souriait, comme les gens de sa classe, en apercevant le fou aux sonnettes, ce grand vieillard yaqui qui portait sur ses épaules une multitude de minuscules cimbales, de clochettes et de grelots. L'air béat, il s'abîmait, à genoux dans la poussière, les yeux illuminés, quand résonnaient les cloches de la cathédrale. Ce fou, disait-on, comprenait le langage du bourdon et dialoguait avec lui. Jeanne glissait quelques réaux, comme ceux qui aiment donner l'aumône à qui les distrait un instant. Les dames en tournure, les gandins, les gens aisés ignoraient la misère endémique. Bien sûr, ils lisaient les articles du *Trait d'Union,* mais que pouvaient faire les riches, sinon compatir à la misère d'un peuple prisonnier de ses atavismes ? Jeanne avait pris connaissance, comme les autres, du rapport d'un cinquième juge d'état civil qui avait recensé les quartiers qui s'étendent des bains du Peñon jusqu'à Atzcapotzalco, au nord de la ville. Près des marais putrides, trente familles de malheureux se nourrissaient de mouches, de grenouilles, de vers et d'autres rampants. Dans ces faubourgs, enfants et couples vivaient dans la plus infernale promiscuité, errant à la recherche de la becquée. La plus abominable polygamie régnait chez ces hommes-animaux, un mormonisme sordide unissait les pères à leurs propres filles. De ces unions monstrueuses, disait l'article, naissaient des enfants sans nom, que personne ne déclarait à l'autorité de crainte de révéler leurs origines incestueuses. A ces infortunés on donnait les noms de héros de la patrie : les Hidalgo, les Morelos, les Iturbide, les Moctezuma se multipliaient à l'infini. Le journal disait : « Ces malheureux ont résolu un grand problème : vivre sans aliments. Ecorces de fruits et insectes, voici leur pitance. Le vice d'abord, le crime ensuite, voilà leur industrie. » Et les bien lotis, dans le centre ville, craignaient la contamination. Le gouverneur de district n'avait-il pas défendu la mendicité dans tous les lieux de la capitale ? Mais qu'attendait le colonel Azcarete pour faire enfin appliquer ce *bando*[1] si judicieux qu'il avait fait afficher un mois auparavant ? Les placards en lambeaux achevaient de se déchirer. On pouvait y lire cette adresse : « Par un *bando* daté du 18 de ce mois, M. le Gouverneur vient de défendre la mendicité dans les lieux publics de la capitale. Les indigènes dans le besoin devront se présenter au gouvernement du district qui se chargera de subvenir à leur existence en leur facilitant l'entrée dans un nouvel hospice créé pour cet objet. Cet hospice sera établi à Santiago Tlaltelolco. On y recevra les pauvres des deux sexes qui y trouveront du travail et de bons aliments. Les *padres* du couvent ont accordé sans rétribution le local nécessaire à cette philanthropique amélioration. On y organisera bientôt des ateliers de chaussures et de charpentes. Mais comme le produit des amendes ne pourra suffire aux besoins de ce nouvel établissement, le colonel Azcarate fait appel à la charité publique : les dons seront reçus par un comité de bienfaisance. »

L'initiative restait lettre morte. Les dons avaient été bien faibles.

Au bout de la calle Espiritu Santo, Jeanne s'engagea dans la calle Plateros, sur la gauche. Elle connaissait ce quar-

1. Arrêté municipal ou gouvernemental.

tier sur le bout du doigt. C'était là, dans ce quadrilatère qui enserrait la grand-place, avec la cathédrale et le palais du gouvernement, qu'était le centre du commerce de Mexico, concentré entre les mains des négociants étrangers qui s'étaient partagé les rues en fonction de leurs spécialités. Les calles de la Monterilla, San Bernardo et Capuchinas rassemblaient les boutiques de nouveautés ; celles de la Palma et du Refugio, la quincaillerie, les magasins de cristallerie et de verrerie allemandes ; les Portales de las Flores et des Mercaderes, la chapellerie française et italienne ; les calles de San Francisco, Profesa et Espiritu Santo étaient le domaine des modistes et tailleurs, français exclusivement ; les calles Independencia, San Juan de Latran appartenaient à la demi-douzaine de banques américaines et à vingt boutiques de détail, américaines elles aussi ; les magasins de drogues, les parfumeries et les spécialités pharmaceutiques se tenaient dans les calles San Jose el Real et el Factor, c'était là que la plus considérable, la *Gran Drogueria,* faisait le bonheur de son propriétaire, le Français Labadie. L'élégante calle de Plateros, où se tenaient les principales joailleries, dont la grande maison française *la Esmeralda,* alignait les magasins de modes, de lingerie, de confection, les chapelleries, les parfumeries. Restaient enfin les calles de Vergara et du Coliseo, le quartier des étals plus modestes des cordonniers espagnols et mexicains.

Hormis ce centre marchand, rien à Mexico ne donnait l'illusion d'être dans une capitale moderne. Une capitale digne de son siècle...

A l'instar des gens comme il faut, Jeanne Fortoul se gardait bien de sortir des frontières de la ville boutiquière. Audelà, on avait le désagréable spectacle des ruelles étroites, effroyablement pavées, des maisons délabrées, lépreuses et malsaines. Là, toute une cour des miracles se donnait rendez-vous. On y pataugeait dans la boue pendant la saison des pluies, on s'enfonçait dans la poussière jusqu'aux mollets l'hiver. Les ornières étaient parfois si profondes que les voitures s'y enfonçaient, brisant souvent leurs roues. Il y avait même des quartiers où la voirie était devenue impraticable. L'entrée de Mexico par la Garita de San Cosme, par exemple. Cette voie, pourtant décisive, puisque c'était par là que la ville recevait la plupart de ses approvisionnements, était effondrée à trois endroits. D'énormes béances s'agrandissaient un peu plus chaque jour sans que l'autorité y remédie. Les caisses du municipe étaient vides... Et l'on risquait une famine à cause d'un trou mesurant 20 vares de long sur 1 vare et demie de profondeur...

En apercevant, à quelques pas devant elle, la lourde silhouette de Jecker, la jeune fille s'empressa de traverser la calle San Francisco. L'idée de croiser le banquier suisse la répugnait. Chaque fois que le hasard mettait ses pas dans les siens, elle ne pouvait s'empêcher de détailler ses larges mains molles, humides. Elle le détestait. Heureusement, l'homme, qui semblait perdu dans ses pensées, ne l'avait pas aperçue. Son esprit, sans doute, devait être occupé par un nouveau moyen de « rendre service », comme il aimait à dire. Jecker comptait parmi les banquiers les plus influents de la capitale, il était en effet de ces « hommes-providence » qui, tels des oiseaux de proie, tournoyaient autour du palais, erraient dans les antichambres gouvernementales. C'était un *agiotista* hors pair qui savait l'art de profiter des aléas financiers du pays, du déficit chronique du budget pour prêter au gouvernement à court terme et à un taux fort élevé. Assurément, il avait la partie belle depuis de nombreuses années !

La situation économique et morale du pays était telle, depuis la signature honteuse du traité de paix avec les Nord-Américains[1] et la retraite de ceux-ci le 30 mai 1848, que pas un politicien n'osait prétendre à la succession vacante de la présidence de la République. Qui se serait montré assez inconscient pour gouverner un pays où la pénurie du Trésor était telle qu'il avait été impossible de ramasser les squelettes des hommes et des chevaux qui jonchaient toujours les champs de bataille ? Les recettes du pays atteignaient péniblement 5 millions de piastres, alors que les dépenses dépassaient royalement les 13 millions. Faute de prétendant et en désespoir de cause, le Congrès avait chargé le général modéré José Joaquim de Herrera de ce poste dont personne ne voulait. La mort dans l'âme, il s'était incliné ; à vrai dire, il n'avait guère eu le choix : c'était la présidence de la République ou la dégradation et la saisie de ses biens ! Et depuis, le malheureux Herrera se démenait dans d'insolubles problèmes : bureaux publics assaillis par les veuves de guerre qui venaient y mendier leurs pensions, centaines d'officiers

1. Voir tome I, « Les Jardins de l'Alameda ».

oubliant leur couardise passée et s'agglutinant dans les couloirs du palais, parasites ; pacte fédéral transformé en une mosaïque confédérale de républiques insolvables n'aspirant qu'à l'autonomie ; libéraux et conservateurs du corps législatif se déchirant à l'envi, sabotant initiatives et mesures de l'exécutif... Le manœuvrier Jecker se trouvait donc à la tête d'un énorme portefeuille d'hypothèques et de garanties sur la fortune de l'État, et, mois après mois, s'appropriait à bon compte des milliers d'hectares de terres supplémentaires.

Fatiguée par son fardeau, Jeanne s'arrêta un moment. Elle entendit alors derrière elle un bruit argentin. Deux galantins reluisants comme des châsses, éperons aux bottes, brillant partout d'argent, en broderies sur leurs vestes et leurs chapeaux, en boutons et en chaînettes sur leurs pantalons sombres, s'approchaient d'elle en affectant l'air martial des don Juan. Jeanne ne put réprimer un frémissement. Comment échapper à ces fils de famille, aux grossières galanteries qu'ils préparaient ?

— Nos hommages, mademoiselle Fortoul !

A deux pas de là, sur le seuil de son cabinet de lecture, Isidore Deveaux, « Papa Deveaux » comme on le surnommait dans la communauté française, venait de comprendre la mauvaise posture dans laquelle allait se trouver la jeune femme.

— Besoin d'aide ? lança-t-il en français, d'une voix amusée.

Les deux galants, fiers comme des paons, rengorgèrent leurs fadaises et poursuivirent leur chemin sans demander leur reste, laissant derrière eux flotter une puissante odeur d'écurie.

— Ce sont ces individus qui rendent impossibles pour les femmes et les filles honnêtes les promenades dans les rues de la capitale. Regardez-les ! Même à pied ils ont l'air d'être à cheval...

— C'est tout l'effet que vous font ces beaux *rancheros* ? taquina Deveaux.

— *Rancheros,* ça ? *Rancheros* pour rire, qui ne quittent les rues centrales que pour aller à l'Alameda, et de l'Alameda pour s'en revenir vers les rues du centre ! Ils se gardent bien de ne jamais galoper sur les routes, au bord des ravins. Les ornières, le vent et les balles des *bandidos* nuiraient à leurs costumes de bal ! Il ne suffirait pas de tous les gendarmes de Mexico pour arrêter cette armée d'insulteurs publics !

— Mais quelle idée avez-vous eue aussi de sortir sans votre toile ? Deux coups d'ombrelle, pan ! et c'en est fini des importuns !

Du fond de la boutique, une voix interpella le libraire. C'était celle de son unique employé, pauvre souffre-douleur qui se tenait dans un coin du local sombre et malpropre, cloîtré dans les piles de productions littéraires de France, d'Angleterre et d'Espagne. Un serviteur tout juste bon à peler des pommes que son maître dégustait sans cesse, à recoller les feuilles déchirées des mémoires de la duchesse d'Abrantès.

— Que me veut encore cet imbécile ? maugréa Isidore Deveaux. Bon vent, mademoiselle Jeanne, et criez à la garde si besoin est.

Un peu plus tard, calle Vergara, Jeanne poussa le lourd battant de la porte cochère nº 50, la maison de la légation de France. Le calme du *patio* contrastait avec l'agitation de la rue ; les jasmins, les géraniums et les lys qui crevaient la végétation luxuriante donnaient à l'endroit la quiétude d'une redoute. Le ministre de France était à son bureau grand ouvert sur le jardin parfumé. Charles Levasseur venait d'apposer son cachet sur le compte rendu annuel de l'état du commerce français. Un bilan positif pour l'année 1851, puisque, avec 2 438 972 francs d'importation et 4 668 138 francs d'exportation, le Mexique se trouvait en troisième place dans l'importance de ses échanges avec la France. Tissus de coton, de soie, de laine, papier, livres, vins, mercerie, porcelaine, verres à vitre, cristaux, orfèvrerie, parfumerie, mode, liqueurs, instruments de musique, articles de Paris, poissons marinés et à l'huile, médicaments composés, voitures suspendues, horlogerie, encre pour écrire et imprimer... La plus grande partie des biens de détail du commerce de Mexico était française. De tous les étrangers qui y étaient établis, les Français étaient d'ailleurs les plus nombreux, puisqu'on comptait environ deux mille six cents négociants, artisans, marchands de modes et de nouveautés, contre cent cinquante Anglais, quelques dizaines d'Italiens, d'Allemands, de Belges, de Suisses et d'Anglo-Américains.

A une année de la fin de ses fonctions, Charles Levasseur aurait pu être satisfait de son heureuse carrière, mais les premiers mois de l'année 1852 auguraient mal de l'avenir et assombrissaient les prévisions. « *L'affaire du nouveau tarif est depuis quelques mois la grande question,* écrivait-il à l'intention de son ministre des Affaires étrangères, *et tous les intérêts se sont mis en mouvement pour obtenir les conditions les plus favorables. Parmi les personnes qui prennent la part la plus importante aux intrigues se trouvent placés les fabricants mexicains qui veulent empêcher la levée de certaines prohibitions, et les négociants anglais et allemands, qui veulent, au contraire, l'obtenir. M. Doyle, l'attaché britannique, s'est naturellement constitué le champion de la dernière manœuvre, et ses sollicitations sont si vives que, de l'aveu même du ministre d'Hacienda, elles prennent parfois un caractère menaçant. Le gouvernement mexicain, sans trop s'émouvoir cependant et sans trop céder aux uns et aux autres, a fait rédiger un tarif qui mécontente tout le monde. Le dépit des Anglais et des Allemands va jusqu'à la fureur. Il est impossible de les rencontrer sans entendre immédiatement des récriminations sur la question des douanes. J'ai la satisfaction d'annoncer à Votre Excellence que la conduite des négociants français est toute différente : ils restent étrangers à toutes les intrigues. Les plus considérables, les plus intelligents d'entre eux sont tombés d'accord pour reconnaître que l'augmentation du droit n'est pas telle qu'elle puisse gêner les transactions, comme le disent Anglais et Allemands. J'ai, pour ma part, conseillé à maintes reprises au ministre d'Hacienda une diminution des droits de douane exagérés comme moyen de ruiner la contrebande effrénée qui se fait dans tous les ports. Mais on m'objecte sans cesse que le Mexique est un pays exceptionnel, que sa seule industrie repose dans sa production de métaux précieux, que la charge des consommateurs, déjà extrêmement limitée, ne peut s'accroître ; que, par conséquent, l'importation en plus grande quantité de produits d'Europe n'aurait pour résultat que d'encombrer le marché ; qu'il ne trouverait plus à écouler les produits par suite de la disproportion qui résulterait entre l'offre et la demande. Ceci ralentirait les importations et priverait le Trésor d'une des sources les plus importantes de son revenu.* »

Une toux forcée interrompit le ministre de France tout à sa relecture. Il observa par-dessus ses lunettes son chancelier qui introduisait Jeanne dans le bureau.

— Mademoiselle Fortoul, entrez donc !

— Pardonnez-moi, fit-elle en restant sur le seuil. A vrai dire, c'est Mme Levasseur que je désirais voir. Je lui livre là la toilette qu'elle avait commandée...

— Je suis désolé, dit-il, aimable, mon épouse est en visite dans Mexico. Mais posez donc ce fardeau et prenez place. Vous prendrez un verre de citron ?

Jeanne acquiesça.

Charles Levasseur appréciait cette jeune femme. Lors de son installation à Mexico, en 1848, il s'était informé avec intérêt de la vie et des activités de ses ressortissants. Il avait appris l'histoire des deux sœurs, Jeanne et Élise Fortoul, parties en 1843 de leur village des Basses-Alpes, à l'âge de seize et dix-sept ans. Elles formaient ce petit groupe de pionniers composé de leur propre père et de dix autres jeunes gens à peine plus âgés qu'elles. Il avait appris le décès de leur géniteur et le courage qu'elles avaient montré pour survivre à la fatalité. Il était impressionné par tant d'ambition et d'inconscience. Lui-même avait pu se rendre compte de la personnalité des deux sœurs, et plus particulièrement de Jeanne. Quelque temps après son arrivée à Mexico, il s'était intéressé à celle-ci à propos d'un incident dont elle avait été la victime. Des excités, qui lui reprochaient les visites trop fréquentes que lui rendait un officier yankee dont elle s'était amourachée, s'étaient vengés en saccageant l'atelier Fortoul. Informé du fait, le ministre de France avait été surpris de ne pas recevoir la visite des deux modistes. N'était-ce pas la première démarche qu'entreprenaient traditionnellement ses ressortissants en pareilles circonstances ? L'appui du représentant du gouvernement français restait au premier chef le moyen le plus efficace pour réclamer et obtenir quelque indemnité en échange des dommages subis. Mais Jeanne Fortoul n'en avait rien fait. Et Charles Levasseur avait appris, médusé, que la jeune femme avait obtenu, Dieu sait comment, une entrevue avec le général nord-américain Scott qui commandait le corps d'occupation nord-américain au Mexique. Quinze jours plus tard, les sœurs Fortoul ouvraient un nouvel atelier de couture dans la calle San Francisco, le quartier des modistes. Levasseur s'était fâché pour la forme, mais il n'éprouvait en réalité qu'estime pour cette jeune personne qui savait ce qu'elle voulait. Il lui restait, bien sûr, du chemin à parcourir avant d'arriver à ce qui, de toute évidence, la guidait : la réussite. Mais Charles Levasseur était d'avis que cette jeune fille était digne de l'obtenir. Et c'était la raison pour laquelle il avait prié son épouse de faire des sœurs Fortoul ses modistes attitrées.

Elles étaient belles, ces deux jeunes femmes, et pourtant si différentes d'attitude et de caractère. Bien malin, pour qui ne les connaissait pas, de distinguer la plus jeune de l'autre, de découvrir une ombre de ressemblance entre ces deux visages aussi purs. La plus jeune, Jeanne, vingt-six ans, était la volontaire, la plus revêche. C'était une petite personne hautaine parfois, autoritaire souvent. Sa chevelure sombre de rousse, un nuage de taches de rousseur sous ses yeux couleur d'eau lui faisaient ce visage qui va si parfaitement aux impulsives. Quant à Élise, depuis qu'elle avait épousé Jean Pascal, le négociant d'un des plus gros commerces de Mexico, son corps s'était épanoui. Elle avait trouvé dans cette union la quiétude dont l'avait privée la Providence. Par son calme heureux et raisonnable, elle tempérait la fougue de sa cadette d'une année. Les sœurs, l'eau et le feu rassemblés, ne pouvaient vivre l'une sans l'autre. Jeune mariée, Élise n'avait pas abandonné l'atelier de couture : ni l'une ni l'autre ne pouvait concevoir que le temps s'écoule sans qu'elles soient ensemble. Aussi, ces couturières hors pair alliaient leurs caractères et leurs talents au rêve commun : le désir de fortune.

— Alors, chère... Barcelonnette, dit Levasseur, en l'observant de ses yeux myopes, on me dit que les affaires sont bien calmes.

Barcelonnette... Il avait fallu qu'il soit à Mexico pour découvrir qu'il existait une ville de ce nom en France. Et c'est sous ce nom que le tout-Mexico marchand désignait ces montagnards rudes et un peu frustes qui, par bandes de dix ou vingt, débarquaient en terre mexicaine depuis quelques années. Charles Levasseur n'avait pas tardé à percevoir la pointe de jalousie respectueuse que revêtait ce nom dans les conversations des négociants. Pour le ministre de France, ce nom de Barcelonnette était synonyme d'amour du travail, d'intelligente droiture et de succès. Plus d'une fois il avait rendu compte dans ses courriers de « ces braves gens laborieux et honnêtes, durs à la peine, persévérants dans l'épargne, animés et soutenus par le désir de revoir au plus tôt leur patrie ». Autant de qualités qui contribuaient, à ses yeux, à l'établissement de la réputation de probité de la colonie. Levasseur les avait recensés : vingt-six Barcelonnettes en 1848, avec Calixte Caire pour chef ; trente-six Barcelonnettes en 1849, avec Auguste Cornille pour guide. Compte tenu de tous ceux déjà débarqués en 1831, puis en 1843, des retours en France de Pierre Bellon, de Joseph Chabrand, de Pierre Brémond, cela faisait soixante-quinze. Soixante-quinze garçons et hommes, plus les sœurs Fortoul. Une communauté particulière dans la communauté française, avec ses règlements, ses chefs, son patriarche, Jean Pascal, un ancien berger de quarante et un ans. Sa proverbiale honorabilité avait valu à ce dernier estime et considération. Les bons rapports qu'il entretenait avec tous, sa générosité, son esprit laborieux en faisaient un négociant hors du commun. D'aucuns disaient qu'à force d'emmagasiner toutes les informations que ses commis valéians lui rapportaient de leurs voyages, il connaissait mieux le Mexique que quiconque, et pourtant il n'avait pour ainsi dire jamais quitté Mexico. Attentif toujours à suivre le mouvement du commerce, le cours des marchandises, il avait su jusqu'alors échapper aux erreurs d'appréciation commises au moins une fois par chacun de ses concurrents. Il pratiquait ce que M. Levasseur appelait « un commerce éclairé » : il interrogeait les siens sur l'état de la civilisation des peuples des différentes contrées, il étudiait et consignait leurs habitudes, leurs goûts, leurs besoins, il connaissait leurs ressources, leurs relations commerciales. Il pénétrait pour ainsi dire dans le secret des transactions indigènes, jaugeait du degré de leurs talents spéculatifs. Les tarifs, les frais et les coquetteries de toutes les classes de cette grande mosaïque de pays, il savait tout. Il appréciait l'importance des débouchés, savait en créer de nouveaux, calculait les avantages probables qu'il pouvait en espérer. Sa réputation était telle qu'on prétendait qu'il observait même les climats, étudiait la qualité des ports, des mouillages, des vents régnants, l'état des sondes, des écueils et des rochers, dans les baies. Et avec cela, si généreux... Sa maison de commerce, le magasin des Sept Portes, au numéro 5 du Portal de las Flores, était le port d'arrivée où tous les expatriés de la Vallée recevaient l'hospitalité la plus généreuse, les conseils les plus désintéressés. Il fallait voir comme il savait donner le goût du commerce à ces gars empruntés et gauches qui se transformaient peu à peu en travailleurs actifs et débrouillards. Grâce à lui, la ruche avait essaimé : trois nouvelles maisons de commerce de détail avaient vu le jour depuis 1849, toutes tenues par des enfants de la Vallée, tous d'anciens commis des Sept Portes qui avaient conquis leur indépendance. Si l'on comptait les succursales de Puebla, Guadalajara et San Luis Potosi, il y avait désormais sept maisons de commerce barcelonnettes au Mexique, toutes vendant exclusivement les tissus communs pour vêtements, linges de corps et de maison. C'est entre ces boutiques qu'étaient répartis les garçons avant de partir sur les routes, vers les haciendas, les villes, les villages et les bourgs, pour y faire connaître et y vendre les tissus. L'insécurité des routes, les attaques de diligences ou de convois, les bandits de grands chemins ? On avait l'impression que rien ne pouvait effrayer ces garçons rompus à l'effort. Était-ce par défi, par bravade, par inconscience ? Non, c'était tout simplement parce que le colportage avait toujours été leur métier, et qu'ici, peut-être plus qu'à Barcelonnette, ce colportage représentait leur force. Alors que chacun vivait cantonné chez soi, alors que la végétation et les éléments effaçaient les pistes faute de voyageurs, alors que l'industrie et le commerce s'épuisaient dans les villes et les villages qui se défendaient comme ils le pouvaient contre le brigandage, les Barcelonnettes poursuivaient leur route à la tête de leurs caravanes. Aucun d'eux n'y avait encore laissé sa peau ; à croire qu'ils avaient pactisé avec les anges. Plusieurs d'entre eux, en fait, avaient eu maille à partir avec les voleurs et les bandits, certains même avaient été dévalisés, mais de tout cela jamais ils ne parlaient. Ces gavots, ces montagnards dont on ignorait l'existence à Paris, représentaient en terre mexicaine l'honneur de la France.

— J'espère que vous serez des nôtres, la semaine prochaine, au banquet, reprit Charles Levasseur en offrant à Jeanne quelques gâteaux au miel qu'une Indienne avait déposés sur un guéridon.

Jeanne dit oui. Même si le banquet annuel de la garde nationale française et allemande n'était pas à proprement parler une fête, en tout cas pas au sens où elle l'entendait, puisqu'on n'y danserait pas la polka. Cette manifestation, même si elle réunissait quelques dizaines de personnes, n'était qu'occasion de discours, de toasts portés par les personnalités mexicaines et étrangères qui y étaient conviées pour faire accroire en cette « fraternité internationale et individuelle, en cette union des peuples » si chères à Charles Levasseur qui ne manquerait pas de répéter encore : « Dans ce banquet, je ne vois ni Français, ni Germains, ni Mexicains, je ne vois que des frères ! »

Réceptions, bals, soirées ? Depuis belle lurette, tout ceci était souvenir. Comme si étrangers ou Mexicains avaient perdu le goût des fêtes et des relations aimables.

Jeanne avait reposé son verre vide sur le plateau, à côté d'elle. Le chancelier pénétra alors dans le bureau.

— Une dépêche télégraphique, monsieur le Ministre.

Jeanne profita de cette intrusion pour saluer. Elle se trouvait dans le patio lorsqu'elle entendit M. Levasseur qui la hélait.

— Jeanne, Jeanne, revenez ! Voici une nouvelle qui vous intéressera sûrement. Vingt-cinq de vos pays doivent arriver dans une quinzaine d'ici.

Le visage de la jeune femme s'éclaira.

— Au train où vont les choses, on ne rencontrera plus que des Barcelonnettes à Mexico, fit le ministre.

— Vous verrez bientôt ce que nous ferons de Mexico, lança-t-elle dans un rire.

III

— Nous l'avons de nos yeux vu, nous l'avons vu ! M. Doignon est le vainqueur d'Orizaba. C'est un grand homme que le Mexique doit louer. Un Français, monsieur, a grimpé à 5 569 mètres ! Le grand pic est devenu humain, nous y étions, et nous avons vu...

— Si, *señor*, cet homme mérite de notre patrie !

Avec force gestes, Vicente Flores et Francisco Andrade se poussaient, se bousculaient du coude en s'ôtant la parole. René Masson, le directeur du *Trait d'Union*, portait son regard sur l'un, sur l'autre, et souriait, calé bien au fond de son fauteuil américain. Le publiciste avait renoncé, il ne tentait plus de les interrompre, il les observait simplement en glissant son index entre sa peau et le col de sa chemise, regrettant d'avoir noué trop fort sa cravate. Olivier Meyran, son associé, assistait à la péroraison, assis sur la banque de l'imprimerie, une jambe ballante. Dans son dos, Robert Pasquier, le prote de l'atelier, essuyait ses grandes mains maculées d'encre et ne perdait pas un mot de la discussion.

— Oui, nous l'avons observé à la lunette. Nous l'avons vu planter l'emblème du Mexique au sommet, tout le reste est mensonge !

— Votre journal ne serait-il qu'un ramassis de menteries, d'à-peu-près ? Suffirait-il que le premier falsificateur vous fasse visite pour que sa parole soit juste comme pain bénit ?

Masson s'impatienta ; il ne pouvait admettre que l'on taxe son journal de feuille de chou. Se hissant sur ses jambes, il cria pour ramener un peu de quiétude.

— Messieurs, messieurs, cette polémique a assez duré et je ne vous permets pas de mettre en cause *Le Trait d'Union*, la qualité de ses collaborateurs. Je ne comprends plus rien à cette affaire. M. Mingerus est venu nous rendre visite, il nous a affirmé qu'il était, lui, le vainqueur de l'Orizaba. Comment départager votre... poulain, M. Doignon, de M. Mingerus ? Qui dit vrai ? Qui dit faux ?

— Mingerus est un imposteur, un menteur, éclatèrent-ils en chœur.

Et Andrade confia, véhément, que Mingerus lui rendrait compte sur-le-champ.

— Je lui passerai l'épée au travers du corps. Il est honteux de souiller l'honorabilité d'un... héros !

— Les observations de M. Mingerus sont cependant fort précises, si précises même qu'il nous a paru impensable de les mettre en doute, reprit Meyran, un fin sourire aux lèvres.

— Cet escroc a fait bon usage des renseignements que lui a confiés notre cher Doignon. Notre ami ne fait pas mystère de ses observations scientifiques, il ne s'agit ni d'un margoulin, ni d'un rétenteur, il a cru bon de confier aux uns et aux autres le fruit de ses études. Le public doit être avisé d'un tel exploit et des enseignements sur la faune, la flore, les déserts minéraux du haut sommet. M. Doignon est un homme de haute qualité morale, un savant véritable !

— Mais comment M. Mingerus aurait-il pu commettre une telle indélicatesse ? Il n'ignorait pas que les témoins étaient nombreux ? L'expédition se composait de dix-neuf personnes, n'est-ce pas ?

— Parfaitement, et de cinq nations différentes. Et nous sommes surpris que pas un de ces messieurs ne se soit encore déplacé pour rétablir la vérité. Croyez-nous : c'est bien M. Doignon qui est allé planter la hampe de son drapeau sur le cône final du mont Orizaba. Mingerus est un paltoquet, un menteur, un freluquet bien trop faible pour réussir pareil exploit.

Depuis près d'un mois, la polémique faisait rage dans les milieux élevés de Mexico. Une poignée d'hommes de bien, et passionnés comme peuvent l'être les gens disponibles, affirmaient qu'Alexandre Doignon était le seul membre de l'expédition à avoir pu fouler la neige immaculée du géant Orizaba. L'affaire valait qu'on se chamaille, puisqu'en dépit des jugements portés en d'autres temps par le baron de Humboldt lui-même et tant d'illustres voyageurs, cette colossale montagne avait été violée par le pas d'un humain, et d'un Français de surcroît, natif de Champlitte, cette commune de Haute-Saône qui avait donné tant de pionniers au Mexique. L'équipage de montagnards qui avait accompagné Doignon sur les pentes du mont Orizaba avait surveillé à la longue-vue l'ultime ascension de l'héroïque grimpeur. Plus tard, un article paraissait dans *Le Trait d'Union* sous les signatures de Flores et Andrade, cosigné par Juan Romero, porteur du sceau de la province, et certifié vrai par le *juzgado* du district. Et puis, la contestation était née : d'autres affirmaient que le héros se nommait Mingerus... Poulets, droits de réponse et pétitions s'empilèrent sur le marbre du *Trait d'Union* : la polémique faisait rage.

« Nous certifions, pour dissiper quelques erreurs, qu'il est certain que ledit Mingerus est monté, lors de l'ascension, jusqu'à une hauteur très considérable. Mais ses forces physiques ne lui ont pas permis d'arriver au point que les forces de Doignon lui ont permis d'atteindre. Les soussignés affirment même que, saisi d'un grand repentir, Mingerus affirma à l'équipage qu'il se refuserait à remonter aussi haut, même pour une somme de 10000 piastres. Il est incroyable qu'il ose affirmer dans son récit que Doignon lui servit seul de compagnie, car il ne pourra nier devant les témoins de l'exploit que Doignon seul foula le sommet de cette majestueuse montagne, après avoir laissé Mingerus et Nicolas Contreras à 150 pieds plus bas. Hauteur, soit dit en passant, que Mingerus ne put gravir que par l'exemple de Doignon qui lui servit de guide, pour lui éviter les dangers et les précipices qui se présentent à chaque pas. C'est en suivant les traces de Doignon qu'il fut facile à Mingerus et à Contreras de ne pas s'égarer. Malgré tout, les forces manquèrent à ces deux-là et, sans haleine, ils ne purent continuer sur les pas de Doignon. »

Depuis ce 26 mars 1852, la contestation s'enflait. Les partisans du Belge Mingerus et du Français Doignon s'affrontaient par papiers timbrés, déclarations de juges de paix, exploits d'huissier. Les frères Diatric, deux Américains naturalistes, un Espagnol, Clemente Garcia, et un Britannique, George Monroe, résidant à Orizaba, étaient les plus fougueux défenseurs de Mingerus ; les autres montagnards, mexicains, habitant San Andres, se répartissaient entre les deux alpinistes.

On se battait, on se chamaillait à propos du volcan, et Meyran souriait toujours. Il se souvenait, lui, des torrents blancs, impétueux, il se souvenait des *colas de caballo,* les queues de cheval, ces plantes étranges qui ont l'apparence des échelles de soie et dont les fils si fins ressemblent à des toiles d'araignée. Il songeait à ce pays heureux, aux teintes vert sombre, noires et huilées des caféiers aux feuilles laquées, aux couleurs des bananiers tunas au vert si tendre. Mystérieux pays de cocagne, où des arbres abattus exsudent une sève écarlate sang-de-cheval, ou encore cette feuille froissée d'où s'écoule une encre violette. Le paradis sur la terre, terre de miracles et de nature sublime. Il se souvenait des *platanillos* qui forment de fines vasques à l'endroit où les feuilles s'attachent à la tige, des vasques emplies d'eau fraîche, où les colibris viennent boire. Dans ces légers récipients végétaux, Meyran savait que l'on trouvait des graines minuscules d'un incomparable bleu de Prusse. Et partout, dès mai, des grappes d'orchidées, à damner un peintre florentin... Et ces imbéciles se disputaient pour savoir si le Belge ou le Français était bien l'unique escaladeur de rochers.

— Bien, messieurs, coupa-t-il, nous insérerons une nouvelle note dans notre édition de demain, mais de grâce, faites cesser là cette polémique qui lasse les lecteurs ! Songez ; c'est le trente-deuxième article que nous publions sur l'Orizaba. Et ce sera le dernier, pour clore cette guerre des communiqués.

Il contourna le bureau de Masson qui rêvassait et n'écoutait plus dans ce brouhaha, puis il nota les derniers arguments des pro-Doignon.

Le docteur Juan Govantes, un jeune médecin libéral, pénétra alors dans l'atelier du *Trait d'Union.* C'était un petit homme replet, natif de la province de Cuautla, un savant franc-maçon craint et respecté même par la société d'Hippocrate de Mexico où, pourtant, une belle brochette de filous, d'arracheurs de dents, de diafoirus s'intitulaient docteurs en médecine. Juan Govantes avait ses habitudes chez Masson et, plus que tout au monde, il aimait flâner dans les couloirs de l'imprimerie. S'il n'avait été médecin, on l'aurait bien vu typographe. L'atelier était encore calme, puisque pour l'heure les compositeurs n'étaient occupés qu'à la confection du numéro. Le docteur regardait, gourmand, l'agilité des doigts qui puisaient dans les casses, alignaient les lettres de plomb dans le composteur. Un arpète, dans un coin, effectuait une épreuve à la brosse et frappait à petits coups sur la morasse humide ; un autre, plus loin, taquait une forme. Et cette odeur de pétrole, d'encre chimique lourde et grasse, de rames de papier frais que l'on débitait sur un massicot en belle fonte d'Heidelberg. Govantes était ravi. Il aimait lire à l'envers les lignes de plomb serrées dans leurs lingots, il suivait le caractère à l'aide d'une feuille qu'il descendait imperceptiblement. Il lorgnait les typos pour savoir si ceux-ci le regardaient, car il était fier de partager avec ces ouvriers une parcelle de leur savoir. A Mexico, d'ailleurs, les journalistes, les propagandistes, les hommes de pensée et de lettres connaissaient tous les rudiments de l'imprimerie, cet art et cette science de l'intelligence et de l'histoire.

Juan Govantes lisait : « Liberté-Égalité-Fraternité. Notre confrère l'*Universal* prétend qu'il est arrivé à Veracruz une malle remplie de médailles consignées à une maison de commerce du port et que ces médailles portent, sur un côté, certains emblèmes et, au centre, les mots Liberté-Égalité-Fraternité. Nos confrères ajoutent : " Devise sacramentelle de la secte communiste en France. " L'*Universal* se demande si les communistes vont faire irruption au Mexique, et il fait semblant d'avoir peur. Qu'il se rassure : la devise n'a rien de commun avec le communisme, elle est tout bonnement chrétienne et républicaine, et les médailles qui nous arrivent ne feront, à notre avis, ni plus de bien ni plus de mal que les scapulaires et autres marchandises ecclésiastiques dont le pays est inondé. »

Amusé par cet écho, le médecin leva les yeux vers Meyran, dont il reconnaissait la manière, et il lui fit un signe d'approbation.

Flores et Andrade péroraient toujours.

— Il est incroyable... qu'il ose ainsi affirmer... la pente de l'Orizaba sur sa face nord... 150 pieds plus bas...

Meyran dressait une synthèse de ces bavardages, il n'entendait plus les piaillements.

Govantes fouillait maintenant dans les épreuves humides que l'on avait pincées sur le panneau du correcteur.

« L'*ayuntamiento* a décidé l'établissement du cimetière municipal dans un endroit convenable. Si dans ce cimetière doit cesser le commerce scandaleux qui se fait à Santa Paula, si les prix sont moins scandaleusement élevés, si les prêtres si scandaleusement payés s'y font moins scandaleusement attendre et remplissent moins scandaleusement leur mission, le conseil municipal a eu, certes, une excellente idée. »

Meyran, l'auteur de ces lignes, *est en verve*, pensa Juan Govantes. Il admirait le courage de son ami qui s'en prenait fréquemment à l'un des pouvoirs les plus redoutables du Mexique : l'Église. N'était pas journaliste qui voulait dans ce pays où le moindre mot, la moindre allusion désagréable à l'encontre d'un puissant accédait à la Cour suprême, à la magistrature ou à un gouvernorat et pouvait vous valoir l'exil, l'assassinat et, au pire, le Presidio, l'abominable forteresse de San Juan d'Ullua, à Veracruz.

Maintenant, le médecin observait Meyran à la dérobée. Souvent, devant ses canules et ses patients misérables de l'hôpital des jésuites, il se demandait ce qu'il savait vraiment sur son ami... Qu'il était arrivé au Mexique en 1831, que très tôt il avait mêlé son combat à celui des *puros* libéraux... On savait que ce presque quinquagénaire sec et élancé avait combattu contre le sombre règne de Santa Anna. Il aimait vivement cet homme rayonnant, réservé, qui cultivait avec élégance cette allure qui lui donnait l'air d'un d'Artagnan en bottes. Govantes l'avait rencontré en 1847, quand Juarez avait été élu député au Congrès. Meyran était l'un des fidèles de l'Indien d'Oaxaca, le petit juge noir comme un pruneau qui incarnait, pour le petit nombre de Mexicains aux idées avancées, l'honneur et la raison de la nation.

Le médecin était tout à ses réflexions, l'esprit en bataille, passant son pouce sur une galée de caractères, quand Meyran s'approcha.

— Pardonnez cet intermède, docteur, mais *Le Trait d'Union* vient d'affronter en ma personne les aléas d'une information contradictoire et, comme vous le jugerez, de la plus extrême importance : qui est monté le plus haut sur Orizaba !

Les deux hommes éclatèrent de rire, et Juan Govantes entreprit l'autre.

— J'ai fait ce matin une découverte qui me préoccupe grandement, et je voulais vous en entretenir, fit-il en tirant son ami à l'écart...

Dans le quartier de San Pablo, le matin même, une femme s'était agrippée à ses basques en le suppliant. Il l'avait suivie dans les *calles* sordides de ce quartier où régnait la plus extrême pauvreté. Il avait été poussé dans une maison, vers une paillasse où reposait un homme d'une quarantaine d'années couvert d'humeurs, de vomis et de déjections. L'homme râlait, et Govantes avait été surpris par l'effrayante odeur qui se dégageait du malade. Celui-ci avait perdu ses esprits, son pouls et son cœur battaient imperceptiblement et des effets de cyanose s'emparaient déjà des membres inférieurs.

— Cet homme était atteint du choléra, et au dernier degré...

— Vous êtes certain de ce que vous annoncez, Juan? demanda Meyran.

— Hélas, il n'y a pas de doute. Cette odeur de pourriture, qui ressemble si fort à celle de la petite vérole, c'est-à-dire aussi pénétrante et insupportable, m'a paru sur le coup être un des caractères du miasme contagieux. Mais je poursuivis mes observations : symptômes endémiques, sporadiques, caractérisés par des évacuations de haut et de bas... faiblesse... état de refroidissement... vomissures comparables à la substance de l'eau de riz... amaigrissement fulgurant... crampes... chute de la température du corps... C'est le choléra, mon ami, sinon que l'Être me damne!

— Faut-il dramatiser?

— Sans doute pas, on peut enrayer la propagation du mal. Mais cet homme a expiré dans mes bras, malgré les frictions sur le corps que j'ai ordonnées à ses proches. C'est le mal suprême, Meyran! Et... il faut aviser.

— Que faut-il faire ?

— Dans l'instant, nous avons agi avec diligence, le cadavre a été transporté immédiatement au cimetière, ses linges ont été brûlés, mais ce quartier est si insalubre... Enfin, je veux dire que ces conditions sont les pires pour enrayer un tel mal...

— Il faudrait alerter le conseil de salubrité.

— C'est fait. J'ai rendu visite au cabinet du ministre de l'Intérieur. M. Lacunza donne l'ordre de déblayer les rues malpropres, d'enlever les tombereaux d'immondices qui jonchent jusqu'au sol des maisons. Vous savez aussi bien que moi que les eaux stagnantes sont des bouillons de culture...

— C'est bien...

— Meyran, j'aimerais beaucoup que vous insériez dans votre prochaine édition les mesures d'hygiène à prendre pour éviter la prolifération d'une épidémie possible. Agissons néanmoins avec prudence, il s'agit de ne pas affoler la population.

— Nous allons faire le nécessaire.

— Merci, mon ami, et je vais de ce pas alerter l'*Universal,* le *Siglo* et le *Monitor.*

Meyran savait ce que signifiait le choléra et son cortège de malheurs, il savait comment ces épidémies embrasaient, foudroyaient tous les espoirs du monde. Quand le mal s'installait, l'esprit, le ressort même de la vie sociale se brisait. La léthargie s'emparerait une fois encore de la capitale, une fois encore la dévastation fraierait son chemin à l'Église, au pouvoir des prêtres. Le « mal de Dieu », la « malédiction des archanges » frapperait « les impies, les peuples dissolus, les populations coupables d'entendre les voix des réformateurs », c'est-à-dire des idées nouvelles. Le désespoir allait encore conserver le dernier mot. Une grande lassitude déferla sur le journaliste. Vingt ans durant, le Français s'était affronté à la sauvagerie de l'Église, à la puissance de l'autorité des évêques, à la violence des créoles dévoyés qui pratiquaient l'esclavage sur leurs haciendas, bastonnaient, terrorisaient les *peónes* misérables qui, aux fêtes saintes du calendrier, versaient de royales oboles aux moines et aux chanoines. Et l'Église, grasse de ses privilèges, avec sa cohorte de pères et de curés, pousuivrait le rançonnement pour son compte des humbles paysans terrifiés par le mystère des Saintes Écritures. Que de batailles perdues depuis vingt ans...

Meyran prit sa plume de fer et traça : « 17 mai 1852. Un cas de choléra a été signalé dans le quartier San Pablo. Nous croyons de notre devoir d'en donner avis à nos lecteurs pour qu'ils s'entourent de toute protection utile. Il n'y a d'ailleurs rien là qui puisse causer d'alarmes sérieuses. Pour une personne rangée, sobre et d'habitudes réglées, le choléra est beaucoup plus effrayant de loin que de près. » Il essuya sa plume en songeant que cet avis s'adressait d'abord aux bien nourris, aux lecteurs du *Trait d'Union,* bien plus garantis contre le mal que les misérables analphabètes qui vivaient sur l'ordure.

Les heures reprirent leur rythme et le journaliste relisait ses « papiers ».

« Nous n'avons pas eu encore de coup d'État. En aurons-nous ? Hippocrate dit non, mais Galien dit oui. *La Esperanza,* pour compléter le feu ouvert par toute la presse ministérielle, a donné son coup de pied au Congrès expirant, puis tout le bruit s'est apaisé. Ce calme plat venant ainsi subitement après l'orage est considéré par certains esprits comme une preuve irréfutable du désir qu'a le gouvernement de rester dans les limites de la Constitution. Il ne faudrait pas s'y fier : selon d'autres, un coup d'État suppose nécessairement une surprise, de l'intrigue, de l'imprévu. Voyez le 2 décembre à Paris : c'est le *nec plus ultra* du genre. Comprendriez-vous un coup d'État prédit et attendu par tout le monde ? Évidemment non. En ces matières, rien n'est pire que l'eau qui dort. Parmi ceux qui croient encore au coup d'État, il en est qui le redoutent, mais en plus grand nombre d'autres l'espèrent. Les uns et les autres le fixent à une époque assez rapprochée, jour de fête religieuse où la troupe et la milice sont sous les armes... Ils prétendent que toutes les mesures sont prises et ils annoncent l'arrivée très prochaine *ad hoc* du général Santa Anna en notre capitale fédérale. L'exilé volontaire de Kingston, ce dispensateur d'anarchie, ce tyran dictatorial aspire, murmure-t-on, à rentrer dans sa patrie. On assure même que son impatience est si grande qu'il n'attendra peut-être pas la décision des siens et qu'il prendra le pays par surprise en débarquant inopinément. Que ses amis travaillent activement à son profit, qu'un mouvement éclatera sur tous les points à la fois... Attendons quelques jours encore. »

— Robert, tu inséreras cette brève en une et en gras. Je veux qu'elle se lise d'office. Encadre-la donc avec du filet 3 points...

— Mais la page est montée, Olivier ! répliqua Pasquier, le prote.

— Tu te débrouilles, mon vieux, case-la sous l'édito. C'est tout !

Il s'empara de la morasse d'épreuves et relut ses propres lignes en rajoutant cette conclusion elliptique : « Attendons quelques jours encore, et nous pourrons mettre nos lecteurs dans des confidences plus intimes... »

Meyran était satisfait : ce papier-là déclencherait une belle polémique. Mais en même temps, au fond de son cœur, il se moquait un peu de lui-même. Il ne se résignait pas à cette fonction de gratte-papier, de publiciste polémiquard. L'action lui manquait, la belle et bonne action qui libère les hommes de leur lassitude et leur permet de résister au temps sans vieillir. Olivier sentait le poids des désillusions, du doute, de la fatigue et, parfois seulement, de l'amertume, ce venin que distille le cœur des hommes de bien.

En 1848, Anita, la comtesse de Guebarra, sa compagne depuis neuf ans, s'était laissé emporter. Foudroyée par un mal pernicieux qui, lentement, l'avait épuisée en six semaines. Il l'avait veillée, nuit après nuit, douloureusement amoureux, alors que la maladie vidait le pauvre corps de toute sa force. Ses os tendaient sa peau et la langueur poursuivait sa destruction. Les médecins les plus notoires de Mexico, tous partisans libéraux du député Benito Juarez, avaient tenté en vain de comprendre cette vague de fatigue qui s'était emparée de leur égérie. Ils avaient opté pour l'effet d'une fièvre engendrée par la piqûre d'un insecte non répertorié, disaient-ils. Un Américain incriminait l'eau miasmatique de Mexico. Meyran avait bientôt fermement et poliment éconduit les médecins. Il s'était contenté d'administrer à sa malade tous les soins d'amour et de tendresse qu'un homme est capable de donner à l'être aimé. Olivier, désemparé, s'était même surpris des faiblesses à l'égard de l'illusoire secours de la religion et s'était révolté contre lui-même quand il s'était découvert, une nuit, agenouillé, en train de prier Marie, la patronne des petits. Il s'était repris et s'était abîmé dans la nudité de la douleur. Anita s'en était allée, insensiblement acquise au néant durant ces semaines d'agonie. Il restait seul, encore, à l'orée d'une nouvelle vie.

Dire le désarroi de cet homme contribuerait à enrichir le sens de ce mot. Meyran ne trouva ni n'éprouva plus la force de combattre ce trouble insensé qui ronge la volonté d'exister, de survivre. Il se refusa l'examen de conscience, la lâcheté de s'inquiéter sur le poids de son existence, de chiffrer à l'aune des pertes et profits le bilan de sa vie. Il avait refusé l'offre généreuse que lui fit le gouverneur d'Oaxaca, Benito Juarez, qui le priait de se joindre à son équipe politique. Meyran ne voulait pas se meurtrir l'esprit à tout jamais en vivant dans cette ville où il avait connu le bonheur. C'est à Mexico qu'il choisit de s'associer avec Masson, le propriétaire du *Trait d'Union.*

Franc-maçon et libéral, le journaliste sollicitait Meyran depuis de longs mois. Son amitié avec Juarez, la finesse de son style, leurs objectifs communs, cette lutte acharnée qu'ils se devaient de poursuivre contre le féodalisme, ce chancre laissé par des siècles de joug espagnol, les rassemblaient. Le Mexique s'était levé une première fois, il se relèverait, des hommes nouveaux, le sel de la terre, surgiraient des tréfonds de ce pays géant. Cette nation, fille des peuples décimés hier, sans tradition et sans souvenirs, épuisée dès sa courte histoire par la folie et la discorde, hésitante dans son inexpérience, émergerait malgré une nuit des temps assassinée, obscurcie par l'oubli d'un grand passé. Les brouillards de l'ignorance, les préjugés des conquérants se dissoudraient, la vie et l'histoire enseigneraient aux fils du Mexique la dure leçon de la politique. La Nouvelle-Espagne avait gémi trois siècles, et dans tout ce temps, sans existence propre, sa vitalité absorbée par la métropole l'avait réduite à un corps souffrant. Les fruits de l'Europe en mutation s'étaient gâtés aux frontières cadenassées par l'occupant espagnol. Seuls les livres et les journaux autorisés par Madrid y étaient entrés. En un mot, l'Espagne et l'Inquisition avaient construit autour de la vice-royauté une muraille semblable à celle de la Chine afin d'intercepter le mouvement physique et intellectuel qu'inventaient les peuples de la terre. Elles imaginaient protéger leurs féaux des grandeurs de la connaissance, du mouvement des idées, elles pensaient obscurcir la lumière, conjurer la tempête que des causes analogues avaient déchaînée sur le continent américain. L'aristocratie catholique, le grand personnel de la vice-royauté, les prêtres et les moines, la cohorte des agioteurs et saigneurs de gens, huissiers, avocats, fonctionnaires des lois, l'immense population attachée à Madrid comme les vers procréant sur un cadavre, toute cette humanité de *compradores* et d'hidalgos avait frissonné en ce début du XIXe siècle. A Paris, depuis près de cent ans, bourgeois, artisans et ouvriers poursuivaient leurs révolutions contre les rentiers emperruqués. Le peuple du Mexique, ses lettrés et ses propriétaires, ses soldats métis et les marchands des côtes étaient remués par ces forces mystérieuses qui entraînaient les siècles vers l'âge d'or. En 1810, les Mexicains entendirent un cri de guerre, et derrière le curé Hidalgo, de Dolores à Mexico, les humbles, les soldats sans solde, les bafoués et les jeunes ambitieux coururent aux armes pour défendre leur impérieux désir de liberté et d'indépendance. Un soulèvement vital, dicté par la révolte plus que par les principes philosophiques dont ils ne pouvaient encore mesurer la portée. Les Mexicains, sans distinction d'origine, s'affrontèrent dans la guerre la plus acharnée et la plus sanglante qui puisse signaler la naissance d'un peuple à la vie politique. Onze ans durant, le sang coula à flots. Mais ce Mexique, libre peut-être de son destin, n'en avait pas fini avec les flammes et la destruction. Les anneaux des chaînes rivées par la métropole n'éclatèrent pas tous. Restaient les courtisans du pouvoir absolu, qui caressaient secrètement l'espoir de récupérer à leur profit l'influence et les privilèges abandonnés par l'Espagne. Ils devaient fonder le parti conservateur, dans lequel baignait et se confondait le clan des prêtres et des cléricaux. Dès lors, le Mexique connut une nouvelle histoire sanglante, celle de la lutte que mène le peuple pour atteindre les lumières que le progrès répand sur les sociétés modernes. Il fallait battre à plate couture, coûte que coûte, le parti clérical. Il fallait que le Mexique lutte pour dissiper les ténèbres du passé, pour affronter les constructions de l'avenir.

Olivier Meyran se devait de rester à Mexico pour poursuivre la mise en œuvre de ce pour quoi il vivait. Masson avait créé une feuille à laquelle Meyran insufflait vie et vigueur. Des plombs et des presses vinrent de Baton Rouge, en Louisiane, et le titre, *Le Trait d'Union,* illustrait puissamment les motifs pour lesquels Olivier vivait.

Le journal paraissait chaque semaine le samedi par cahier de seize pages sur quatre colonnes. Il alléchait une large clientèle par la publication sur deux pages du feuilleton de M. Paul de Musset, *Jean le Trouveur.* « Véritable encyclopédie hebdomadaire », disaient les prospectus, le journal rendait compte de la politique intérieure mexicaine, des nouvelles européennes, d'une correspondance de Paris, d'un état des colonies et des éditoriaux de la presse française. Des articles de New York et de La Nouvelle-Orléans arrivaient chaque jour et faisaient du volume un ouvrage agréable à lire et qui devint bien vite à la mode à Mexico. On s'abonnait pour 2 piastres le numéro, payables à l'avance, et les annonces de dernière page, à 1 réal la ligne, assuraient un revenu confortable.

L'arrivée de Meyran au *Trait d'Union* fut saluée de la sorte par Masson : « Nous nous plongerons tête baissée dans la vie de lutte et d'agitation qui est l'apanage infaillible de la presse consciencieusement militante. Mais nous n'apporterons, par notre plume, ni amour ni haine, nous ne sentons que des convictions. Nous ne serons ni l'ami ni l'ennemi d'aucune personnalité, nous ne nous attacherons qu'aux principes. Rien ne nous lie que notre conscience. Nous ne recevrons d'ordres que de notre raison, nous ne subirons d'influence que de notre jugement. Nous ignorons ce qui nous attend. Si nous nous trompons, Olivier Meyran et moi-même, ce sera de bonne foi, et nous prions nos lecteurs de n'attribuer ni à de mauvaises passions ni à de vils calculs les erreurs que nous pourrions commettre. »

Inutile de dire que cet éditorial suscita de vives réactions parmi les journaux de la presse conservatrice de Mexico. « De quel droit un Européen, qui plus est un Français, prend-il part à nos questions politiques de cet air sémillant qui appartient à sa nation ? pourfendit le *Monitor,* des plus virulents. Les Français conservent-ils donc encore leur prépondérance d'autrefois ? Cela ne peut être. » La semaine suivante, la réponse de Meyran fut lapidaire : « Aimable confrère, le signataire responsable du *Trait d'Union* est français d'origine, mexicain par sympathie et cosmopolite par principe. Qui plus est, il se croit un homme. Il vit dans la société mexicaine et il a, de par la Constitution même que vous déclarez être votre maîtresse — sections première et troisième, article 1er —, le droit de manifester ses opinions et celui de défendre ou d'attaquer le gouvernement du pays, s'il lui plaît. Tout autant que les rédacteurs du *Monitor.* Permettez-nous de vous dire qu'invoquer la Constitution pour laisser le poignard et la corde aux mains des *plagiaros*[1] et la méconnaître pour enlever la plume des mains d'un étranger honorable qui a poussé jusqu'au sacrifice ses sympathies pour le Mexique, c'est faire preuve de cynisme en matière de sentiments et de charlatanisme en matière de principe. »

Cette réponse claire, franche et courageuse attira sur *Le Trait d'Union* la vive sympathie d'une grande partie de la population éclairée et libérale. Son écho sortit même du cadre de Mexico et de nouvelles demandes d'abonnements arrivèrent de plusieurs grandes villes de l'intérieur. Deux Mexicains, Tarrel, à Guadalajara, et Dancos, à San Luis Potosi, proposèrent leur collaboration comme correspondants. Mais les hommes sont tels et leur aveuglement si prompt que le journal français s'attira autant d'ennemis que d'amis... On retrouva ce clivage au sein même de la communauté française qui se scinda en trois camps : les républicains, qui se rallièrent à lui sans conditions, les conservateurs qui vilipendèrent « ce beau parleur imbu de théories révolutionnaires », cet « anarchiste, ce rhéteur qui prêche l'égalité, le partage des biens et autres fariboles du même tonneau » ; au centre, comme toujours, les prudents qui craignaient que les propos tenus par ce journal soient attribués à l'ensemble de la communauté française, sans distinction. Ce clivage se renforça au début de l'année 1852, lorsque Meyran, pour tout commentaire sur le coup d'État de Louis Napoléon Bonaparte, choisit de publier les parties les plus saillantes de *Napoléon le Petit*, l'œuvre de Victor Hugo, qui produisait alors une immense sensation en Europe et en France où elle circulait sous le manteau malgré toutes les censures. Une levée de boucliers s'en prit à Meyran et l'accusa de flétrir l'honneur de la France. Il s'en expliqua ainsi : « L'ouvrage de Victor Hugo est peut-être le fait le plus saillant qui se soit produit dans la politique française depuis le coup d'État du 2 décembre, écrivit-il. Il fera partie de l'œuvre complète de l'illustre poète et passera très probablement à la postérité sous l'aile protectrice de *Notre-Dame de Paris* et des autres chefs-d'œuvre de l'immortel écrivain. C'est donc une page d'histoire que Louis Napoléon ne peut laisser passer sans contradiction. Comme journalistes, nous

1. Hommes de bande qui kidnappaient, à cette époque, sur les chemins des provinces.

ne pouvions la passer sous silence. Quant aux attaques que me font certains sur la volonté que j'aurais de vouloir rabaisser et flétrir la France, je pense qu'ils n'ont pas dû bien lire ce document historique. Les accusations de Victor Hugo frappent en effet le chef actuel du pouvoir et quelques hommes qui lui ont servi de complices. La France, représentée comme victime, ne saurait être considérée comme solidaire d'actes qu'elle a subis. L'armée elle-même, dont une fraction aurait, selon Victor Hugo, joué un rôle si terrible dans la journée du 4 décembre, ne peut être rendue responsable de la conduite d'un petit nombre de ses chefs. Mais même si le livre de Victor Hugo avait eu pour portée de rabaisser et de flétrir la France, nous n'y verrions pas encore de motif déterminant pour nous empêcher d'en publier des extraits. N'oublions pas que le coup d'État du 2 décembre s'est tellement entouré de mystères et de compression qu'il a, par là même, prêté le flanc à toutes les suppositions. Et puis, M. Victor Hugo, dont le nom est universel, dont la réputation exige des ménagements, a-t-il pu légèrement porter à la face du monde des accusations aussi graves ? »

Grâce à toutes ces polémiques, la vente du *Trait d'Union* suivit une courbe ascendante. Le nombre de ses abonnés atteignit les deux mille sept cents. Plusieurs Français lui prêtaient service bénévolement et des agents postaient des informations de toutes les villes de l'intérieur, de Puebla à Veracruz, de Guanajuato à Durango, de Tepic à Morelia, de Tampico à Zacatecas, de Tabasco à Tehuacan. Les affaires marchaient si rondement que depuis le 1er avril 1852, grâce à l'embauche d'un prote de talent, Robert Pasquier, *Le Trait d'Union* parut deux fois la semaine, le mercredi et le jeudi, à raison de deux cahiers de huit pages.

Oui, sans aucun doute, tout le monde reconnaissait qu'il fallait désormais compter avec ce Français.

IV

La vallée d'Anahuac, les anciens textes l'écrivaient déjà, est la plus belle du monde. Souvent, les voyageurs comparaient Mexico à une perle d'Amérique, tout comme les premiers Espagnols amphigouriques affirmaient que Tenochtitlan, Venise du Nouveau Monde, valait bien la capitale de la péninsule. Las, les conquérants avaient, dans leur fureur destructrice, réduit à quelques ruines l'héritage des anciens Mexicains. Sur les blocs des temples et des pyramides, les Espagnols reconstruisirent en *tezontle,* cette pierre de lave volcanique, des palais européens. Bâtie sur une lagune, la cité de Moctezuma, désormais enfouie, supporta les murs et les fondations d'une ville espagnole sublime. Mais chacun savait que cette orgueilleuse capitale, édifiée dans son cirque de falaises, de montagnes et de volcans escarpés, couverts de si vastes forêts, était née d'un holocauste.

De la pierre poreuse, grise et noire de la ville sourd une inquiétude qui émeut ses habitants. Signe du passé enfoui, Mexico respire le chaos. Tremblements de terre, inondations, épidémies : trois plaies pour rappeler aux citadins la sanglante fondation et la malédiction des statues brisées des dieux des empires précolombiens. Si les représentants de la Sainte Église s'en prenaient, disaient les croyants, aux vices et à l'impudeur des passions de la ville moderne, la main des déesses et des dieux faisait parfois sombrer son courroux sur les conquérants et leurs descendants. Les leçons du passé valent pour les hommes du présent le poids d'un duvet de volaille. L'oubli aveugle des vivants et l'ostentation du luxe dénoncée par les philosophes, les poètes et les franciscains dans une incessante litanie menaçaient la ville. L'épidémie, sans cesse, inquiétait comme la malédiction finale.

En une semaine, les informations du *Trait d'Union* avaient amplifié la crainte du choléra. Deux faubourgs, San Pablo et La Palma, étaient infectés. Dans les quartiers riches du centre, on ne s'alarmait guère. Il y avait belle lurette que le choléra n'avait pas frappé, et les gens de la classe aisée s'étaient accoutumés à ces épidémies qui décimaient les *pelados*, les pauvres hères qui survivaient dans les quartiers sordides. Chez la *gente de razon*[1], on ne croyait plus à la décimation contagieuse. Du temps de l'occupation américaine de 1848, quatre cents personnes mouraient du typhus chaque jour, mais cette fièvre nerveuse avait peu atteint les riches. Chacun pensait donc que les progrès de l'hygiène et de la bonne alimentation les préserveraient du mal. Les jeunes médecins enseignaient qu'une vie bien ordonnée, régulière, occupée et sobre, était le meilleur préservatif contre la maladie... Mais tous n'étaient pas aussi quiets, indifférents. Le *Monitor* louait Domingo Otero, un riche exploitant de mines d'argent dans la sierra de Taxco, qui donnait aux pauvres. Et sa générosité était autant enviée que sa fortune. Les journaux avaient fait leurs choux gras du luxe de son palais de la rue de l'Indio Triste. Nymphes, dieux, dans le style du grand Raphaël, cheminées de Carrare importées par bateau, porcelaines colossales de Chine acquises et livrées par le port de San Blas, sur le Pacifique, escaliers à double révolution, vitraux de Delft, bref, on chuchotait que les décorations du seul premier étage avaient coûté le prix faramineux de 100000 piastres. Le riche métis avait donc prié les curés des paroisses de procurer médecins et remèdes aux malades et d'en porter tous les frais à son crédit. Cette générosité fut détournée de son sens et au *Café de la Gran Sociedad*, on raillait le couard qui comptait obtenir ainsi la protection des saints contre une épidémie que chacun proclamait illusoire...

Reste que quand les prêtres lurent en chaire l'exemple de Sodome et Gomorrhe, les puissants furent indisposés. Les curés se trompaient-ils ? Une houle de réprobation s'empara des saints hommes quand on apprit une sordide spéculation.

1. La classe aisée de la société.

Deux journées après la nouvelle du premier cas du choléra découvert par le docteur Govantes, le Conseil de salubrité de Mexico fit imprimer une sorte de manuel préventif et curatif. Chacun pouvait se procurer cette brochure à l'hôtel de la *Diputación*. Or, certains négociants, profitant de la gratuité de ces conseils, se réservèrent de grandes quantités de cet ouvrage fort recherché dans les circonstances du moment. De grandes maisons de commerce vendaient ce qui devait être gratuit... Le municipe dut sévir. Sombre commerce, mauvais présages... Puis, tels les vautours, des droguistes accoururent des États du Nord, alléchés par l'inquiétude qui s'installait. Ils proposaient une ribambelle de produits miracle, de remèdes et de spécifiques contre les atteintes du choléra. Ces préventifs, dont chacun se targuait d'avoir analysé avec un soin extrême les composants, étaient vantés par les réclames de professeurs de médecine distingués ayant pour patients d'aussi considérables personnes que le roi des Persans ou le président des États-Unis d'Amérique. Et défilait un capharnaüm dans les vitrines d'apothicaires : limonades purgatives, eaux-de-vie camphrées, boissons fraîches à base de fleur d'oranger ou de pétales d'amaryllis, pilules et poudres, racines et lavements, un bric-à-brac de canules et de tubes. Une nuée de soigneurs et d'infirmiers diplômés, de chirurgiens et de savants logèrent dans les grands hôtels du centre. Les docteurs Mirès et Salmon, qui débarquèrent un matin, annoncèrent sur-le-champ, par voie de presse, qu'ils ne resteraient que huit jours dans la ville pour démontrer dans les faits que le choléra est aussi facile à enrayer, dès son origine, que toute autre maladie. Ils défiaient leurs confrères de prendre pareil engagement. Le docteur Joly de Joblinière soutint, lui, que la plupart des maladies peuvent se guérir en une minute, sans douleurs, sans frais, sans remède et sans danger... Et d'indiquer à chacun les moyens d'en faire la preuve : « Si vous prenez la main d'un malade, en plaçant le pouce dans le milieu de cette main et l'index sur le revers vis-à-vis du pouce, si vous pressez avec un peu de force les deux doigts en repliant les nerfs de votre bras autant que possible, si vous fixez votre regard sur les yeux du patient avec une ferme volonté de le guérir, si enfin vous portez votre autre main sur la partie malade en la frottant légèrement pendant environ une minute, le mal doit avoir disparu. Cette manière de guérir ne me paraît pas une science, mais un sixième sens dont l'homme a toujours été doué, mais dont il a perdu l'usage ou qu'il a toujours ignoré. Ce n'est qu'en hésitant que je vais chercher à soulever un coin du voile qui nous a caché, jusqu'à présent, pareil phénomène. »

Un brouhaha passionné entourait les charlatans qui déposaient leurs malles à Mexico. On se houspillait à propos des médecins, mais comme au spectacle, en oubliant souvent qu'il était question d'une terrible maladie. C'est ainsi que les esprits volages folâtrent et éloignent le pire. Le choléra ? La dernière certitude de mardi était qu'il aurait disparu avec la pleine lune...

La vie s'écoulait malgré les mauvaises nouvelles venues des faubourgs. On disait, à la *Sociedad del Comercio,* le cercle fréquenté par les négociants, que le choléra n'était pas plus volatile que le typhus et que, comme lui, il s'attaquait aux collectivités nombreuses des quartiers pouilleux, des prisons, des hôpitaux, des casernes et des vaisseaux. Eux, les nantis, n'habitaient-ils pas des demeures aérées et spacieuses ? A donc, peu de soucis dans l'immédiat. Et le midi, à la *Sociedad,* on feuilletait les journaux d'Europe dans des salons meublés avec goût et d'un luxe rare. Là moins qu'ailleurs, l'épidémie ne pouvait pénétrer. Qu'aurait-il pu arriver de si grave à des messieurs vêtus de redingotes et de lin immaculé ? Fiers de leur réussite et de leur puissance, ces hommes se savaient immortels. Et l'on buvait des sherry-cobbler bien glacés, une absinthe appelée aussi *mata frances,* c'est-à-dire tue-Français, du vermouth et du Picon... Chacun était satisfait de son voisin et de lui-même.

Ce 26 mai, ces hommes heureux goûtaient leurs privilèges. Leloir, le représentant d'une maison de Bordeaux, vins et cognacs, donnait du mollet et du menton. Bien peu savaient qu'il venait de connaître de mauvaises affaires avec le palais gouvernemental et qu'il risquait, un jour prochain, de prendre la route de Louisiane pour se faire oublier de ses banquiers. Meyer, propriétaire d'un salon de coiffure et barbier de son état à l'enseigne de *La Corbeille fleurie,* tonnait contre les tondeuses à cheveux américaines. Ce petit homme, alsacien, moustachu et vindicatif, maniait son rasoir comme un yatagan et pestait contre le progrès. Alfred Carendular était le savant du groupe. Il avait déposé à New York un brevet d'optique qui commençait à rapporter. Ce Limousin se targuait de fabriquer des verres qui rectifiaient avec sûreté les aberrations visuelles par la magie d'un foyer central invariable et par la soustraction des rayons lumineux venant des côtés. Il vous débitait cela d'un trait et la plupart n'y comprenaient rien. Pierre Delaunay, maître d'école à l'Institution franco-mexicaine, réfugié politique de 1848, grand amateur des idées de Saint-Simon, de Fourier et des Encyclopédistes, entreprenait chacun. On l'écoutait, mais silencieux, trop respectueusement, sans commenter ses idées et en acquiesçant prudemment à ses théories. Les bourgeois respectaient la hardiesse du quarante-huitard, prisaient sa culture politique, mais avec réserve.

Pour l'heure, ces personnages entouraient Michelat, le maître d'escrime, qui relatait une de ses aventures.

— C'était pour les Pâques. Un de nos concitoyens, dont je tairai le nom, vint me trouver. « Ma femme, dit le visiteur, boit et godaille avec un sacripan que je veux exterminer. Je viens pour la leçon d'escrime et je compte bien savoir en un mois le moyen de passer ma rapière au travers du coquin ! — Avez-vous déjà tenu l'épée ? lui dis-je. — Non, monsieur le Maître, je déteste les armes depuis mes couches. — Eh bien, monsieur, vous ne percerez personne, sinon vous vous ferez endommager, si bonnes que soient mes leçons. — Cela change ma thèse, dit-il après réflexion, risquer d'être éclopé après avoir été trompé, ça non ! Je vais plutôt le saisir des tribunaux et lui demander dommages et intérêts. »

Les hommes étaient ainsi à rire quand ils furent rejoints par trois lascards furieux. André Devers était le roi de la volaille truffée, à l'enseigne de la *Dulceria francesa* ; Marquet, au *Pain Grillé,* confectionnait, rue Tiburcio, le plus blanc des pains français ; quant à Rateau, charcutier au *Coliseo Viejo,* c'était le prince du fromage de cochon. Les trois étaient hors d'eux.

— Le gouverneur est un gredin, doublé d'un esprit fragile. C'est un couard qui interdit tout, du beurre frais à la tuerie des animaux qui alimentent les boucheries. Interdictions, prohibitions... Nous demandons quels sont les médecins qui lui ont donné l'avis d'abuser du droit que prennent les autorités de réglementer ainsi les estomacs de la population !

— Nous comprenons, dit Rateau, les conseils en pareille matière, mais ces ordres sont contraires aux institutions républicaines appliquées à la cuisine. Avec les prohibitions du gouverneur, nous échapperons au choléra, mais par compensation, nous mourrons de faim.

— En temps de choléra, ajouta Marquet, le devoir des autorités n'est pas, que je sache, de permettre seulement les œufs à la coque pour prohiber les œufs sur le plat, d'interdire la pâtisserie au beurre pour laisser vendre la pâtisserie à la graisse ! Les autorités ont pour seule mission de rassurer les populations en écartant la hantise de l'idée d'épidémie. Ces interdits si nombreux produiront l'effet contraire en reportant sans cesse l'attention de la population sur le choléra et d'effrayer les esprits au lieu de les rassurer.

— Par sa faute, on ne pourra plus porter la main à la bouche sans se dire « est-ce permis ? », « est-ce défendu ? », et sans être dans des transes continuelles, si contraires à la tranquillité morale recommandée par les hommes de l'art. N'est-ce pas, Carendular ?

Mais Rateau ne laissa pas au savant le loisir d'ajouter son grain de sel.

— Le *bando* de M. le Gouverneur a cet inconvénient qu'il a fait doubler le prix de la viande et que la classe pauvre sera autrement exposée aux atteintes de la maladie en ne pouvant plus se garnir suffisamment l'estomac de sa nourriture habituelle.

— Il a encore le tort de porter un préjudice considérable aux établissements industriels, fit doctement Meyer.

— Enfin, il a le tort plus grave d'être basé sur un faux principe d'hygiène. Nous allons le prouver en citant des autorités dont on ne contestera pas la valeur. Le docteur Double, bien connu pour ses travaux sur le choléra asiatique, a posé les questions suivantes : on ne saurait dire combien une vie bien ordonnée, régulière, a pu préserver du choléra. Dans nos collèges, dans les maisons religieuses, dans les pensionnats, on compte à peine quelques cas de maladie. Une vie sobre, occupée, organisée est le meilleur préservatif ! Mais s'il faut de l'hygiène, point trop n'en faut. Trop, c'est trop. Ce pays est impossible...

Une angoisse, un agacement diffus couraient Mexico. On craignait la maladie, on doutait du gouvernement de la ville.

Les grandes capitales sont des corps vivants, non seulement irrigués de sang et d'eau ; ces villes ont des humeurs, des hantises, des énervements. Et la population communique à ces métropoles du désarroi ou de l'enthousiasme, sans raison, d'un jour à l'autre...

Jeanne Fortoul ne se souciait guère de l'épidémie de choléra, elle croyait en son étoile. C'est le privilège des esprits forts que de ne pas craindre la colère du ciel. La dernière folie du tout-Mexico l'excitait bien davantage. Et elle aussi, cet après-midi-là, s'en alla chez Ferrand, le daguerréotypiste.

Les gens de bien sont ainsi faits que, dans les pires moments, ils s'abandonnent aux coquetteries, aux futilités les plus naïves, comme pour se donner l'illusion que le pire n'arrivera pas. Les dignitaires de l'État, leurs matrones, leurs maîtresses et leurs descendances avaient été les premiers à convoquer ce magicien dans les salons de leurs palais ou dans leurs garçonnières. On vantait ses « camés pleins de vie et de lumière », on s'extasiait sur « la clarté, la limpidité de leurs contours, le jeu des ombres et des lumières ». Les peintres pestaient contre ces teintures sépiacées qui, disaient-ils, condamnaient la représentation humaine à n'être plus que binettes aux yeux clos, faces crispées de masques mortuaires, éternellement jaunâtres. Les peintres craignaient pour l'avenir de leur manière.

On l'avait vu arriver deux mois plus tôt avec ses malles et ses bagages volumineux. La population avait été prévenue à grands renforts de réclames dans la presse : M. Harold Ferrand avait été formé par le propriétaire d'une des plus prestigieuses *daguerrian-galeries* de Broadway, le célèbre *Parlor Jeremiah Gurney*. Au rez-de-chaussée de son atelier, près de l'hôtel de la calle Santo Domingo, on avait suspendu, le long de la façade, un cadre protégé par une clôture où étaient cloués des spécimens de portraits, une douzaine de tableaux en pied et un quarteron de profils. Rêveuse et troublée, Jeanne avait souvent observé l'image de ces femmes exposées. Des groupes de badauds, à toute heure du jour, défilaient devant l'exposition. C'était un événement : des échanges de points de vue avaient lieu tout haut devant la vitrine, chacun y allait de son commentaire. Deux ou trois rangs de curieux tordaient le cou pour mieux voir en attendant que les importuns qui se trouvaient devant eux cèdent cette première place désirée. Sur une photo trônaient deux actrices, l'une en rosière, l'autre en femme sauvage. On distinguait, à côté, une robe à volants et sous une ombrelle, une dame de l'aristocratie. Plus loin, c'était le portrait d'une réformiste de Philadelphie en *bloomers*, ces jupes courtes et ces pantalons très larges aux genoux, serrés sur la cheville par des élastiques et que les femmes libres de Boston et de Londres imposaient. Là, c'était un homme en haut-de-forme appuyé à une balustrade tenant, d'une main rigide, sa canne ; un rentier entouré de sa famille jouait avec la breloque de sa montre ; un autre encore, la main droite plongée dans son gilet, méditait, à l'imitation des génies parlementaires ; un soldat mexicain, sur son cheval, très jeune, portait les traits de la fierté, du courage et du privilège du commandement...

Jeanne avait convaincu Élise sans difficulté, et les deux sœurs avaient revêtu pour la circonstance les couleurs conseillées par la notice de Ferrand : des verts et des bleus pâles. Jeanne en robe à carreaux, Élise, en soie demi-teinte avec, aux épaules, des petites manchettes et des guipures blanches, montèrent dans les étages de la calle Santo Domingo. Elles pénétrèrent dans le vaste atelier aux murs nus, aux meubles rares, baignés par la lumière droite qui tombait du ciel. Cette clarté imprégnait l'espace, semait une étrange irréalité dans ce réduit à chaleur de serre. Au milieu de l'atelier, se dressait un étonnant fauteuil d'opérateur surmonté par une tige de fer, terminée par un tampon d'ouate cousu. En face... la chambre noire. Il s'agissait d'une pièce de menuiserie imposante en bois de rose, une sorte de monstre à l'œil cyclopéen, monté sur un trépied sculpté comme un retable saint, mais enchâssé partout de pièces métalliques, de renforcements, de manivelles, de molettes. Des effluves prenantes, tenaces flottaient dans l'air. Ces parfums chimiques ne pouvaient que troubler les jeunes femmes qui observaient, tendues, les détails de cet étrange sanctuaire. Les émanations âcres et métalliques leur prenaient la gorge et leurs regards glissaient trop vite sur un fatras de fioles, de boîtes de toutes sortes, de flacons garnis d'iode, de bromure, de chaux, d'alcools, de mercure, de soude et de tripoli. Bien sûr, les portraits de connaissances, entrevus sous des emplâtres de gazes, auraient pu les tranquilliser, mais Jeanne et Élise étaient trop impressionnées par le mystère et la diablerie du lieu.

Ferrand, un grand homme sombre et décharné, pénétré de toute son importance, surgit des quelques mètres de toile noir-vert disposés dans un angle de la pièce, le laboratoire de préparation des plaques. Ferrand soignait une mise extravagante. Grande silhouette dégingandée, tête hérissée de poils roux peignés en coup de vent, longue barbe conquérante, gilet rouge, pantalon à carreaux, larges guêtres de cuir bouclées jusqu'aux mollets. Tout dans son allure l'apparentait au magicien, impression physique renforcée encore par le mélange de vapeurs d'éther et d'alcool qui traînait à ses basques.

Peu loquace, il jaugea les filles en un clin d'œil, entraîna, autoritaire, Élise vers le siège de pose, lui fixa la tête contre le support métallique. Puis il invita Jeanne à venir s'installer, debout, à côté de sa sœur. Il s'agita autour de la boîte montée sur trépied, disparut sous le voile noir, ôta le couvercle de l'objectif. Elles avaient en face d'elles un gros œil qui semblait leur fouiller l'âme. Elles se taisaient, inquiètes, la gorge sèche. Il resurgit, corrigea la position des mains, l'inclinaison du buste d'Élise, l'orientation du regard de Jeanne, fit jouer les plis d'une robe et disparut à nouveau derrière elles pour tendre des toiles blanches. Puis il retourna vers sa boîte. Un ton comminatoire résonna, sourd.

— La demoiselle qui est debout... Je ne veux pas voir de muscles crispés... On dirait deux suppliciées... Faites jouer vos yeux sous les arcades sourcilières ! Et votre bouche ! Elle doit sembler remuer...

Jeanne s'efforçait de faire bonne contenance et de donner à sa physionomie une impression détendue. En vain. Élise, elle aussi, tentait d'adopter une posture relâchée.

— Attention ! Ne bougeons plus...

A cet instant, elles retinrent leur souffle, bloquèrent leurs torses, figées dans l'immobilité.

Le soir même, Élise éprouva les premiers vertiges, qu'elle mit sur le compte de sa grossesse. Alitée plus tôt que de coutume, elle ne parvint pas à trouver le sommeil. Bien plus tard, dans la nuit, Jean Pascal fut tiré d'une rêverie inquiète. Assoupi dans un fauteuil d'osier, il avait laissé ses mains reposer sur un livre. Il ne méditait plus. Il était tendu, tout à coup. Près de lui, Élise se plaignait de violents maux de tête, d'atroces nausées qui lui restaient dans le corps, de brûlures dans l'estomac. Puis bientôt, elle geignit.

Jean Pascal fit mander le médecin de l'hôpital géré par la Société de bienfaisance. Quand Jourdanet arriva enfin, l'état d'Élise s'était dégradé : secoué par des nausées profondes, violentes à se briser l'échine, son corps se tendait à rompre, ses dents grinçaient en un incessant mâchage, mais sa pauvre bouche était vide. Le médecin décela aussitôt la cyanose sur les membres inférieurs. C'était affreux à voir : les orteils de la malade s'écartaient les uns des autres, le muscle du mollet raidi comme une lanière forçait sur les os et, plus haut, le genou semblait percer la peau. Absences, borborygmes, les vertiges se succédaient, déferlant comme la houle, ne lui laissant plus de repos. Choléra !

Le docteur réclama les domestiques, et chacun à son tour entreprit de masser la patiente entre la vie et la mort. Qu'importe, on s'activait en désespoir de cause, et l'on retroussait les manches, on poussait le feu dans l'âtre, on se lançait des linges brûlants. Jourdanet, de ses doigts nerveux, frappait les jambes, le torse de la malade prisonnier de forces qui semblaient ne s'en prendre qu'à ses muscles. Chacun prêtait son énergie, donnait son effort, plongeait les paumes dans un onguent d'huile de maïs et de graisse de cochon. Mais le choléra poursuivait sa longue et perverse progression. D'un coup, une mousse blanchâtre, épaisse comme du riz bouilli dans son lait, s'échappa des lèvres de la jeune femme. Jourdanet ordonna alors aux commis de cesser là les massages.

Élise s'en allait vers les portes de l'agonie.

Jean Pascal était méconnaissable, la vieillesse, d'un coup, le ravageait ; il marmonnait d'incompréhensibles propos et dissimulait son visage dans ses mains. De temps à autre, il s'approchait de la gisante, tendait l'oreille, mais ne saisissait pas ce qu'elle tentait de lui dire. Dans l'obscurité douce de cette chambre de douleurs, il regardait, les yeux agrandis par le mal, les membres déformés par les spasmes qui se succédaient.

Quand Jeanne, enfin, arriva, Élise avait sombré dans l'inconscience. C'était un coma profond, irrémédiable. Les battements du pouls et du cœur étaient déjà irréguliers. Le médecin, en nage, exécutait ponction sur ponction pour tenter de relancer le rythme des mouvements du cœur. Pascal, pris d'une soudaine ardeur, massait les jambes, les mollets, les chevilles d'Élise avec une incroyable violence, mais la cyanose, inexorable, gagnait du terrain.

Vers 5 heures du matin, le pauvre corps se cabra une dernière fois. Élise n'avait pu prononcer un seul mot.

Jean Pascal s'effondra, prostré. Jeanne, près du lit, tenta en vain de clore les paupières de la défunte. On lui banda les yeux d'un linge de soie. Les survivants sont ainsi faits qu'ils imaginent que les morts doivent se rendre aveugles vers l'inconnu.

Dans la chambre mortuaire, quand Jourdanet quitta la pièce, on n'entendait que les sanglots de Jean Pascal. Des sanglots brefs, une peine d'homme blessé. Jeanne, elle, avait le regard vide. Elle n'avait pas pleuré une fois ; au cours de ces longues heures, toute son énergie et sa passion ne lui en avaient pas laissé le choix : elle s'était battue avec toute sa violence et sa hargne contre cette mort qui voulait lui prendre l'être le plus cher. Elle était là, figée, le regard perdu. Au-dedans d'elle, un pan de sa vie s'était abattu.

Au lever du jour, on emporta le corps de la défunte sans que Jeanne ni Pascal ne s'en aperçoivent. Il fallait agir promptement pour éviter toute contamination. Le choléra ne laissait pas même aux vivants la cérémonie du chagrin. Quand le soleil illumina la rue, la chambre était vidée de tout son contenu et une épaisse fumée, produite par la combustion du papier d'Arménie, traversait tout de même le barrage d'étoupe dont on avait calfeutré les interstices des portes. De proche en proche, la cruelle nouvelle se communiqua en une surprenante rapidité. La consternation fut générale. Mais personne ne vint réconforter Jeanne et Jean, tant la crainte de contamination était forte. La maison des Sept Portes était un symbole de mort, et la communauté craignait le pire. Pour la première fois de son histoire, le magasin resta fermé. Le chagrin de Jean Pascal était celui de tous, les Français de Mexico observaient le malheur de loin, mais nul ne s'avançait pour confier sa sympathie ou tendre une main fraternelle... La peur de la mort, ce grand repoussoir, interdisait les plus puérils signes de compassion, de condoléances chaleureuses.

Cette mort raviva les racontars les plus simples. Une stupidité faisait son œuvre : un charlatan prétendit que les ondes des regards portaient une langueur sur laquelle l'épidémie prenait vie. Les gens de la bonne société en vinrent à écarter leurs regards de ceux de leurs proches. La frayeur s'installait même parmi les plus sereins. Avec la mort d'Élise Pascal, on découvrit avec horreur que la maladie, qu'on croyait confinée dans les faubourgs, se répandait dans le centre de la ville et qu'elle n'épargnerait personne, pas même la meilleure société des gens nourris et des gens propres... On apprit qu'un Allemand du nom de Conrad Salt, demeurant dans la calle du Coliseo Viejo, n'avait pas cru mieux faire pour se soustraire à la terrible épidémie que de se trancher la gorge. On dit aussi qu'un soldat en faction sur les terrasses du palais s'était fait sauter la cervelle, en pressant avec le pied la détente de son fusil, car son unique enfant avait été emporté par le choléra. Les rumeurs les plus folles parvenaient des faubourgs. On disait que, là-bas, la panique était à son comble ; des curés rapportaient que le gouvernement avait donné l'ordre à tous les médecins d'empoisonner ceux qui étaient atteints par l'épidémie afin de couper le fléau à sa racine. Tragique résultat : des pauvres préférèrent se laisser mourir sans secours plutôt que de s'adresser aux médecins qui ne manqueraient pas d'exécuter à leur préjudice les ordres qu'ils avaient reçus... D'autres, vers la Villa, à qui on avait dit que c'était le réservoir d'eau de la ville qui avait été intentionnellement gâté, refusèrent de boire d'autres liquides que les alcools et les spiritueux. Toute une population désespérée, ivre de tequila, fut décimée en quelques semaines par la maladie et les crimes après-boire.

Compromettant le caractère sacré dont ils étaient revêtus, les ecclésiastiques tenaient en chaire des tribunes politiques et incitaient le peuple à la rébellion en attribuant l'invasion du choléra au *gobierno de malvados,* à ce gouvernement de malfaisants athées. Des journaux chrétiens, l'*Observator social* notamment, affirmaient que si le choléra frappait la République, c'était par châtiment divin contre la presse républicaine, et particulièrement le *Siglo* qui avait traduit le discours sacrilège de Victor Hugo sur l'enseignement. Les médecins, las de cette cacophonie idéaliste, usés par les calomnies du clergé et la déficience de l'autorité, décidèrent de confronter leurs méthodes afin de prendre en charge la guerre de résistance qu'il fallait lever contre le mal qui gagnait partout. On se réunit donc, à l'invitation du Français Jourdanet, à la Société de bienfaisance, dans un local proche du palais.

L'honorable assemblée, installée sur des bancs et de larges fauteuils, comptait dans ses rangs des gens bien divers... Un curé défroqué, qui se targuait d'avoir déjà été confronté au choléra, ouvrit les débats.

— Sur une masse de malades frappés de l'état cholérique au dernier degré, j'ai réussi à rappeler l'action du cœur en leur administrant quatre tasses seulement d'une infusion chaude et sucrée de tilleul, de menthe, de mélisse, de camomille, d'anis et de fenouil. Chaque tasse à une demi-heure d'intervalle, et dans chaque tasse quatre gouttes d'alcali volatil, ce qui fait seize gouttes en deux heures. La réaction est instantanée : le pouls recommence immédiatement à battre régulièrement, mais ensuite avec plus de force. L'état cyanique disparaît, le corps, le visage, les extrémités se couvrent d'une sueur froide, abondante, et en quelques heures, le malade est hors de danger.

Le curé respirait le contentement de soi. Mais un bavard l'interrompit là.

— Il est souvent nécessaire de combattre la réaction à l'aide d'émissions sanguines. Je préconise, moi, l'usage des bains des mains dans des cuvettes à l'eau très chaude, mélangée à un verre de vinaigre, à 300 grammes de farine de moutarde, et ce pendant vingt minutes ! J'applique alors un cataplasme chauffé par un fer enveloppé d'une flanelle dans le creux de l'estomac.

Le curé, aussitôt, revint à la charge :

— L'alcali volatil, dans l'intérieur du corps, est le seul moyen qu'employait Bernard de Jussieu pour combattre la cyanose qui résulte de la morsure de la vipère.

Un Belge éclata de rire et cria :

— Vous croyez qu'il y aurait quelque analogie entre les effets produits par le venin de vipère et le principe du choléra ?

— Je n'en sais rien, mais c'est ce que je laisse à établir et à reconnaître par mes confrères...

Doctement, Jourdanet mit son grain de sel :

— Que pensez-vous des préparations d'opium, chers confrères ? On m'a dit qu'un médecin français du Caire faisait des essais satisfaisants avec le principe actif de la cannabine, ou du haschich, si vous préférez...

Un autre :

— Et l'eau de Cologne, dont parlent les journaux de Veracruz ?

Le curé de Cunistlan dit avoir employé ce remède pour la guérison de ses paroissiens. Le curé défroqué, qui se piquait de science et combattait désormais les bondieuseries des sorciers et des prêtres, lâcha :

— Bof... Si vous prêtez attention à ce genre de recettes, vous en trouverez deux cents ! Et on vous soutiendra qu'elles sont infaillibles. Tenez, c'est comme ces cholériques qui se guérissent en avalant 3 litres d'eau claire, ou ces *rancheros* de Morelia, qui sont allés se précipiter dans les mares d'eaux stagnantes. Ils soutiennent que ces bains copieux n'ont jamais manqué d'amener leur guérison.

Jourdanet reprit :

— Vous avez tort de vous moquer, monsieur, ne méprisons pas les remèdes indigènes.

Un Américain de La Nouvelle-Orléans dit, dans un mauvais espagnol :

— Jourdanet a raison, il ne faut rien négliger. Je prétends que les effets de l'eau froide tiennent parfois du prodige. J'en ai fait l'expérience il y a deux ans, lors de l'épidémie de Queretaro, sur la personne d'une carmélite. Je lui ai lavé la tête à l'eau froide, j'ai appliqué un bandeau froid sur son front, je lui ai mouillé en permanence la nuque, j'ai ordonné des bains de pieds de cinq minutes, trois lavements d'eau froide d'un litre chacun, et elle a bu de l'huile d'olive après de l'eau froide. La guérison a été complète.

— C'est un miracle, cher... docteur. C'était une sainte, sans doute, dit ironiquement le curé en rupture de ban.

— Je ne négligerai aucun moyen, soyez-en certain, reprit l'autre. Nous avons beau être médecins, nous n'en sommes pas moins nus à l'heure qu'il est. Nous palabrons, nous comparons...

— Alors, tant que vous y êtes, préconisez le traitement chinois ! Le vicaire apostolique de Hou-Kouang se saisit d'un couteau et couvre la langue de piqûres pour provoquer une abondante saignée. Et tandis que les uns étirent les membres du patient, les autres frappent à grands coups sur la poitrine, sur le dos, sur les cuisses et sur les reins. Avec ces fouets de buissons, il jaillit du corps des ruisselets de sang. Le prêtre prétend que le patient en est quitte pour quelques jours avec des cicatrices, des contusions. Sa peau est, dit-on, aussi noire que celle d'un nègre !

— Il n'empêche, nota un Mexicain qui l'avait lu dans une revue mormone, ce vicaire affirme que son patient serait mort dans les vingt-quatre heures s'il ne lui avait pas administré ce traitement.

— Certes, fit Jourdanet, mais pour ma part, je préfère croire en des cures disons... plus civilisées. Tenez, ce docteur de Courbevoie, près Paris, sa méthode a donné d'excellents résultats puisqu'elle a valu à son auteur d'être décoré de la médaille d'or...

— Et quel est donc ce remède admirable ? fit le curé.

— La liqueur de Zipperman, dans une petite cuillerée de café noir. Dix gouttes pour les enfants, vingt pour les femmes, trente pour les hommes. Et ceci à chaque heure. Et si les évacuations ne cessent pas, on administre au malade des lavements d'amidon.

— Le problème, voyez-vous, cher confrère, reprit le Mexicain, c'est qu'on ne trouve ce spécifique qu'à la pharmacie de la rue de Tiburcio. Le temps qu'on en fasse venir de nouvelles quantités de Paris, tous les malades seront morts et les vivants ne vaudront guère mieux.

Ce colloque se révéla bien décevant, et si ce n'est l'organisation d'une carte de l'épidémie, la mise à jour d'un cahier de statistiques, aucune thérapeutique efficace ne fut recommandée. L'assemblée se sépara, mais les désemparés et les exaltés restaient avec leurs doutes, leurs médications stériles.

Les semaines qui suivirent furent affreuses. Du 17 mai au 7 juin, sur sept mille huit cent soixante-quatre cas de choléra recensés, on compta deux mille sept cent deux décès. Tous les points de la ville furent infectés. Le gouvernement eut alors l'idée d'interdire l'entrée dans la capitale de tous les fruits. Mesure différemment interprétée... Pour les uns, elle était d'une grande sagesse, les fruits portant un préjudice immense à la santé publique. Pour les autres, elle était, au contraire, nuisible, car la recommandation d'hygiène la plus simple, ainsi que le préconisaient les médecins, était de ne pas changer sa manière de vivre. « Enlever à celui qui a l'habitude de se nourrir de fruits sans excès la possibilité de suivre cette habitude, c'est changer brusquement sa manière de vivre et l'exposer aux dangers de l'épidémie », écrivit le *Siglo.*

La terreur et l'angoisse enveloppaient la ville. Les curés, partout dans les rues, étaient précédés de grelottements de clochettes sur les chemins d'extrême-onction. Ces sonneries usaient les nerfs des survivants, à tel point que les ecclésiastiques furent bientôt victimes d'attentats. Le vicaire de San Geronimo fut foudroyé par un tir isolé près de l'Alameda.

Le gouvernement ordonna alors de cesser ce tintamarre. Aussitôt, l'évêque donna l'ordre aux siens de faire précéder les saintes huiles de huit chanteurs de cures. L'impression de douleur et d'inquiétude redoubla encore dans les rues vides de la capitale. La haine, il faut le dire ainsi, s'exacerba à l'égard des prêtres. On portait de graves accusations. On prétendit notamment que les carmes de San Gregorio refusaient de céder une partie de leur immense monastère pour y établir un hôpital. Devant leur refus, un campement dût être organisé dans les pires conditions dans les cours de la citadelle. D'autres affirmèrent que depuis l'invasion du choléra, le clergé, qui sait toujours admirablement tirer parti des circonstances, avait doublé les rétributions qu'il réclamait pour les enterrements de toutes classes. Malgré ce, la piété du peuple, la piété des plus humbles se faisait chaque jour plus intense, plus soumise. Processions et cérémonies ne cessaient qu'à la nuit noire pour reprendre à l'aube. L'imploration de la miséricorde divine semblait être la seule activité de la ville exsangue de tout autre effort.

Le 8 juin, le nombre des morts atteignit trois cents entre le matin et le soir. L'apparition prématurée de la saison des pluies n'était sans doute pas étrangère à cette recrudescence... Mexico fut transformé tout d'un coup en une nouvelle Venise. Et les processions, et les cérémonies se poursuivirent, inlassablement. Un grand *triudo*[1] fut célébré dans la cathédrale pour implorer Dieu. Au cours du service, une alarme provoqua un mouvement de panique dans la population troublée. A l'heure où le bedeau principal chargé de la sonnerie des cloches se livrait à ses travaux, le poids des chaînes du bourdon, tout en se déroulant, heurta violemment la voûte principale. Des plaques de plâtre, accompagnées de nuages de poussière, s'effondrèrent sur les fidèles. Par frayeur, ou par mauvaise intention, plusieurs dans l'assemblée se mirent à hurler « *Tremblor, tremblor!* », et la panique saisissant la foule, on se précipita vers les portes dans une confusion indescriptible. Les femmes poussaient des cris lamentables, quelques-unes s'effondrèrent et sombrèrent dans des crises nerveuses. On croyait à un tremblement de terre.

L'assemblée des médecins, qui se contentait surtout d'observer la courbe des statistiques, se garda bien de crier l'alléluia quand ils constatèrent un fléchissement de l'épidémie. Du 25 juin au 2 juillet, la moyenne des gens atteints par le mal diminua à deux cent quatre-vingt-six cas par jour, et celui des décès à deux cent trente. La baisse était sensible. Le mal perdait sa force. Le 6 juillet, on afficha des placards dans les rues de la ville et l'on fit battre tambour : tout danger était éloigné, un *Te Deum* d'action de grâces serait célébré le soir même. Deux mois de désolation s'effaçaient.

Le Trait d'Union publia, le lendemain, la liste des victimes de la communauté française. On en comptait dix-neuf, parmi lesquels Élise Pascal, née Fortoul, vingt-sept ans.

1. Office d'action de grâces.

V

Jean Pascal était un homme brisé, atteint au tréfonds par la perte de sa jeune épouse. Élise avait été sa raison de vivre. Il demeurait prostré, les idées perdues, affalé sur le *mostrador*[1] de la boutique silencieuse. Il ressemblait à ces enfants capricieux et las qui défient les leurs en choisissant les poses les plus abandonnées. Cet homme de quarante ans, courtaud et pourtant fort, sombrait dans la mélancolie. Prématurément vieilli, il affichait des stigmates et des attitudes qui ne trompent pas. Celui qui n'avait été qu'un simple berger poussé par l'aventure et l'espoir de la fortune, celui qui était devenu un commerçant habile, à l'expression lente, s'interdisant de brusquer ou de brutaliser son vis-à-vis, ce commerçant aisé que l'on admirait dans la gente négociante était désormais un être désarticulé.

Alphonse Ébrard, son adjoint, lui demanda enfin s'il ne convenait pas de rouvrir les volets du magasin, de faire publier par *Le Trait d'union* la fin du deuil de la maison française. Pour la première fois de sa vie, Pascal se mit en colère contre l'un des siens.

— Phonse, je me moque du tissu, de votre tissu, elles peuvent passer sur place, les bondes et les balzolines. Au diable les soies et les grèges. Élise est morte, entends-tu? Ma chère Élise... Je n'ai plus qu'à crever. Le magasin n'est pas près d'être rouvert aux bécasses. Tu entends? C'est sur ce plancher qu'Élise marchait, ce sont ces murs et ces rayons

1. Comptoir.

qui ont vu mon deuxième cœur touché par la main de l'épidémie, c'est ici que pour la dernière fois on l'a vue debout...

Jean sanglotait.

— Jean, je comprends, mais tu ne parles pas sérieusement, il faut te remettre à la tâche, vivre, reprendre la partie sur le temps, contre lui.

Jean Pascal ne répondit pas, il pleurait, silencieux.

Ses compagnons souffraient de cet abandon. Jean Pascal, symbole d'équilibre, de puissance, était désormais un homme sans nerf. On aurait pu croire qu'il sombrait lentement dans la démence mélancolique, en fait il avait seulement perdu sa raison de vivre. Il ne s'alimentait plus et fuyait l'appartement, les pièces où il avait connu le bonheur d'aimer. Il ne pouvait poser ses yeux sur le piano, froisser un napperon, contempler un tableau sans que son cœur ne saigne. Il restait assis devant le daguerréotype d'Élise pris ce jour funeste, et le regard dans le vide, il demeurait là, face à l'absente. Des heures, des jours. Dans la semi-pénombre, troublée par les bruits étouffés de la rue, il contemplait le portrait de l'aimée. Seuls ses souvenirs étaient en jeu ; Jean Pascal abandonnait le monde.

Le docteur Jourdanet tenta de lui faire reprendre pied dans la réalité. Quelques médecins ont ce don de comprendre comment les corps vivent au rythme, à l'intensité des rêves et des réflexions qui peuplent les pensées des hommes. Il parla d'Élise, évoqua la communauté que les Barcelonnettes formaient, le respect et la sympathie qui entouraient les pays ; il lui dit encore combien était grand pour la tribu son rayonnement, son aura. Ce groupe de jeunes hommes trouvait une partie de sa force dans celle de Jean Pascal. Jean n'entendit pas, perdu qu'il était dans ses ressassements. Il restait hébété, les yeux remplis de larmes. Quel mal, bon Dieu, avait-il fait pour que le destin se charge aussi durement de lui ? Il se tançait avec complaisance, s'accusant d'une mort qu'il aurait pu éviter s'il avait su quitter à temps ce pays maudit. Ces pensées macabres, cette guerre contre lui-même lui ôtèrent connaissance à deux reprises. Après les saignées, Jourdanet lui donna des pilules opiacées. Son masque se creusait alors, ses yeux mi-clos inspiraient la plus grande pitié et, enfin, il évoquait Barcelonnette, Fours, ses montagnes... Puis, gagné par la fatigue et la douleur, il sombrait dans un sommeil sans rêve. Apaisé, peut-être...

Jeanne ne quittait plus les Sept Portes. Après la douleur, le chagrin et les larmes, elle découvrit combien elle était seule au monde. Une solitude renforcée encore par l'atmosphère oppressante qui régnait dans les appartements, le magasin, et surtout l'absence irréelle de Jean Pascal, hors de lui, hors du monde. Elle se réfugiait dans le patio fleuri. Elle marchait sous les lianes en fleurs qui s'abattaient partout de la galerie du premier étage, l'esprit aux aguets. Les commis passaient en silence sur la pointe des pieds, pour ne pas la déranger. Elle tenta de se raccrocher à Jean Pascal, mais son chagrin incommensurable lui fit peur. Que leur adviendrait-il, à elle, à eux tous, si Jean se laissait emporter par cette mélancolie, ce chagrin définitif? Insensiblement, elle se révolta contre l'abandon qu'elle sentait s'installer. Elle qui toute sa jeune vie avait été indifférente aux autres, sinon à Élise, elle qui n'avait montré que mépris pour « ceux qui se laissent brinquebaler par la vie », elle découvrit que les êtres avaient besoin les uns des autres autant que d'air et d'eau. Elle se porta donc à la rencontre de Jean.

Elle ne le quitta plus d'une semelle; elle se battit contre son âme, elle le contraignit à parler, à s'ouvrir, à laisser son chagrin s'écouler, à confier son désarroi. Dans sa propre douleur, elle ouvrit son cœur. Elle savait qu'il lui était possible d'insuffler son énergie à l'homme blessé. Lentement, imperceptiblement, ce don fut accepté. Jean écoutait et il répondit à la bonté de celle qui prenait conscience progressivement de la force et de tout l'amour inemployé qu'elle portait en elle. Peu à peu, il leva les yeux vers Jeanne, cette représentation dans le réel qui le reliait à l'amour perdu. Elle sut déployer des rets de tendresse, d'attention, et enfin Jean s'abandonna. Pour la première fois dans son existence, il laissa aller sa force, ce fardeau de volonté désormais trop lourd pour lui. Jeanne, reconnaissante de ce sentiment neuf pour elle, prit le malheur qu'on lui donnait, heureuse de la confiance qu'enfin on lui accordait. Ils rassemblèrent leurs douleurs, mais elle, acharnée à vivre, s'était juré de tirer son bienfaiteur des ténèbres, le lien ferme qui la reliait à son passé, à Élise et à tous les souvenirs qui gisaient dans sa mémoire, mais qu'elle n'appelait jamais à la rescousse tant elle aimait peu s'alanguir et laisser libre cours à l'émotion que, jusqu'alors, elle nommait faiblesse.

Un mois après les obsèques, elle décida de son propre

chef la réouverture des Sept Portes, espérant provoquer ainsi chez Jean Pascal un sursaut salvateur.

Les commis, privés de l'autorité de leur chef, se remirent à la tâche sans grand enthousiasme, sans entrain, comme si eux aussi avaient perdu foi en l'avenir. Novice en matière de commerce, intimidée par cette communauté de jeunes hommes à peine moins âgés qu'elle, Jeanne ne fut guère épaulée par Alphonse Ébrard qui voyait d'un mauvais œil une fille se substituer à l'autorité naturelle de Jean Pascal. Il aimait Jeanne, mais n'aimait pas les femmes aux affaires. Elle ne put combattre cette démission générale aggravée par la stagnation du marché. Aux lendemains d'épidémies, les survivants, assaillis par tant de marasmes nerveux, se consacrent d'abord à leur propre sort, s'abîment en prières, en processions et jurent éternellement de renoncer aux facilités temporelles. Bref, les recettes des Sept Portes étaient basses, et les échéances des grossistes n'attendraient pas. Chabert, le Bordelais, comprendrait la peine et la situation des Sept Portes, mais Lübke, le Prussien, ne ferait aucun effort... Jeanne et Ébrard ne pouvaient pas compter sur le retour des colporteurs avant quelques semaines, et, de toute manière, leurs registres de commandes n'y suffiraient pas. Alors, Jeanne décida de ne plus vendre de marchandises qu'au comptant. Ensuite, elle entreprit, non sans angoisse, des démarches auprès des clients à qui Jean avait accordé des crédits à long terme. De ceux-ci elle réclamait compréhension et solidarité, deux valeurs qui sont rares dans le monde sans concession des affaires.

Les réactions ne tardèrent pas.

On murmurait dans Mexico que Jean Pascal avait perdu la raison, que la maison des Sept Portes était bien mal en point pour que les compagnons du Barcelonnette acceptent sans rechigner le ministère d'une aussi jeune femme. Les concurrents palabraient, frémissaient d'aise en songeant à la faillite inévitable du commerce fondé, voici longtemps, par Pierre Arnaud. On tirait des plans, et déjà les plus audacieux tentèrent de capter la clientèle citadine en surenchérissant dans les colonnes du *Trait d'Union* et du *Siglo,* en publiant des réclames alléchantes pour des prix sacrifiés. Les plus hardis démontraient, chiffres en main et avec malignité, l'inanité de l'organisation barcelonnette que l'on avait dit infaillible et qui se désagrégeait, faute de chef, faute d'autorité naturelle. On en était sûr : l'écroulement des Sept Portes entraînerait celui des filiales barcelonnettes de Guadalajara, San Luis Potosi et Puebla. Un contrat tacite liait ces maisons entre elles, et chaque maître, bien que travaillant de manière autonome, était tenu de se ravitailler à la maison-mère de Mexico. Fernand Audibert et Louis Olivier, qui s'étaient installés dans les faubourgs de l'Alameda, virent même d'un mauvais œil l'emprise que Jeanne manifestait sur l'autorité de Jean. Ces deux Barcelonnettes doutaient...

On jasait, on bavardait, on se réjouissait secrètement de l'effondrement de ce quasi-monopole du détail que les gavots bas-alpins faisaient régner sur la capitale. Harcelée par Audibert et Olivier qui réclamaient de juger eux-mêmes du destin des affaires communes, Jeanne se prépara à appeler à la rescousse Pierre Arnaud, le « père » de la communauté, le premier Barcelonnette, le pionner âgé de cinquante-deux ans qui, entre Paris et la Vallée, demeurait le lien entre « les Mexicains » et les futurs émigrés de la montagne à qui il accordait une prime de 300 francs nécessaire à la traversée Le Havre-Veracruz. Mais le temps pressait, et les mois nécessaires au voyage de l'ange tutélaire rendaient impossible le secours de son autorité. Il fallait qu'elle seule trouve les solutions pour conjurer le désastre qui s'annonçait. L'orgueil pour tout viatique, Jeanne la fière se lança dans la bataille.

Elle convoqua l'ensemble des marchands et des commis barcelonnettes des villes de province. On avait installé dans le patio central des chaises et une longue table où avaient pris place les chefs des magasins de l'intérieur. Jeanne était seule, au centre, bien décidée à convaincre ses compatriotes. Ceux-ci l'écoutèrent sans mot dire, n'osant penser que leur avenir était entre les mains d'une payse. Alphonse Ébrard, sceptique certes, mais captivé par l'énergie de la jeune femme, insista, après elle, pour réclamer à chacun confiance et courage. Jeanne ne livra pas son agacement quand Phonse dit à ses compatriotes que son plan avait l'aval de Pascal, que tout ce qu'elle pourrait faire recevait l'assentiment du maître. Sous les traits burinés des gavots, dans les poitrines couvertes de lin blanc rehaussé par les ceintures rouges à la provençale, on sentait l'accord, mais un accord rétif de mâles qui se promettaient de tout faire pour conjurer la catastrophe que cette péronnelle provoquerait immanquablement.

Plus tard, quand on leva les verres de génépi de la montagne de l'Alpe, les quelques larmes dans les cils broussailleux n'étaient pas pour « la Fortoul », mais pour l'avenir, que la plupart percevaient sombre.

A quelques jours de là, Jeanne, la mort dans l'âme, se rendit chez Jecker, le banquier, en compagnie d'Alphonse Ébrard. Le Suisse, plus puissant que jamais, venait d'obtenir au mois d'août de cette année 1852 le privilège gouvernemental de battre monnaie dans ses maisons de Culiacan et de Guadalupe y Calvo, au détriment des Britanniques Manning et Mac Kintosh. L'entrevue fut éprouvante. Mais avec une habileté dont sont souvent capables les femmes, Jeanne imposa fermement le silence à Ébrard. Elle produisit les correspondances de Jean Pascal, détailla et démontra la solidité commerciale des affaires des Sept Portes en présentant les cahiers de comptes que Phonse portait dans une mallette à bride. Le Suisse la dévisageait, curieux, amusé, étonné en son for intérieur par la maîtrise et la finesse de la drôlesse. Elle se sentait libérée devant Jecker, que l'on haïssait généralement entre la place d'Armes et l'Alameda, mais elle ne s'interrogea pas un instant sur son incroyable facilité à parler affaires avec le banquier helvète. Les mots sortaient de sa bouche, et, à l'aide d'une mine de plomb, elle démontrait, argumentait, additionnait et soustrayait salaires et charges de fonctionnement ; elle donnait la preuve que l'argent de Jecker, Thorr et Cie serait bien placé dans l'entreprise et que les intérêts raisonnables qu'elle réclamait pour le loyer de l'argent demandé seraient remboursés avant deux années. Mutine, elle ajoutait que l'établissement du Suisse pourrait, dans l'avenir, réaliser de juteuses opérations sur le marché du commerce de détail, l'invention des Barcelonnettes. Soucieux de prime abord, Alphonse observait la scène en silence. Il avait saisi en un instant la redoutable efficacité de Jeanne Fortoul et ne voulait, par une fraternité de mâles, desservir le combat que menait « la patronne ». Il pensa le mot, s'en émut, puis après tout l'employa mentalement. Elle était diablement habile, Jeanne...

L'aiguille de l'horloge de La Chaux-de-Fonds, dont Jecker détaillait le fonctionnement ingénieux à chacun de ses visiteurs, fit trois tours de cadran. Quand Jeanne reprit sa place et se tut, le silence fut à peine troublé quand résonna le quart de 11 heures. Le soleil se déversait à flots sur le bureau de moleskine vert du Suisse qui fit tinter une sonnette et réclama un scribe à son valet.

Il accordait non seulement le prêt que Jeanne désirait, mais encore sur des intérêts plus faibles que ceux consentis de coutume. Jecker n'était pas homme à accorder une telle grâce, il n'éprouvait pas non plus une quelconque attirance pour cette jeune femme. On lui connaissait peu d'aventures, l'argent, seul, et la puissance qu'il donne lui importaient. Dans les gazettes satiriques, sur les libelles gravés que l'on criait au coin des rues, on représentait le Suisse sous les traits d'un roi du Mexique. Jecker, en effet, aspirait à la plus haute puissance. D'une certaine manière, le pouvoir à Mexico passait par sa cassette, grâce aux prêts secrets qu'il consentait aux ambitieux et aux généraux. Un montreur de marionnettes, séduit par la qualité manœuvrière et l'intelligence de la jeune femme... Le banquier avait compris que Jeanne Fortoul réussirait.

On fit bien vite des gorges chaudes de l'extraordinaire prouesse de « la Fortoul », comme l'appelèrent désormais les fidèles clients du *Café de l'Union*. En servant les champoreaux, François Coquelet, le patron de l'établissement qui accueillait lui-même ses hôtes les plus célèbres, fut le premier à faire taire les propos égrillards qui couraient sur Jeanne.

— Du respect, messieurs, du respect, cette femme mérite du respect, croyez-moi, car pour fléchir Jecker, il ne suffit pas d'avoir un joli minois, mais plutôt une tête bien faite. Et les malins — il n'y en a pas parmi vous —, qui se réjouissaient des malheurs de Pascal, feraient bien de ménager leurs abattis ! Je vous fiche mon ticket qu'on en parlera de « la Fortoul »...

Forte de sa victoire, Jeanne laissa passer quelques jours, non qu'elle s'attendrit sur sa force nouvelle, mais pour laisser au tout Mexico le temps de bavarder sur son triomphe. Elle se rendit ensuite, toujours accompagnée d'Alphonse, qui ne la tutoyait plus, au siège des huit maisons de gros allemandes, des trois anglaises et des deux françaises. Elle se révéla à tout coup. En quelques jours, sa réputation était faite. Avec cette audace toute neuve, elle menaça ces grossistes de retirer ses commandes et elle n'eut pas même besoin de pester ou d'élever le ton. Le crédit Jecker jouait comme un sésame. Et chaque négociant l'écoutait en tentant de deviner jusqu'où cette femme était capable d'aller. Quand elle quittait l'antichambre et le bureau des comptables, un parfum de jolie femme, une impression d'angélisme symbolisée par sa robe bouffante de linon blanc s'alliaient au respect que l'on doit généralement aux chevillards les plus retors. Une élégance précise, peu commune, un corps de ballerine, mais une volonté de fer. Tant et si bien que onze maisons s'inclinèrent : désormais les marchandises seraient livrées aux Sept Portes tous les huit mois avec escompte de 1 % tous les trente jours. Jeanne gagnait sa bataille.

Les mauvaises langues allèrent leur train, les cancans débordèrent largement le milieu du commerce avisé. On parlait de « la Fortoul » sans même la connaître. Comment cette taille fine, ce tendron, pouvait-il régner sur une assemblée d'hommes ? L'ambition, qui est une qualité chez l'homme, est une tare chez la femme, et les plus orduriers prétendaient, de source sûre, qu'elle avait, dès la mort tragique de sa sœur, tissé un filet autour des actions du pauvre veuf plongé dans le plus noir désarroi. On disait encore qu'elle avait « une grande amitié » avec un ministre en exercice... On ajoutait que séduisante ne rime pas avec maîtresse femme. Dans ce pays où la gent féminine est toujours effacée, demiteinte du maître, on tolérait juste que les laides s'activassent en bienfaisance. Les belles filles, objets de convoitise, ne devaient pas quitter les salons avant la tombée du jour. Une femme aux affaires... N'était-elle pas l'une de ces réformistes, de ces citoyennes libres qui attisaient l'esprit de révolte et jetaient le désordre dans les rues de Londres et les avenues de Boston ?

Jeanne n'avait cure des racontars et des calomnies. Tout entière, pour elle et pour Jean Pascal, elle se donnait à la tâche. Elle se jurait de renverser les obstacles, elle attendait la prochaine embûche, ses rêves de grandeur, d'aventure étaient là, à portée de main. Elle pouvait être crainte, respectée, elle pouvait être jalousée, enfin, elle n'était plus une chose.

Les affaires bénéficièrent du scandale, la boutique ne désemplissait pas. Le monde venait pour observer la silhouette fine, vêtue généralement de taffetas vert. On la dévisageait à la dérobée, on l'observait donnant des ordres, commandant d'un doigt, relevant un joli bras pris dans une manche à gigot. On échangeait des regards entendus en laissant le passage au courant d'air charmant que provoquait la pointe d'un volant de jupe. On la guettait du fond de la boutique quand elle interpellait d'une voix enjouée un commis ou une cliente. Elle avait pris les tics des compagnons, et elle glissait sur les planchers, la paire de ciseaux battante dans la poche idoine, suspendue par une ganse noire à son cou. Le crayon gras d'une main, elle ordonnait que l'on serve ce gandin, faisait en souriant patienter une grande dame, mesurait, pliait, établissait un compte de vente. Elle priait un oisif de rempiler une pièce de satin rose dans le rayon des écarlates ; elle n'était qu'actions, affairements.

Chaque soir, d'abord, puis chaque fin de semaine, elle rendait compte à Jean Pascal, dans la grande pièce de réception des appartements, à l'étage. Il écoutait, distrait, acquiesçait. Les premiers temps, il conseillait parfois, puis bientôt, les domestiques, qui les apercevaient de loin dans les enfilades, constatèrent que le *señor* ne parlait plus ; il était là, intéressé, souriant même. L'affection laissa bientôt place à l'admiration. Les affaires des Sept Portes semblaient évoluer avec plus de rigueur et de dynamisme que dans ses propres mains.

Il avait trouvé un nouveau but dans sa vie : la gestion de la Société française et suisse de bienfaisance. Comme si le fait de consacrer ses efforts pour secourir ses compatriotes infortunés lui offrait une sorte de rachat, comme une prière rendue à la mémoire d'Élise. Il s'y dévoua avec le zèle qu'autrefois il avait porté à la réussite des Sept Portes. Cette société, créée pour le soulagement aux difficultés que pouvaient rencontrer les Français et les Suisses démunis, ressortait bien mise à mal de l'épidémie qui avait dévasté Mexico. Les secours aux malades, les primes d'embarquement et le traitement dû aux orphelins avaient vidé les caisses. Le montant mensuel des cotisations atteignait 1 045 piastres en fin de semestre, alors qu'elles s'élevaient à 1 253 lors du précédent. Il présenta un rapport en assemblée générale qui lui donna quitus comme président de temps de crise.

VI

C'était une nuit sans lune et sans étoiles, une de ces nuits de tristesse et de chagrin. Les hommes voyaient défiler sous une inexplicable luminosité des nuages épais gorgés de la poussière des collines sèches, des nuages de pays sans eau. Un vent faible et lourd se lamentait, froissait les branches brûlées des arbustes chétifs de la sierra. Les cavaliers devinaient le bec et les huppes sinistres des oiseaux de nuit, dérangés dans leurs repaires ignorés et qui frôlaient la troupe en criaillant avant de se perdre dans les forêts de cactus candélabres. Des volatiles, princes du désert la nuit, puisque l'homme, sans ses yeux, n'est rien, sinon qu'un automate contraint de trouver sa route dans l'opacité, aveugle qu'il est.

La troupe avançait dans la solitude hostile, dérangeant parfois la traque d'un puma, la fuite d'un cerf. Le premier hurlait dans les ténèbres des cris de bonheur, comme pour saluer sa proche victoire sur le cervidé certain de son destin. Les chevaux, eux, choisissaient avec sûreté la place de leurs pas, frissonnant, saisissant parfois dans l'air l'odeur fauve d'un sanglier. Le calme bruyant de cette immensité inquiétait les hommes les plus braves ; oreilles aux aguets, doigts sur la détente du *riffle,* ils avançaient, le cœur palpitant d'angoisses irrépressibles.

Demain, quand le soleil se lèverait, ils apercevraient les murailles d'Hermosillo.

Quatre jours et quatre nuits, les heures de fatigue étaient devenues souffrance, puis calvaire. Quatre jours qu'ils avaient abandonné les carrioles bâchées et le gros de l'approvisionnement en territoire papagos. Puis les malades, trop faibles pour affronter la fournaise du désert de Sonora, avaient été laissés sur la route près d'un bras sec du rio Magdalena. Ils avaient réclamé l'hospitalité d'une poignée d'Indiens de l'ethnie pimas. Après quelques jours de repos dans l'ombre des cabanes de pisé, protégés par l'épaisseur des toits de chiendent et de boue sèche, ils pourraient reprendre la route des sables vers Hermosillo.

Ces hommes venaient de vivre l'enfer sur la terre, fournaise et poussière, feu et soif. Doc Mellon, un fils de quaker baptisé "docteur" pour son talent à découper le gibier, avait lu quelque part que l'humain perdait un litre d'eau chaque heure dans ce foutu désert ; il avait convaincu les capitaines d'imposer aux hommes de marcher sous les feux du soleil revêtus de longs sarapes de coton et de ne jamais les ôter malgré les feux du ciel.

— Le coup de chaleur, Cap., le coup de chaleur, c'est l'ennemi ! L'eau du corps s'évapore, le foie n'obéit plus aux autres organes, on s'évanouit et c'est la mort certaine, desséché comme une pomme sur un foyer.

Par gloriole, les hommes s'étaient interdit de porter les lèvres aux gourdes brûlantes où l'eau en fusion brûlait la gorge. Ils s'humectaient seulement le palais avec les fruits sauvages des figuiers de Barbarie et la *pitahaya* blette qu'ils cueillaient sur des cactus grands comme des peupliers. Ils avaient rêvé à l'eau écœurante des outres qu'ils boiraient la nuit, sans respirer, pour l'économiser.

Le troisième jour, ils s'étaient protégés sous l'ombre précaire des tentes de peau, la troupe avait capitulé devant l'enfer. Les chevaux et les mulets, abandonnés, sans lien, grattaient le sable du sabot pour trouver moins chaud, en vain, avant de se vautrer, accablés de chaleur. Ils hennissaient de douleur : les mors chauffés à blanc leur brûlaient la gueule, et les cavaliers, à la respiration sourde, oppressée par l'air sec, avaient dû utiliser l'eau pour tenter de refroidir les fers. Dans la nuit, les corps martyrisés des hommes s'évadaient de l'insoutenable clarté. Yvon Le Braz, un chercheur d'or de Californie, brave bigouden à la caboche jaune comme les blés, chantait dans la désolation minérale, sous un ciel illuminé d'étoiles, qu'il se ferait berger, un jour, dans les monts d'Arée et jurait sur ses aïeux qu'il ne quitterait plus jusqu'à la mort les fraîcheurs herbeuses.

Au quatrième jour, ils avaient eu affaire à tous les insectes et serpents qu'il est donné de voir sur cette pauvre planète. Comme si les éléments, furieux de la résistance de ces corps amaigris et fiévreux, avaient décidé de corrompre leur raison flageolante en leur montrant ce qui les attendait s'ils mettaient pied à terre. Mygales, crotales, lézards hideux, énormes cascabelles, frappant la latérite, en faisant résonner leurs corps noueux, imitant le choc de la badine sur le flanc des bœufs. Animaux du diable, qui filent en biais, sans jamais faire front, animaux faux et monstres. Au soleil le plus haut, ils avaient dû mettre pied à terre sous la protection d'hommes armés, pour panser les abcès suppurants des montures au passage des selles et des bâts. Malgré la garde, un vieil Irlandais de Tucson n'avait pas eu la ressource d'achever son credo après qu'un crotale-tigre l'eut happé. L'ordure ligamenteuse fit résonner sa queue après avoir été déchiquetée salement par les balles.

Au matin du cinquième jour, le dernier, ils avaient connu les épines des cactus, qui se fichent en hameçon dans les flancs des chevaux et déchirent les chairs. Les bêtes, avec les premiers signes d'humidité d'abord puis la réapparition de l'eau, avaient brouté tout leur saoul et refusé d'avancer. Les hommes s'y étaient soumis, souffrant mille morts en apercevant les mufles des montures fouiller dans les plaques vertes, chassant sans conscience les veuves noires velues au venin paralysant. Deux mulets chargés, qui se disputaient une poignée d'herbe fraîche, furent d'un coup écrasés par un *saguaro,* l'un de ces cactus géants qui ne croissent pourtant que de 5 centimètres en neuf ans... Arbres gigantesques, démoniaques, qui doublent de taille quand il pleut, mais qui, blessés, sont dévorés par des milliers d'insectes et de pourritures qui se développent dans leur suc. La carcasse en décomposition s'était effondrée sur les bêtes de bât.

La piste avait repris ses otages. Hermosillo apparaissait au loin, dans une brume de chaleur, un nuage de poussière...

« Le sort en est jeté, me voilà, moi, Valentin Charpenel, rebelle et pirate. En guerre contre une puissance reconnue, en guerre contre un gouvernement. Suis-je fou, inconscient ? Périrai-je à la première fusillade ? » Le cavalier avait le visage mangé par une barbe mal plantée, une barbe qui lui donnait un visage de gredin, un air mauvais. Coiffé d'un grand chapeau de paille jaunâtre, il protégeait son torse nu d'un manteau de coton passé qui avait dû être bleu outremer et qui lui couvrait jusqu'aux éperons. De temps à autre, il donnait un coup de talon dans le flanc de son baudrier au squelette saillant. Valentin Charpenel, le Barcelonnette, tassé sur sa selle, n'avait plus la nonchalance de l'aventurier qu'il était à San Francisco. Et l'homme sentait son cœur se serrer. Quelle mystérieuse force l'avait donc poussé sur cette piste incandescente, au milieu de deux cents hommes, en marche vers une utopique aventure ? S'en aller à la conquête d'une ville défendue par mille deux cents hommes bien armés, nourris et reposés... Un instant, il ne sut s'il rêvait. Il tira sur son *pajillo* et aspira une bouffée de maïs. La nicotine bienfaisante, en emplissant ses poumons, calma son anxiété. Comme dans un songe, le cavalier se remémora les circonstances qui l'avaient amené à ce destin excentrique de soldat mercenaire...

La fièvre de l'or, d'abord, la fièvre jaune, un mal qui vous pénètre jusqu'aux os. Californie, *placeres*... La première fois qu'il avait entendu ces deux mots accolés l'un à l'autre, c'était en septembre 1848. Il se trouvait alors à Monterrey, au nord de Mexico, à une journée de cheval de Saltillo. La rumeur s'était étendue comme une traînée de poudre[1]...

Tout ce qu'on avait dit à propos de la richesse de ces contrées était en deçà de la vérité. Avec les jours, on découvrait de nouveaux filons aurifères, et les mineurs, ballottés

1. Voir tome I, « Les Jardins de l'Alameda ».

par le hasard, les explosions de joie, se portaient en masse d'une montagne à l'autre. Les transactions minières étaient incessantes, et chaque matin, on citait des ventes de *claims* peu développés, mais ayant l'apparence sinon la certitude de grandes richesses. Les migrations augmentaient chaque journée: spéculateurs, marchands, mineurs, ouvriers arrivaient en voiture, en wagon, à pied, comme ils pouvaient. Montana, Virginia, Chicago, San Francisco semblaient s'être donné rendez-vous dans ce désert, ici... Les villes surgissaient de terre comme des champignons, on bâtissait tant qu'on le pouvait, bien que le bois fût rare et très cher. Les rues des villes, des cloaques dans lesquels on ne pouvait patauger qu'avec de hautes bottes, étaient remplies du matin au soir d'une population affairée. Tous les désespérés des États-Unis semblaient vouloir prendre possession de ce pays, et l'on rencontrait à chaque instant des gens connus dans dix villes pour leurs vols et leurs crimes.

Certains hommes sont ainsi faits qu'ils ne peuvent que rejouer à chaque moment leur va-tout, remettre en cause l'ordre quand il surgit dans leur propre vie. Valentin Charpenel était de ceux-ci. Il ne pouvait se départir d'un sentiment violent de gêne et de crainte quand son esprit s'assoupissait, quand le calme de son existence l'emportait. Il était de ces hommes, différents de la cohorte de leurs semblables, qui doivent irrémédiablement prendre la route ou le bateau, laisser là celles ou ceux qui les aiment pour affronter une fois encore l'inconnu, l'absolu. Au risque de se perdre. Valentin Charpenel était précisément arrivé au tournant de son destin, à l'orée de l'an 1852. Trois ans durant, il avait vécu en bohème, chassant le gibier, dormant à la belle étoile ou dans quelque pension où il s'efforçait de séduire l'hôtesse pour qu'elle lui réserve un meilleur sort ou lui repasse ses chemises au fer. Le Barcelonnette n'était plus le même homme, ses traits s'étaient creusés, ses favoris étaient maintenant parsemés de sel, mais il avait toujours en lui la vitalité de la jeunesse. Il buvait tous les alcools que la Création rassemblait dans cette Californie où il usait ses semelles. Des whiskeys irlandais, des alcools blancs suédois ou norvégiens, des calvados français, des cognacs bordelais, de l'alcool de riz chinois, jusqu'au tord-boyaux des cantines les plus misérables. Charpenel buvait et jouait. Belote, pharaon, poker, dés et jacquet. Il connaissait tous les jeux du monde, tous les jeux de cette humanité bruyante qui s'était réunie dans ce pays d'Eldorado. Comme tous les joueurs, Valentin perdait plus qu'il ne gagnait ; il comptait ses dollars, perdait ses maîtresses, plantait là ses rencontres de hasard, tout à trac.

Parfois, le souvenir de Jeanne Fortoul lui blessait le cœur. Une rancœur mêlée d'une affection débordante, et de cette amertume qui finissait vite par tout emporter. Mais aussitôt, l'image de la jeune femme s'en revenait tourmenter l'esprit de cet homme sans toit ni lieu. En elle Valentin aimait son double, cette partie de lui-même qui lui ressemblait, il le savait, comme deux gouttes d'eau. Simplement, il était fidèle, lui, à ses souvenirs, à l'inflexibilité qu'il s'était constituée de bric et de broc. La jeune Fortoul s'était abandonnée à une passion fugace pour un yankee et, qui plus est, l'un de ces aristocrates sudistes qu'il haïssait, lui, Valentin, l'aventurier, l'homme aux semelles de vent. Depuis quatre ans, il fuyait l'amour avorté. Immigrant, il avait quitté Mexico pour aller vers cette Amérique, au nord, où il s'était juré d'être riche, riche avant elle. Dans un cri contenu, il était parti le cœur étreint par une angoisse mélangée de plaisir, ce sentiment qui jette sur la route ceux qui valent mieux que le relâchement de l'habitude.

Il rejoignit San Francisco aux alentours d'avril 1852. La baie, déjà, était devenue, sous son sobriquet de « Frisco », le plus formidable repaire de bandits, d'olibrius, de marauds, de cinglés que le monde pouvait produire. On trouvait là des gens se déplaçant pour leurs affaires, mais la marée des plus nombreux s'y était retrouvée sans but précis. Des oisifs, inquiets et insatisfaits, ou simplement l'esprit dérangé par de longues marches et des tombereaux d'illusions. Ils espéraient trouver ici, ce qu'ils avaient cherché ailleurs. Ils se retrouvaient à « Frisco », dans cette multitude de malchanceux qui erraient à la recherche d'occasions, de succès qui ne viendraient jamais. Ils se rassemblaient dans les cafés, sous les arcades de bois neuf, grouillantes de foules déracinées. Ils composaient ce monde cosmopolite de San Francisco, un monde à la dérive où « les brillants départs dans la vie » que leur avaient serinés leurs pères semblaient sans cesse s'éloigner de la terre promise, car seuls quelques initiés sans scrupules amassaient les billets verts. Les banquiers étaient les princes. Valentin appartenait à cette humanité. On le reconnaissait à cent pas comme français, rapport à sa redingote et à ses moustaches, dans cette foule de filous buvant sec, de poitrinaires chiquant du tabac de Virginie, se prétendant tous hommes de loi, géomètres ou architectes. Spéculer était leur espoir avant tout... « Frisco » était ainsi, ville aux mirages, ville de l'avenir. Et l'avenir, il est vrai, ne se construit jamais avec de doux anges aux mains blanches !

Valentin, comme les autres, avait gratté un fond de vallée, un gisement abandonné cédé à bas prix par deux Flamands qui avaient été alléchés par la découverte d'un minerai parfaitement pur, un peu plus loin. Et de l'or, il en avait trouvé. Mais alors que tout semblait lui sourire, qu'il n'avait qu'à faire fructifier son filon, il laissa tout. Désorganisation morale ? Antique levain qui bouillonne au fond du cœur de l'aventurier ? Haine de la vie paisible ? Singulière anomalie : lui qui avait rêvé à l'or, qui l'avait convoité dans ses rêves avec une frénésie sans égale, qui, pour sa possession, avait affronté les périls, les plus horribles misères, dès qu'il fut maître du métal béni, il ne s'en soucia plus. Il le regarda avec dédain et dépensa sans compter sur les tables des maisons de jeux ou de lieux plus infâmes encore. On aurait dit que cet or, si péniblement arraché à la terre, le brûlait, qu'il avait hâte de s'en défaire. Cela était vrai : l'or n'avait de valeur pour lui qu'en raison des difficultés qu'il avait vaincues pour l'acquérir. Aventurier dans l'acception du mot, ce qu'il aimait, ce n'était pas l'or en lui-même, mais ce qu'il lui coûtait de luttes, d'énergie, pour le découvrir. Valentin Charpenel était un désespéré.

Un beau jour, il vendit son bien à un acquéreur et prit la route. Il devint *buscon,* c'est-à-dire mineur errant. Ou, plus exactement, chercheur. Sillonnant les sierras inexplorées ou les mines jadis célèbres, cherchant tantôt de nouveaux filons, ou explorant des galeries abandonnées. Il travaillait seul, grattait une once de minerai qu'il allait vendre, puis retournait aux montagnes, recommençait à chercher, vivant au jour le jour. Souvent, il découvrait des pépites dans les sables, des aiguilles d'or vierge coulées dans une fissure de quartz, des *vetas formalas,* ces veines visibles, épaisses, de cuivre rouge, que de grandes traces de métal natif, étincelant au soleil, dénonçaient aux regards. Que de souffrances pour ces minces trésors ! Que de jours de travail sous le soleil de plomb, avec seulement une outre d'eau saumâtre ! Que de nuits de fièvre et d'angoisse ! Il aimait cette vie. Exploiter une mine découverte le rebutait, il trouvait plus de plaisir, de volupté dans les vicissitudes des recherches et dans la joie de la découverte que dans l'exploitation de celle-ci. Il vécut ainsi trois ans durant. On le rencontrait dans les rues des villes minières, dans les couloirs des dortoirs et dans les bars, proposant aux voyageurs, aux simples passants une mine « que l'on recherchait depuis longtemps », qu'il avait découverte par hasard et dont il montrait les échantillons. Quand les affaires ne marchaient pas aussi vite ou aussi bien qu'il l'entendait, il savait user de l'art de la filouterie, trouvant un naïf facile à convaincre, un riche fils de famille prêt à acquérir une mine qui n'existait pas, moyennant la présentation d'échantillons provenant d'autres lieux. L'imagination allait si vite sur les bords du Sacramento... Le plus humble était enclin à croire ce qui fait plaisir et flatte. Et quel rêve que de s'éveiller un matin avec un million de piastres... On donnait l'argent, et quand Valentin, dûment payé, avait disparu, on s'apercevait que la mine que l'on avait visitée ne renfermait pas plus de minerais riches que de minerais pauvres. Valentin avait amassé de l'or, et tout aussitôt avait perdu de petites fortunes dans les villes de toile, dans ces casinos infernaux où l'on jouait de midi à minuit chaque jour de la sainte année.

Et puis... quelle force obscure le poussa à franchir le seuil du cabaret de Paul Niquet, ce fameux 7 avril 1852 ?

Une foule étrangement silencieuse se pressait autour d'un échalas debout sur un piano. Un grand type de trente ans, blond comme un albinos, pérorait, les pouces passés dans les ganses de ses bretelles. Les yeux enflammés, il haranguait les gueux. Son pantalon rouge faisait sensation au milieu de cette population mâle couverte de hardes, de peaux de daim et de chevreau fauve. On écoutait les mots qui s'écoulaient de la bouche aux moustaches à la Victor-Emmanuel, une grande gueule à crinière de lion qui parlait d'un ton monocorde, sans élever le ton comme un charretier, qui saisissait son auditoire en le forçant, à son insu, à respecter un silence parfait. Et l'homme parlait d'une voix ferme, prenante, une voix qui ne souffrait pas le chahut.

Il disait qu'une société de capitalistes de Mexico, la Compañia Restauradora del Mineral de la Arizona, dirigée par les estimables banquiers suisses Jecker, Thorr et Cie, avait obtenu, le 17 janvier, une concession dans l'État de

Sonora. Un éden sur le Pacifique, où terrains, mines et *placeres* avaient été cédés en toute propriété. Et l'homme poursuivait son adresse avec un accent que Charpenel reconnut comme celui des berges du Rhône, entre Pont-Saint-Esprit et Arles.

— Ces messieurs fondent des rêves prodigieux sur cette belle terre vierge, où le minerai a trouvé, par les mystères de la géologie, son meilleur pesant. Hélas ! l'auditoire me comprendra, les Mexicains, versatiles et corruptibles comme l'eau des puits d'aisances, n'ont pas tenu parole. Une autre compagnie, la Forbes y Oceguera, s'est trouvée, bien que de fondation postérieure, favorisée par le gouvernement de Sonora, et les deux sociétés rivales s'affrontent tant à Mexico qu'à San Francisco. Le terrain d'entente entre capitalistes est nul et MM. Jecker, Thorr et Cie ont résolu de me prendre à leur service, moi, comte Raousset-Boulbon. Moi, je respecte la confiance que l'on m'accorde. Je suis engagé par contrat à réunir à San Francisco une compagnie de deux cents hommes ayant pour mission de défendre, dans la mesure du possible, le bon droit, les terrains et les mines de ladite compagnie Restauradora. Messieurs, j'ai besoin de deux cents hommes justes et braves pour faire respecter le droit des nations et des promoteurs. J'offre 30000 piastres et la moitié des terrains et *placeres* faisant l'objet de cette concession aux deux cents courageux qui me suivront, décidés qu'ils seront à faire fructifier leurs efforts et leur courage d'êtres civilisés. Regardez, messieurs, les actes authentiques qui me confèrent la propriété de ces terrains.

Et il saisit une liasse de parchemin ornée de cires, de cachets rouges et bleus.

— Regardez ! Au bas de ces actes, les signatures de M. Jecker, du président de la République mexicaine, du général Miguel Blanco, commandant de l'État de Sonora...

L'assistance ondoya comme un champ de maïs trop mûr : les crânes se haussèrent pour apercevoir les fameux mandats. On murmurait, on bavardait, mais sourdement, sans tension, prudemment, attendant qu'un plus courageux...

— Je suis des vôtres, s'exclama un géant brun.

— Moi aussi ! Moi aussi ! crièrent aussitôt cent voix.

La houle se leva d'un coup, mais l'homme, ce Raousset-Boulbon, ramena le silence sans élever le ton, sûr de son magnétisme.

— Un instant, messieurs, je tiens encore à vous faire savoir que je ne prendrai pas n'importe qui dans mes rangs. Je suis flatté de parler à une assemblée d'hommes aussi choisis, mais je cherche des colons, des bourreaux de ferme, des laboureurs, des artisans, pas des flibustiers hors la loi ; notre colonie n'a que dégoût pour les arcans, les chasseurs de coups. Il me faut des hommes robustes, à la tête bien faite, car notre mission n'est pas aisée. Le désert de Sonora n'est pas de mince repos. Une dernière explication : cette colonie n'a qu'un chef, et cela doit être clair comme un gallon de bonne eau-de-vie. Comprenez-vous, compagnons ?

Une forêt de bras s'était levée, et Valentin Charpenel se surprit, lui aussi, bras tendu. Fut-il fouetté par l'ascendant que le comte exerçait sur les hommes ? Était-il tenté par ces horizons où l'on ne parvenait qu'après avoir traversé d'effroyables désolations ? Comment le dire ? Toujours est-il que le solitaire, le rétif à toute contrainte, lui qui n'avait accepté de se soumettre à aucune discipline depuis qu'il était homme, signa avec deux cents autres la charte-partie qui le liait à Raousset-Boulbon. Un parmi deux centaines qui avaient quitté leurs vallées, abandonné leurs bourgades, pour le fond de cale des navires, le plus souvent dans le désir de s'enrichir promptement. Des hommes qui, des jours et des mois, avaient fini par oublier leurs premiers rêves, à les considérer avec sourire, comme des chimères. Des hommes, enfin, pour qui l'aventure, le râle du vent dans les sierras ou les défilés valaient l'opium que vendaient quelques mandarins de « Frisco » pour accorder aux faibles l'illusion de l'évasion. Eux, sans plus de jugeote qu'un corps de dragons, mettaient leurs pas dans ceux de Raousset, car celui-là redonnait apparence à des rêves éteints, rallumait l'éclat de toutes les convoitises. Raousset-Boulbon, dispensateur d'espoirs. Une denrée rare en Californie. Étrange pouvoir de l'homme, tout de même...

Il était né en Avignon le 2 décembre 1817, dans une famille d'antique noblesse et des plus honorables de Provence. Encore enfant, placé dans un établissement sous la férule des pères jésuites, il s'en fit expulser alors qu'il venait d'atteindre sa dix-septième année. Malgré leur talent, les disciples de Loyola n'étaient pas parvenus à briser le caractère impérieux du jeune homme. Émancipé un an plus tard et devenu, de ce fait, le maître d'une assez belle fortune, qu'il tenait de l'héritage maternel, il se rendit à Paris vers 1836 et mena une vie de godaille et de prodigalité qui ne tarda pas à le ruiner. D'une volonté tenace, d'une imagination exaltée, il mettait à exécution ce qu'il avait décidé. Il griffonnait des vers, écrivait des nouvelles et des drames ; mais le désir de richesse avait pour lui plus d'attrait que la gloire littéraire. Il avait l'ambition de dominer, et cette ambition était démesurée. Vers l'année 1845, il partit pour l'Algérie. Son père étant mort peu après, il devint à nouveau le possesseur d'une certaine fortune qui lui permit de projeter l'établissement d'une colonie dans cette toute fraîche possession. C'est pour cela qu'il revint à Paris en 1847 et fit paraître une brochure intitulée *De la colonisation et des institutions civiles en Algérie*. Las, la révolution de 1848 éclatant sur ces entrefaites, Raousset s'empressa de prendre une part active dans ce mouvement bouillonnant. Il crut facile d'obtenir que ses concitoyens le nommassent membre de l'Assemblée législative ; or, sans expérience en politique, imprudent et manquant de tact, il eut le chagrin de voir sa candidature repoussée tant par les royalistes que par les républicains... Il avait dilapidé sa seconde fortune aussi rapidement que la première.

Cette ruine, la déception de l'échec électoral le portèrent à quitter la France. Le Provençal débarqua à San Francisco le 22 août 1850. Repoussant les rudes travaux de la mine, si étrangers à son éducation, à son habitude, il préféra vivre d'abord de la chasse et de la pêche. Il s'occupa ensuite d'une affaire de transport et, en dernier lieu, acheta et vendit du bétail. Si tous ces métiers concordaient avec l'esprit indépendant du comte, ils ne lui laissaient que peu de profits et ne pouvaient en aucun cas satisfaire ses ambitions. Il résolut, en conséquence, d'abandonner la Californie pour Mexico, où les richesses tant vantées, les constantes luttes intestines, l'instabilité des gouvernements constituaient un bel appât pour les aventuriers. Raousset ne fit rien de définitif, tout d'abord, dans la capitale de la République. Mais, quatre mois après son arrivée, il rencontra MM. Jecker, Thorr et Cie...

Un peu plus tard, après avoir composé sa troupe, il confia ses quelques idées à l'un de ses amis intimes. Elles définissaient assez bien les rêves qui peuplaient l'esprit fiévreux de cet homme.

— Je ne suis pas, et je m'en félicite, de ceux dont l'esprit diminue avec le niveau de leur fortune. Dès les premiers moments de mon séjour en Californie, j'ai compris que je ne pourrais m'élever que par un coup d'audace. J'ai des armes, des chevaux, de l'artillerie et des vivres. Le sort en est jeté : je pars. Si j'obtiens le succès, je puis espérer une grande fortune; si j'échoue, je disparaîtrai au moins dans une catastrophe digne de moi.

Le 1er juin 1852, *La Belle*, un navire de 10 tonneaux commandé par un ex-officier de la marine de guerre française, républicain jusqu'au bout de la pipe, Parceval, jeta l'ancre devant la baie de Guaymas en Sonora. A bord, ils étaient deux cents, serrés comme une cargaison de thons, suants et rouges comme des pivoines, mal protégés par les toiles de lin que Raousset-Boulbon avait fait tendre pour les abriter du cagnard meurtrier qui brûlait les cuirs. Une étrange humanité composait l'équipage de *La Belle*. Ainsi, le cuisinier Albert qui cachait sous ce prénom son véritable état : comte de Courcy. Parmi tous ces mercenaires, Valentin ne se faisait aucune illusion sur son état : il côtoyait le docteur Pigné-Dupuytren, le capitaine Bassajou, les bourgeois Laval, Guillot-Martincourt, Henri Vigneau, le docteur Canton, chirurgien-major. Et dans la piétaille, quelques Allemands, une poignée d'Irlandais et même deux Chiliens coquets comme des lords.

Pendant trois mois, ce ne fut que marches et contre-marches, embuscades et bagarres contre les hommes de la société rivale, contre les Indiens. Et puis, un beau jour, à une dizaine de lieues des mines de l'Arizona, concession de la Restauradora, ils furent arrêtés par un détachement mexicain sous les ordres du commandant général de l'État, Miguel Blanco. A l'issue de longues palabres entre les Mexicains, Raousset et ses capitaines, le général proposa trois choix : renoncer à leur nationalité pour devenir mexicains et se soumettre aux ordres du général Blanco, dont Raousset ne serait que l'aide de camp ; accepter des cartes de sûreté, s'ils voulaient conserver leur nationalité, qui leur permettraient de circuler partout, mais leur défendraient, en qualité d'étrangers, de posséder et d'exploiter des mines ; enfin réduire la compagnie à cinquante hommes, en remettre le commandement à un officier mexicain, seule condition pour prendre immédiatement possession des mines.

Raousset réunit les siens après les ultimatums de Blanco, pour leur exposer ses réflexions.

— Réfléchissez ! Quant à moi, ma résolution est prise, elle est inébranlable, dussé-je y perdre la vie. Mais vous, mes amis, vos intérêts privés peuvent ne pas être les miens, ne vous sacrifiez pas par dévouement. Ceux qui voudront me quitter seront libres de le faire. Dès cet instant, considérez-vous déliés de tout engagement envers moi, je ne suis plus votre chef, mais je serai toujours votre ami et votre frère.

Nombreux étaient ceux qui, malgré le fort ascendant de Raousset-Boulbon, commençaient à être las de tant d'errances. Ils s'étaient enrôlés dans un but précis : les mines. Et ils voyaient leurs espoirs se diluer. Des patiences s'épuisaient. Raousset connaissait le caractère des hommes qu'il commandait. Il savait que pour les retenir il suffisait de donner une issue quelconque à cette surabondance d'envies, d'énergies, à cette vivacité d'imagination qui remplissait le cerveau de ces gens braves et loyaux qui, jusqu'alors, avaient honoré leur mission. Une idée de génie lui vint alors. Il se lança avec passion dans une vibrante harangue.

— La Sonora est la contrée la plus fertile, non seulement du Mexique, mais encore du monde entier, dit-il d'une voix ferme. L'émigration américaine des États-Unis envahit en ce moment la Californie, ne laissant aux autres émigrés aucun moyen je ne dis pas de prospérer, mais seulement de se maintenir sur un pied d'égalité avec elle. Nous sommes deux cents résolus, bien armés et disciplinés. Emparons-nous d'une ville afin d'avoir une base d'opération, puis appelons à nous l'émigration française de Californie et de toute l'Amérique. Émancipons la Sonora, faisons-la libre et forte ! Civilisons-la malgré elle, et non seulement nous créerons un débouché pour l'émigration française, mais nous régénérerons un peuple, formerons une colonie qui balancera l'influence nord-américaine dans ces parages et opposera une digue infranchissable à ses empiétements incessants.

Les hommes se regardèrent interloqués, se demandant si leur chef ne perdait pas la raison.

— Mesurez-vous la témérité d'une pareille entreprise ? hasarda quelqu'un.

— Je le sais, renchérit le comte. Il était pâle. Je le sais, mais dans notre position nous ne devons rien ménager. L'audace seule nous sauvera.

— Mais que pourrons-nous contre...

— Contre les Mexicains ? Eh bien, nous nous emploierons à nous garantir la protection des populations que nous traverserons, nous réunirons auprès de nous les opprimés, les mécontents.

— Mais comment ? s'écrièrent plusieurs hommes en même temps.

— Quatre mots seulement suffiront : Independencia de la Sonora. S'il reste un peu de noblesse et de générosité dans le cœur des habitants de cette malheureuse province, ces mots suffiront pour faire une révolution. Il en est des Mexicains comme de tous les peuples qui longtemps ont été esclaves. Après être demeurés enfants durant des siècles, ils ont grandi trop vite et ont eu la prétention d'être des hommes faits lorsque à peine ils découvraient leur émancipation. Cependant, nous tenterons de les galvaniser : la race révolutionnaire n'est pas éteinte dans ce pays, ce qui en reste suffira pour rallumer le feu sacré dans le cœur de tous.

L'audace et la témérité d'une telle entreprise laissaient les hommes sans voix. Ils avaient le regard fixé sur leur chef, et celui-ci s'était redressé, la fébrilité empourprait tout son visage.

Valentin frémit d'excitation. L'étrangeté de l'entreprise le séduisait, il n'envisageait aucun risque, aucune crainte ne l'effleurait. Il n'était plus mercenaire mais civilisateur, ses compagnons d'hier n'étaient plus ces vagabonds stipendiés par quelques financiers, mais l'embryon d'une armée qui apporterait aux Sonoriens une liberté que ni les Espagnols féodaux ni les créoles ne pouvaient imaginer pour les peuples du pays. L'enthousiasme le transportait hors de lui-même, il embrassait le destin que Raousset offrait à tous : celui du bienfaiteur, du libérateur.

— Vive Raousset ! Vive la France ! hurla-t-il, et son cri se répercuta dans toute la troupe.

Le cynisme des hommes est parfois aussi fugace que la vie d'une corolle de liseron. Valentin admirait le comte, certes, mais il éprouvait devant l'œuvre qu'il fixait des bouffées d'émotion, un sens différent pouvait être donné à sa vie. Le valet de ferme d'hier était désormais un libérateur empreint d'abnégation.

— Compagnons, lança le comte dans le tumulte, notre expédition débute. Ce que nous avons fait jusqu'à présent n'est rien ; il nous faut nous emparer d'une ville, la libérer des concussionnaires qui la peuplent. Si nous réussissons, notre cause sera gagnée, car le pays des pauvres se lèvera à nos côtés. Vos capitaines partagent mon dessein : il nous faut Hermosillo...

Hermosillo, l'entrepôt du commerce sonorien, Hermosillo à 15 lieues de Guaymas, Hermosillo à 59 lieues au sud de la Californie !

Et l'aventure commença. Les clairons sonnèrent le rappel, l'harassante longue marche débuta. C'était d'abord, à l'avant-garde, une colonne de dix cavaliers bien montés, puis venait une troupe organisée en sections de trente hommes placés sous le commandement d'un capitaine portant un fanion où se lisait « Independencia de la Sonora ». A l'arrière-garde, avec les mules bâtées, deux pièces de canon attelées, puis un escadron de cavaliers protégeant la file de wagons et de charrettes. Une dizaine des guerriers les plus aguerris trottaient à la fin en chantant *la Marseillaise*, puisque Raousset avait décidé de donner l'hymne républicain à la Sonora libre.

Dans chaque *pueblo*, leur arrivée était fêtée. Commerçants, tenanciers et propriétaires de *cantinas* acclamaient « les envahisseurs » partout dénoncés par les proclamations du gouverneur comme pirates. La curiosité des foules l'emportait. Tous étaient avides de jauger cette petite troupe qui ne craignait pas de déclarer les hostilités au gouvernement de Mexico. Les Indiens seris, de grands gaillards au teint cuivré, leur offraient sur les chemins des *cahuamas* entières, ces tortues à la chair si fine qu'ils capturaient dans le golfe de Californie, qu'ils échangeaient contre le maïs, les haricots, le sucre et l'alcool.

A la sortie de chaque hameau, sombreros et mouchoirs s'agitaient pour saluer les Français. Le comte, droit sur son cheval, pérorait devant les chapelles, adjurant les natifs.

— Déclarez hautement, énergiquement, votre indépendance. Séparez-vous du Mexique, dont vous n'avez ni la langue ni les coutumes. On vous laisse crever au bout du monde, formez la Confédération sonorienne et appelez à vous l'émigration française de Californie ! Elle ne sera pas sourde, elle viendra vous aider à défendre votre indépendance, les Français que vous adopterez seront vos frères. Ils ont la même religion que vous, les mêmes idéaux de fierté. Ces amis vous aideront à cultiver les terres en friche, avec eux vous trouverez l'eau, vous créerez l'industrie. Sonoriens ! Saisissez la liberté.

Il y avait quelque chose de grand dans ces scènes, et les Sonoriens, émus malgré eux, regardaient ces Français avec une crainte respectueuse mêlée d'admiration. Mais personne dans les contrées ne se soulevait contre l'oppression mexicaine. On avait peur, et l'on attendait que se manifestassent les soutiens occultes de ce comte, qui — à moins d'être fou — devait avoir dans sa manche la protection de personnes puissantes, des deux côtés de la frontière.

Le soleil creva d'un coup les brumes de poussière, et ses rayons rasants irradièrent la carcasse des hommes et des mules. A une portée de canon, Hermosillo apparut, blanche, lumineuse. Les cavaliers mirent pied à terre et, bouche bée, contemplèrent cette ville qu'il fallait conquérir. Des bouquets d'arbres rabougris, rougeoyant sous l'astre de feu, tendaient leurs bras comme des vaincus, et chacun sentait en lui, avant l'assaut, une sueur froide lui parcourir l'échine.

Valentin sourit un instant devant le caractère excentrique de la situation : prendre une ville défendue par mille hommes, avec deux cents fusils ! Hermosillo n'était pas ville ouverte. Les jardins de maraîchage étaient protégés par des murailles épaisses que le comte étudiait à la jumelle du haut de l'éminence où il se dissimulait, en compagnie des capitaines. Il distinguait le fossé large et profond, franchissable seulement par le passage d'un pont qui débouchait sur la porte de la ville. En son milieu, un corps de garde en commandait l'usage. Un instant, Valentin Charpenel eut envie de fuir, mais il se rasséréna, car il savait que les soldats les plus expérimentés doivent contraindre le doute avant l'assaut. Il se remit en selle et médita.

— Si nous réussissons, grommela quelqu'un, nous pourrons nous flatter d'avoir accompli un miracle.

Valentin se ressaisit, redevint froid, impassible. « Le sort en est jeté », se dit-il à lui-même.

La ville était silencieuse, elle semblait déserte. On aurait cru, tant tout était calme, tranquille, qu'un méchant enchanteur l'avait frappée de sa baguette et plongée dans un sommeil séculaire. La campagne était vide, des débris d'armes, seulement, des pas de chevaux, des sillons de chariots indiquaient le passage récent des troupes du général Blanco. Raousset examina la ville avec le plus grand soin afin de prendre ses dernières dispositions.

Soudain, à la tête du pont, deux cavaliers apparurent et se dirigèrent vers la compagnie en agitant un drapeau parlementaire.

— Je désire parler au comte Raousset-Boulbon, dit l'un des hommes en tirant sur le mors de son cheval.

— Je suis Raousset-Boulbon, fit ce dernier, non sans fierté.

— Monsieur le Comte, je suis français, négociant à Hermosillo. Je vous suis envoyé par le préfet, don Flavio Austado, afin de vous faire des propositions.

— Ah, dit le comte en mordillant sa moustache, en vérité !

— Oui, monsieur le Comte, et des propositions fort avantageuses, même.

— Acquittez-vous de votre mission, compatriote.

L'autre se redressa sur sa selle et, après quelques hésitations, dit :

— Monsieur le Comte, don Flavio Austado, préfet d'Hermosillo, que j'ai l'honneur de représenter...

— Au fait, au fait ! interrompit Raousset, impatient.

— ... vous offre, si vous consentez à vous éloigner sans rien tenter contre la ville, vous offre, dis-je, la somme de...

— Ah, monsieur ! s'écria le comte, blême. Un mot encore serait une insulte. Et c'est vous, monsieur le Français, qui osez vous faire le porteur de conditions aussi déshonorantes.

— Cependant, monsieur... balbutia l'autre qui ne savait quelle contenance prendre.

— Assez, interrompit le comte. Sortant sa montre de son gousset, il poursuivit : Il est 8 heures. Allez dire à votre préfet que dans deux heures j'attaquerai la ville et qu'à 11 heures j'en serai le maître. Allez !

D'un geste de souverain mépris, il congédia le couple de cavaliers. Les malheureux parlementaires ne se firent pas répéter l'invite, ils tournèrent bride et regagnèrent leurs pénates, l'oreille basse.

Raousset se tourna vers la troupe.

— Attendons, messieurs, et préparons-nous à combattre.

A l'heure dite, le tocsin se mit à sonner à toute volée, se mêlant au roulement des tambours qui faisaient un vacarme effroyable. La ville devait être en complet état de défense, les toits des maisons garnis de soldats.

Après avoir ordonné à ses hommes de former le cercle, Raousset se plaça au centre puis, ému, il dit :

— Compagnons, l'heure de nous venger de toutes les avanies dont on nous abreuve depuis quatre mois a sonné. Nous réduirons les calomniateurs. Chacun au combat !

Le mouvement s'exécuta en un bel ensemble. Il était 10 heures. Raousset dégaina son sabre, le brandit à bout de bras.

— En avant !

— En avant ! reprirent les officiers.

La colonne s'ébranla en bon ordre. Le silence était retombé sur la nature. Les Français marchaient.

A portée de fusil, les murailles se ceignirent de fumée et de feu. La compagnie se déploya en tirailleurs et se lança au galop. On vit une chose inouïe, une ville de dix mille âmes, ceinte de murs et défendue par une garnison fournie, attaquée par deux cents hommes. Parmi eux, Valentin, le *riffle* chargé et prêt à tirer. La grenaille sifflait à ses oreilles. Dans un sursaut il épaula et tira. L'homme visé s'abattit. Pour la première fois, Valentin Charpenel avait donné la mort. Comme un automate, sans plus réfléchir, il tirait, tirait.

Durant ce temps, l'artillerie, traînée à bras par ses servants, s'avançait du même pas. Avant que les Mexicains eussent le temps de se reprendre, les Français tentèrent une percée et fondirent sur eux comme un ouragan ; ils attaquaient à l'arme blanche. Ils culbutèrent le détachement qui tenait le pont, s'en emparèrent en quelques minutes et ouvrirent à la hache les portes de la ville. Au plus fort de la mêlée, Raousset combattait comme le dernier de ses soldats, exhortant les siens et poussant toujours plus à l'avant. Enivré, Valentin n'entendait pas les cris de démon qu'il poussait ; il balayait devant lui, dans un irrésistible élan, tout ce qui contrariait son passage. La troupe fut balayée par la mitraille de quatre pièces de canon placées à l'entrée de la rue où Valentin et ses compagnons se trouvaient. Des fenêtres et des toits de toutes les maisons, des grêles de balles creusaient le chemin. Et, durant de longues minutes, le Barcelonnette, genou en terre, mordant la poussière, tira, bloqué avec les siens dans leur progression.

— A qui ces canons ? entendirent-ils.

C'était Raousset, à l'assaut.

— A nous ! A nous ! hurlaient les hommes en s'élançant sur ses traces, frénétiques.

C'est alors que Valentin sentit la douleur fulgurante qui pénétra sa jambe droite. Il culbuta dans sa course, et sa tête vint heurter le sol sec et doré. Il tomba inanimé.

Plus tard, quand il reprit connaissance, des corps sans vie gisaient auprès de lui ; du sang partout. Et cette odeur pestilentielle. La bataille se poursuivait plus loin, du côté de l'Alameda ; une charge à fond parvenait à ses oreilles, mêlée aux cris cent fois répétés : « *A muerte, a muerte !* Vive la France ! » Retrouvant ses esprits, il voulut se relever, atteindre un abri, mais la douleur vrilla dans son dos et remonta jusqu'à son cerveau. Il se mordit les lèvres au sang pour ne pas hurler, puis, lentement, il roula sur le côté, s'arc-bouta sur lui-même, cherchant la cause de sa souffrance. Ses doigts s'arrêtèrent sur sa cuisse droite ; elle était déchiquetée, grasse de sang. Il se laissa tomber sur le sol, résolu à attendre la mort. Il demeura la tête penchée, anéanti.

Combien de temps resta-t-il ainsi ? Il ne vivait plus, il ne sentait plus.

Quand il émergea à nouveau, il n'y avait plus aucun bruit. La bataille avait cessé. Le docteur Canton était penché sur lui.

— Rien de grave, lui dit ce dernier en resserrant le garrot.

Valentin, qui ne sentait plus sa jambe, fit un geste pour tenter de se dresser.

— Non, on ne bouge pas. On va venir te prendre pour te conduire à l'hôpital. Il faut que j'ôte cette foutue balle...

Valentin avait le regard perdu.

— Ne t'inquiète pas, le rassura Canton, la ville est à nous.

La bataille avait duré une heure. A 11 heures, les détachements mexicains avaient évacué Hermosillo dans un désordre indescriptible, abandonnant trois cents morts et blessés, charriant des bagages de toutes manières, des canons et les drapeaux. Les Français avaient fait un grand nombre de prisonniers, parmi lesquels se trouvaient de nombreux officiers. Mais ces brillants avantages n'avaient pas été sans pertes : vingt-deux hommes étaient tombés au combat.

Plus tard, une vague de dégoût s'empara du jeune homme : dégoût de lui-même, dégoût des autres. Quelle aberration meurtrière s'était donc emparée de lui ? Pourquoi tant de sang ? Il se faisait horreur.

Les jours s'écoulèrent, et Valentin Charpenel ne se sentit plus tout à fait lui-même. Il ne parlait plus à personne, se repliait, portait sur tout un regard vide. Une autre page venait de se tourner, une page sinistre. Il émergeait du sommeil en proie à la plus vive agitation. Le délire avait fondu sur lui. Des images horribles défilaient devant ses yeux, des images qui résistaient à sa volonté. La mélancolie n'est pas une maladie, mais la messagère de la raison. Elle n'est que la grande voix du bonheur envolé qui surgit quand l'esprit est prêt à sombrer. Cette mélancolie distille de naïfs tableaux et des flots de tendresse éperdue. C'est sous l'influence de ce sentiment que plus d'un vieux sabreur a mesuré la triste réalité qui l'assaille. Ce douloureux retour vers soi-même, qui naît quand l'esprit frôle le désespoir, emporte les cauchemars et soulage celui qui souffre et doute. Valentin aimait le Mexique autant que le meilleur des immigrés de vieille souche. Il s'y sentait heureux, et les vastes territoires du Nord, leur sauvagerie, leurs cieux l'émouvaient jusqu'aux tréfonds.

Les nouvelles que lui donnait chaque jour le docteur Canton le renforçaient dans cette idée que tout ce qu'ils avaient tenté était vain. Hermosillo était à Raousset, mais les Sonoriens ne répondaient pas à l'appel patriotique du comte. Les commerçants, les quelques résidents étrangers indifférents, la grande masse du peuple d'Hermosillo marquaient aux Français des signes de respect et parfois d'amitié, mais le Sonora se terrait dans son indifférence, dans « son fatalisme », ajoutait Canton. La masse des *peónes* et des Indiens vaquaient à leurs occupations, en ayant toutefois moins de crainte qu'auparavant, sous la domination sans vergogne de l'armée dévouée au gouverneur, mais pas un parmi les humbles ne manifestait l'intention de se servir des armes qu'on lui tendait pour conquérir l'État entier contre les corrompus. Maîtres d'une ville puissante, les Français se trouvaient isolés, pris au piège de l'inaction et du doute naissant.

Puis le malheur s'acharna...

Raousset, on le dit et le répéta à l'envi, s'écroula en pleine chaleur. L'âme de la compagnie, le seul lien qui la tenait compacte, unie, avait été terrassée par une violente crise de dysenterie. On l'avait transporté dans la Casa Grande du señor Machado de Ortega, et on le contraignit au repos. Fiévreux, affaibli, il ne put maintenir la cohésion de sa troupe. Le pouvoir, lâche, fracassa les derniers rêves. Discordes et banals complots, algarades et bagarres, un à un les fils de la communauté libératrice s'effilochaient comme une corde tendue trop longtemps dans la tempête.

Les hommes n'en firent plus qu'à leur tête ; au cabaret, ils buvaient comme des soudards et, en quelques jours, le prestige de la valeureuse troupe s'évanouit. Hermosillo ne respecta plus les héros, les libérateurs n'étaient plus que des *borachos.* L'alcool eut même raison des capitaines. Les plus fous se livrèrent aux rapines et au viol de quelques pauvresses. Les chefs en rirent. Les rumeurs de démissions et d'abandons circulèrent dans les rangs.

Valentin eut le sentiment de s'être fourvoyé. Il n'était pas de ce troupeau sans âme et sans fidélité. Une fois, il se traîna auprès de Raousset-Boulbon. Il l'aperçut, livide, oublié de tous, reposant dans un atelier où s'amassaient les *étoupes* que les officiers avaient commandées à une quinzaine de femmes. La chambre-entrepôt était silencieuse, encombrée de bourres et de poussière de coton, inutiles désormais puisque la compagnie Raousset ne livrerait plus de combats. Le jeune aristocrate, luisant de sueur, était affalé sur une paillasse, sans garde d'aucune sorte. Ses proches étaient au cabaret ou en train de se livrer au brigandage sur la personne des commerçants d'Hermosillo. Le comte avait perdu, aux yeux de Valentin, tout attrait, tout pouvoir de séduction. L'entreprise folle s'était brisée net, comme un galion sur un haut-fond rocheux. Le charme et la fidélité, sa compagne, étaient rompus.

Canton, en relatant l'absence cruelle de commandement et le désordre qui s'installaient, confia à Valentin :

— La situation est grave. Le comte a donné l'ordre de la retraite. Le général Blanco a donné sa parole que nous ne serions pas inquiétés si nous abandonnions la ville. Nous levons le camp demain matin. Prépare-toi.

Valentin le dévisagea un instant, puis dit d'une voix blanche :

— Je ne vous suivrai pas, je ne suis plus des vôtres.

Canton s'impatienta.

— A ta guise, mais que deviendras-tu, seul ?

Valentin se tut, muré dans le silence.

— Bien... Nous avons obtenu des assurances à ce propos. Ton salut et celui des blessés sont garantis. Mais votre sort tient désormais dans vos mains. Bonne chance.

Il hésita un moment, s'approcha de la trouée, dans le mur, puis il revint vers Charpenel.

— Je suis navré, fit-il seulement.

Valentin demeura quatre jours à l'hôpital, après la retraite. Il se sentait libéré, en quelque sorte. Ses forces revenaient, il ne sentait plus sa jambe. Elle restait un peu raide, certes, quand il marchait, mais avec de l'exercice il n'y paraîtrait plus. Resterait une cicatrice qui, avec le temps, atténuerait sa marque...

VII

Jour du Seigneur ou pas, les Sept Portes étaient ouvertes le dimanche, enfin, la plus grande des entrées, celle à tambour, la moins commode, mais que préféraient les élégantes, à la sortie de la grand-messe.

Ce dimanche de mai 1854, le travail des étoffes et le déballage des ballots fraîchement livrés ne manquaient pas. Plusieurs dizaines de colis commandés voilà huit mois au grossiste Chabert avaient été acheminés la veille au soir. Le classement et l'inventaire ne pouvaient pas attendre, tout devait être en place, en rayons, le lundi. Les commis s'affairaient dans un fatras de papiers, de chocs de caisses que l'on tire et le claquement de cordes que l'on coupe. L'un annonçait la qualité du tissu, son métrage et sa teinte. D'autres s'en emparaient et déposaient les lais sur le long *mostrador* ciré de frais, comme de coutume. A l'aide de lattes de cèdre millimétrées, les hommes mesuraient, vérifiaient toutes les longueurs portées sur les bordereaux. Les Barcelonnettes aimaient les bons comptes et ne tenaient jamais pour acquit les indications de leurs fournisseurs. Question d'humeur et de tradition.

L'heure avançant, les étagères, les tiroirs de la *tarima* se remplissaient à nouveau. On ne pouvait plus se mouvoir dans le réduit de l'arrière-magasin, la *trastienda* — la réserve —, dont l'usage était destiné aux colporteurs et au ravitaillement des filiales de Mexico et des villes de l'intérieur. Devant le *mostrador*, Jeanne se tenait face à un grand cahier de comptes et notait à la volée les chiffres que lançaient les compagnons. Parfois, elle passait un doigt sur le tissu d'un lai pour en mieux estimer la qualité. Rien ne lui échappait ; elle s'assurait que chaque marchandise était bien à sa place. Indiennes et percales s'alignaient parfaitement sur les rayons les plus élevés ; les mousselines et les soies étaient rangées à mi-hauteur pour que l'on soit moins tenté de les déranger, car la manipulation d'aussi belles pièces ne se faisait pas sans dommage. Les tiroirs s'emplissaient de lainages fins, de foulards, d'ombrelles de Londres, de légers châles aux teintes éclatantes, de mantilles de Lisbonne et d'écharpes de soie de Chine.

On ne parlait pas, chacun s'affairait, on entendait seulement le bruit mou du carton que l'on arrache, du papier que l'on déchire et que l'on froisse, l'agaçant crissement des étoffes feutrées que l'on replie, après la mesure. Une odeur pénétrante de teinture envahissait tout.

Les cloches de la cathédrale se mirent à sonner à toute volée, et la foule, d'un coup, se répandit sur la place d'Armes. Après l'office dominical, on se baguenaudait, on contemplait l'immense arc de triomphe que le gouvernement faisait édifier en son centre. C'était une vaste structure encore inachevée, une montagne de poutres et de frises de bois tendre peintes en bleu, à l'eau. Une profusion de teintes vertes, d'une infinité de nuances, éclaboussait les austères abords. Les mètres carrés d'étoffes soyeuses véronèses s'effondraient en un drapé parfait, brodé seulement de lettres d'or : « A S.A. ». Son Altesse Santa Anna, assise sur un magnifique baudrier de carton et de stuc, attendait sur les madriers d'une charrette qu'on la hisse à l'aide de solides poulies. Les poutres en échafaudage grouillaient d'ouvriers qui prenaient leur tâche au sérieux : ils savaient qu'ils perdraient la vie si, par malheur, la statue, verte elle aussi, mais avec la fausse patine du bronze, s'effondrait sur le pavé de la plaza. Quelques officiers chamarrés surveillaient, attentifs, l'installation d'un drapeau mexicain sous un bras de la statue périssable. C'était une grande oriflamme de soie qui louait le courage de Son Altesse, parti trois mois plus tôt pour l'État de Guerrero à la poursuite du vieux cacique Alvarez, que les journaux surnommaient « el bandito ». Alvarez et « son complice » Ignacio Comonfort, « ex-chef de douanes d'Acapulco licencié pour détournement de fonds », prétendait la presse, s'étaient unis pour reprendre le pouvoir que « le cul-de-jatte » avait volé aux Mexicains. Le peuple avait toujours bon dos.

On s'affairait donc chez les embusqués de la garde présidentielle, chez les vaillants militaires de l'arrière : le 14 mai, Son Altesse Sérénissime devait être accueillie dans sa capitale par trois jours de fêtes et d'allégresses.

— Si grandes que soient les dimensions de l'appareil, gageons que Son Éminence ne pourra passer dessous, tant sera grande la hauteur de lauriers qui ceindront son front, murmura Phonse Ebrard qui se tenait sur le pas des Sept Portes.

Le Mexique — Olivier ne s'était guère trompé dans ses prédictions de journaliste politique — n'en avait pas fini avec le dictateur empanaché...

Un an à peine après l'élection à la présidence le 15 janvier 1851 du général modéré Arista, troubles et insurrections éclatèrent sur tout le territoire. Semblable aux nuages qui s'amoncellent et qui obscurcissent le dernier carré de bleu, la révolte, née au rio Bravo del Norte, à la frontière des États-Unis, s'étendit aux États du Nuevo León, de Tamaulipas, du Sinaloa, de Jalisco et de Veracruz. Les troupes gouvernementales se mirent en campagne, mais l'élan était donné... A la suite de divers *pronunciamentos* régionaux, les autorités régulières furent déposées et remplacées par des chefs provisoires qui dictèrent leurs lois au gouvernement de la République. Tous ces troubles avaient éclaté dans un ensemble trop parfait pour que l'on ne soupçonne pas, en contre-jour, l'ombre d'une main puissante. Ecclésiastiques, généraux, propriétaires, demi-solde, alarmés par le danger que le libéralisme représentait, s'étaient rapprochés les uns des autres. Les Chambres, convoquées le 15 octobre 1852, s'étaient réunies sans discontinuer jusqu'au 31 décembre. Pas le moindre remède à la situation n'en sortait. Si bien que le modéré Arista, effrayé par l'horizon chaque jour plus menaçant, abdiqua le 5 janvier 1853 et déserta Mexico la nuit même. Ensuite, tel un diable qui jaillit de sa caisse, le généralissime Antonio Lopez de Santa Anna débarqua à Veracruz le 1er avril suivant, acclamé par l'ordinaire assistance des félons, des chasseurs de places et des *agiotistas*. Santa Anna, celui-là même qui avait sans cesse entretenu la guerre civile pour détruire le gouvernement quand il n'était pas seul détenteur du pouvoir ; celui qui avait assis sa dictature avant de fuir par deux fois, comme voleur et couard qu'il était, vers l'autre rive de la mer des Antilles lors de l'invasion nord-américaine en 1847. Celui enfin, qui, malgré trente années de tromperies et de corruption, conservait pour les réactionnaires la piètre auréole du héros, l'énergie de l'impudence nécessaire à la dictature, revenait pour rassurer les nantis.

Le 20 avril, son arrivée dans la capitale au bras de son épouse Dolores Tosta, la jeune « Dolorita », fut louée par d'insensées festivités. Organisées pour les privilégiés du régime félon, ces réjouissances se poursuivirent pendant plusieurs semaines, et toute la population s'y mêla dans un délire orgiaque. Non pas qu'on se félicitât autant du retour de Santa Anna — à vrai dire on avait toujours été plutôt indifférent aux choses politiques —, mais on se rattrapait en quelque sorte de quatre années de langueur, d'ennui mortel. La fête, cet élixir, cet opium du Mexique, était moyen de gouvernement. Santa Anna l'avait fort bien compris. L'indifférence, aussi, accompagna les proclamations du général-président : « Prenant en considération la situation du pays et le vœu unanime de la population mexicaine », l'Excellence faisait savoir qu'il acceptait le titre d'Altesse Sérénissime, le pouvoir dictatorial illimité, la faculté de nommer son successeur et de recevoir un traitement mensuel de 60000 piastres que lui accordait si gracieusement le Conseil d'État, « cette honorable corporation qui compte en son sein toutes les illustrations du pays et qui a vu dans les manifestations des provinces l'expression libre et sincère de la volonté de la nation ». Indifférence encore à propos de l'annonce des premières nominations des dignitaires ecclésiastiques comme conseillers du maître... Seuls comptaient les pétards, la musique, les vivats aux arènes, les bals et les banquets. Et les reliefs des repas, pour les plus pauvres...

Les étrangers demeuraient dans l'expectative face au changement de régime. Quelques-uns, cependant, qui vivaient au Mexique depuis suffisamment longtemps et qui avaient expérimenté les régimes épisodiques du dictateur, ne cachèrent pas leurs inquiétudes. Olivier Meyran, qui était de ceux-ci, écrivit dans *Le Trait d'Union* : « Nos lecteurs ont dû s'apercevoir que nous passions aussi légèrement que possible sous silence les événements politiques du pays depuis deux numéros. » Il ajoutait, prudent mais allusif : « Nous avons d'excellentes raisons pour agir ainsi, raisons connues et qu'il serait superflu de rendre compte dans nos colonnes. Aujourd'hui, plongés dans une crise dont le résultat est impossible à prévoir, nous suivrons néanmoins les événements avec le plus grand soin, de manière à n'en laisser aucune phase. »

Les plus optimistes ou, du moins, ceux qui répugnaient, par goût ou prudence, à se mêler de politique — Jeanne en était — se raccrochaient à la personnalité du ministre des Relations extérieures, le vieux Lucas Alaman. Éminence rompue aux affaires politiques — il avait été ministre d'un des premiers présidents de la toute jeune République —, ce créole cultivé, cet historien réputé qui fondait ses espoirs sur un gouvernement autoritaire de type espagnol, semblait, malgré son âge, la tête pensante du nouveau régime. Qu'il fût l'âme du parti conservateur importait peu : son programme politique, qui prévoyait la construction de chemins de fer et de routes nouvelles, l'amélioration du réseau télégraphique, l'uniformisation des droits de douane et la colonisation des terres inhabitées, était, disait-on, le seul susceptible d'arracher ce pays à l'état anarchique dans lequel il languissait.

Après la pluie de fleurs et de vivats, une fois le flot des réceptions tari, succéda une ondée autrement cinglante. « J'ai beaucoup d'expérience, et je sais que ce pays a besoin d'un gouvernement centralisé, de coups de trique », avait affirmé le général-président. Et les coups plurent. Drus, violents, assommant chaque fois davantage : suspension de la Constitution fédéraliste, suppression des législatures, remplacement des élites par des traîne-sabre torves qui régnaient en despotes sur les autorités locales, restauration du passeport pour voyager d'une ville à l'autre, rétablissement des *levas,* ces incorporations brutales qui avaient été supprimées en 1849 par Herrera et qui, en quelques mois, portèrent les effectifs de l'armée de six mille à quatre-vingt-dix mille hommes ! Partout la répression, la terreur : les journaux qui se refusaient à chanter les louanges du clergé et du nouveau maître — *Le Trait d'Union* était de ceux-là — cessèrent de paraître. Les États jouissant d'une administration libérale furent investis par les troupes santanistes. Espions, délations, calomnies infâmes, dénonciations anonymes eurent raison de quelque cinq cents hommes connus pour leurs opinions avancées et qui ne durent leur salut qu'à l'exil.

Puis la mort d'Alaman, qui survint en juin 1853, fit disparaître le dernier rempart qui tempérait encore un peu l'Auguste. Sa nature véritable éclata sans borne aucune. Il ne s'occupa plus que de piller le Trésor pour assouvir un peu mieux son goût des cortèges et des toilettes, son amour des apparences et des décorations. En novembre, il rétablit l'ordre de Guadalupe, consacrant de longs jours à examiner l'habit qui conviendrait le mieux à ses croisés. Il fit aussi dessiner des uniformes pour les fonctionnaires ; leurs appointements n'étaient pas versés depuis quatre mois, mais ils n'en furent pas moins tenus de se procurer ces costumes à leurs frais. Les ministres avaient l'obligation de se déplacer dans des voitures laquées de jaune, sur lesquelles se perchaient des valets de pied et des cochers en livrée verte. Lui, Santa Anna, s'était donné une escorte de « lanciers de la garde du pouvoir suprême », des cavaliers qui portaient des dolmans rouges, des épaulettes dorées, des boutons d'argent et des casques à cimier pointu... Méditant sur les divers titres que lui soumettaient ses cycophantes — banquiers de fraîche date, affairistes véreux à l'affût d'une concession, riches propriétaires reconnaissants d'être protégés contre les lois progressistes, ecclésiastiques onctueux, confits en louanges —, il rejeta celui d'Empereur et choisit celui de Très Suprême Altesse. Sa poitrine était cuirassée de décorations : Benmerito de la Patria, général de division, grand maître de l'ordre national et distingué de Guadalupe, chevalier grand-croix de l'ordre espagnol royal et distingué de Charles III, grand croix de l'ordre de l'Aigle rouge de Sa Majesté le roi de Prusse...

Il était partout entouré d'une étouffante adulation. Les échotiers prostitués le nommaient « père de la patrie », « sauveur du Mexique ». Le jour de la Saint-Antoine, il ordonnait la clôture des bureaux et des boutiques afin que ses sujets puissent participer à la célébration de la fête de son propre patron. Même l'hymne national, institué par lui, comportait une strophe louangeuse pour « le *caudillo* immortel ».

Dans son palais de Tacubaya, empli de mobiliers coûteux, de tapisseries et de miroirs gigantesques, de vaisselle d'or fin, d'équipages luxueux, le fou satisfaisait ses goûts de toujours : les coqs et les femmes. Une de ses mésaventures amoureuses avorta dans la dérision générale : une coquette, qui avait passé la nuit avec lui, détourna sa collection de décorations et se pavana quelques jours dans les rues de la capitale avec la croix de grand maître de l'ordre de Guadalupe en sautoir...

Les étrangers s'accommodaient tant bien que mal de cet état. Mal pour ceux qui ne parvenaient pas à surmonter l'augmentation croissante des impôts traditionnels et des nouveaux... Le dictateur s'y entendait fort bien pour trouver les fonds nécessaires à son extravagant train de vie. Il en était arrivé même à imposer chaque porte, fenêtre, balcon, entrée cochère des maisons, appartement, boutique du vaste pays. Charles Bincher, coiffeur français de la calle Espiritu Santo, y laissa la vie : il se brûla la cervelle, ne pouvant plus assumer les pertes considérables de son humble commerce. La veille de son suicide, comme l'un de ses amis lui faisait remarquer son visage sali, il avait répondu : « C'est bon, je me laverai demain avec une once de plomb. »

D'autres, par contre, profitaient allègrement de la curée générale. Ils achetaient à tour de bras concessions, titres de médecin, charges d'avocat. Dans la communauté française, Alfred Bablot, qui avait occupé tous les emplois depuis son arrivée à Mexico en 1841, obtint le privilège exclusif de dix ans pour l'établissement dans les rues de la capitale de l'éclairage au gaz extrait d'un mélange de charbon, d'huile de résine et d'eau. Henri Lelong, négociant hors pair, obtint celui d'établir une nouvelle ligne de bateaux à vapeur entre Le Havre, Veracruz et Tampico. Ce fut aussi René Le Moël, acteur raté, qui se recycla dans l'organisation de spectacles, opéras, comédies, vaudevilles. Il réussit à se faire allouer une subvention, dont une partie, chose extraordinaire dans les annales, fut payée comptant, pour les frais de voyage de ses artistes. Il réussit encore à s'octroyer les trois théâtres de Mexico, au détriment de son concurrent, l'Espagnol Pedro Carvajal, qui ne trouva plus à loger sa troupe hispano-mexicaine.

Et puis, il y avait ceux, comme Jean Pascal, qui s'efforçaient de secourir les Français indigents, nombreux, qui venaient frapper à la porte de la Société de bienfaisance...

Jeanne, elle, pratiquait la politique de l'autruche, en s'efforçant surtout de ne contrarier personne. Elle fut ainsi de ceux qui côtoyèrent l'élite de la société mexicaine au bal d'apparat organisé par le ministre de France Charles Dano, le 17 août 1853, en l'honneur de l'empereur Louis-Napoléon III.

Il y avait enfin ceux, comme Olivier Meyran, qui demeuraient inexorablement fidèles à leurs opinions républicaines. En compagnie de Mexicains épargnés par les rapports des espions santanistes, il se préoccupait, au mépris des risques, d'informer la population sur la situation véritable du pays, à coups d'imprimés anonymes. Le 15 décembre 1853, ils apprirent au peuple — Conseil d'État compris —, la dernière forfaiture du dictateur : la signature, le 13 décembre précédent, d'un traité cédant à James Gadsen, ambassadeur nord-américain, la vallée de la Mesilla, un territoire de 100000 kilomètres carrés situé près de la frontière, pour l'obole de 7000 dollars... Cette nuit du 15, les murs de Mexico avaient été recouverts du placard suivant :

« Vente aux enchères.

« Jeudi 13 courant, dans la salle d'audience du tribunal civil, par-devant M. Juan Mendez, juge commis à cet effet, il a été offert à la vente aux enchères publiques, au plus offrant et dernier enchérisseur, une ville nommée Mexico, capitale en bon état, pouvant servir d'habitation à plus de deux cent mille âmes, contenant de nombreux monuments publics, des couvents, des théâtres, une académie et tous les établissements nécessaires à l'exploitation d'une capitale. La mise à prix fut de 10 millions de dollars.

« On se demande comment le Crédit immobilier ne songea pas à disputer aux États-Unis l'achat du Mexique. On n'a pas tous les jours l'occasion de fonder un empire par actions, et, à la place du Crédit immobilier, nous n'aurions pas laissé échapper celle-là. Il y avait là, sans contredit, une magnifique affaire.

« Mais comment les Mexicains prendront-ils la chose ? Consentiront-ils sans difficulté à devenir citoyens du Crédit immobilier ? Pourquoi pas ? Les Mexicains seront surtout enchantés d'échapper au gouvernement sous lequel ils ont le malheur de vivre. Le dernier lopin vendu par Santa Anna aux États-Unis comprend un degré et une minute de latitude, lequel degré n'est peuplé, pour le quart d'heure, que d'ours, de loups et de coyotes. Dans un an, il sera couvert de plantations et orné de plusieurs villes dans lesquelles on publiera des journaux pour traiter de la grande question de l'émancipation des femmes. La République mexicaine, les Mexicains ne l'ignorent pas, n'a pas sa pareille dans le monde pour faire valoir un terrain et pour exploiter une propriété. Entre les mains de l'Amérique, le Mexique, où tout ce qui n'est pas moine meurt de faim, deviendrait l'un des pays les plus riches du monde. Quelqu'un viendrait dire aujourd'hui sur la place de Mexico : " Savez-vous la nouvelle ? — Quoi donc ? — Santa Anna vient de vendre le Mexique pour 30 millions de dollars aux États-Unis. Le nouveau propriétaire entre en possession demain. — Bravo ! Bravo ! " répondrait-on de toutes parts. C'est pourquoi Santa Anna continue tranquillement son petit commerce sans que personne songe à s'inquiéter. Il vient de faire placer à la frontière un poteau indicateur avec ces mots : " État du Mexique, terrain à vendre. " »

Au bas de l'imprimé, on lisait en grands caractères :

« On recherche Santa Anna pour avoir vendu une partie du territoire national, pour s'être approprié une partie de l'indemnité, pour avoir vendu les Indiens du Yucatan comme esclaves à Cuba, pour avoir insulté le peuple en l'outrageant par l'appareil de sa magnificence... »

Le poulet fit déborder le vase et provoqua la colère des autorités. Plusieurs arrestations de suspects furent opérées. Mais Olivier Meyran était déjà loin...

Vers midi, les commis, travaillant dur, étaient venus à bout des livraisons. Le magasin était propre et rangé comme un sou neuf, les garçons avaient bien gagné leur repos. C'était là le rythme du travail fixé par l'assentiment de tous. Les uns se rendirent au Théâtre principal pour mêler leur souffle à l'ensemble philharmonique créé par Henri Laugier, les autres, dans leur dortoir, ciraient leurs grolles, sommeillaient ou écrivaient aux pays, là-bas, à Barcelonnette...

Jeanne, les mains dans les poches d'un élégant tablier de grège, paressait sur le pas de la grande porte. Au premier abord, on ne l'aurait jamais prise pour une boutiquière. Avec ses cheveux tirés sous un bandeau, sa jolie mine, elle avait tout d'une demoiselle. Derrière, Émile Proal, le dernier commis, attendait qu'elle se décide à entrer pour fermer la porte. Un travail d'homme... La porte massive et doublée de fer devait être close pour que l'on glisse la *barrouira,* une énorme poutre logée dans l'un des murs et emboîtée dans une gorge de métal, avant d'être assujettie par de gros coins de bois.

Dehors, la chaleur du soleil avait chassé les derniers flâneurs, et la grand-place était seulement occupée par les travailleurs du municipe tout à leur arc de triomphe.

Le soufflement d'un cheval qui s'ébroue attira son attention. Elle leva le nez et chercha entre les colonnes, sur la gauche du Portal de las Flores, d'où venait ce mouvement. Elle vit de dos un grand gaillard vêtu d'une veste et d'un pantalon de peau retournée, coiffé d'un vaste feutre roux où brillaient quelques dollars d'argent. C'était un homme des provinces, un cavalier qui semblait avoir fait des lieues de route sans tenir compte de son accoutrement et de la poussière qui l'avait teint d'ocre, de jaune de boue. L'homme tourna un œil vers elle, et Jeanne s'apprêtait à se tourner vers la boutique quand une force irrépressible, mélangée à la fois de curiosité, d'intérêt, l'en empêcha. L'homme glissa à nouveau un regard innocent, avança en la fixant. Puis, d'un mouvement lent, le grand échalas fit résonner plus fort ses éperons. Elle était immobile. A quelques pas, il tira son feutre et s'épongea la nuque. Les ongles de Jeanne crissèrent sur le bois peint...

— Valentin ! souffla-t-elle.

Elle fit, comme un somnambule, quelques pas mal assurés. Lui restait fixé sur son séant. D'un coup, elle releva un bord de sa jupe et courut vers lui.

— Valentin ! Valentin ! cria-t-elle.

L'autre se précipita à sa rencontre, et ils se jetèrent dans les bras l'un l'autre. Ils restèrent ainsi sans mot, en une longue étreinte. Elle sentait le sol lui manquer, un océan de frayeur, de bonheur mélangé, lui creusait le corps. Valentin Charpenel la serrait à la rompre. Tremblant de plaisir, il la souleva et la fit tournoyer une, deux, trois fois.

— Jeanne, mon amour, murmura-t-il à son oreille. Jeanne, petite Jeanne !

Leurs lèvres se trouvèrent et ils restèrent un instant, apaisés, heureux et honteux.

Le commis, accouru sur le seuil, observa ces retrouvailles, puis avec un rien de convoitise, de jalousie même, il disparut dans le magasin et tira l'huis.

Les deux déambulèrent au hasard des rues vides. Sans rien à dire, main dans la main, comme deux enfants. Près de l'Alameda, il y avait seulement une colonne de soldats, de blanc vêtus, sans armes, encadrés par les sous-officiers qui portaient, eux, des coupe-choux et des revolvers. C'était le jour de promenade des hommes de troupe, que l'on garde pour qu'ils ne désertent pas. Les uns mâchouillaient une fleur, bavardaient en cherchant l'ombre d'une ramure, jouaient avec des chiens. La plupart étaient suivis de leurs femmes chargées de sacs de *tamales,* ou seulement enlacées tendrement à la taille des guerriers.

Valentin et Jeanne allaient, pas plus différents que ces couples amoureux, au travers des ruelles de la ville assoupie. Leurs pas insouciants les portèrent jusqu'aux abords de la Viga où, lentement, l'agitation s'amplifia. Ils traversèrent les faubourgs comme s'ils marchaient dans l'Éden.

La promenade de la Viga, à l'est de la chaussée d'Iztapalapan, le long du canal qui conduit au lac de Chalco, était le lieu de promenade du peuple par excellence. Le canal de la Viga, qui unit les deux grands lacs de Mexico en traversant une partie de la capitale, est le vestige des nombreux canaux de l'ancienne ville aquatique, couverte jadis des jardins flottants de la cité aztèque.

Jeanne ne manifestait, en temps ordinaire, que crainte et même répulsion à l'égard des foules en guenilles vautrées sur les bancs de pierre, allongées à même les pelouses et les massifs fleuris. Elle ne sentit, cette fois, que gentillesse, félicité autour d'elle. Valentin la guidait sous le ciel serein, un ciel que l'on n'apercevait que par de minuscules échancrures sous les feuillages épais, où le soleil semblait pleuvoir en poussière d'or.

Ils parlèrent de toutes ces années, de leur silence réciproque, de leur hantise et des souffrances qui les avaient épuisés. Elle parlait, Jeanne, en souriant parfois, en riant aussi, quand la pirogue chargée menaçait de se renverser tant sa gîte était puissante. Ils étaient au milieu d'une dizaine de pauvres gens des classes inférieures qui aiment tant s'entasser dans les embarcations qui glissent au fil des eaux, au son des instruments à corde, et qui tremblent sous le mouvement des danseurs. Ils étaient là tous deux, perdus dans ce pays de Babel, où se confondent les cris des marchands de pulque, au milieu des barriques, les chants des Indiens qui réclament aux passagers des bateaux un demi-réal, les litanies des marchands d'ananas qui tendent les tranches couvertes de sanglantes traces de piment rouge, assourdis par le vacarme entraînant des harmonies des orchestres de *jarabe*. Mille pirogues se croisaient sur les eaux boueuses. A chaque instant, des embarcations rendaient la terre à leurs équipages, après avoir fait la promenade entre Santa Anita et Ixtacalco, village pittoresque habité par des indigènes qui vivaient du commerce des fleurs, des légumes et des canards. Ils avançaient donc, tous deux enlacés dans cette humanité remuante, sifflante, emportés par le son des fandangos.

Il lui raconta son périple ; elle, ses malheurs et sa destinée présente. Et puis, elle eut une maladresse de femme emportée, enthousiaste...

— Valentin, que je suis heureuse ! J'ai compris tant de choses en ton absence. Mais tu m'es rendu, et j'ai besoin de toi, plus encore. Associe-toi à nos affaires, aux Sept Portes, ne me quitte plus. Jean sera heureux, et Mexico verra ce que toi et moi sommes capables de réaliser. L'avenir ne comptera plus désormais pour nous deux.

Elle se laissait aller, confiait sa tendresse, réclamait la passion, s'abandonnait à la véhémence de ses visions.

Valentin eut mal. Il mesurait que Jeanne n'avait rien entendu à son histoire. Elle ne comprenait pas comment lui, Barcelonnette, pauvre d'entre les pauvres, pût se préoccuper si peu de l'argent, de la fortune, du pouvoir d'envie que celle-ci fait naître chez les autres. Il n'était ni riche ni pauvre, mais libre, simplement. Et il sentait que Jeanne se moquait bien de cela. En un tournemain, en un cri et un rire, elle décidait de son sort en l'installant à ses côtés, boutiquier... Il la prit par les bras et lui fit face.

— Jeanne, je n'ai rien, pas un liard, pas un sou. Rien. Les poches et les fontes aussi plates qu'à mon départ. Comprends, Jeanne, l'argent est le cadet de mon souci. Je t'aime, j'aime le Mexique, l'espace et la route. Depuis mes premiers pas, Jeanne, c'est cette vie qui est mon affaire...

Elle lui sourit. Mais il s'agissait d'un sourire d'incompréhension.

— Mais Valentin, songe à nous... L'argent, c'est le

moyen de rentrer à Jausiers, de vivre où nous nous sommes aimés sans nous le dire, sous notre ciel, au pied de nos montagnes, près de nos... amis. Et puis, nous pourrons aller vivre à Lyon, que sais-je... nous installer dans la campagne d'Aix ! C'est ça, en belle Provence ! Où nous vivrons, danserons, vieillirons, entourés de... nos enfants. Valentin, accepte, pour moi ! Aime-moi...

Sous la réserve, on le sentait rétif, inflexible. Patiemment d'abord, avec une rage contenue ensuite. Il ne voulait pas finir, vieillir, désillusionné, attaché aux minces choses, aux destins communs. Il ne serait ni Pierre Arnaud, vieux avant l'âge, ni Jean Pascal... Il voulait vivre, sur-le-champ. Et Jeanne devrait se rallier à cette soif de vivre brûlante, par amour.

— Que me proposes-tu, Valentin ? Une errance de nomade, au mieux l'avenir difficile d'une épouse de mineur ou de paysan ?

— Non, la vie, tout court.

— Tu veux donc que j'abandonne la tâche, le travail, les défis auxquels je dois m'affronter ?

— C'est ça, Jeanne. Je t'offre la liberté, mon amour.

— Mais pourquoi ne te lierais-tu pas à ce que j'entreprends ? Tu pourrais être riche en mettant ton pas dans le mien. Valentin, écoute-moi, reste ici, avec moi, avec nous tous.

Il épousseta son chapeau, le lustra de la manche. Il la fixait maintenant, et sa voix neutre était dénuée de toute passion.

— Jeanne, je partirai de Mexico demain à l'aube. J'attendrai jusqu'à 8 heures au salon de la *Gran Sociedad.*

Il la saisit par le bras, et ils rentrèrent vers le centre. Il boitillait. Un souvenir d'Hermosillo.

VIII

Le cocher, une fois encore, fit le tour de son attelage. Chaque lanière, chaque laisse tenait à son appareil, à sa boucle. Puis il tourna autour de la lourde diligence et s'assura, accroupi, de la solidité des essieux. C'était son rituel, à Escoblar. Il avait vu faire son maître et patron, alors il s'agenouillait sous la garde, fléchissait devant les grandes roues et il éprouvait l'importance de surveiller son matériel pour la sécurité de ses passagers. On lui avait dit qu'un conducteur ne quitte pas le relais sans avoir vérifié que tout n'était pas près de se rompre au premier cahot sur les pistes crevées du Mexique. Mais pour Escoblar, qui ne comprenait guère, une route était une route, il n'en avait connu que crevées, saignées, creusées par des ornières à engouffrer un homme jusqu'à la taille.

Il se hissa enfin sur la carriole, beugla quelques ordres aux palefreniers et aux garçons qui prenaient des notes sur un calepin américain, pour le cahier des heures. Il fit siffler la lanière sur l'échine des douze mules, et l'on entendit le curieux claquement de sa langue contre son palais qui surprenait toujours les voyageurs européens qui s'y essayaient en vain, quand ils se retrouvaient seuls. Un grand vacarme de ferraille, de clochettes, et surtout le pas des quarante-huit sabots remplirent les rues qu'ils traversaient. Le cocher sifflait comme une locomotive.

Dans la caisse, les voyageurs s'enfoncèrent dans les fauteuils, tentant d'y trouver un appui définitif. Près d'une des quatre ouvertures tendues de toile huilée, Valentin brûla le bout ébréché de son cigare, un *puro* de Veracruz léger comme un hollandais.

« Tout est réglé », se fit-il pour lui-même

Jeanne n'était pas à l'ultime rendez-vous, et une fois encore leur chemin s'écartait. Une fois encore, deux orgueils se juraient malédiction. Mais l'un et l'autre, à cette heure, avaient le cœur en flammes. Une passion impossible les dressait l'un contre l'autre. Valentin faisait le résigné, mais quelque chose en son âme s'opposait à la fatalité. Un instant avant que la lourde diligence ait pris toute sa vitesse, il se retint pour ne pas pousser la portière, mais son amour-propre, sa volonté eurent eu le dessus. Il ne restait que la tristesse.

La diligence suivait sa route, et le passager fixait un horizon inexistant, le dos calé contre le fond du véhicule, une pièce de bois malaisée, en arc de cercle.

La carriole était pleine. Les premières places étaient occupées par un moine carmélite, que la religieuse abstinence avait orné d'un embonpoint imposant, et par deux visitandines, dont la plus jeune avait tout l'air d'une veuve tant sa manière de lorgner vers Charpenel était insistante. Malgré la bure, sa ravissante grâce éclatait quand elle ordonnait une mèche de cheveux qui tombait sans cesse de son chignon serré de fille de Dieu. Celle-ci était prête à porter une seconde fois la pesante croix du mariage... Les voyageurs du devant, trois hommes aussi dissemblables que possible, illustraient à merveille ce Mexique que haïssaient les échotiers de Mexico. Un Anglais, antithèse, par sa maigreur, de l'embonpoint du carmélite, captait les œillades de la jeune religieuse. Bien planté, le jeune Britannique lissait sans cesse ses moustaches retroussées, sans entendre les souvenirs d'un vieillard gris qui ne cessait d'évoquer ses actes de guerre au temps de l'insurrection. Sur la banquette du milieu, l'Espagnol, semblable à une pièce de monnaie neuve, n'avait aucun type, sinon une figure olivâtre. Fortune faite, il s'en retournait vers le port de Veracruz pour prendre le bateau vers la métropole.

Après les saluts de courtoisie auxquels Charpenel répondit, pour sa part, par un grognement, il y eut de longues plages de silence, où le paysage, seul, semblait occuper l'attention des voyageurs. Puis la conversation reprit. Le capitaine des insurgés entama avec le carmélite un bavardage basé sur l'éloge du temps écoulé et de la critique du présent. Le jeune homme aux moustaches, fils, disait-il, d'un riche propriétaire de Puebla, cherchait vainement à entreprendre l'Espagnol, mais l'autre, raide et impassible comme un pieu, se contentait de le dévisager avec ses yeux de faïence. Personne ne semblait faire cas de Charpenel, sans doute en raison de son ton rogue. Il n'intéressait même plus la jeune religieuse qui lui préférait, c'était visible, le fils de famille. Le Français en sut gré à ses compagnons de voyage, il ferma les paupières, soulagé de n'avoir pas à affronter ces bavardages. La conversation se traînait, languissante et monotone, en contravention avec les règles prescrites par les romanciers qui veulent que toute voiture publique soit source d'aventures et rassemblement d'originaux. Les palabres n'étaient interrompus que par les cahots et les sauts de la diligence.

L'un demandait, lançant des nuages de fumée :

— Allez-vous au Théâtre national ?

On entendait l'autre, dans le coin, s'écrier :

— Croyez-le bien, l'avancement ne s'accorde aujourd'hui qu'à la faveur ! De mon temps, une épaulette ne se gagnait pas avec un rasoir à la main. Des barbiers, nos généraux sont des barbiers !

On s'entretenait du prix des grains, des personnes influentes de Mexico, du si fin tabernacle de la cathédrale de Puebla. Mais ce qui domina bientôt toutes les conversations, c'était la voix éclatante de l'Espagnol qui, sans retirer un seul instant son cigare de la bouche, critiquait et maudissait le Mexique, déclarant que ce pays ne pouvait être heureux qu'avec un roi et l'Inquisition.

La route suivait maintenant le milieu de la montagne, et des deux côtés s'étendaient des forêts sombres de chênes et de pins couronnés de riches feuillages. Des broussailles croissaient au pied de ces géants, et des plantes grimpantes formaient, avec les branches, un tissu impénétrable. Inspiré sans doute par cet endroit propre à faire naître de sinistres idées, le capitaine des insurgés demanda tout à coup à ses compagnons s'ils se défendraient au cas où la diligence serait attaquée. Valentin Charpenel ouvrit un œil et tendit l'oreille, cherchant dans la conversation générale un moyen d'abandonner ses idées sombres. Il ne put s'empêcher de sourire à l'exclamation péremptoire de l'Espagnol.

— Nous défendre ! Et certainement ! Si aucun de vous ne veut se servir de ses armes, qu'il me les donne. Je descendrai seul, je leur montrerai ce qu'est un homme. Ce n'est pas moi que l'on effraie. Personne ne m'a jamais touché un poil de la barbe.

Le moine, effrayé, fit un signe de croix et supplia dans son âme l'amour de Dieu. Il réclamait à l'immanence qu'on ne l'exposât pas, parce qu'il avait sur lui quelques onces d'or que lui avait confiées une âme pieuse pour le bien des orphelins. Le jeune homme pâle rosissait, il examinait les pistolets qu'il avait à sa ceinture. Les autres comptaient mentalement le contenu de leurs bourses et dissimulèrent la monnaie d'or et les montres dans la tige de leurs bottes ou sous le coussin de la voiture.

Valentin Charpenel se surprit à espérer l'assaut de quelques bandes de hors-la-loi. Ses vœux ne furent pas exaucés et, à 4 heures de l'après-midi, la diligence entra sans encombre dans Puebla.

Fatigué plus par la promiscuité forcée que par dix heures de route, il abandonna sans regret tout ce beau monde et décida de poursuivre sa route en solitaire. Il avait choisi Veracruz. Son but : quitter ce pays où rien ni personne ne le retenait. Jeter son bagage dans le premier bateau à destination de La Havane, pourquoi pas ? Là, il serait suffisamment loin...

Sans attendre à la halte, il traversa le patio en louvoyant au milieu d'un convoi de mules que deux *arrieros* faisaient défiler, jaugeant échines et pattes afin de s'assurer de leur bon état. Il se dirigea vers l'écurie d'un marchand de chevaux qui jouxtait l'hôtel de diligence. Le maquignon, un métis vêtu d'une veste et d'un pantalon de mérinos bleu clair, un chapeau de jonc aux bords rongés penché sur l'oreille, était accoudé à la rambarde. Il observait son monde d'un œil distrait, en sifflant un air de *danza*. Il contemplait les allées et venues des muletiers, des voyageurs qui se croisaient, soulevant la poussière sous leurs pas. Non loin de lui, ses chevaux, trois bêtes sans grande prestance, piochaient leurs rations de maïs qu'on avait jetées à même le sable chaud.

— Combien, ce cheval ? demanda Charpenel en désignant d'un signe un animal au chanfrein blanc et aux longues balsanes.

— Cent piastres, fit l'autre sans même tourner la tête.

— Me prends-tu pour un niais ? fit le jeune homme, las.

— Oh, señor, dit vivement l'autre, s'apercevant qu'il n'avait pas affaire à amateur, ce n'est pas pour me vanter, mais par la Très Sainte Vierge, une fois monté sur ce cheval, vous n'aurez peur de personne. Quelle bête, Votre Grâce, il ne lui manque que la parole, mais pour le reste, avec le respect que je vous dois, il a plus d'intelligence que moi. Quel malin cheval... Vous sifflez tout doux, et il part tout seul.

Valentin examinait la carnation du baudrier, passait la main sur l'échine du cheval qui tremblait sous la caresse.

— A-t-il des manies ?

— Il tient à boire, à manger, voilà tout.

— Combien ? réitéra Charpenel, comme s'il posait la question pour la première fois.

— Cent piastres ou rien.

— Rien. C'est trop cher.

Et il tourna les talons.

— A votre manière, je vois que vous êtes un vrai cavalier, fit le maquignon en le rattrapant par le bras. J'aime à ce que les chevaux que je vends ruent sous bonne main. Pour vous, ce sera 90 piastres.

— J'en donne 30.

— Vous me prenez pour un *gringo* ! Croyez-vous que vous avez le droit de me mépriser en m'offrant une somme dérisoire ?

— J'en donne 45, mais je veux la selle aussi.

— Écoutez-moi, ce cheval a appartenu à Solis, fit l'autre en faisant allusion au célèbre chef de bande qui sévissait dans le pays, c'est tout dire. Vous pouvez le lancer contre une diligence sans qu'il s'effraie, et, si vous êtes poursuivi, il descendra les pentes au galop, franchira les fossés. Au bruit des coups de feu, il relève le col pour préserver son cavalier. Alors, 50 piastres, tout sera dit.

— 45, avec la selle...

— C'est bon, fit l'autre, vaincu.

Valentin quitta Puebla le lendemain avant le jour. Le cavalier savait que ce voyage en solitaire serait plus pénible que les heures passées en diligence avec les autres. Non qu'il redoutât les mauvaises rencontres, l'état piteux des routes —

son errance dans le désert de Sonora l'avait aguerri —, mais, contrairement à ses espérances, plus il s'éloignait de Mexico, plus il lui semblait que son cœur se serrait dans sa poitrine. Quand il parcourut, en sens inverse, les chemins empruntés voilà tout juste onze ans par Jeanne, lui et dix autres compagnons de la Vallée, tout le passé, ce passé qu'il s'efforçait de fuir, réapparut. Il oublia que c'était son inconstance, son inquiétude qui l'avaient amené en cet état, il oublia que c'était lui qui volontairement avait délaissé le bonheur possible. Mais eût-il jamais pu se satisfaire de cette vie uniforme, paisible, lui, le vagabond ?

Il éperonna rageusement les flancs de sa monture qui s'élança au galop.

— Pardonne-moi, fit-il en caressant l'encolure, mais je suis pressé...

Sans relâche, il chevaucha ainsi pendant deux jours et demi, ne portant pied à terre dans les relais que pour faire boire et reposer le cheval.

Aveuglé par le soleil, étranglé par la soif, il arriva dans l'immense plaine onduleuse comme une mer solidifiée, aux portes de Veracruz. La ville lui inspira un regain de mélancolie. Sol poudreux, chaleur intolérable, maisons lézardées, fangeuses et sans fenêtres, ruelles nauséabondes, tapissées de maigres végétations roussies, de champignons. Et même le teint blême des habitants... A part quelques marchands affairés ou quelques porteurs d'eau poussant, flegmatiques, leurs ânes devant eux, il ne rencontra guère que des forçats enchaînés, deux par deux, que l'on conduisait à la forteresse de San Juan d'Ullua. C'était là le Mexique de Santa Anna, un Mexique de miliciens, de mendiants et de zopilotes. A voir ces oiseaux noirs et dégoûtants crever les immondices de leurs becs de charognards, s'en gorger avec autant d'insouciance que s'ils dînaient en compagnie de Brillat-Savarin, Valentin songea à ces goules dont sa grand-mère faisait de si hideux portraits, quand il était petit, et qui se pressaient, disait-elle, au cimetière vers minuit, pour s'enfoncer à leur aise dans la chair violacée du cadavre inhumé la veille.

Il attacha sa monture à l'anneau, au seuil de la première *cantina*[1] qu'il rencontra. La salle faisant office de cuisine ne payait pas de mine. Le long des murs, tapissés d'arabesques

---

1. Petite auberge.

composées de crustacés et de poissons de toutes les grandeurs et de toutes les formes, une table de bois grossière était plantée, étroite, cachée à moitié par une nappe trop courte, d'une blancheur douteuse. Au cœur de la pièce, sur un feu allumé dans un bac dégueulant de cendres et de charbons ardents, un ragoût mijotait dans un pot de terre couvert d'une assiette ébréchée. Dans un coin, vêtu de blanc, un homme coiffé d'un gibus et chaussé de souliers vernis, l'hôtelier sans doute, sommeillait dans un fauteuil à bascule. Il grogna la bienvenue sans se déranger le moins du monde, rejetant par la bouche et les narines les volutes de son cigare.

On lui servit une soupe épaisse, puis des œufs brouillés avec du poisson assaisonné de tomate, d'oignon, de semence de sésame et de morceaux de fenouil. Il n'eut droit, pour toute boisson, qu'à un grand verre d'eau sucrée et visqueuse qu'il avala sans sourciller. Puis il sombra la tête enfouie dans ses bras, à même la table.

Il était presque 6 heures quand il émergea de son mauvais sommeil, les traits tirés, la bouche pâteuse. Devant des piles de piécettes d'or étalées sur un tapis vert, une douzaine d'hommes jouaient au *monte*, lentement, sans cri, se rapportant les nouvelles du jour. Un grand gaillard africain, vêtu de toile et d'une chemise de fine batiste brodée sur le devant, raclait une ridicule guitare en sifflotant. Valentin demanda un grand verre de *cerveza*[1] qu'il avala d'un trait, puis il sortit, après avoir lancé quatre centavos sur la table.

Les rues étaient maintenant encombrées par une multitude de haquets qui brinquebalaient dangereusement derrière leurs mules étiques. De petits mulets au harnais chargé de grelots et portant quatre barils remplis d'eau se croisaient dans tous les sens. Veracruz ne possédant que des citernes, c'était un métier lucratif que d'aller puiser à une demi-lieue de la ville une eau d'assez bonne qualité. Des laitiers juchés entre quatre pots de fer-blanc, sur des chevaux d'une maigreur excessive, allaient de porte en porte débiter la marchandise. La poussière qui couvrait leurs vêtements annonçait qu'ils avaient dû parcourir 6 ou 7 lieues de chemin pour arriver à temps. Au coin des rues, des femmes accroupies vendaient leurs fruits. Toute cette humanité était habil-

1. Bière.

lée de la même manière : pantalons blancs, chemises brodées et chapeaux de paille pour les hommes, jupes rouges ou blanches et *rebozos* dorés pour les femmes. C'était Veracruz et sa merveilleuse insouciance. Une ville de bord de mer, une tranquillité méridionale, un laisser-aller plus joyeux, une civilisation plus douce, chaleureuse.

Le môle était couvert de promeneurs vêtus à la mode de Paris. Sur cette promenade d'habitude, longue d'une centaine de mètres, chacun tournait, grave, comme s'il se fût agi d'un devoir. Un peu plus loin, devant les bureaux de la douane, un monde de portefaix mulâtres chargeaient et déchargeaient des caisses en provenance de Liverpool, de Southampton, sous l'œil faussement vigilant d'un factionnaire en caleçons, sans souliers ni giberne, qui se régalait d'une tranche de pastèque, à dix pas de la guérite où reposait son fusil.

Contrairement aux apparences, Veracruz était le premier port du Mexique. Outre les lignes de vapeur faisant le cabotage tout au long des ports du golfe et des villes situées sur les fleuves les plus importants, Panuco, Papaloapam, Rio Grivalja, c'est par lui que l'on communiquait avec les États-Unis, l'Angleterre, l'Allemagne, la France et la Belgique, les cinq grands pays commerçant avec le Mexique.

Insensible au remue-ménage, Valentin erra un moment, le regard perdu vers le large. Une brise légère venait de l'océan ; sur la rade quatre navires enluminés, survolés par des pélicans bruns, se laissaient mollement bercer face aux récifs, non loin des murs du fort que l'on apercevait percé de meurtrières. Une flottille de barques grouillait autour de la coque d'un des géants qui venaient d'ancrer là, et on entendait les cris rauques que les bateliers poussaient, invitant les passagers à accepter leurs services pour rejoindre la terre.

Était-ce la teinte de la lumière, si particulière à cette heure du jour ? Était-ce celle de l'océan sans horizon ? Était-ce les couleurs chaudes des navires mouillant là-bas ? Toujours est-il que Valentin fut submergé par une immense vague de tristesse. Il mesurait les abîmes qui le séparaient de la terre natale, qu'il ne reverrait plus, il en avait le pressentiment. Quelle force, soudain, s'empara de lui ? Il n'eût pu le dire. Il se laissa guider, comme si son destin en dépendait. Après tout, qu'avait-il à perdre ? Rien, rien que son cheval, son seul compagnon.

Il se hissa en selle et disparut dans une rue, vers le sud.

Sud. Montagnes du Sud. La partie du Mexique la plus chaude, la plus fertile, la plus malsaine aussi. Ces Terres chaudes où, depuis que le curé Hidalgo avait arboré l'étendard de l'indépendance, brûlait sous la cendre la flamme de la liberté. Le Sud qui, à chaque éclosion de tyrannie, s'embrasait d'abord ; et cet incendie, poussé par l'ouragan des révolutions, avait toujours abattu le pouvoir de ceux qui imposaient le joug de la servitude aux fils du pays des seigneurs.

Deux jours, il chemina le long des plages de sable, au milieu de collines mouvantes où son cheval enfonçait souvent jusqu'aux boulets. La mer d'un côté, la savane de l'autre. La chaleur était épaisse, lourde, et, bien qu'habitué au climat du désert de Sonora, il eut l'impression que celui-ci était plus morne encore. La première journée, il mit dix heures pour ne franchir qu'une dizaine de lieues, tant les difficultés du terrain étaient grandes. Le vent, qui s'était levé pendant la nuit, soufflait avec violence, et la mer roulait des flots furieux vers la côte et éclaboussait le ciel de son écume. Le soleil était pâle, comme fatigué. La nature stérile avait cette teinte jaune sans éclat qui en rend l'aspect plus monotone encore. L'air même paraissait s'imprégner de cette nuance.

Il avançait au petit pas, silencieux. Le crâne bourdonnant sous l'effet du fracas des vagues, l'esprit vide. Le sable amoncelé se dressait en masses énormes, souvent creusées à leur base comme des falaises, et interdisait au cavalier l'accès de la savane. Çà et là, le passage se rétrécissait, au point de le forcer à attendre le recul des flots pour franchir l'espace, à toute bride. La houle accourait, mugissante. Il présentait la croupe de son baudrier pour ne pas être renversé. Cheval et cavalier disparaissaient alors un instant dans des tourbillons d'écume. Le soir, quand le soleil disparaissait à l'horizon, il faisait halte, généralement près de bouquets d'arbres où les taureaux de savane se tenaient de préférence, car il y avait des ruissellements d'eau saumâtre. En fait d'eau, il ne s'agissait que de mares verdâtres, où son cheval s'abreuvait largement. Puis il le ramenait à l'orée de la savane et l'abandonnait, libre de rechercher sa propre pitance. Accoutumé à ces haltes, l'animal s'éloignait peu. Rafraîchi, il se roulait dans l'herbe sèche.

Après la chaleur du jour, la fraîcheur soudaine du soir lui couvrait l'épiderme de sueur. Enveloppé dans son *sarape*, abrité sous ses couvertures, sa selle en guise d'oreiller, il finissait par s'endormir, tourmenté par les vols de mouches. Autour de lui, le grand calme régnait, les étoiles brillaient au ciel, les flammes du foyer répandaient de vives lueurs sur la mer, et les longs mugissements que poussaient de temps à autre les taureaux auraient pu laisser croire, parfois, à la proximité d'habitations.

Vers 4 heures, le matin, il sellait son cheval et partait le long du rivage. Ce calme lui faisait du bien. Ses pensées, ses rêves même se dissolvaient dans les tiédeurs, les langueurs de l'air. Son âme et son corps flottaient. Il se sentait peu à peu un autre homme, loin du monde étriqué des citadins.

Les crêtes de sable s'abaissèrent et, en les gravissant, il put remarquer la transformation de la savane. L'herbe devenait plus haute, plus épaisse, les troupeaux plus nombreux, les arbres moins disséminés annonçaient le voisinage des forêts. Aux cactus et aux mimosas épineux succédèrent les palmiers et les fougères arborescentes. La première fleur qu'il aperçut fut celle d'un petit arbre chargé de baies dont la couleur et l'aspect lui rappelèrent l'oranger. Bientôt, il distingua un immense bassin aux eaux vert émeraude, borné de tous côtés par des arbres gigantesques que dominaient les tiges vertes, les panaches des palmiers royaux. En face, le Papaloapam s'enfonçait dans les terres, ombragé par des *zapotes* aux feuillages sombres. A droite, le rio Blanco creusait une large brèche dans la forêt et déversait ses flots paisibles dans l'immense bassin.

Une ville s'élevait au pied d'une montagne sablonneuse qui mourait dans la baie. Ce paysage grandiose était noyé dans les rayons d'un soleil éblouissant, le ciel bleu pâle était d'une profondeur inconnue. Valentin oublia la mer, sa brise bienfaisante, il galopa dans la prairie que son cheval salua d'un long hennissement. Aux sabots de sa monture, des hommes petits, aux cheveux rudes, surgirent des habitations, de petites maisons blanches à toits de chaume. C'était les premiers êtres qu'il rencontrait depuis Veracruz. Tous portaient un caleçon de toile, une blouse flottante, un chapeau de paille à larges bords. A leurs ceintures, assujetti par une courroie de cuir, l'indispensable *machete*, court, droit, effilé. Jetée sur l'épaule, quelques-uns arboraient une chemise de laine bleue. Parmi cette population mâle, parfois quelques femmes, dont la curiosité avait vaincu la crainte. Éclataient alors les couleurs vives et tranchées de leurs jupons à volants, l'éblouissante blancheur de leurs chemises. Toutes avaient les doigts, depuis le pouce jusqu'à l'auriculaire, chargés de bagues ornées de pierres colorées. Chacun de leurs mouvements était accompagné du cliquetis des colliers de perles, de coraux, de verroteries qu'elles portaient à profusion. Avec une égale curiosité, les paysans regardèrent passer ce cavalier venu de nulle part, le vêtement couvert de poussière blanche.

Nation à part, se regardant à peine comme mexicaine, trop éloignée de Mexico pour supporter l'autorité du gouvernement central, à qui elle n'obéissait que comme il lui plaisait, la population d'Alvarado n'était pas accoutumée à voir apparaître les étrangers par la côte. Les rares voyageurs, généralement des commerçants qui venaient y quérir d'énormes quantités de poissons secs, pêchés et préparés toute l'année par les Alvaradenos, évitaient d'emprunter ces lieues de savanes, de sable, où la chaleur, la difficulté des chemins, les fièvres eussent pu les assaillir. Ils préféraient arriver par la mer, en goélette.

Comme s'il se fût agi d'un fantôme, ils dévisageaient cet homme à peau blanche, à taille haute, qui venait de mettre pied à terre et qui marchait lentement, aux côtés de sa monture, les bottes enfouies jusqu'aux chevilles dans le sable blanc qui tapissait les chemins du village. Ils le suivirent des yeux jusqu'à ce qu'il disparût sous la voûte de la boutique d'un barbier.

Sans préambule, un homme à la peau cuivrée et aux traits grossiers l'invita à s'asseoir d'un large signe de la main, comme s'il le connaissait depuis l'enfance. Il prépara son matériel sans mot dire. Valentin remarqua que les murs de la boutique étaient tapissés de gravures représentant les héros des *Mystères de Paris*. Le vêtement des personnages semblait vaciller au moindre souffle, ce qui éveilla sa curiosité. Il sourit en découvrant que ces vêtements mobiles couvraient des obscénités.

Un moment, il se plut à penser qu'il s'installerait volontiers dans ce pays. Une hutte bien construite, là-haut, sur cette pente rude qu'il apercevait par un trou dans le mur, une porte qu'on franchit sans se baisser. Il s'amusa d'avoir de telles pensées. Il avait trop bourlingué pour se satisfaire de cette vie. Combien de fois n'avait-il pas entrepris sans hésitation des voyages de 600 lieues, puis, croyant avoir atteint son but, combien de fois n'avait-il pas fait demi-tour pour partir aussitôt dans une autre direction ? Ce qu'il aimait, lui, c'était errer sans guide, dans des lieux qui n'avaient pas de nom, s'enfouir dans ces solitudes où aucun voyageur n'avait laissé sa trace et n'en plus sortir. Dieu et l'homme seul, voilà ce à quoi il rêvait présentement. Le feu du rasoir le fit revenir sur terre. L'artiste taillait avec la rapidité d'un homme qui craint d'être en retard.

Il passa la nuit aux portes d'Alvarado, dans une hutte vide, une hutte aux bambous vacillants, mal alignés, recouverts d'un toit de jonc d'une singulière irrégularité. Un tapis de paille de maïs occupait une moitié de l'espace. Il en offrit une poignée à son cheval.

Il quitta Alvarado au lever du soleil. Alvarado, dernière étape de la civilisation.

Les premières heures furent un enchantement. Il côtoyait les ombres du Papaloapam, qu'un rideau d'arbres lui dérobait, mais qu'il entrevoyait par moments au travers de subites brèches. Des nuées de papillons bleus, larges comme des éventails, en suivaient le cours, pareils à des écharpes d'azur, et s'en allaient se perdre dans les roseaux. Partout, ce n'était qu'arbres immenses, lourds de lianes et d'orchidées, de grappes, de fusées, de gerbes de fleurs. Mêlés aux palmiers, des ceibas, géants parmi les géants, montraient çà et là leurs troncs lisses, blanchis, et déployaient au-dessus des sommets voisins leurs majestueuses branches. Des chachalacas perchés à la cime des arbres, à une hauteur qui les rendait invisibles, saluaient son passage de cris bruyants et prolongés, peu harmonieux. De gras corbeaux lui faisaient escorte et rebondissaient d'arbre en arbre sans se taire un seul instant. Il vit aussi des nuées de perroquets qui s'arrêtaient quelques minutes sur le bord du fleuve, éclaboussaient leurs plumes pour repartir aussitôt en bandes. Partout bourdonnaient des myriades d'oiseaux-mouches qui agitaient leurs ailes avec tant de vivacité qu'on distinguait à peine leurs formes, à moins qu'ils ne se posent sur une branche ou sur une liane. Derrière le rideau d'arbres retentissaient les cris du faisan royal, le gloussement des dindes sauvages. Des spatules volaient, d'un rose invraisemblable, du rose des nuages au couchant, du rose des flamboyants en fleur... Des hérons couleur d'ardoise et d'autres, de neige, le regardaient, immobiles comme les emblèmes d'un blason.

Dans les herbes, la rosée trempait le sabot du cheval. Sous les arbres, elle tombait sur le cavalier aussi rapidement que la pluie, quand les oiseaux, battant les rameaux de leurs ailes, s'envolaient, humides de ce jeu. Quelle splendeur! Comment décrire les effets du soleil sur ce feuillage mouillé, sur ces ailes aux fines couleurs, sur ces gouttes plus étincelantes que le diamant?

D'indicibles émotions saisissaient son âme. Un besoin de crier s'empara de lui, une force inconnue le contraignit à mêler sa voix à celle de la nature.

— Jeanne! Jeanne! hurla-t-il.

L'écho, seul, lui renvoya son cri.

Peu à peu les acajous et les balsamiers alternèrent avec les palmiers. Lianes et fleurs disparurent, et avec elles la musique des bourdonnements et des battements d'ailes, il ne sentait plus le citronnier, la vanille; disparues les eaux claires, filant sous les vols de papillons, envolés les toucans, les trobos et les oiseaux-mouches. Les bouquets de feuilles interceptaient maintenant jusqu'au moindre rayon de soleil, laissant à nu un sol fangeux, noirâtre. Parfois, les arbres, droits comme des colonnes, s'alignaient en avenues dans les profondeurs où l'œil se perdait. L'étuve de l'air l'accablait. Le soleil dardait sa lumière féconde sur ces voûtes humides. A l'endroit où les rayons crevaient la végétation, des lianes et des plantes s'enchevêtraient, se tordaient vers les cieux pour aller chercher cette clarté, source de vie. Armé de branches feuillues, Valentin fouettait sans cesse l'encolure et la croupe du cheval pour en chasser les nuées d'insectes qui s'acharnaient. Il allait parfois ouvrir un passage au *machete*; il frappait à droite, à gauche, abattant les rameaux tendres qui lui permettraient d'avancer. Dans ce grand silence, perdu sous les voûtes formées par les arbres géants, alors qu'il suffit de s'aventurer à droite ou à gauche d'un sentier pour croire que l'on marche sur un sol que nul pied n'a foulé encore, Valentin résistait pour s'accoutumer à cette solitude. L'enivrement de la liberté se dissipait. L'homme ne se sent grand que face à ses propres œuvres, ici la majesté violente de la nature l'écrasait. Il n'était plus roi de la Création, mais jouet de l'enfer vert. Il avançait, écoutant les bruits de la forêt. Une feuille s'agitait, c'était un oiseau qui prenait son vol ; des herbes épaisses bruissaient, c'était un serpent. Le sol retentissait tout à coup de pas précipités, c'était un daim effarouché. La forêt s'ébranlait, des branches craquaient dans de formidables fracas, ce n'était qu'un arbre séculaire qui s'effondrait de lui-même, vaincu par le temps. Loin d'être imaginaires, ses inquiétudes étaient là, les dangers aussi. Il était troublé, et ce trouble l'avait pris par la main pour ne plus l'abandonner.

C'est au soir du troisième jour, quand la forêt commença à s'assombrir, que le cheval manifesta les premiers signes de grande lassitude. La pauvre bête n'avait plus aucune apparence : ses oreilles à demi rongées par les insectes suppuraient. Étique malgré son ventre gonflé, le col baissé, l'œil clignotant, le poil terne et couvert de plaies et de sang, elle semblait incapable d'avancer plus. Son maître n'avait pas meilleure mine. En proie à d'insupportables démangeaisons, il avait le visage enflé, mangé de pustules douloureuses, ses mains et ses bras étaient ensanglantés. Deux suppliciés. Épuisé, découragé, dévoré par la soif, il mit pied à terre. Il ramassa péniblement des branchages et fit un feu. Puis longuement, en somnambule, il frictionna l'échine de son compagnon à l'aide de sa couverture rêche. Autour d'eux, les moustiques invisibles chantaient victoire, avec ce bourdonnement aigre qui rend la piqûre plus agaçante encore. Cette nuit-là, partagé entre l'assoupissement et le délire, il ne trouva pas de repos.

Un bruit sec de branches foulées le fit tressaillir. Il porta le fusil en joue vers un ennemi invisible. Les craquements reprirent, plus doux, si doux même qu'ils semblaient venir de très loin. Le coup partit presque seul, faisant vibrer les ténèbres. Un grand remue-ménage de bois cassé lui succéda. Valentin crut avoir affaire à une apparition quand, surgissant de la nuit, un homme grand et maigre, au regard sauvage et à la chevelure inculte, s'avança, les bras nus levés au-dessus de la tête, pour inciter à la paix. Il portait une sorte de veste de cuir, sans ouverture devant ni derrière, qui ne recouvrait guère que le haut de son torse. Un pantalon, taillé dans la même matière, ouvert dans toute sa longueur sur la jambe et retenu aux hanches par une ceinture de jonc, formait, avec un large chapeau de paille et des sandales, tout son accoutrement. Aucun linge ne l'habillait, et cette semi-nudité accroissait l'étrangeté de la scène. Un *machete* sans fourreau pendait à son côté, et à sa ceinture brillait un couteau à double tranchant.

Il s'approcha de Valentin, prit sa main et la pressa sur son front, puis sur sa poitrine. Il alla ensuite vers le foyer, qu'il ranima en quelques secondes. Quand les flammes furent bien hautes, il disparut dans la nuit et revint plus tard, montrant à bout de bras une fonte remplie d'eau. D'un geste, il l'offrit, amical, à l'étranger. Valentin se rasséréna. Une conversation étrange s'amorça entre les deux hommes. L'Indien parlait l'espagnol avec difficulté, et Charpenel lui expliqua qu'il marchait depuis trois jours, qu'il ignorait où il se trouvait, qu'il ne savait où il se rendait. Narquois, l'autre le dévisageait, se demandant sans doute comment un homme à peau blanche pouvait être capable d'autant de témérité. En cherchant ses mots, l'Indien fit comprendre qu'avec l'ombre de cheval qu'il possédait il ne pourrait pas aller bien loin, mais que, si cela lui convenait, il pourrait le guider vers un village, là-bas, dans la Valle Nacional. Il pourrait y prendre force et trouver une nouvelle monture. Valentin accepta sans rechigner, heureux d'avoir trouvé quelqu'un à qui confier, un moment, sa destinée.

Ils marchèrent longtemps, franchirent des forêts de palmiers à coyote, d'acajou, de cèdres, de caoutchoucs, de palissandres, de morales et de bois de rose. Ils s'enfoncèrent dans des vallées obscures, passèrent des torrents, traversèrent de grands abattis d'arbres où leurs montures trébuchaient dans les troncs et les branches chargées d'orchidées et de lianes, enfonçant jusqu'au jarret dans le terreau léger. Puis ils débouchèrent soudain dans une clairière immense où gisait une vingtaine de jeunes palmiers abattus. La présence humaine était proche. Le cœur étreint par l'émotion, Valentin scruta le rideau de cèdres et de ceibas qui fermait la clairière. Mais le regard s'y arrêtait.

Enfin, à quelques centaines de mètres, il aperçut une rangée de huttes dont la piteuse apparence laissait supposer qu'elles étaient inhabitées depuis longtemps. On pouvait apercevoir, à cinq cents pas plus loin, tel le castelet de la Belle au Bois Dormant, les murs partiellement en ruine d'une hacienda. Ombragée par des bananiers ployant sous les fruits, rongée par une végétation d'une incroyable exubérance, la construction massive s'étendait de part et d'autre de ce qui avait dû être un patio, et seuls les appartements du rez-de-chaussée, abrités par un portique aux arcades irrégulières, semblaient habités. Sur un des côtés de l'habitation, se dressaient les vestiges d'une chapelle de pur style baroque. Près de l'habitation, dans un enclos formé de troncs de palmiers fichés dans le sol, une vache à robe noire et mufle blanc tentait de lécher son veau par-dessus la palissade. Tout autour, l'horizon était borné par la forêt, à laquelle il avait fallu arracher l'espace occupé pour la demeure. Aucun souffle n'agitait les feuilles. Seuls les chants lointains d'un coq et les cris rauques des perroquets qui jasaient dans les ramures trouaient le silence.

Avant que Valentin ne s'en aperçût, son compagnon était déjà à terre et s'engouffrait sous le porche principal. Il ressortit un peu plus tard en compagnie d'un vieillard aux épaules voûtées et aux jambes torturées par la longue pratique du cheval. Vêtu d'une culotte de velours bleu dont le bas laissait apparaître l'extrémité d'un caleçon de toile blanche, et retenue à la ceinture par une bande de soie rouge brodée et frangée, l'homme avait les pieds nus. La chemise, au large col rabattu et taillé en pointe, n'était qu'une vaste broderie de dessins étranges. Bien qu'il fût sur sa terre, l'indispensable *machete* pendait au côté de l'inconnu, lié par une chaîne de laiton.

Il aida Valentin à descendre de cheval, puis, en guise de bienvenue, lui frappa légèrement l'épaule de la paume.

— Cette maison est la vôtre, dit-il.

La voix était claire, elle sonnait le ton du commandement.

Pour la première fois depuis deux semaines, il se coucha sous un ciel sans moustiques et dans un vrai lit. Il dormit sans réveil durant deux jours et deux nuits. Au matin du troisième jour, il fut réveillé sans façon par une jeune mulâtresse qui lui tendait une tasse de chocolat, des gâteaux de farine à la graisse et aux œufs. Le soleil commençait à poindre.

Valentin, plus tard, retrouva son hôte dans la première pièce d'habitation. Drapé dans une *manga* de velours émaillé d'arabesques d'argent, le vieil homme, assis nonchalamment dans un fauteuil à bascule, fumait un tabac grossièrement roulé en forme de cigare. A ses côtés, sur une tablette, se trouvait une carafe d'eau-de-vie.

Le Français se sentit envahi d'un élan de sympathie, de tendresse, pour cet homme qui symbolisait si magnifiquement la vieillesse. De longs cheveux blancs illuminaient son visage tanné. L'œil était vif comme celui des indigènes, sa bouche large. De ses traits réguliers, exempts de rides, de toute sa personne respirait un air de farouche franchise. Tio Diaz, tel était son nom, était âgé de soixante-quinze ans. Fils d'une famille créole, il avait grandi à Mexico où il avait passé la plus grande partie de son enfance. Il avait quitté la capitale après la chute de l'empereur Iturbide, et sa conversation prouvait qu'il ignorait tout des changements survenus dans son pays depuis 1824... Maître d'un patrimoine de près de 20 lieues carrées de forêts, de lacs et de savanes, ce propriétaire était pauvre, tranquillement démuni. Quelques *rancheros* solitaires lui versaient une faible redevance pour l'espace qu'ils occupaient, et c'est à peine s'il retirait 3 000 piastres par an de son vaste domaine. Cela lui importait peu. Pour rien au monde il n'eût voulu être l'un de ces roitelets qui, dans les Terres tempérées, gouvernaient selon leur bon plaisir leur monde de *peónes*. D'ailleurs, quand bien même il l'eût voulu, il n'y serait pas parvenu : en Terre chaude, les sujets se montraient rebelles. Sans doute parce que le sol, couvert des fruits de toute la Création, n'y rendait pas le travail obligatoire. La liberté n'a besoin que de la profusion pour régner et s'épanouir...

— N'êtes-vous jamais retourné à Mexico ?

— Jamais. On m'a oublié dans ma retraite lointaine, et je ne désire plus en sortir. D'ailleurs, je n'ai plus ni famille ni amis. Tous sont partis... Je me suis accoutumé aux fils de ces terres brûlantes. J'affirme qu'on perd vite en compagnie de ces gens l'intolérable supériorité de l'homme blanc sur le brun. Ils ont cet avantage qu'ils s'habillent avec leur peau, nous ne le pouvons pas. Un blanc nu, c'est un pierrot, nous sommes obligés d'avoir un tailleur, un chemisier, un bottier, que sais-je encore ? Eux, fils de la forêt vierge... vierge, c'est-à-dire non pas vierge, puisqu'elle a des fils, eux, fils de la forêt, ils ignorent qu'en ville un pantalon apprêté peut faire la fortune d'un jeune homme...

Il s'était levé et se dandinait sans le vouloir sur ses jambes fatiguées. Il allait et venait, parlant sans relâche, et peu à peu Valentin eut l'impression que ses épaules étaient moins voûtées, sa taille plus élancée.

— Ils ne sauront jamais, s'ils ne viennent pas en Terre chaude, ce que promet et donne cette vie sublime. Pantalons en lambeaux, chemises effrangées au milieu du ventre, chapeaux troués, brûlés, certes, mais la vie, libre ! La vie libre ! On l'aime, cette vie, on devient vite le renégat des pays de brouillards. Cette nature tropicale est belle à la façon des femmes d'Orient, d'une beauté grasse, impassible et lourde. La lumière ? Excessive. Les plantes ? toujours vertes. Des parfums lourds vous enveloppent et vous absorbent dans leurs sortilèges. Un élixir d'oubli, mon ami. Un éden, un ventre de mère, une naissance, une renaissance.

Plus il parlait, plus Valentin se sentait percé au fond par une force étrange. Toutes les souffrances qu'il avait endurées pour venir dans ce pays s'estompaient. Il avait les larmes au bord des yeux. Il mesurait la féerie ensorcelante du chant de Tio Diaz. Le chant des Terres chaudes. Il s'en sentait envahi.

— Venez. Je vous emmène sur mon domaine, dit le vieillard, qui posait sa main sur son épaule.

Derrière l'enclos, ils s'enfoncèrent dans la forêt. Coiffé d'un chapeau si vaste que Valentin se demanda comment il en supportait le poids, Tio Diaz allait devant. Il montait un cheval noir, comme seuls peuvent se le permettre les seigneurs et les puissants. L'animal, à moitié sauvage, se livrait à des bonds prodigieux et franchissait les arbres renversés sans parvenir à ébranler son cavalier monté à poil. Ils dévalèrent la pente rapide d'un ravin, au fond duquel un ruisseau limpide courait sur un lit de sable fin. Puis ils remontèrent jusqu'à sa source, à cent pas de là. L'eau s'échappait en bouillons d'une sombre cavité aux bords rocheux, escarpés, couverts de lianes en fleur, de fougères et de mousse. Ils gravirent ensuite la pente du ravin opposé. Parvenus au faîte, ils firent quelques pas le long d'une sente à peine tracée, et le coup d'œil qui se déroula devant Valentin lui arracha un cri de surprise... La forêt, immense, fermait la ligne d'horizon et, au pied d'une pente insensible, un lac se lovait. Ce calme paysage baignait dans le soleil, comme un fleuve d'or en fusion. De temps à autre, un cri sauvage montait de la forêt, puis tout retombait dans le silence plat. Afin de mieux embrasser l'immense panorama, ils grimpèrent sur une roche nue. Des nuages d'oiseaux pêcheurs, les uns roses, les autres blancs, immobiles dans les buissons qui bordaient la lagune, ressemblaient, vus de cette distance, à des fleurs gigantesques aux formes étranges. Plus haut, des vautours décrivaient dans l'air des cercles insensés.

— Dans mon pays, dit Valentin, une propriété comme la vôtre ferait de vous l'homme le plus riche de l'univers.

— Oui ? La terre est-elle donc si rare chez vous ?

— Rare, non, mais elle est cultivée, habitée, morcelée, traversée dans tous les sens par des chemins et des sentiers.

— Ici, ce ne sont pas les terres qui manquent, mais les hommes pour les occuper.

— N'avez-vous jamais songé à exploiter vos forêts ?

— Que le ciel m'en garde ! Exploiter une forêt ? Quel vilain mot ! Elle représente le meilleur de mon bien.

« Combien d'années faudra-t-il, pensa Valentin Charpenel, avant que ce monde vierge ne soit conquis par la civilisation ? »

Un irrésistible sentiment de joie s'empara de lui. Il se sentait comme jamais auparavant. Tout son passé semblait s'être dissipé. Et si son destin s'arrêtait ici, aux côtés de Tio Diaz ?

IX

Le vapeur *Guadalupe* traça un large sillon ondulant. Le monstre à demi immergé hoqueta, dans ses entrailles les machines enflèrent leurs voix et l'eau du fleuve fut battue avec un surcroît de violence. Un vacarme de cascade emplissait l'air. Les cheminées jumelles projetèrent les trop-pleins de vapeur immaculée qui étaient vomis par les chaudières et, après avoir formé un nuage boursouflé, se dispersaient, fragiles. D'un coup, le silence reprit son empire, les moteurs brûlants se turent, le vapeur avança, creusant le fleuve de sa masse plus lourde. La légère secousse d'un moteur d'assistance prévint les passagers que le bateau s'était encastré dans le wharf, et puis, une fois encore, le silence revint, seulement troublé par le grincement des chaînes, les cris des hommes d'équipage et les manœuvres, à terre, des employés du port de La Nouvelle-Orléans. Les voyageurs se pressèrent auprès des grilles de passerelle.

Accoudé au bastingage, Olivier Meyran ne pouvait détacher son regard du spectacle. Sur cette rive gauche du Mississippi, une quadruple rangée de trois-mâts, de goélettes, de vapeurs et de remorqueurs étaient amarrés en un gigantesque garage le long des quais. Cet amas de tubes, de voiles molles, de cheminées dominait les toits. Un déluge de couleurs, des gris sombres, des verts pâles, les lie-de-vin, était brouillé par les teintes cuivre des cheminées, le blanc des élingues et l'or des accastillages. Les quais étaient encombrés de barils, de sacs, et l'on devinait, en montagnes géantes, des tonnes et des tonnes de ballots de coton. Des wagons bâchés, des plateaux tirés par des bœufs, des charrettes ployant sous le poids se faufilaient dans ce dédale de marchandises. Opulente New Orleans. L'œil contemplait sur des lieues le croissant de constructions, de maisons colorées qui disparaissaient au loin, derrière une pointe de sable et de végétation. Tout l'air était enveloppé de reflets gris et mauves, humides, vibrants.

Le publiciste du *Trait d'Union* contemplait ce spectacle et mesurait la pauvreté du Mexique...

La Nouvelle-Orléans est un miracle. Un miracle d'alliance des eaux et de la géographie. La plus saisissante position commerciale qu'il soit possible d'imaginer. Jean-Baptiste Le Moyne de Bienville avait là donné la mesure de l'intelligence et du génie humain, quand il construisit, au printemps 1699, le premier bâtiment sur l'emplacement de la ville future. De tous les fleuves du monde, à l'exception peut-être de la Tamise, *Old Mississippi,* comme disaient les gens du Sud, était la veine jugulaire du continent. Du Havre, de Bordeaux, de Liverpool, de Londres, les bateaux y déchargeaient ce que les fabricants et les ouvriers d'Europe confectionnaient de plus fin, de plus rare. Le fleuve et ses bras déversaient sur la ville tous les produits du monde. Sur les quais, encombrés de chars, s'entassaient pêle-mêle les balles de coton d'où s'échappaient d'immaculées poussières, les blocs d'indigo du delta attendaient à proximité des barils de mélasse ; le pain de sucre roux, les farines de blé, de froment, les tonneaux de bœuf séché des territoires d'Arkansas, des fûts de porc salé du Missouri. Des milliers de boucauts de tabac soigneusement alignés s'élevaient près de soyeux ballots de peaux de castor et de chevreuil. Les bagues de grumes et les toiles à bâches du Kentucky étaient hissées sur des charrettes à bras. Les marchands, les acconiers, les commissionnaires en chemises à jabot et chapeaux de martre identifiaient les colis débarqués des cales ancrées au milieu du fleuve. Les tonneaux de madère et de bordeaux voisinaient avec les paniers matelassés contenant de fameux crus. C'était encore des meubles de coiffeuse, des tilburies neufs, des malles de livres. On s'engueulait en français, en espagnol, en créole, et l'on devinait, à la force des conversations, aux cris et aux chattemites que cette Jérusalem au bord de l'eau ne vivait que d'or et pour les bonheurs qu'il offre.

Sitôt à quai, Olivier Meyran se mit à la recherche de ses amis. Le journaliste avait choisi l'asile de La Nouvelle-Orléans, car de nombreux libéraux s'y étaient réfugiés, chassés de leur pays par Santa Anna. Parmi eux se trouvait Benito Juarez, l'ami cher, l'espoir. Juarez, l'exilé...

L'administration du gouverneur indien d'Oaxaca était citée en exemple à Mexico, et le dictateur haïssait celui qu'il savait seul capable de plus vastes desseins. Le *caudillo* avait aussi voulu se venger de l'humiliation que ce « prétentieux sans envergure » lui avait infligée en lui fermant les portes de son État en 1847, quand il avait fui devant l'invasion nord-américaine. Benito Juarez, qui avait repris sa charge d'avocat depuis un an, dès la fin de son mandat de gouverneur, avait été l'un des premiers à essuyer les foudres du président-dictateur. Quelques jours seulement après le débarquement du général à Veracruz, l'Indien avait été arrêté le 27 mars 1853. Chassé d'Oaxaca, escorté par des soldats à cheval jusqu'à Jalapa, il était resté aux fers trois mois durant dans la propre hacienda de Santa Anna. Puis le fils du général l'avait installé dans une voiture et l'avait fait conduire jusqu'à Veracruz. Là, sans autre forme, on l'avait incarcéré dix jours encore dans les cachots de San Juan d'Ullua. Le onzième jour, le gouverneur de la forteresse lui avait tendu un passeport pour l'Europe et on l'avait mené, malade et affaibli, sur le pont d'un brick anglais. Vilenie finale : les autorités félones n'avaient rien réglé pour son voyage, et les passagers avaient dû se cotiser pour assurer sa route jusqu'au premier port d'escale. Débarqué à La Havane, il s'était rendu peu après à La Nouvelle-Orléans.

Depuis les travaux entrepris en 1730 par le gouverneur Ponter, La Nouvelle-Orléans n'était plus cette ville des eaux. Mais il est difficile d'assainir complètement une ville dont le socle au-dessus du fleuve qui l'enserre n'atteint pas 5 mètres. La municipalité avait beau recourir à de puissantes pompes à vapeur pour absorber continuellement l'eau stagnante et la déverser dans le bayou Saint John, la ville, il fallait l'avouer, était mal entretenue. Les rues mal pavées étaient souvent sordides, tout comme les trottoirs étroits aux dalles disjointes. Les égouts à ciel ouvert dégageaient des odeurs pestilentielles et charriaient des détritus de cuisine mêlés aux carcasses de chiens et de chats crevés. Le contraste avec la richesse insolente des magasins, la beauté des habitations et des édifices publics n'en était que plus frappant. A parcourir les rues de Bourbon, de Chartres, à se promener dans la rue Royale, parallèle au fleuve, en s'engageant dans les voies de Conty, de Toulouse et de Saint-Pierre, perpendiculaires, on était persuadé de la puissance du Sud. Les bâtisseurs s'étaient abandonnés à leurs goûts les plus fous. Il y avait du grec dans les colonnades, des nostalgies d'Espagne dans le fer des balcons ouvragés, des fines galeries appuyées sur des colonnettes brodées de festons. Parfaites dentelles de bois, secrets patios, nids de verdure où résonnait le cristallin de charmantes fontaines. On reconnaissait ici la manière française dans la simplicité de quelques façades percées de larges fenêtres, aux impostes soigneusement et fraîchement blanchis. Un grand mouvement régnait sur les larges avenues. En bordure des trottoirs, abrités de coquettes vérandas, d'invraisemblables magasins de parfumerie, de bimbeloteries, ruisselants de lumière, parfaitement approvisionnés, témoignaient de l'influence qu'avait ici le goût français. En observant les enseignes, dont la plupart étaient rédigées en anglais et en français, on discernait que tout ce qui restait de parisien dans cette ville ne tarderait pas à être bientôt submergé par la marée montante du yankisme ; l'irrésistible poussée nord-américaine gagnerait.

Une population interlope, attirée par le mouvement des affaires, emplissait les établissements de boissons. Les têtes brûlées côtoyaient les gens respectables, tout affairés à proposer de mirobolantes combinaisons afin de leur vider le gousset. Des matelots déserteurs, des émigrants faméliques, des putains, des gens venus d'on ne sait où et ne parlant aucune langue compréhensible habitaient les rues et les tripots. Rompus aux sacs et ressacs du cosmopolitisme, les Orléanais laissaient venir, sans se formaliser.

— Les exilés ? s'écria enfin une prostituée aux cheveux rouges, vous en trouverez sûrement quelques-uns chez la vieille Peabody, place Saint-Louis.

Meyran s'enfonça dans la ville. La pension de famille de Mme Peabody, une demeure modeste et sans grand style, se trouvait à quelques pâtés de maisons des tribunaux, non loin de la cathédrale Saint-Louis, en face d'un square fleuri où se dressait la statue équestre de Jackson, le général vainqueur des Anglais.

C'était un vrai salon de vieille dame... Une table aux

pieds tarabiscotés, des fauteuils recouverts de tapisserie, d'antiques canapés, une causeuse capitonnée. Les rideaux de soie cramoisie à galons dorés étaient tirés ; sur la table, une petite lampe brûlait de l'huile de baleine parfumée et diffusait à travers l'opaline une douce clarté orangée.

Dans cette pièce, où on l'avait introduit, deux hommes s'entretenaient. Olivier reconnut le visage familier de son ami. Ses cheveux noirs tombaient en fils sur son front ; il parlait lentement, la main levée, émergeant d'une redingote noire et lustrée, mal ajustée à sa corpulence.

— Don Benito !

— Le Français...

C'est ainsi que Juarez surnommait Meyran. Ils se serrèrent longuement les mains, se donnèrent maints *abrazos* à la mexicaine, puis Juarez le présenta à son compagnon.

— Melchor, je te présente Olivier Meyran, le Français, un ami, un des nôtres.

L'homme s'était levé.

— Nous avons tant entendu parler de vous à Mexico, s'exclama Meyran en prenant la main que l'autre tendait. Je suis très ému de vous rencontrer.

Le prestige de Melchor Ocampo était grand, et son physique, sans doute, ajoutait à cette aura. Son visage d'une grande beauté forçait l'émotion. Le gouverneur du Michoacan portait le front haut sur d'épais sourcils de nuit, et ses yeux brillaient d'intelligence. Sur ces traits resplendissait le type de l'Indien et de l'Européen. Enfin, des favoris blancs, taillés comme ceux des musiciens viennois, donnaient à Ocampo le masque qu'ont souvent les meneurs d'hommes.

La rumeur populaire racontait en chansons de geste le défi qu'il avait lancé aux curés en 1851. Un jour, disaient les conteurs, une pauvre femme était venue lui rendre visite pour dénoncer le curé de Maravatio. Faute de moyens, la pauvresse, qui ne pouvait payer l'impôt réglementaire à la cure, s'était vu refuser une sépulture décente pour son époux défunt. Comme elle sanglotait à genoux en se tordant les mains, le *padre* avait répondu à la veuve, qui demandait quoi faire du corps, qu'elle n'avait qu'à le manger... Indigné, le gouverneur Ocampo, à Morelia, avait payé la somme réclamée par le curé pour les obsèques et avait prié la législature de Mexico de fixer une limite au montant des obventions exigées par le clergé. La Chambre cléricale avait refusé sa proposition, mais l'attitude d'Ocampo avait fait grand bruit dans le pays et plusieurs gouverneurs l'avaient applaudi. Depuis, le gouverneur du Michoacan était marqué par la réaction du fer d'infâmie comme révolutionnaire et hérétique.

— Que nous vaut votre arrivée parmi nous ? demanda Ocampo.

Avec humour, Meyran rapporta l'histoire de « son imprimé séditieux ». On le pressa ensuite de questions sur la situation dans la capitale. Plus grave, il fit part de ses doutes. Santa Anna, selon lui, semblait plus fort que jamais. Débarrassé des opposants, le pays était entre ses mains, et le Français ne voyait pas se dessiner la lueur qui pût annoncer la modification de l'état des choses. Les santanistes et les conservateurs régnaient en maître ! C'était donc un Meyran sans grand espoir qui parlait. Les autres l'écoutaient sans mot dire. En fait, ils n'ignoraient pas la situation qui régnait dans le pays : régulièrement des échos leur parvenaient sur les abus commis par le tyran. Ces informations disaient aussi que le peuple des provinces se tenait coi.

Après un silence, Ocampo reprit la parole, la voix étonnamment douce.

— Si, Français, il y a un espoir. Et c'est de cet espoir que nous débattions lorsque tu es entré...

Meyran le dévisagea, surpris.

— Je veux parler de l'armée du Sud...

L'armée du Sud ? Il n'y avait pas d'armée du Sud ! Il n'y avait pas d'armée du tout, excepté les soixante mille soldats à la botte de Santa Anna et de ses sbires.

— Le Sud s'embrasera, répéta Ocampo en martelant ses mots, en s'exprimant autant avec ses mains qu'avec sa voix. Le Sud s'est toujours levé le premier contre les gouvernements tyranniques. Le Sud se dresse toujours le premier ! Le Sud a conservé, pur, le feu de la révolte.

— Mais qui commandera cette armée ? Si elle existe ? fit Meyran, incrédule. Les chefs... fusillés, assassinés, en exil...

— Pas tous. Santa Anna en a oublié quelques-uns. Alvarez, par exemple...

Juan Alvarez, le cacique de Guerrero ? Certes, l'ancien compagnon d'armes de l'insurgé Vicente Guerrero n'avait cessé de combattre avec les partisans de la liberté, mais il faisait plutôt figure de vétéran de l'indépendance. Comment pouvait-on fonder des espoirs sur un homme si âgé pour combattre encore ? Ocampo et Juarez conservaient-ils, dans l'exil, toute leur raison ?

— Ne sous-estime pas don Juan, dit Ocampo en discernant les pensées dubitatives de Meyran. Il est beaucoup plus grand que tu ne sembles l'imaginer. Lui seul est encore capable de lever une armée dans ce malheureux pays. Et il la lèvera, cette armée, je te le dis, et avant que tu ne le penses. Sais-tu pourquoi ? Parce que ce niais de Santa Anna, dans son acharnement à ne pas laisser un seul kilomètre carré échapper à sa domination absolue, a remplacé les commandants militaires de Guerrero par des hommes à lui. Il a commis une seule erreur, celle de priver de son commandement Alvarez, le chef. L'erreur le perdra... Car je connais le vieux renard, il crève d'humiliation. Alvarez le gavera de poussière.

Mais, pensa Olivier, quand bien même Juan Alvarez lèverait une armée de guérilleros, il lui manquerait l'expérience politique, seule susceptible de donner de l'envergure au mouvement.

— Je devine ta pensée, Français, intervint Juarez. Nous y avons réfléchi... C'est nous qui nous chargerons de la direction de cette révolte !

Meyran, abasourdi, interrogea Juarez du regard. L'autre demeurait impassible ; seuls ses yeux noirs, profonds, semblaient s'amuser de l'effet que les propos tenus avaient fait naître sur l'esprit du journaliste. Ocampo donna les clés de l'énigme.

— Nous avons formulé notre plan politique, et nous venons de le faire expédier à Acapulco, puisque c'est là que se trouve le quartier général de don Juan. La distance est grande, les moyens de communication lents pour établir un contact actif, mais nous avons acquis un soutien en la personne d'Ignacio Comonfort, qui milite aux côtés d'Alvarez et qui est prêt à proclamer notre plan.

— Et... quel est ce plan ? fit Meyran, électrisé.

— Oh, nous ne demandons pas grand-chose, du moins dans un premier temps : le renversement du dictateur, la nomination d'un président provisoire en attendant la constitution d'un Congrès librement élu. Ces deux points nous rallieront les mécontents. Après viendront les choses sérieuses.

Meyran allait et venait dans la pièce. Les yeux perdus devant le spectacle de la rue, accoudé à une croisée, il se laissa peu à peu gagner par l'optimisme de ces deux hommes. Qu'avaient-ils à perdre ? Ils avaient déjà tout perdu en quittant le Mexique. Et s'ils réussissaient...

Les jours et les semaines qui suivirent furent pleins d'enseignements. L'exil accroît l'intelligence des hommes. Meyran s'intégra naturellement au petit groupe que formaient les exilés. Ceux-ci, une dizaine, louaient leurs bras pour survivre, changeant de métier au gré des emplois qu'on leur offrait pour quelques malheureuses piastres. Juarez s'employait dans une manufacture de cigares, Ocampo s'était reconverti en marchand ambulant, Meyran devint commis d'imprimerie. Tous étaient armés contre la pauvreté ; la misère matérielle était la moindre de leurs souffrances. Les uns, comme Juarez, parce qu'ils étaient nés pauvres et n'avaient pas oublié les vertus du nécessaire ; les autres, comme Ocampo, parce qu'ils avaient une foi inébranlable en leur cause. Et puis, il y avait la force du groupe, où chacun se revigorait, où chacun puisait l'énergie quand d'aventure celle-ci venait à manquer. Ce groupe, où l'on s'abreuvait contre la nostalgie, le découragement et la montée des doutes, existait aussi grâce à la force de Melchor Ocampo, qui en était le chef incontesté. A l'inverse de ses compagnons, il avait vécu deux ans en Europe et en avait rapporté une expérience, une raison et des connaissances qui avaient frappé ses amis.

Curieux itinéraire que celui de cet homme à la voix si douce et à la force si éloquente. Ocampo n'était pas né rebelle, il l'était devenu. Fils adoptif, ou naturel, disait la rumeur, d'une grande dame de Morelia, renommée pour son train de vie et la charité qu'elle déployait une fois l'an, à l'occasion de la semaine sainte, il avait été élevé dans le carcan de l'aristocratie créole. Orphelin alors qu'il était encore mineur, il avait dilapidé en quelques années la fortune héritée de sa mère. Inquiet de la tournure que prenait son caractère, son tuteur l'avait envoyé en Europe en 1840 pour l'endurcir un peu, et deux ans durant il avait voyagé entre la France, la Suisse et l'Italie. Les impressions qu'il avait recueillies au cours de ses errances ne furent pas exactement celles que retiraient généralement de « la grande tournée » les jeunes hommes de sa classe. L'Italie et Rome surtout furent pour lui une véritable révélation. C'est dans la capitale papale qu'il avait acquis ses idées réformistes, dans la confrontation de la misère effroyable du peuple et du luxe des mondains oisifs, des dévots exhibitionnistes. « La multitude des mendiants y est ahurissante, se plaisait-il à raconter, avec son humour grinçant, tout le monde passe son temps à quémander l'aumône : le pape, les cardinaux, les évêques, les curés, les moines, les magistrats, les fonctionnaires, le peuple... Et cette odeur de sainteté mêle ses parfums à la puanteur de la misère. Je pensais au Mexique, voyez-vous ? »

Ébranlé par ses séjours, il décida de vivre dans l'ascétisme. Plus qu'un choix politique, cette décision de pauvreté correspondait à la recherche d'une philosophie, d'une discipline nouvelle qu'il voulait s'imposer. Et puis, à Paris, il rencontra le grand Mora, ce créole nourri par l'insurrection de 1810, qui avait fui le Mexique en 1834, après la chute du gouvernement libéral de Gomez Farias, et qui s'était exilé en France. C'est là qu'en 1837 ce savant historien avait publié *Le Mexique et ses révolutions*, un ouvrage consacré aux causes de l'échec du mouvement d'indépendance de son pays et qui n'avait trouvé aucun écho en France. Les révolutions météorites du Mexique y semblaient plus lointaines que les révolutions de Saturne...

De cette rencontre avec le vieux révolutionnaire, retiré du champ de la lutte mais non de la réalité, Ocampo, passionné par sa lecture de Proudhon, avait tiré là-bas une expérience et un enseignement politique immenses. De retour à Morelia, en 1842, il embrassa une carrière politique. Élu d'abord comme député du Michoacan, il en devint gouverneur. Assisté par un professeur de droit, le rousseauiste Santos Degollado, il se consacra à la restriction de l'influence ecclésiastique et à l'amélioration scientifique de l'agriculture... Quand Santa Anna le força à l'exil.

Le soir, dans le salon de Mme Peabody, les exilés tenaient des discussions exaltées. C'était là des débats tumultueux, orageux et féconds. On évoquait la révolution de 1810. Et Ocampo parlait :

— Elle a été nécessaire, car elle a amené l'indépendance, mais elle a été pernicieuse et destructrice. Hidalgo a poussé le peuple dans l'insurrection, mais n'a pas été capable de comprendre la révolution, de l'élever efficacement, car il n'a fait que proposer des bienfaits lointains et des idées abstraites de justice pour tous. Mais ce qui a porté préjudice à toute notre histoire, ce n'est pas tant le principe même du mouvement que sa fin, car son dénouement a laissé vierges le pouvoir et les mécanismes de la colonie espagnole. La République a été instaurée, certes, mais avec elle s'est formé quelque chose d'incompatible avec l'esprit public, avec le patriotisme, avec la vie nationale. La mère patrie a inoculé à ses rejetons le même mal dont souffrait l'Espagne : la propension féodale à instituer des corporations, à les doter de privilèges, à les enrichir par des dons et des lois spécifiques. Non seulement l'Église et l'armée, mais encore l'Université, les collèges, l'hôtel de la Monnaie, les confraternités, et même les corps de métiers jouissent chacun de leurs privilèges, de leurs propriétés, de leur existence corporatiste. Il s'est créé ainsi une mentalité contraire à la paix publique, à la morale civique, à l'ordre judiciaire, à la discipline administrative. L'erreur originelle tient au fait que quand l'autorité civique choque l'esprit de corps, on s'empresse de jeter du lest à la corporation en lui accordant une juridiction exclusive, au détriment de l'autorité de l'État. La justice est alors sacrifiée pour les intérêts des groupes.

L'Église, aussi, était l'objet pressant des préoccupations communes. C'était même le terrain préféré de leurs causeries, tant étaient répandues les pernicieuses conséquences du déisme du peuple.

— A la tête de tout ce système ? l'Église. Elle forme un État théocratique au cœur de l'État nominal. Le clergé, disait Ocampo, se compose d'hommes qui ne participent à la vie sociale que du point de vue matériel. L'intérêt de ces hommes ne coexiste qu'accidentellement avec le reste de la société. Par leur éducation, ils se consacrent uniquement à l'office divin et identifient leurs intérêts à la suprématie de leur corporation. En pratiquant le célibat, ils sont libérés et isolés des réalités familiales, premiers et principaux traits d'union de l'homme avec la société. En leur interdisant de pratiquer toute entreprise industrielle, on leur ôte l'amour du travail. Or les avancements de fortune, conséquence de l'industrie personnelle, établissent les liens entre l'homme et la société. Les gens d'église ont une répugnance invincible pour la tolérance des autres cultes, pour la liberté d'opinion, pour la presse, tous ces principes étant incompatibles avec l'empire qu'ils imposent aux consciences. Ces hommes sont réfractaires à l'égalité devant la loi, car elle estomperait leurs privilèges, anéantirait le pouvoir qu'ils exercent sur autrui. Ils constituent un obstacle permanent à l'accroissement de la population par le refus de l'immigration étrangère, le germe par excellence de la liberté religieuse. Enfin, leur monopole sur l'éducation engendre l'ignorance. Pour toutes ces raisons, messieurs, l'Église est l'ennemie mortelle du progrès, le chancre de l'intelligence, le cancer de l'avenir.

Olivier était bouleversé par le génie visionnaire de Melchor Ocampo. Qu'autant de clairvoyance, de subtilité soient réunies dans un seul homme le comblait de joie et d'espoir. Ocampo le chargeait de rédiger les notes manuscrites qu'il destinait aux journaux de New York. Et Meyran traduisait les textes en anglais, et il lisait cette pensée vivifiante qui intéressait au plus haut point les libéraux américains du Nord.

« Les bouleversements qui agitent les peuples peuvent être de deux natures. Les premiers sont produits par une cause directe d'où résulte un effet immédiat — les révolutions britanniques et américaines, par exemple. Celles-là sont des révolutions heureuses. Mais il y a d'autres révolutions qui proviennent d'un bouleversement général de l'esprit des nationaux. Par le tour que prennent les opinions, les hommes se lassent d'être ce qu'ils sont, l'ordre actuel les incommode sous tous ses aspects, et les esprits sont tout à coup possédés par une ardeur et une activité extraordinaires. Chacun se sent dégoûté par la position qu'il occupe, tous veulent que changent leurs situations, mais personne ne sait précisément ce qu'il veut et tout se résume au mécontentement, à l'inquiétude. Tels sont les symptômes de ces crises profondes auxquelles on ne peut donner une cause précise et directe. Ils sont le résultat de mille circonstances simultanées qui produisent l'incendie général. Ces crises, si elles ne trouvent aucun principe qui puisse les contenir ou les diriger, s'enchaînent en malheurs, en révolutions et en crimes. La révolution française en est, par exemple, le tragique aveu... »

Les réfugiés mexicains menaient leur vie d'exil. Peut-on comprendre cette absence, cette lassitude qui menace l'âme du plus aguerri ? L'éloignement du sol natal, l'amertume qui naît peut briser le cœur du plus faible. Olivier, pour ne pas douter, s'était réfugié dans l'étude et l'écriture. Et puis, comme un coup de tonnerre, le 20 mars 1854, l'heureuse nouvelle leur parvint enfin : Ignacio Comonfort, le compagnon de Juan Alvarez, avait proclamé le plan d'Ayutla le premier du mois ! L'Armée Restauratrice de la Liberté s'était levée contre le dictateur, l'État de Guerrero était en guerre ouverte. Quelle euphorie à La Nouvelle-Orléans... Ocampo prit alors la décision de quitter la ville pour s'installer plus près de la frontière, à Brownsville. De là, il pourrait se consacrer à la révolte, il pourrait, de sa haute voix, inciter les gouverneurs des États limitrophes à choisir l'insurrection.

Les jours et les mois passèrent. On feuilletait les journaux, on dépouillait les dépêches et le courrier, on cherchait des appuis, on s'efforçait de croire... Mais la révolte piétinait. Santa Anna marchait sur le Sud pour réprimer la révolte, les guérilleros d'Alvarez s'étaient refusés au combat et avaient gagné les sierras. Sa Très Suprême Majesté s'était contentée d'incendier les villages indiens, de coller au mur les libéraux les plus modérés. Il était rentré à Mexico, où il avait triomphalement annoncé l'écrasement du mouvement. Le découragement s'abattit sur le groupe de La Nouvelle-Orléans. L'absence d'Ocampo avait laissé un terrible vide dans la maison de Mme Peabody, et la correspondance avec Brownsville n'était qu'une relation monotone de jours sans nouvelles et sans saveur. Plus de réunions échauffées, plus de discussions exaltées ni de projets de réforme. Ocampo manquait, l'avenir aussi. La patience commença à s'émousser dans le groupe, qui se réduisit peu à peu. Las d'espoirs, déçus, ils s'en allèrent à l'arrivée de l'été, les uns après les autres, sous le prétexte des rigueurs du climat et des fièvres miasmatiques. Il n'y eut bientôt plus que cinq hommes, des plus convaincus : Juarez, Ponciano Arriaga, Jose Maria Mata, Olivier Meyran et Ocampo, à Brownsville... Mais sur eux aussi, le processus d'usure faisait son œuvre. Juarez tomba épuisé, victime de la fièvre jaune, et ne fut sauvé que par le hasard, car l'argent manquait pour le soigner. Les épreuves auxquelles les cinq s'affrontèrent devinrent plus blessantes, plus éprouvantes. La démoralisation, exacerbée par les souffrances quotidiennes, aggravée par les persécutions misérables de la pauvreté, était la plus corrosive. Le temps passait, et il était chaque jour plus difficile de conserver la confiance que l'on pouvait tirer d'une éventuelle coopération avec les combattants d'Acapulco. Réduits à leurs propres ressources, ils n'étaient que des réfugiés, sans autre cause que leur infortune.

Avec la désintégration du groupe, ils redevinrent ce qu'ils avaient été avant leur alliance : des hommes isolés et sans importance, sinon pour eux-mêmes, et l'accablement de l'échec leur ôta, insidieux, toute consolation. Le triomphe de Santa Anna était donc complet.

Le *caudillo* se sentait d'ailleurs si fort qu'il se permit d'accorder l'amnistie aux exilés. A la lecture de la presse de Mexico, Meyran découvrit qu'il avait réussi à en convaincre au moins un, un certain Sandoval, qui avait appartenu à leur groupe. Non content de rentrer dans les bonnes grâces du tyran, il se répandait dans les colonnes du *Monitor* en propos vils à l'égard de ses anciens compagnons. Juarez fustigea le traître avec une rare véhémence.

— Ce pauvre diable détient le talent de se transformer d'être humain en reptile méprisable sur qui nous nous devons de cracher.

Tant bien que mal, chacun tentait de maintenir un semblant d'activité politique, mais ce n'était qu'un simulacre, et ils plongèrent lentement dans des occupations leur permettant de dissimuler leur impuissance. Ponciano Arriaga, incapable d'attendre plus longtemps, décida un jour de passer la frontière pour, expliqua-t-il à ses compagnons, fomenter l'agitation dans les États voisins. Ocampo, lui, se contentait de cultiver son jardin à Brownsville. Quant à Jose Maria Mata, il consacra son temps à courtiser une ancienne maîtresse d'Ocampo et à se baguenauder dans le rang des désœuvrés de la Nouvelle-Orléans.

Médiocrité générale, monotonie, indifférence réciproque... Benito Juarez, seul, et Olivier Meyran à son contact s'efforçaient de garder une certaine discipline et de conserver une emprise sur leur propre vie. Leurs journées s'épuisaient sans grande nouveauté entre la recherche du gagne-pain et ce qu'ils appelaient leur « activité » : la lecture des journaux, de toutes les feuilles qui leur tombaient sous la main. Tous deux s'astreignaient à cette routine qui était, à leurs yeux, le seul moyen de ne pas sombrer dans l'indifférence. A cette occupation, Juarez en avait jointe une autre : l'étude du droit constitutionnel. Il s'y plongeait avec volupté. A Meyran, qui s'amusait d'un tel engouement, il répondait invariablement qu'il n'y avait là rien d'extraordinaire à ce qu'un avocat, privé de son exercice, repasse ses connaissances. L'Indien ne cachait pas l'admiration qu'il éprouvait pour la Constitution nord-américaine.

— C'est une œuvre prodigieuse, répétait-il, un monument grandiose. Peut-on trouver plus grand exemple pour confirmer la foi des peuples modernes dans les principes de la démocratie ? Où trouver, dans un État comme le nôtre soumis au régime monarchique, un tel levier pour s'opposer à la malédiction ? La prospérité croissante de la République américaine, l'accroissement de sa population et des industries de ses innombrables ressources attestent la puissance de cette Constitution.

Quand Meyran expliquait que cet État devait cette richesse à la nature de son sol, à ses dispositions topographiques, à son climat et au courant ininterrompu qui, du Vieux Monde, s'était écoulé vers lui, Juarez rétorquait :

— Bien sûr, mais la cause primordiale, la cause la plus importante se trouve dans cette Constitution libérale, dans ces institutions politiques où se confondent les classes, où chacune d'entre elles peut se révéler.

Il fallait que Meyran insiste pour que Juarez admette que, bien que garantissant les droits politiques, cette Constitution oubliait le droit de base, la garantie économique de la démocratie pour les plus faibles.

— Cette Constitution devrait être la loi de la Terre entière, disait-il parfois. A quoi bon exercer un gouvernement populaire au Mexique si le peuple est affamé et misérable ? Quand nous serons rentrés chez nous, nous devrons fixer le droit à la propriété, veiller à ce que tous les abus qui s'y pratiquent cessent. Il faudra diviser les immenses domaines qui se trouvent aux mains de propriétaires couverts par un droit sacré, inviolable. Il faudra mettre en activité la richesse agricole du pays, réduite à des monopoles insupportables, alors que tant de *peónes* et de citadins laborieux sont condamnés à n'être que des instruments passifs au service exclusif des seigneurs.

Et Meyran, souriant, répliquait qu'il développait là des théories communistes.

— Pas du tout, je reconnais le droit à la propriété, à son inviolabilité. Mais la question est que ce ne sont jamais les législateurs qui constituent les règles de la société, ce sont les propriétaires... Pendant que les hommes, dont c'est le métier, se réunissent dans les Chambres pour définir des principes, d'autres hommes se rient de tout ceci parce qu'ils savent qu'ils sont les maîtres, que le pouvoir véritable est entre leurs mains, que ce sont eux qui exercent la seule souveraineté. Alors, avec raison, le peuple se désintéresse de ces Constitutions qui naissent et meurent, de ces codes qui s'enflent et se dégonflent. Avec raison, mon ami, car ils savent que rien de bon n'en sortira pour eux, que seuls ils auront le privilège de verser leur sang dans des guerres incessantes.

Comme il était loin le Juarez que Meyran avait connu autrefois. Sa candeur, sa naïveté certaine s'étaient muées en une force au service de convictions inébranlables. Il respectait cet homme pour la rigueur avec laquelle il défendait sa survie matérielle, sa solvabilité, en repoussant les offres de secours que son épouse, qui avait trouvé un emploi dans un commerce à Oaxaca, lui faisait parvenir parfois. La vie n'était pas rose : ils avaient souvent du mal pour réunir les 8 piastres réclamées par une servante noire de l'*Hotel San Carlos* en échange de quelques louches de soupe volées dans les cuisines. Ils avaient quitté la pension trop onéreuse de Mme Peabody et don Benito conservait, avec égalité d'humeur, une confiance dans l'épreuve, se gardant autant du découragement que de l'optimisme béat. Sa sérénité, sa magnanimité inspiraient ses compagnons dans les jours de découragement.

Toute l'année 1854 et le début de l'an 1855 s'écoulèrent ainsi.

Puis de bonnes nouvelles arrivèrent à La Nouvelle-Orléans... L'insurrection se renforçait, Santos Degollado organisait des guérillas dans le Jalisco. Des caciques puissants, comme Manuel Doblado, dans le Guanajuato, et Santiago Vidaurri, dans le Nuevo León, avaient chassé les fonctionnaires de Santa Anna et donné leurs bras aux rebelles. Comonfort, lieutenant de guerre, s'était barricadé dans Acapulco, où il avait réduit le général santaniste Felix Zuloaga qui, du coup, s'était offert à la rébellion. Le dictateur avait tenté par deux fois de réprimer le mouvement, mais il avait renoncé par deux fois. La démission gagnait ses rangs, et l'ultra-conservateur Antonio de Haro de Tamaris, le propre ministre de Santa Anna, avait proclamé un plan anti-santaniste à San Luis Potosi. Les perspectives s'éclaircissaient, la chute de Santa Annna semblait inscrite, et pourtant Juarez s'interrogeait.

— La chute du tyran amènera-t-elle le triomphe de nos principes ? C'est ce que je ne discerne pas, et c'est ce qui m'attriste chaque jour. Le sel de la raison, le patriotisme ne suffisent pas pour conquérir et affirmer la liberté. Défions-nous, car ces mouvements peuvent commettre des excès qui les déshonoreraient. Je sais maintenant que les idées les meilleures peuvent être fausses dans leur sens, uniquement dictées par les mauvais desseins. J'espère que l'avenir me démentira.

Perplexe, il proposa à ses compagnons de se rendre à Acapulco ; qu'Ocampo et Ponciano Arriaga s'y présentent pour que leurs paroles et leurs idées puissent galvaniser les opinions publiques. Il écrivit, ainsi, à Ocampo, à Brownsville : « Tu verras à quel stade en est la révolution. Il me semble qu'un effort unanime des quelques hommes qui s'intéressent au bien de leur patrie est nécessaire pour anéantir le tyran, et je crois que cet effort ne se réalisera que si des hommes de réputation sans tache donnent l'exemple. Il faut que ce mouvement marque le commencement d'une ère nouvelle pour notre pays. Il y a trop d'hommes-machines dans cette révolution, il faut des hommes-intelligence. Et je crois que ta présence sur la scène vaudrait plus que toutes les autres. »

Melchor Ocampo préféra rester à Brownsville pour consacrer ses efforts au soulèvement des États du Nord. Il pria Juarez de se rendre à Oaxaca sans plus attendre pour y provoquer le soulèvement.

Ces échanges de courrier s'effectuaient, quand une dépêche, expédiée d'Acapulco le 30 avril précédent, réclama du secours. Ignacio Comonfort, le lieutenant-colonel d'Alvarez, manquait de munitions et surtout d'hommes-intelligence ; il invoquait donc l'aide des exilés de La Nouvelle-Orléans. Informé de ce dernier événement, Ocampo revint sur les bords du Mississippi. Les cinq exilés se constituèrent en junte révolutionnaire, avec attributions gouvernementales. Ils réussirent à obtenir des ordres de paiement des douanes des États soulevés contre la dictature de Santa Anna. Avec cette garantie, ils obtinrent un prêt pour payer leurs voyages à Acapulco.

X

Jeanne Fortoul et Jean Pascal s'unirent le 10 août 1855 dans la plus grande intimité. Il ne serait venu ni à l'un ni à l'autre, ni à aucun de leurs proches, l'idée de sacrifier à la tradition qui exigeait que tout événement heureux fût l'occasion de fêtes. Mexico manquait de raisons de se réunir gaiement, certes, mais cette union réclamait la gravité. Ce mariage-là, tout entier de tendresse et de nostalgie, ne requérait pas le grand orgue, le cortège des dames et des garçons d'honneur.

Seuls étaient présents, au dîner du soir, une poignée d'amis et les commis barcelonnettes, du moins ceux qui ne couraient pas les routes de l'intérieur, en campagne de colportage. Le médecin Jourdanet et son épouse, Isidore Deveaux, le libraire, Adolphe Meyer, le propriétaire paisible et courtois de l'échoppe de barbier-coiffeur *El Canastillo de Flores,* et Ernest Blanc, le pointilleux comptable de la Société de bienfaisance, étaient les seuls invités. Pour la forme et pour l'usage, Jean Pascal avait prié à sa table le successeur de Charles Levasseur à la tête de la légation de France, le vicomte de Gabriac, en poste à Mexico depuis le 6 septembre 1854. Celui-ci s'était excusé, prétextant une rencontre avec un ministre.

Ernest Blanc, de sa voix de ténor, brandit une coupe de champagne et entama un toast en louant « l'âme claire de Jean, le noble caractère de Jeanne, pourvoyeuse de bonheur et de joie ». On applaudit de bon cœur et d'émotion tant étaient proches les amis de ce couple si malmené par le destin. Jean posa ses lèvres sur la paume de son épouse.

— Es-tu heureuse ? murmura-t-il.

— Je le suis, et le serai plus encore, fit-elle, des larmes dans la voix. Nous formerons une union solide...

Quand il lui avait proposé de l'épouser, un mois plus tôt, Jeanne n'avait pu réprimer son chagrin. Elle s'était enfuie dans les appartements et s'était lamentée sur elle-même, sur son sort, sur le bilan de sa vie. Elle se savait belle, désirable, et elle allait épouser un homme usé, vieilli, sans passion. N'empêche, elle avait fait le compte des années, des douleurs que le Mexique lui avait apportées, mais aussi de la tendresse, des attentions, de la grandeur d'âme de Jean Pascal. Et puis, il y avait Valentin Charpenel, vers qui son cœur allait et qui, pour des raisons incernables, se dérobait, tendait la main, la reprenait. Avec toute la lucidité dont elle était capable, elle fit le compte de ses relations avec cet homme que son père avait élevé, éduqué à la filature de Jausiers. L'adolescent, qui avait vécu à ses côtés, avait partagé la même enfance qu'elle-même, et pourtant il lui semblait qu'elle ne le connaissait guère. Longtemps, la fille revêche, dominatrice, avait méprisé le paysan, l'employé. Désormais, elle l'enviait, rêvait de se soumettre à sa force, mais en même temps, combattait aussitôt ce qui lui semblait faiblesse. Elle sentait confusément qu'elle serait à lui lorsqu'il abdiquerait, quand il accepterait de mettre sa vie à l'unisson de la sienne. Mais en même temps, Jeanne Fortoul pensait qu'elle mépriserait Charpenel s'il devenait cela.

Elle s'était rongé les sangs des heures durant, en échafaudant d'impossibles entreprises qui lui eussent permis de se vaincre elle-même ou de réduire Valentin. En vain. Puis elle s'était effondrée de malheurs et de fatigue, tard dans la nuit. Elle s'était soumise au désir de Jean Pascal...

Au lever du jour, ce fut Jeanne qui parla. Leur discussion fut franche, sans aucun halo d'ambiguïté. Elle fit part de l'amitié vraie, du respect qu'elle lui portait. Elle confia, avec des mots neufs, qu'elle éprouvait pour lui une forme d'amour sans amour, qu'elle était troublée par sa profonde affection. Elle ajouta encore qu'elle recherchait la paix et que lui seul pourrait la lui donner en offrant la stabilité, le calme créateur d'une vie familiale tendue vers l'avenir.

— Je pourrai vous rendre heureux, avoua-t-elle, mais vous devez savoir qu'en ce qui me concerne, Jean, je ne découvrirai mon propre bonheur qu'en moi-même. Je me comprends mal, et cette connaissance m'occupe tout entière.

A son tour, il avoua son désarroi passé, puis la raison qui revient avec l'obligation de vivre et de poursuivre. Il avait besoin de sa force, de son appétit de vie.

— Nous avons besoin l'un de l'autre, conclut-il, et, qui sait, un pur amour, peut-être, viendra solidifier nos raisons d'être en un secours, un viatique...

Ces mariages-ci donnent aux cérémonies qui les consacrent un charme particulier, une retenue, c'est cela, une retenue empreinte de gravité. La tendresse spontanée des convives accompagnait les mariés.

La soirée fut quiète, tendre, malgré une chaleur moite et lourde. Personne n'aurait eu le front de se plaindre de la température des boissons qui manquaient cruellement de fraîcheur. Il était tout à fait impossible de trouver de la glace en bloc depuis une semaine déjà, car Santa Anna, toujours en quête de nouvelles ressources, avait fait de la *neveria* l'objet d'un monopole qu'il avait concédé par adjudication publique. Le monopolisateur, abusant de sa position de privilège, avait porté sa marchandise à un prix exorbitant, et les glaciers de détail José de la Piedra, Ignacio Torres, Lucio Lara et Joaquim Martinez avaient suspendu la vente de toutes les sortes de glaces dans leurs établissements. La chose devenait si déplaisante que, une fois n'était pas coutume, l'*Universal* s'était hasardé à critiquer ce « monopole désagréable », déplorant que « les habitants de Mexico en soient réduits à envier le sort des soldats anglais et français devant Sébastopol qui, eux au moins, n'avaient qu'à se baisser pour trouver de la glace ».

Ce fut d'un tout autre sujet que l'on parla. Le *Diario official* avait annoncé, le matin même : « Hier soir, à 3 heures du matin, Son Altesse Sérénissime le général-président a quitté Mexico en compagnie de son état-major, du ministre de la Guerre et d'une escorte de lanciers. S.A.S. a décidé de se rendre dans le département de Veracruz pour contribuer personnellement au rétablissement de l'ordre qui a été altéré sur quelques points de cette démarcation. »

— M'est avis que la très chère altesse se prépare à nous faire un nouveau tour à sa façon, dit Jourdanet, trop mystérieux.

— Vous pensez que Santa Anna a fui sous le prétexte d'aller battre l'insurrection ? demanda Jeanne, perplexe.

— Exactement, ma chère. Je suis prêt à parier qu'il se prépare à abandonner la patrie et que son départ est définitif. Savez-vous ce qui m'a mis la puce à l'oreille ? Le départ en voyage, il y a un mois, de sa si belle et illustre épouse...

— Vous prétendez que le voyage de Mme Dolores à La Havane n'est...

— ... n'est pas un voyage de pur agrément qui consisterait à visiter Cuba par ailleurs digne d'être vu. Voyez-vous, Jeanne, dans tous les pays, les gouvernants ont la liberté de traiter leurs affaires domestiques comme il convient à leur bonheur, à leurs intérêts. Or, chez nous, je veux dire à Mexico, où tout est rare, exceptionnel, capricieux, le moindre de leurs déplacements revêt un air de mystère, et je crois avoir élucidé le secret de la Sérénissime Altesse.

— Plus vite nous en serons débarrassés..., soupira Jean Pascal.

— Oui da, mais qui succédera à ce fléau ? Quel sort nous réservera-t-on ? s'inquiéta soudain Mme Jourdanet, la compagne du médecin.

Une inquiétude parcourut l'assemblée. Sous-informés par une presse servile, les habitants de Mexico ne connaissaient de l'Armée Restauratrice de la Liberté que ce que les journaux voulaient bien en dire, à savoir qu'il s'agissait d'une « horde sauvage composée de barbares sanguinaires, à l'image des soldats d'Attila, et aussi imbéciles que les nègres ».

A défaut d'une réponse, et pour masquer l'appréhension, on se distrayait en comptant le temps où celui qui se faisait appeler le Napoléon de l'Ouest avait réellement exercé le pouvoir depuis son entrée, en 1824, sur la scène politique. Quatre fois dictateur, quatre fois déchu, il n'avait gouverné que trois ans, six mois et quinze jours... Pris au jeu, ceux qui avaient la meilleure mémoire firent défiler les noms des dix-neuf hommes qui, depuis le cri d'indépendance du curé Hidalgo, en 1810, s'étaient succédés dans la ronde infernale des gouvernorats mexicains. Le libraire Deveaux décerna le record de durée à Anastasio Bustamante qui, avec deux incursions, en 1830 et 1837, avait réussi à se maintenir quatre ans, neuf mois et sept jours... Le record opposé revint au malchanceux libéral Nicolas Bravo, dont les trois incursions totalisaient quatre mois et vingt et un jours... Et de maudire ces *pronunciamentos,* « la plus pitoyable et la plus ridicule des inventions ». Ernest Blanc, avec sa verve coutumière, en fit la meilleure description.

— Un officier de tout grade, mais de préférence général - on en trouve toujours un à sa disposition -, se prononce contre le gouvernement ou contre un acte quelconque du gouvernement. Il rassemble une compagnie, puis plusieurs compagnies, puis un régiment, puis plusieurs régiments qui s'empressent de prendre parti pour sa cause. Aussitôt, le chef improvisé rédige en deux ou trois articles le but du mouvement. C'est le second acte, qu'on appelle *grito.* Si le sujet a quelque importance, ce cri prend le nom de plan. Au troisième acte, les insurgés et les partisans du gouvernement sont face à face : on se tâte, on escarmouche, mais avec la plus grande discrétion, et... à distance. Pourtant, il y a toujours un battant et un battu. Pendant ce temps, les villes environnantes s'empressent de prendre parti pour ou contre. Si le chef de l'insurrection est battu, il se déprononce ; s'il est battant, il marche sur Mexico. Au cinquième et dernier acte, le vainqueur fait son entrée triomphale dans la capitale, aux acclamations enthousiastes de la foule, pendant que le vaincu s'embarque pour La Havane ou pour La Nouvelle-Orléans, par Veracruz ou Tampico...

On applaudit, mais la dérision dissimulait mal le malaise.

Heureusement, les mets arrivèrent fort à propos pour couper le cou à une conversation qui gênait. Déridés par le parfum des fumets, les convives abandonnèrent les questions politiques, si peu raisonnables le jour d'un repas de noces. Plus tard, on parla longuement de l'avantage économique incontestable du chemin de fer de Mexico à Tampico, dont la pose des cinq cents premières *vares* de rails venait d'être inaugurée voilà tout juste un mois. Puis dix conversations éclatèrent entre les convives. On s'amusa en remémorant l'initiative lancée au *Café de l'Union* par un compatriote : « Nous défions les citoyens ou résidents aux États-Unis, depuis les Florides jusqu'à Boston, depuis Philadelphie jusqu'à San Francisco, d'entamer avec les fils de Moctezuma une lutte aux échecs, proposait ce Français plein d'esprit. La guerre que nous déclarons aux citoyens américains n'entraîne aucune dépense ruineuse ; la victoire couronnera le vainqueur sans que les soldats sortent de leurs foyers. Tous pourront y prendre part, les invalides et les femmes même, qu'on nous dit être si supérieures dans le Nord. » L'amuseur proposait de jouer par correspondance cinq parties, la régularité des communications postales donnant aux joueurs la possibilité de jouer un coup chaque quinzaine. Malheureusement, et bien qu'il eût déposé une petite somme comme enjeu dans une respectable maison de Mexico, personne, de l'autre côté de la frontière, n'avait daigné ou osé le défier.

— Dommage, fit Adolphe Meyer. Si le monde entier sait de quel côté se trouvent la puissance mercantile et la force physique, peut-être n'eût-il pas été indifférent aux penseurs de savoir de quel côté se trouvent les qualités combinatrices et intelligentes.

Ernest Blanc, passablement éméché, expliquait aux commis assis à ses côtés qu'il fallait hurler avec les loups, qu'on ne s'appelait pas Blanc chez les Mexicains qui disent Blanco, ni chez les Américains qui prononcent White. Et d'ajouter qu'il avait tenté de faire revoir par le consul de France son acte de naissance pour l'établir aux trois noms : il avait même prévu la forme pratique.

— Blanc en tant que Français, Blanco pendant mon séjour dans les pays hispano-américains ; White aux États-Unis... Étant bien compris que les trois noms n'appartiennent qu'à un seul et même individu qui déclare conserver sa nationalité française, à moins de circonstances favorables qui l'obligent à l'abandonner pour une autre. Le consul ne veut rien entendre.

A l'autre bout de la table, Adolphe Meyer profitait de la présence du docteur Jourdanet pour s'offrir une consultation gratuite au sujet des dérangements d'estomac qui le tourmentaient depuis quelques mois.

— Voilà des troubles bien communs à Mexico, le rassura ce dernier. La capitale jouit d'une réputation de salubrité qu'elle ne mérite pas et qu'elle a usurpée par les apparences trompeuses de son climat exceptionnel.

Pensif, il ajouta :

— Je me demande si l'emploi de tuyaux en plomb qui remplacent depuis quelques années les anciens tuyaux en terre n'y est pas pour quelque chose... Les eaux potables y acquièrent sûrement quelques principes malfaisants.

Et de se lancer dans des explications savantes qui firent regretter au pauvre Meyer d'avoir abordé ce sujet.

— Le plomb, voyez-vous, produit, en se combinant dans certaines conditions avec l'acide carbonique, ce qu'on appelle le blanc de céruse ou blanc de plomb, dont il a été prouvé que les effets sont désastreux sur l'économie animale. Ce blanc de plomb ne se forme-t-il pas naturellement dans les tuyaux de plomb pour la conduite des eaux ? Voilà la question que je me pose. En tout cas, ce que je sais, c'est qu'à New York les conduites d'eau potable, autrefois en plomb, ont été remplacées, par mesure de salubrité, par des tuyaux en fonte. Et l'on pourrait citer bon nombre de villes où pareilles mesures ont été prises pour les mêmes motifs : à Lyon, par exemple.

Jeanne ne disait mot, elle souriait à l'un, à l'autre, lançait un signe de la main, mais en réalité elle avait l'esprit ailleurs. Ses pensées se promenaient, elle ne parvenait pas à se fixer, à se préoccuper des événements de cette journée qui, pourtant, la concernait au premier chef. Son humeur allait, venait, s'accrochait à une repartie, à un éclat de rire. Pour l'heure, elle écoutait d'une oreille Isidore Deveaux qui s'épanchait auprès de Jean Pascal et du docteur Jourdanet à propos de la disparition tragique de son poète vénéré, Gérard de Nerval, dont il avait appris la pendaison en lisant *La Revue des Deux Mondes.* Il babillait les puissants poèmes de l'auteur des *Filles du feu* et d'*Aurélia.*

— Les plus belles choses que l'on ait jamais tracées sur le papier, en dépit parfois de l'ésotérisme auquel il s'adonnait...

Et Isidore Deveaux évoquait encore ces accès de folie que le docteur Blache pensait avoir vaincus avec ses drogues et les remords qu'elles provoquent. Nerval le clochard, qui ne vivait que dans de sordides garnis, déménageant à la cloche de bois, quémandant l'hospitalité d'amis qu'il abandonnait une semaine plus tard, sans même y avoir dormi une fois tant ses errances noctambules lui brûlaient les sangs. On l'avait découvert pendu à une grille de fenêtre de la rue de la Vieille-Lanterne, à deux pas du Châtelet, dans l'un des quartiers les plus hideux de Paris, celui des prostituées, des Halles, de la canaille. Quand on lui avait ôté la longue jarretière qu'il portait sur lui, en souvenir, disait-il, de l'amour de Mme de Longuevie, il était raide comme une bûche de chêne et portait sur son cœur la reconnaissance d'un paletot qu'il avait engagé au mont-de-piété.

— Il a oublié ses amis, trouvé l'asile de la mort où la camarde lui a donné un bel abri pour le récompenser de toutes ses souffrances, soupira Isidore. Mais ironie, savez-vous que, le même jour, un individu moins démuni que lui acheta son paletot chez la Veuve et s'en alla s'offrir un magnifique souper au *Bon Valais*? Trois heures de ripailles, les vins les plus veloutés, et, au moment de la douloureuse, le gastronome, sans un liard, se fit sauter la cervelle. N'est-il pas étrange, ce suicide d'un poète lié par une frusque au suicide d'un gourmand?

Les coudes plantés sur la nappe, Jeanne, qui s'était doucement intéressée à l'histoire du poète, se promit de lire les œuvres de ce de Nerval que Deveaux avait réunies dans sa bibliothèque. Il ne prêtait ces précieuses reliures qu'à ses meilleurs lecteurs, et, depuis quelques années, une société particulière rêvait d'absolu en murmurant :

Et puis sans s'émouvoir, il s'en alla s'étendre
Au fond du coffre froid où son corps frissonnait.

Il était paresseux, à ce que dit l'histoire,
Il laissait trop sécher l'encre dans l'écritoire.
Il voulait tout savoir mais il n'a rien connu.

Et quand vint le moment où, las de cette vie,
Un soir d'hiver, enfin l'âme lui fut ravie,
Il s'en alla disant : « Pourquoi suis-je venu ? »

Jean Pascal n'était pas dupe du vague à l'âme qu'il sentait chez sa jeune épouse. Il la regardait à la dérobée, observait un geste élégant, percevait l'irrépressible désir combattu de sombrer dans le chagrin. Il se disait à lui-même qu'il était d'un âge bien avancé pour une aussi jeune femme qui aurait pu choisir la force d'un jeune homme. Il ne s'attendrissait pas sur lui-même, il savait seulement que leur union ne ressemblait guère à celle de deux tourtereaux passionnés. L'un et l'autre s'étaient laissés aller à leur faiblesse, ils avaient réuni leur désarroi. Pleins de larmes, le cœur étreint, ils se raccrochaient l'un à l'autre avec leurs raisons secrètes, leur tristesse dissimulée, quand ils le pouvaient. S'aimeraient-ils vraiment en se respectant toujours ?

XI

Les événements qui éclatèrent au lendemain des noces ôtèrent aux bavards le loisir de cancaner sur l'étrange mariage.

Ce 11 août, on put lire sur les affiches qui couvraient les murs de la ville cette proclamation : « La résolution suivante a été prise par plusieurs milliers de citoyens. Le peuple de Mexico recouvrant l'usage des droits imprescriptibles usurpés par don Antonio Lopez de Santa Anna et sa perfide administration, déclare solennellement à la face de la nation entière sa volonté souveraine par les articles suivants :

« 1) La capitale de la République adopte dans toutes ses parties le plan d'Ayutla proclamé par la garnison de ladite localité le 1er mars 1854 et nomme pour son chef le citoyen-général Romulus Diaz de la Vega, gouverneur et commandant général du district.

« 2) Le chef de ce mouvement organisera immédiatement la milice nationale. »

Dans un premier temps, la nouvelle tant attendue de la chute du dictateur causa plus de satisfaction que d'agitation. On se félicitait d'un changement qui brisait sur-le-champ l'enchaînement des malheurs que subissait le pays. Plus d'espions, plus de sbires, plus d'amendes, plus de prison, plus d'exil, plus de fusillades, espérait-on. Cependant, on savait peu de chose sur le sort de Santa Anna. Les nouvelles colportées disaient qu'il était parti de l'Ensero à 2 heures du matin ce 11 août, pour le Puente Nacional. Les rumeurs les plus diverses couraient. Les uns affirmaient qu'il s'était embarqué à la Antigua pour ne plus revenir, d'autres qu'il était revenu au Puente Nacional, d'autres enfin qu'il se battait dans les Callejones contre les forces du général Llaves. Et s'il allait revenir ?

Rassuré malgré tout par le présent, le peuple rejeta alors ses yeux vers le passé. Il se souvint... et les idées de vengeance affluèrent...

Dès 2 heures, l'après-midi, la foule, qui venait de l'Alameda, se dirigea vers la grand-place. Les plus résolus assiégèrent les portes du palais, les tribuns exigèrent la mise aux arrêts de la garde nationale ; les agitateurs réclamèrent des armes pour les nouveaux soldats-citoyens auxquels on assignerait des postes fixes aux différents points de la ville. La foule, de plus en plus pressante, menaça de forcer les portes du palais. On poussait sur les solives, on s'attaquait au *machete* aux huis centenaires. Quelques coups de feu tirés en l'air rendirent les émeutiers plus circonspects. Vers 4 heures et demie, les flots énormes du peuple se dispersèrent par groupes. Sa justice, brutale, passa jusqu'au soir. Des groupes hurlants, armés de masses et de pics, s'attaquèrent à l'imprimerie de l'*Universal* et du *Diario official*, puis on saccagea la maison particulière de M. Lizardi, qui hébergeait la famille de l'épouse du général Santa Anna. On brûla les portes et les croisées de l'hôtel d'Antonio Lopez de Bonilla, l'ancien ministre des Relations extérieures, puis on mit à sac celui de l'ex-ministre Aguilar Larès, ainsi que la propriété du chef de la police Jose Lagarde, toutes désertées par leurs occupants. Les imprimeries, rue de Cadeña, furent détruites de fond en comble, les rues adjacentes étaient couvertes de débris, de matériel typographique, de quantité d'imprimés et de feuilles blanches de rames éventrées. On jetait les meubles par les fenêtres, et l'on fit du bois et des beaux objets d'immenses feux de joie. Trois voitures trouvées sous les remises, incendiées et promenées dans la ville, croulaient sous le poids des enfants de pauvres qui se croyaient au carnaval. Mais ce fut sans conteste chez Bonilla, au coin des rues San Jose el Real et Tacuba, que le dommage fut le plus considérable. Le mobilier, nombreux et riche, une impressionnante bibliothèque, un piano à queue, des frusques et des tapisseries de valeur furent impitoyablement jetés au milieu de la rue, et le feu d'une calèche qu'on avait amenée devant la porte se communiqua à toutes ces richesses amoncelées. Ça flambait en gerbes au-dessus du toit des maisons. La violence de la haine accumulée déferlait en traînées de flammes. Belles et rageuses colères des peines accumulées. L'air était traversé de détonations de mousqueterie, les flammes crépitaient, indécentes, entre les façades des maisons patriciennes.

Sous ce désordre populaire, un ordre original et parfait était en action. Aucune autre cible que celles contre lesquelles le peuple exerçait sa vengeance ne souffrit pendant ces heures de fête sauvage. La manufacture de pianos qui se trouvait au rez-de-chaussée de la maison de la belle-famille du dictateur, la *tienda* [1], et le magasin de chaussures au pied de la maison Bonilla furent volontairement épargnés. Au moment de la plus folle effervescence, une conduite chargée de quatre-vingt-seize barres d'argent, provenant du Real del Monte et de Pachuca, pénétra dans la ville. Ce trésor, porté à dos de mules et gardé par des domestiques, traversa toute la capitale jusqu'à la maison des monnaies sans que rien ne lui arrivât...

Les jours suivants, les nouvelles confirmèrent la fuite du dictateur. Le 15 août, une dépêche télégraphique annonça que Santa Anna s'était embarqué la veille à Veracruz, sur le vapeur *Iturbide,* emmenant avec lui sa fille Carmen, son gendre Charles Maillard et... cinquante coqs de combat. Le *caudillo* s'en allait vers sa vocation : maître de coqs, preneur de paris.

Parmi toutes les plaisanteries qui circulèrent par la suite sur le compte de Santa Anna, celle lancée par un journaliste de l'*Heraldo* connut un franc succès. « Parmi les papiers laissés par le secrétaire particulier de Sa Sérénissime Altesse, racontait le journaliste, on a trouvé le brouillon de la lettre suivante adressée par l'Auguste à Sa Majesté l'Empereur des Français : “ Mon grand et bon ami. Depuis que votre grande nation, alliée à la Grande-Bretagne, a entrepris la guerre d'Orient, j'ai voulu que la nation mexicaine y prît part. Mais quelques dissensions domestiques m'en ont empêché. Maintenant que tout est arrangé dans ma république, je puis vous dire que je désire entrer dans cette ligue et

1. Boutique.

y contribuer avec mes soixante mille hommes. Si j'ai l'honneur de voir admettre ma nation comme alliée, je disposerai sur-le-champ de mes bâtiments nationaux qui doivent partir en octobre et le 1er novembre. Mes forces seront embarquées à Veracruz. L'armée que j'aurai l'honneur de représenter se compose de cent vingt généraux de division, de quatre mille généraux de brigade, de deux mille huit cents colonels, de neuf mille cent cinquante lieutenants-colonels, de deux mille sept cent vingt-cinq commandants de bataillon et d'escadron, de cinq mille quatre cent cinquante capitaines, de onze mille trois cents lieutenants et de treize mille trois cent trente sous-lieutenants. Comme je désire établir une communication hebdomadaire, j'espère que l'Espagne me fournira quelques navires pour envoyer du pulque, du *mezcal,* des tortillas, afin que mon armée reçoive les vivres auxquelles elle est accoutumée. Il me reste, mon grand et bon ami, à supplier Votre Majesté et ma grande amie la reine Victoria que le jour de l'assaut de Sébastopol, mon armée marche à l'avant-garde, car bien qu'aucun de ses membres n'ait de sa vie entendu un coup de fusil, je connais son honneur et son courage, et quand même, le désir du butin la fera attaquer avec décision. A chacun de mes généraux, on pourra confier la gestion des fonds, car ils agiront avec la même honnêteté et pureté que moi-même. Je suis de Votre Majesté le sincère et fidèle ami. Antonio Lopez de Santa Anna "... »

XII

Le docteur Jourdanet délia les fils de sa blouse de coutil, puis rinça ses mains dans une cuve que lui tendait la domestique. Il revint auprès de Jeanne, assise maintenant sur le canapé d'auscultation.

— Eh bien, Jeanne, réjouissez-vous. Vous attendez un enfant. Il naîtra aux alentours de la fin août, et qui sait, en septembre peut-être... Eh bien, Jeanne, vous vous sentez mal ?

Jeanne refusa son bras. D'un coup, elle se mit droite, puis éclata en sanglots. Un enfant... L'idée même d'en concevoir un ne l'avait jamais effleurée depuis son mariage. Elle se sentait précipitée dans un puits sans fond. Son cœur battait la chamade. Elle était littéralement épouvantée par l'annonce de Jourdanet, assaillie d'images, de visages : son père, puis Élise, sa sœur défunte, puis Jean Pascal, enfin Valentin Charpenel. En quelques instants, sa vie défila, c'est-à-dire que tous les visages qu'elle aimait ou qu'elle avait aimés se succédaient entre ses tempes pressées comme dans un étau. Que penseraient-ils tous de cette naissance ? Chacun avait ses raisons de la juger.

— Jeanne, Jeanne...

La voix lui parvenait, faible, dans le chagrin et la peine.

— Jeanne, ma petite... N'est-ce pas magnifique, cet enfant donné à notre brave Jean ? Soyez heureuse et fière.

— Mais grand Dieu, je ne voulais pas d'enfant, docteur Jourdanet, je n'aime pas... les enfants.

Et elle sanglota à nouveau.

— Voyons, Jeanne, nombre de femmes prétendent ne pas en désirer, mais ces raisonnements, inspirés par la crainte, ne tiennent pas debout. Vous verrez, vous chérirez ce bébé. Il prendra bientôt une grande part de votre vie. Allez, mouchez-vous et filez d'ici, allez annoncer la nouvelle à Jean Pascal.

Elle demeura indécise devant le porche de Jourdanet, ne sachant de quel côté tourner son pas, vers le centre ou bien vers le canal de la Viga... Enceinte ! La simple évocation du mot la remplissait d'horreur. Elle s'étudia avec dégoût, sentit même — était-ce une lubie ? — que son corset la serrait plus que de coutume. Dans quelques mois, elle perdrait sa ligne, son visage et ses chevilles enfleraient, sa démarche serait lourde comme celle des Indiennes enceintes d'une année à l'autre. Tout en elle s'élevait là contre. Le travail du commerce, qui l'occupait plus que de raison, la passionnait. Qu'en serait-il dans quelques mois ? Elle serait alors contrainte de se dissimuler jusqu'à la naissance de cet enfant non souhaité. Un enfant ! Qu'allait-elle faire d'un enfant ?

Dans la nuit, Jean, réveillé par ses sanglots, vint à son chevet.

— Qu'avez-vous, ma mie ? fit-il, angoissé.

Jeanne tenta un moment de le repousser, puis elle avoua :

— J'attends un enfant, vous entendez, un enfant !

Jean la prit contre lui et embrassa son visage.

— Pourquoi ne pas l'avoir dit plus tôt ? Jeanne, que je suis heureux. Mais pourquoi pleures-tu, ma mie ? fit-il tendrement.

— Je ne sais pas, dit-elle, hoquetante.

Mais elle savait bien qu'elle pleurait sur elle-même, que l'annonce de cette grossesse fauchait ses ambitions, sa vitalité, ses espoirs particuliers. Tout au fond de son âme, elle considérait le petit être comme une trahison envers ses desseins secrets. Cet enfant trahissait l'impossible amour qu'elle vouait à Valentin Charpenel.

Les semaines qui suivirent, Jeanne fut prise d'une véritable frénésie laborieuse. On la voyait partout à la fois, derrière le *mostrador,* dans les rues de Mexico en tournée de fournisseurs, de créanciers en mal de factures impayées. Elle voulait à tout prix mettre les affaires en ordre avant de rester confinée entre quatre murs. Elle disposait de si peu de temps. Elle aurait voulu que les journées fussent plus longues, elle sentait s'écouler fiévreusement les minutes.

De temps à autre, elle imaginait l'enfant qui allait venir, et la colère l'étouffait. « La mort, les impôts, la séparation, les enfants », maugréait-elle intérieurement. Lorsqu'elle rentrait chez elle, le soir, elle était rompue, d'une humeur massacrante. Plus d'une fois, Jean tenta de lui faire entendre raison.

— Cesse donc de te préoccuper de toutes ces affaires, suggérait-il, je suis là, je m'en chargerai. Il n'est pas bon, dans ton état, de s'affairer comme tu le fais.

Et elle laissait éclater sa colère. Il n'y avait aucune raison pour ne pas la traiter comme un être normal ; elle ne supportait plus, quand on lui adressait la parole, que son interlocuteur contemple le ciel ou le sol, ou n'importe quel autre point de l'univers, sans que jamais il n'ose porter les yeux sur son corps. Pourquoi sans cesse ces regards furtifs ? Pourquoi cette gêne immense ? Elle se sentait normale, malgré tout...

Elle devint plus irascible. Au magasin, elle avait l'œil sur tout, ne laissant personne en paix. Elle semblait éprouver un malin plaisir à soumettre et à blesser. Jamais satisfaite, elle imposait parfois le même ouvrage à un apprenti, à un compagnon : les étoffes n'étaient jamais assez bien rangées à son goût, il restait toujours un voile de poussière sur les étagères, sur le *mostrador*. Persuadée qu'on la volait, elle épiait non seulement les faits et gestes des clients, mais ceux aussi des commis...

Même lorsque tout semblait simple, il était surprenant de voir avec quelle rapidité l'épouse affectueuse pouvait se transformer en son contraire. Pascal n'avait qu'à dire, en toussotant, « Jeanne, tu ne devrais pas agir de la sorte avec les garçons... », et la tempête se déchaînait. Jeanne avait des colères de Tartare, la rage d'un chat sauvage. Dans ces moments, elle semblait ne s'inquiéter ni de ce qu'elle disait, ni surtout du mal que pouvaient causer ses paroles. Elle vivait et donnait aux autres une petite idée de ce qu'est le purgatoire.

— Pardonne-moi, Jean, se repentait-elle, plus tard, en pleurant. Je te mène la vie dure. Ne m'en veux pas, je vis moi-même un calvaire.

Jean et les autres supportaient ses accès de colère avec une longanimité invraisemblable. Et sans en deviner la cause, attribuaient ces fâcheuses dispositions à la grossesse. Pascal croyait savoir qu'il ne fallait pas trop contrarier les femmes enceintes, et, mettant toute fierté de côté, il ne reprochait plus à Jeanne de faire marcher le magasin dans l'état où elle se trouvait. Sa conduite le plongeait dans un perpétuel embarras. Il se disait qu'après la naissance de l'enfant, elle redeviendrait la jeune femme douce qu'il avait épousée. Néanmoins, quoi qu'il fît pour adoucir son humeur, elle continuait à lui mener la vie dure. Quand ces scènes se produisaient, Jean Pascal quittait la maison.

Ce printemps 1856, Mexico était le théâtre d'une animation peu commune. On n'avait jamais parlé politique avec autant de liberté. Pourtant, on avait craint le pire pour la paix quand, deux mois à peine après le triomphe de la révolution d'Ayutla, le 25 novembre 1855, le président provisoire Juan Alvarez avait promulgué par décret une loi rédigée par son ministre de la Justice, Benito Juarez, pour réglementer les privilèges militaires et ecclésiastiques. La réponse de Mgr l'Archevêque de Mexico n'avait pas traîné : il avait convoqué son chapitre, et l'assemblée avait estimé que la loi sur l'administration de la justice attentait aux droits de l'Église, contrariait la discipline établie dans les sacrés canons, et qu'en conséquence, il défendait aux membres du clergé d'exécuter la loi. « L'autorité suprême, avait alors répondu le ministre de la Justice, en retirant des grâces et des privilèges qu'elle a pu concéder autrefois, n'a fait qu'user d'un droit légitime qu'il n'est permis à personne de méconnaître, encore moins de combattre. »

Quelques semaines de confusion s'en étaient suivies. Des leaders, qui avaient combattu aux côtés d'Alvarez, menacèrent de se prononcer contre lui. Les choses s'annonçaient mal, et l'on commençait à désespérer de voir la concorde s'établir quand le vieux cacique, navré par la chose politique, renonça spontanément au pouvoir en faveur d'Ignacio Comonfort.

Le programme du nouveau président était clair : son

gouvernement ne serait pas celui d'une fraction, non plus que celui d'un parti, mais bien d'un gouvernement qui s'élèverait au-dessus de tous les clans, il serait l'ennemi de tous les factieux. « La République mexicaine ne veut du despotisme sous aucune forme, déclara-t-il lors de son intronisation, en décembre. Ne vient-elle pas de lutter sans relâche pendant près d'un demi-siècle pour la conquête de sa liberté ? Elle a combattu les gouvernements parce que les uns l'ont tyrannisée au nom du principe conservateur, les autres au nom du principe révolutionnaire. Pour de pareils buts, trop de victimes ont été sacrifiées. Pour ces motifs, la République est restée en arrière, tandis que le monde avançait dans la voie du progrès. Non à l'esprit de parti, non à l'égoïsme des ambitions. Je soumets une idée et je réclame la fidélité à cette idée : concilier tous les droits, tous les intérêts légitimes par le moyen de la tolérance, de la fraternité et de la concorde. »

Les soulèvements s'apaisèrent aussitôt. Des hommes, qui avaient levé l'étendard de la révolte, abandonnèrent l'hostilité. Le mécontentement se dilua et le souci général laissa place à l'espérance.

Jean Pascal entendait peu la politique, plus exactement il n'avait jamais rien fait pour s'y intéresser dans ce pays où, après tout, il n'était que passager. Bien sûr, il avait ses idées sur les difficultés politiques auxquelles le Mexique succombait ; bien entendu, il se sentait plus à l'aise sous le gouvernement libéral, dont les principes généraux épousaient ceux de la civilisation moderne, mais il s'était toujours abstenu de prendre publiquement parti. Se tenir à l'écart de toutes ces calamités, dans un pays où se succédaient tant de gouvernements en si peu de temps, était la meilleure garantie pour prospérer paisiblement. Après tout, ce pays n'était pas le sien, c'était aux Mexicains, et à eux seuls, de remédier à leurs maux.

Cette fois, pourtant, il fut bien obligé de choisir. Même s'il l'avait voulu, il n'aurait pu y échapper. Partout, dans les rues, les lieux publics, sur les places, il n'était question que des débats houleux qui se déroulaient chaque jour au sein du Congrès, en vue de l'élaboration d'une nouvelle Constitution. Le pays était pris de frénésie, il bouillonnait, on se rassasiait avec délice de cette liberté dont on avait été si longtemps sevré. Jour après jour, on suivait les aléas de l'élaboration de la « *Carta Magna* » tant attendue qui ouvrirait enfin le pays à l'ordre, à la paix, au progrès. Pour la première fois dans son histoire, les grandes questions de la société mexicaine se trouvaient à la portée non plus des seuls initiés, mais du peuple. Les sessions au Congrès étaient ouvertes au public, et la foule s'y rendait avec autant de plaisir que s'il se fût agi d'une corrida ou d'un combat de coqs...

Cette convention réunissait des intellectuels créoles dont les deux tiers étaient des avocats, obsédés dans leur foi en la démocratie libérale et les droits de l'homme. Liberté de penser, d'enseignement, de la presse, du travail, de rassemblement, de pétitions... Les rues, les places, le soir, bruissaient des échos de cette liberté dont les législateurs débattaient le jour. Liberté, jamais on n'avait tant entendu circuler ce mot. Pour la première fois, une réplique fidèle de la Déclaration des droits de l'homme parvenait aux oreilles d'un peuple chroniquement ignorant de ses droits naturels, violés dès l'âge du berceau. On relatait avec passion la manière dont les *puros*, les radicaux Mata et Ponciano Arriaga, se démenaient pour arracher aux *moderados* — la majorité du Congrès — des projets de réformes fondamentales. Les progressistes regrettaient que don Benito Juarez ne fût pas de ces débats, et ils soupçonnaient le président Comonfort de l'avoir démis de ses fonctions de ministre de la Justice en le nommant gouverneur d'Oaxaca afin de se débarrasser d'un esprit trop ardent. Les cléricaux, convaincus qu'il ne sortirait rien de bon pour eux de ce Congrès — où ils n'étaient pas même représentés —, faisaient tout pour manœuvrer les modérés dans la coulisse, et il n'était pas rare d'apercevoir des groupes de femmes vêtues de noir se jeter, poings en l'air, sur les législateurs en hurlant que Satan s'était emparé de leurs âmes...

Émoustillé par la curiosité, Jean Pascal se laissa un jour entraîner à l'un de ces débats. Jamais séance ne fut aussi animée que ce jour-là...

Leon Guzman, président de l'Assemblée, lut une pétition paraphée de plus de deux mille signatures féminines réclamant que l'on supprimât du projet de Constitution l'article 15 relatif à l'installation au Mexique de la tolérance absolue des cultes. La lecture avait été difficile, car dans les rangs des radicaux, on toussait, crachait, gesticulait, échangeait des regards d'intelligence, avec ce cynisme parlementaire si doucereux. Une fois la lecture terminée, le radical Garcia Granados avait pris la parole et demandé si les signataires avaient obtenu de leurs maris l'autorisation voulue... Sa voix fut aussitôt couverte par les éclats, les lazzis du public des galeries.

— Non seulement la démarche des dames de Mexico ne peut être approuvée, ajouta le député quand la salle se fut calmée, mais le texte même de leur pétition prête le flanc aux sarcasmes. Le Congrès a manqué à sa dignité en recevant cette pétition et en permettant qu'on la lût dans son sein. De semblables documents ne peuvent émaner que de personnes jouissant de l'exercice des droits politiques, et nous ne pensons pas qu'on ait proclamé l'émancipation des femmes au Mexique ! De quelque côté que nous retournions cet incident, nous n'en voyons que du ridicule pour les signataires, pour le Congrès et par contrecoup, pour la nation.

Sifflets, applaudissements, hurlements. Mata se leva alors et fit taire la salle.

— Si nous examinons la question sous un autre point de vue, nous trouvons dans la démarche du beau sexe autre chose qu'un sujet de plaisanterie, dit-il d'une voix forte. Nous y voyons un avis des plus salutaires et qui doit achever de démontrer à la majorité du Congrès la nécessité absolue de certaines réformes pour le salut de la société. On dit et on répète que la pétition féminine porte sur plus de deux mille signatures... Alaman, Iturbe, Icasa, Algala...

— A bas les riches qui combattent la liberté de conscience ! clama quelqu'un dans la foule des spectateurs. L'homme brandissait le drapeau jaune des radicaux.

— Vive la religion ! Mort à la tolérance ! répliquèrent plusieurs cléricaux, agitant les bannières vert et blanc.

— ... San-Roman, Escandon, poursuivit en criant Mata. Ces signatures émanent de la fleur de la société de Mexico, on ne me fera pas croire que ces mères de famille, que ces jeunes filles, incapables, dans leur charmante ignorance, de savoir même ce que signifient les mots de tolérance religieuse, soient venues se livrer ainsi à la risée du public, sans qu'une puissante influence ait pesé sur leur initiative. Cette influence, c'est celle du clergé, si vivement intéressé par la question. Et si elle a jeté des dames dehors au point de leur faire paraître oublier la réserve et la dignité qui sont l'apanage de leur sexe, de quels autres prodiges n'est-elle pas capable ? Pourquoi farder la vérité ? Voici les prêtres intronisés dans les familles, y maintenant leur influence, se servant de la femme comme d'un rempart derrière lequel ils fortifient leur pouvoir funeste, leurs abus scandaleux. Je laisse à mes confrères le soin de calculer la portée de la révélation que vient de nous livrer ainsi la pétition féminine.

Mata se rassit au milieu d'un remue-ménage indescriptible, puis il se redressa encore, attendit que le silence se fît, et ajouta :

— Ce qui m'inquiète, c'est que les cléricaux semblent avoir eu raison de notre ministre des Relations. M. Luis de la Rosa n'a-t-il pas déclaré, hier, au nom du gouvernement, qu'il était hostile à l'article 15 du projet ? M. le Ministre n'a d'ailleurs pas été très heureux dans l'exposé de ces considérations qui, selon lui, portent le gouvernement à réprouver la tolérance. Qu'importe les arguments ! Attaquée par les femmes en jupons, par les hommes en paletots, par le gouvernement, la tolérance est condamnée d'avance ! Dans cet état, nous conseillons à la commission de retirer son projet, car une Constitution ultra-libérale qui refuserait de proclamer la plus sainte, la plus inviolable de toutes les libertés, celle de la conscience, ne serait qu'une piètre plaisanterie !

Le tumulte qui s'ensuivit fut tel que la séance dut être suspendue.

En sortant du palais, Jean Pascal se trouva nez à nez avec Olivier Meyran. Ces deux hommes éprouvaient de la sympathie l'un envers l'autre. Ils avaient été fort amis autrefois, du temps où Meyran n'avait pas encore pris fait et cause dans les affaires du pays. Partis tous deux de France en 1829, ils s'étaient connus sur le bateau et avaient rencontré les mêmes déboires[1]. Une solide amitié était née, renforcée — bien qu'Olivier Meyran ait passé le plus clair de sa vie à Paris — par le fait qu'il était, lui aussi, de souche barcelonnette. Leurs routes, cependant, s'étaient séparées. Commerce et politique n'étant pas compatibles, cette relation s'était déliée, comme cela, sans animosité, avec le temps. Chacun était parti de son côté, vers son destin et ses chimères.

Les retrouvailles n'en furent que plus vives, d'autant qu'elles se produisirent à un moment où Jean, tourmenté par le comportement de Jeanne, se sentait seul, disponible. Il saisit la main de l'ami, et ils partirent ensemble.

1. Voir « Les Jardins de l'Alameda ».

A compter de ce jour, les deux hommes se revirent souvent. Et chaque fois que son temps le lui permettait, Jean Pascal s'en allait rendre visite à Meyran, au bureau du *Trait d'Union*, Paseo Nuevo.

Le journal avait repris sa parution dès le mois de janvier 1856 grâce à une souscription qui avait eu de tels résultats que son format même avait augmenté d'un tiers et qu'il pouvait paraître maintenant chaque jour. Afin de développer son audience, qui atteignait près de deux mille cinq cents abonnés, René Masson, l'associé, avait eu une idée journalistique géniale : il faisait acheminer de Paris des collections d'œuvres littéraires choisies qu'on lui expédiait en volumes brochés. Grâce à cette innovation, ses abonnés pouvaient former, sans délais toujours ennuyeux, une riche bibliothèque qui charmait leurs loisirs. Deux mille ouvrages du *Bossu*, de Paul Féval, et du *Fils de Famille*, d'Eugène Sue, étaient déjà arrivés de Veracruz. René Masson, républicain de famille, avait incité Olivier à reprendre ses chroniques politiques, qu'il savait fort prisées. A son habitude, le journaliste n'y allait pas de main morte pour vilipender un gouvernement trop timoré à son goût.

— La voie qu'a choisie Comonfort conduit à l'absurde, expliquait-il à Jean Pascal. Satisfaire les exigences de la révolution libérale sans choquer les principes conservateurs, espérer gagner le consentement des réactionnaires à un programme de réformes sont des tâches impossibles à tenir. Libéral et conservateur sont deux notions trop antinomiques pour pouvoir s'exprimer sur un terrain commun.

— Mais que faut-il faire, demandait Pascal, se jeter dans les bras des révolutionnaires ? Adopter leurs principes, introduire les innovations qu'ils exigent ? Tu sais que cette entreprise-là n'offrirait pas moins d'inconvénient que l'autre pour la santé de la République.

Modéré par conviction, Jean Pascal considérait Comonfort comme l'homme à poigne qui sortirait le Mexique de la longue crise qu'il traversait. Son allure lourde, son embonpoint, sa barbe noire, ses sentiments mêmes d'honnêteté, d'horreur du sang répandu, lui inspiraient confiance. Il éprouvait de la sympathie pour cet homme qui, dans ses manières, différait tant du dictateur. On le voyait même à pied, le dimanche, sur l'Alameda, dans la seule compagnie de deux de ses ministres. Pour la première fois, un président mexicain se promenait bourgeoisement sans une cohorte d'aides de camp galonnés sur toutes les coutures.

— Doit-il renverser le passé, sans écouter les clameurs de ceux qui y sont fidèles ? Les révolutions doivent-elles passer sur les peuples comme une tourmente ? Ceux qui renversent des institutions antiques se heurtent immanquablement à de formidables résistances. Sont-ils condamnés à entasser des victimes aussi haut que les ruines qu'ils amoncellent ? Un gouvernement digne ne peut agir ainsi. Le pays souhaite l'ordre, mais non le despotisme, la liberté mais non la licence, la réforme mais non la destruction, le progrès mais non la violence...

— Jean, ne comprends-tu donc pas que là, justement, se trouve l'enjeu ? L'antagonisme mortel : d'un côté, ceux qui aspirent à atteindre les lumières que le progrès suscite dans les sociétés modernes ; de l'autre, ceux qui abhorrent ce progrès et souhaitent préserver les ténèbres du passé. Toute l'habileté de Comonfort ne suffira pas pour faire entendre raison à ces derniers. Entre les extrêmes, la lutte ne peut être qu'implacable. Tu verras, Jean, la politique de la main tendue est impossible !

Ils bavardaient ainsi, s'échauffaient avec ardeur, reprenaient sans cesse ce débat, chacun demeurant maître de ses convictions.

Ainsi mise à rude épreuve, leur amitié n'en resta pas moins plus forte. Elle fut même amplifiée par un événement qui survint en juillet et qui mit la communauté française en émoi.

XIII

« Les inondations ont provoqué d'immenses désastres dans les départements du Centre et du Midi, réduisant des dizaines de milliers de familles à l'état de misère le plus complet et détruisant des villes entières. On ne connaît pas encore, à Lyon, le nombre des victimes, mais tout un quartier, celui de la Villette, peut être considéré comme anéanti. Le Rhône a renversé une partie des remparts d'Avignon et envahi toutes les plaines qui s'étendent vers Nîmes et du côté d'Arles. Les ravages de la Loire, depuis Roanne jusqu'à Tours, sont incalculables. L'inondation s'étend sur une longueur de plus de cent lieues. La circulation est interdite au-delà d'Orléans, sur le chemin de fer du Centre, et au-delà de Blois, sur les lignes de Bordeaux et de Nantes. »

La Revue des Deux Mondes annonça le désastre qui venait de frapper la terre natale. Ce 9 juillet 1856 resterait un jour sombre pour les Français de Mexico. Tout le jour, l'imprimerie et les bureaux du *Trait d'Union* ne désemplirent pas. Fébrile, on attendait de Masson les nouvelles qu'il était bien incapable de donner, mais les hommes sont faits de telle sorte qu'ils pensent toujours que le messager des faits a d'abord des informations secrètes que les autres ne possèdent pas encore. Chacun, dans son souci et son angoisse pour les siens, se raccrochait au directeur du *Trait d'Union.*

Le lendemain, arriva par diligence *Le Moniteur,* qui

avait été livré trois jours plus tôt à Veracruz par la malle royale britannique. On se l'arracha :

« La visite de l'Empereur, partout où le fléau a sévi, a produit sur les populations de ces contrées une impression que rien ne saurait rendre, et l'Empereur leur est apparu comme une seconde Providence. Après avoir prodigué des secours et des encouragements aux habitants de Lyon, l'Empereur s'est transporté jusqu'en Avignon. La plus grande partie de la ville étant couverte par les eaux, l'Empereur a dû monter en bateau pour se rendre dans la partie haute, que l'inondation n'avait point envahie. D'Avignon, il a traversé pareillement en bateau une lieue et quart de champs inondés pour se rendre à Tarascon. Il a parcouru en barque les rues de cette ville entièrement submergée par les eaux et a distribué de l'argent et des consolations aux habitants réfugiés dans les étages supérieurs des maisons. C'était là un tableau touchant, que la peinture ne manquera pas de reproduire, que son excursion parmi les ruines de Lyon, au milieu d'une population désespérée à laquelle il distribuait, les larmes aux yeux, l'or qu'il puisait à pleines mains dans une sacoche pendue au pommeau de sa selle. »

Des dizaines de pauvres hères avaient été emportés par le Rhône, des maisons et des bâtiments trop anciens s'étaient effrités, puis, une nuit, s'étaient effondrés sans prévenir, aux abords du quai Saint-Antoine. Une rangée de constructions s'était lentement désagrégée en une seule coulure dans les eaux boueuses.

A Mexico, tous imaginaient les cieux noirs, les pluies torrentielles et les nuages, ces nuages d'Europe, si menaçants. L'anxiété, cette maladie de l'âme qui accroît la langueur au risque de folie pour sa victime, s'empara des Provençaux et des Rhodaniens qui avaient familles et biens dans les bourgades ravagées par les crues. Quelques dizaines de malheureux se prirent à espérer en la ponctualité du vapeur entre Saint-Nazaire et Veracruz, ce qui était, bien entendu, illusoire. Quand enfin le télégraphe annonça le mouillage de l'*Eugénie* dans la baie d'Atlantique, on campa dans la cour de l'hôtel des postes. Trois jours d'attente avant l'arrivée de la chaise, et cent personnes se disputant à qui arriverait le premier au guichet distributeur. Les employés mexicains restèrent jusqu'à une heure avancée pour donner les lettres et les journaux destinés à chacun. Les pauvres gens, les riches et les puissants, les industrieux et les mauvaises réputations s'asseyaient à même le pavé, accoudés qui sur une margelle, qui contre une porte, dans l'encoignure d'un couloir, afin de cacher l'angoisse et le chagrin redouté. Toute la misère du monde et tout le bonheur rayonnant étaient rassemblés sur ce pavé public. Aubanel, le papetier, apprit le décès de son oncle et de sa propre mère, broyés par l'effondrement de la voûte d'une écurie où ils s'étaient réfugiés dans la nuit du déluge ; Gacon, de Lyon, cria sa joie en découvrant que toute sa famille avait survécu au désastre d'Ainay. Les siens s'étaient portés, par le plus grand des hasards, quelques jours auparavant, dans leur maison de Vaugneray, dans les monts du Lyonnais. Ici, on pleurait, là on entourait un ami, on le tenait par la manche, on lui prenait les épaules, on échangeait son chagrin contre une peine et une compassion impossibles. En quelques heures, le quartier des Français changea d'allure. Quelques boutiques fermèrent près de la place du Gouvernement, des crépons de deuil et des avis placardés éloignèrent les gens heureux. Des jeunes gens préparèrent leurs effets pour rejoindre Veracruz et la France. Quelques héritages dans l'air, beaucoup de douleur aussi, et presque dans chaque cas une messe pour le repos d'un défunt lyonnais ou provençal.

Jean Pascal prit l'initiative de réunir ses compatriotes sous l'égide de la Société de prévoyance. Ils étaient ainsi, les nationaux : malgré leurs dissensions, les oppositions et les querelles, quand survenait un drame, une catastrophe ou une malédiction sur le pays aimé, ils se rassemblaient, comme dans un poulailler au chant du premier coq. Humbles et grands, libéraux ou monarchistes, militants de l'Empire ou simplement commerçants, ils se réunissaient quand la patrie saignait. A plusieurs milliers de lieues, la France était dans le cœur de chacun. Trois cents citoyens se pressèrent dans le salon d'apparat du restaurant *Iturbide,* et Jean Pascal, silencieux et grave, reçut cette confirmation : la bienfaisance dominait les convictions politiques, aussi nombreuses qu'étranges...

Ils étaient là, les proscrits de 1848 et de 1851, amis, ensemble, frôlant les redingotes et les jabots des partisans de Napoléon III. Ils étaient là, ceux qui avaient banqueté le 24 février précédent, en gloire des journées de 48, et les bons croyants qui avaient placé des lumignons dans leurs vitrines le 8 mai, en l'honneur de l'heureuse délivrance de Sa Majesté l'Impératrice et de la naissance du mâle héritier de Napoléon. Jean Pascal aperçut même Olivier Meyran qui bavardait en compagnie de Lemonnier, le Jacques, un cuistre et nigaud photographe qui avait perdu son frère aîné dans l'inondation de Pont-Saint-Esprit. Lemonnier, qui avait fait publier dans la presse la lettre qu'il avait adressée au comte Alexandre de Walewski, ministre des Affaires étrangères de « Sa Très Sainte Majesté », le priant de transmettre ses vœux sincères à « l'heureux et noble père pour l'enfant de France, en appelant sur lui et ses augustes parents toutes les bénédictions du ciel et de la terre »...

Quand le brouhaha se fut atténué, Jean Pascal prit la parole.

— Le cœur de nos compatriotes a saigné et saigne encore à la lecture des désastres qui sont survenus dans notre pays. Bien qu'éloignés de la mère patrie, nous conservons tous pour elle, j'en suis certain, le même enthousiasme passionné. Et nous ne pouvons, nous ne devons pas rester impuissants face aux souffrances des nôtres. Nos frères, nos pères, nos amis traversent, à l'heure qu'il est, de rudes épreuves. Plusieurs ont perdu la vie. Tous ont besoin de nous. Montrons-leur que nous existons, nous nous devons de les aider. Des souscriptions sont organisées sur tous les points de France. Chacun des journaux de Paris et des départements a ouvert sa liste. L'exemple est suivi à New York et à La Nouvelle-Orléans, et dans toutes les villes étrangères habitées par une colonie française. La presse nord-américaine elle-même a lancé un appel aux habitants de l'Union en faveur de nos victimes et le *Herald* de New York a proposé qu'une souscription publique soit ouverte dans toutes les banques des villes, bourgs et villages des États-Unis. Mexico ne doit pas rester en arrière. Le comité directeur de la Société de bienfaisance, que j'ai l'honneur de présider, propose qu'une vaste souscription soit ouverte, non seulement dans la capitale, mais dans toute la République. M. Lerdo de Tejada, le ministre des Finances, avec qui M. Maillefert, notre trésorier, a parlé de ce projet, nous a fait savoir que son gouvernement était tout disposé à coopérer à cet acte de bienfaisance en exemptant tous les fonds recueillis par la souscription des droits ordinaires de circulation et d'exportation. Nous...

Ses propos furent couverts par des applaudissements frénétiques.

— ... Nous nommerons tout à l'heure une commission qui sera chargée de remercier le gouvernement...

Les applaudissements avaient repris. Jean Pascal attendit que le silence fût revenu pour poursuivre. Mais son visage était tout d'un coup empreint de gravité.

— ... Auparavant, je suis au regret de vous informer d'un fait qui nous chagrine au plus haut point. Le comité directeur et moi-même aurions mille fois préféré passer cet incident sous silence, mais après réflexion, et compte tenu de sa gravité, nous avons estimé de notre devoir de vous en faire part. Car... car il met en cause la personne et le caractère public de notre ministre, son Excellence le Vicomte de Gabriac.

L'orateur toussota, embarrassé.

— ... Nous avions invité M. de Gabriac à présider cette assemblée. Nous pensions qu'il était du devoir de notre représentant de prendre l'initiative dans la démonstration de sollicitude nécessaire. Nous pensions que sa présence parmi nous ne pouvait que régulariser le mouvement de souscription et en faciliter l'importance par son concours. Nous sommes au regret de constater qu'il n'a pas cru bon de répondre à notre invitation.

Des remous parcoururent la salle, qu'il fit cesser d'un geste autoritaire.

— Silence, messieurs, un peu de silence ! Je laisse la parole à notre secrétaire, M. Martin, qui va vous relater son entrevue avec le ministre de France.

D'une voix d'abord hésitante, le vieil Henri Martin raconta comment, suivant la décision du comité directeur, il était allé rendre visite la veille à M. de Gabriac afin d'étudier avec lui les mesures à prendre pour secourir les victimes survivantes. Le vicomte avait refusé de participer à cette manifestation en prétextant qu'il allait envoyer une offrande particulière à Paris.

— J'expliquai alors à M. le Ministre qu'il était regrettable qu'il ne se mît pas à la tête de cette souscription. Qu'il était à craindre que celle-ci n'atteigne pas le chiffre escompté si le représentant de France n'animait pas le zèle de ses compatriotes. Il ne voulut rien entendre : « Quand je prends une décision, me dit-il, je n'ai pas l'habitude de la modifier. » Tels furent ses propos. Ce ne fut qu'au dernier moment qu'il céda à mon indignation en souscrivant pour la somme modique... de... 100 francs.

L'assistance était consternée. Chacun semblait abattu. Jean Pascal reprit la parole.

— Nous ne voulons nous livrer à aucune attaque de personnalité, mais il fallait dire les faits. Pour nous, le représentant de France est un protecteur que nous envoie la mère patrie. C'est lui qui doit prendre notre drapeau, l'élever chaque fois qu'un appel doit être fait à notre patriotisme, à nos souvenirs. Nous sommes contraints de blâmer la conduite tenue dans la circonstance par celui qui n'a pas gardé vis-à-vis de la population française de Mexico la considération à laquelle cette dernière croit avoir droit de la part de son ministre.

Le remue-ménage éclata tout d'un coup. On était scandalisé, outré, chacun manifestait ouvertement sa désapprobation envers un ministre que, il fallait bien l'avouer, on n'estimait guère. La rage dominait le tohu-bohu : on reprochait en vrac la suffisance, les manières d'agir de Gabriac. On regrettait tout haut le ministère de Charles Levasseur, un homme distingué et aimable qui avait su gagner la sympathie de tous grâce à son esprit souple, conciliant. Ce n'était pas comme cet aristocrate dont le nom méritait une considération qui s'évanouissait comme une illusion dès qu'on avait le loisir de connaître l'homme plus avant. Comment la France pouvait-elle être représentée par un homme si peu accessible au populaire et qui, loin d'encourager de son pouvoir les efforts de l'expatriation, traitait de si haut la question commerciale ? On reprochait aux Tuileries de ne pas avoir choisi une représentation plus sérieuse, alors que celle des autres nations l'était par des hommes hors pair, versés dans tous les détails des besoins du pays qu'ils habitaient. « Avez-vous vu déjà un diplomate ignorer à ce point l'histoire, la politique, le caractère et les mœurs des Mexicains ? ». Certains le soupçonnaient d'être même plus soucieux de ses intérêts privés que du bien national. Ne se livrait-il pas dans l'ombre à des opérations bancaires ? Tous connaissaient sa grossièreté dans ses rapports avec autrui, sa tyrannie à l'égard des subalternes et sa propension à régler ses différends à coup de canne. On vilipendait tout haut cet homme qui devait normalement résumer en lui le caractère et le génie français.

Dans la foule, on s'échauffait, on insultait les timorés. On haussait le ton et on s'étonnait à peine de tenir des propos subversifs sur le représentant de la maison de France.

Après plusieurs heures de délibérations, une commission fut réunie avec mission de déférer à l'attention du gouvernement de Paris « l'attitude présente du ministre de France, blessante pour le patriotisme français, pour l'honneur national et pour la dignité du chef de la légation ».

L'assemblée se dispersa à une heure avancée. Tous étaient sensés rentrer au logis... Pourtant, au cœur de la nuit, les rues du centre de la capitale résonnèrent d'un boucan indescriptible. On entendit tout d'abord le son peu harmonieux d'un gourdin sur le cul d'une casserole, et l'on vit par les croisées une troupe de cent cinquante à deux cents Français de bonne humeur, armés de poêlons, de chaudrons de toutes sortes, de batteries de cuisine complètes et de tambours qui rendaient des bruits tous plus discordants les uns que les autres. Ces hommes se rendaient vers la résidence de M. le Ministre de France et allaient lui offrir, une heure durant, un superbe charivari, un raffut du feu de Dieu. Les exilés de 1848 et 51 étaient en tête du chahut. Ces hommes glorieux avaient tiré des remises les grosses caisses de leurs fanfares, l'ensemble philharmonique était représenté par les cymbales et une trompe de parade. Devant l'hôtel officiel de la rue Vergara, on mit le feu aux pétards, aux fusées bleues qui illuminèrent le blason tricolore d'un homme d'État qui n'aimait que le drapeau blanc, on en était sûr. Les plus jeunes tracèrent sur la façade des fleurs de lys. On chantait *la Carmagnole*, tandis que les détonations réveillaient ce beau quartier.

Au lever du jour, on apprit avec consternation que le ministre mexicain des Relations étrangères, cédant à la pression du ministre de France, avait fait mander à son domicile le président de la Société de bienfaisance. La colère était à son comble : le vicomte de Gabriac avait demandé, par une note, que les auteurs du charivari soient sévèrement châtiés selon les lois du pays. Jean Pascal n'avait pas participé au tohu-bohu, mais à défaut des auteurs, c'est lui qui fut convoqué devant le juge en tant qu'organisateur de la réunion de la veille.

En apprenant la nouvelle, Olivier Meyran appela à la rescousse son ami Zarco, chroniqueur du *Siglo* — un journal bien connu pour ses idées proches de celles des *puros* —, et député au Congrès. Zarco fit entrer l'affaire aux débats de la Chambre. Il se permit un superbe discours qui ramena l'incident au rang d'une plaisanterie dont toute la ville se fit les gorges chaudes. C'était un discours qui réunissait les rieurs du côté de la justice, humiliait un peu plus Gabriac et contraignait le juge à remettre au soleil « l'inculpé » Jean Pascal.

« Le public a été instruit par les journaux de l'excès inqualifiable commis dans la nuit du 11 courant devant la maison de Son Excellence le Vicomte de Gabriac. L'un des premiers devoirs du gouvernement est de faire respecter l'ordre. Moins que jamais il ne pourrait se soustraire à cette obligation dans le cas présent, alors qu'il s'agit d'un ministre dont l'attitude, la probité et le décorum sont notoires à tous ceux qui le connaissent. En déplorant que les Français se soient laissé porter dans leur indignation jusqu'au charivari, nous déplorons que M. de Gabriac ait pu faire naître l'idée même d'une pareille manifestation. Ce monsieur prétend que ce bruit avait un caractère politique, qu'il était dirigé contre Louis Napoléon... Absurdités. Nous répondrons que le motif principal du mouvement tient dans ce que M. de Gabriac a refusé de suivre l'exemple de Louis Napoléon en se portant à la tête de la solidarité en faveur des inondés. Pour finir, le gouvernement suprême menace de châtiment les auteurs du charivari. Il n'y a, dans la circonstance, ni crime ni délit. Le charivari est une création purement française, il a été inventé pour le cas où l'on veut faire connaître son opinion à certains individus sans tomber sous le coup de la loi. Le charivari est une plaisanterie, blessante certes, mais qui n'enfreint aucun code. Si vous poursuivez les auteurs du bruit, la logique vous amènera, par ces mêmes motifs, à poursuivre demain celui qui vous rira au nez dans la rue. On assure que M. le Ministre de France menace de réclamer l'expulsion des Français qui voudraient donner un second charivari ? Mais ces choses-là ne se font qu'une fois, et la victime, subtile, se doit au silence. »

XIV

Comme le docteur Jourdanet l'avait prédit, l'accouchement eut lieu en septembre dans d'excellentes conditions. Au petit matin, il était resté seul auprès de Jeanne et à 10 heures, naissait un beau garçon de 4 kilos. On le prénomma Honoré, en souvenir du père Fortoul, de Jausiers, mort sur la terre mexicaine, la tête pleine de désespoirs, d'inquiétudes et de rêves vains.

Trois semaines plus tard, Jeanne reprit ses activités...

Les mois de grossesse l'avaient plus humiliée qu'épuisée ; elle avait vécu cloîtrée les dernières semaines, refusant les visites de ses proches connaissances. Enfermée dans la monotonie des habitudes, elle avait erré de pièce en pièce, pianotant une sonate, abandonnant son jeu pour fumer un mince cigarillo, laissant un ouvrage après en avoir feuilleté les pages, s'assoupissant sans aucun rêve. Quatre mois dans le même cercle d'occupations quotidiennes, cent vingt jours d'une vie aussi réglée que celle d'un commandant de navire. L'ennui... Aussi, après la naissance d'Honoré, les jours passèrent comme des comètes. Sevrée trop longtemps d'une liberté qu'elle chérissait plus que tout, elle se lança brutalement dans sa vie nouvelle, au risque même de négliger le nouveau-né. Le petit Honoré fut confié à une jeune nourrice de Cuautla, que Buisson, le colporteur, avait engagée sur sa bonne réputation.

Sitôt relevée de ses couches, Jeanne occupa la majeure

partie de ses journées en visites à ses fournisseurs et clients. Elle entendait bien démontrer que sous sa poigne avisée, les affaires des Sept Portes continuaient. Avec une ombrelle de taffetas écossais à manche d'ivoire sculpté, crânement inclinée sur l'épaule pour préserver son teint des ardeurs du soleil, elle offrait la délicieuse image d'une jeune femme fraîche qui correspondait bien peu à celle d'une jeune mère. Et ces toilettes qu'elle exhibait ! On la détaillait, on l'espionnait à travers les vitrines. Elle était vêtue de majestueuses robes bouillonnantes, surchargées de volants et étalées en coupoles sur des jupons ballonnés. « Un scandale », disait-on. A Mexico, où la femme n'en était qu'aux toilettes sages et prudentes, éminemment bourgeoises, aux corsages longs et aux jupes droites, aux chapeaux mesquins, aux cabriolets à bavolet, sans autre ornement que des rubans mous, aucune n'avait encore osé, à ce jour, porter cette mode extravagante, cette crinoline fameuse qui, depuis trois ans, donnait le « la » aux parures, à Paris. Jeanne avait choisi cette mise pour surprendre son monde. Cette mode faisait couler tant d'encre pour et contre ! Bien sûr, l'impératrice Eugénie l'avait prônée et imposée dans le monde de l'élégance, mais à Mexico... La plus grave question politique du jour ne passionnait pas plus les Français et les Mexicains que la question de la crinoline ne passionnait les Françaises et les Mexicaines. Que de mots, que de plaisanteries, que d'amusantes histoires... « La femme s'est d'abord faite sonnette, cloche et enfin ballon... »... « La mode est la grande idole et la seule littérature des femmes. » Jamais vaudevillistes, journalistes, caricaturistes ne s'en étaient donné avec autant de joie. On pourfendait « la mode-montgolfière », on vilipendait ces cages à cercles et montants d'acier qui contraindraient les architectes à élargir les portes et les carrossiers à transformer les voitures. C'était le moment où une commission ecclésiastique se réunissait à l'archevêché de Paris pour relever le tarif des chaises dans les églises, « une crinoline prenant la place de trois personnes ». Tous les quolibets, tous les sarcasmes étaient arrivés jusqu'à Mexico et là, comme à Paris, la société se scindait en deux camps. Dans l'un, les partisans de cet ajustement qui se fondaient sur l'exigence de la mode, mais qui n'osaient pas être les premiers à en suivre les arrêts. Dans l'autre, les détracteurs pour qui cet excès de « modomanie » n'était qu'un sot moyen d'étaler un luxe ruineux et stupide. Et de colporter ce trait relevé dans la presse parisienne : invité à un concert spirituel, l'archevêque de Paris s'était trouvé au milieu d'une cohue de jolies femmes en décolletés profonds. Voulant lui faire place, l'une d'elles accusa, pour s'excuser, les dimensions de son apprêt : « Vraiment, monseigneur, daignez nous pardonner. Nos couturières emploient tant d'étoffes pour ces crinolines... — ... Qu'il n'en reste plus pour le corsage », compléta spirituellement le prélat.

Jeanne n'avait jamais été vraiment séduite par ces « immenses sacs », ces « affreux porte-chiffons », comme elle aimait à dire quand elle parlait de ce monumental accessoire. A ses yeux, une femme était faite pour être vêtue selon la sinuosité de sa ligne. Aussi, elle était beaucoup plus sensible aux modes du Consulat qui savaient si bien épouser les formes, modeler les hanches, adhérer aux rondeurs des cuisses et agoniser, en plis gracieux, sur la délicate attache du pied. Mais souvent, femme varie... Elle venait tout juste d'être mère, et ces jupons empesés étaient une trouvaille parfaite pour dissimuler sa taille encore épaisse... Et quel plaisir de bouleverser les habitudes de la société de Mexico ! Quel plaisir de sentir sur soi les regards jaloux, les fausses réprobations ! Jeanne savait que l'on jasait, elle savait qu'elle trahissait la règle non dite des devoirs imputés aux femmes, surtout quand elles étaient jeunes mères. Mais elle n'en avait cure, elle méprisait les cancans. Et chacun de plaindre le respectable Jean Pascal qui, vraiment, ne méritait pas un tel destin.

Parfois, cependant, une vague de tristesse s'emparait d'elle, quand elle découvrait combien elle était seule, privée de présence amie. Ces états d'esprit passagers l'avaient rapprochée d'Olivier Meyran. Pourquoi celui-ci ? Elle n'aurait su le dire. Il représentait l'homme, un homme fier, particulier. Son allure étonnait, séduisait même ceux qui s'en méfiaient. Dans la foule la plus bruyante, on découvrait Meyran, calme, qui s'entretenait avec son vis-à-vis. Au billard du *Café de la Gran Sociedad*, dans la fumée des *puros*, on reconnaissait son rire cristallin. Olivier Meyran et ses costumes aile-de-corbeau, ses immaculées chemises blanches, ses cravates fines, son visage buriné, creusé déjà comme celui d'un marin, plaisait à Jeanne. Il était pour elle l'extrême inverse de ce qu'elle était. Il courait après des idées, des utopies, elle aimait avant tout les choses concrètes, solides, terre à terre. Il n'avait que faire de l'argent, elle tremblait à l'idée d'en manquer. Mais elle appréciait ses avis, sa franchise, son regard sur les choses et les gens.

— Pourquoi me traite-t-on si mal et parle-t-on tant de moi dans la bonne société ? lui demanda-t-elle un soir qu'il était venu dîner aux Sept Portes. Je n'ai rien fait...

— Vous avez simplement cherché à ne pas faire comme les autres femmes, et ma foi, vous ne réussissez pas si mal, répondit-il en riant. La société n'aime pas qu'on se singularise, c'est le seul péché qu'elle ne pardonne jamais. Maudit celui qui est différent ! Et puis, Jeanne, du seul fait que vos affaires marchent aussi bien, vous êtes une injure à tout homme dont le commerce périclite. Rappelez-vous qu'une femme bien élevée doit rester au foyer et ignorer ce qui se déroule dans le monde brutal des gens laborieux...

— Mais regardez Mme Vincent, Mme Bert, ou Mlle Voisin ! Elles travaillent, elles aussi !

— Vous n'y êtes pas du tout. Ces dames travaillent, certes, Mme Vincent aide son époux à décorer des gâteaux, Mme Bert reçoit des pensionnaires, Mlle Voisin coud... Mais elles restent chez elles, en personnes qui se respectent. Elles ont le tact de sembler se laisser guider par les hommes de leur entourage. Par conséquent, elles ne heurtent pas l'orgueil commun. Au contraire, vous ne semblez pas disposée à laisser un homme dominer vos affaires... Et vous voulez que l'on s'attendrisse sur vous ? Écoutez ce proverbe oriental : « Les chiens aboient, mais la caravane poursuit son chemin. » Laissez-les aboyer, Jeanne, je crains que rien ne vienne arrêter votre caravane.

— Mais pourquoi me reproche-t-on de prendre goût et plaisir aux affaires ?

— Vous ne pouvez pas tout avoir. Continuez à gagner de l'argent à la manière d'un homme et laissez les visages fermés. Ou alors, restez pauvre et charmante et ayez des tas d'amis. Vous avez choisi, non ?

— Je ne voulais pas de la pauvreté, s'empressa-t-elle.

— Dans ces conditions, vous ne vous êtes pas trompée. Votre choix comporte une sanction, comme la plupart des choses que l'on désire. C'est la solitude, souvent.

Gagner de l'argent, acquérir la puissance, tels étaient les buts avoués de la jeune femme qui consacrait son énergie à augmenter les biens des Sept Portes. Comme beaucoup de capitalistes étrangers de Mexico, elle avait persuadé Jean de profiter de la loi sur le « désamortissement » des biens ecclésiastiques. Il fallait accroître le patrimoine barcelonnette.

Rédigée par le ministre des Finances, l'économiste *puro* Miguel Lerdo de Tejada, cette loi avait été promulguée le 25 juin précédent. Dans le but d'augmenter les recettes du gouvernement, de stimuler le progrès économique en ouvrant l'accès à la propriété à de nouvelles classes de la population, la loi ordonnait la mise en vente de tous les biens détenus directement par l'Église à ses locataires ou à toute personne qui les « dénonçât ».

Bien avant que le Crédit foncier et que le Crédit immobilier attirassent l'attention des spéculateurs européens, le clergé mexicain en avait compris toute l'importance. Les quartiers les plus peuplés des villes, les domaines les plus beaux et les plus vastes des campagnes lui appartenaient. Dans la seule ville de Mexico, hormis les temples et les divers édifices publics, plus de la moitié des habitations étaient entre ses mains. Le clergé louait les uns et les autres, retirait d'immenses profits qui lui servaient en grande partie à consentir des prêts sur hypothèques. Par ce moyen, il était devenu une espèce de banquier général. Il n'y avait pas de contrat d'achat, de vente, d'exécution testamentaire, de transaction financière dans lesquels il n'avait à intervenir. S'ajoutaient à ces opérations immobilières tous les revenus provenant des dîmes, droits de paroisse, aumônes, messes, solennités religieuses et ventes d'objets de dévotion. Sans crainte de se tromper, on pouvait affirmer que le montant des revenus de l'Église dans toute la République s'élevait à plus de 300 millions de piastres.

Par la loi, le clergé se trouvait donc désormais dans l'interdiction de posséder des terres ; en échange, il recevrait des indemnisations pour la cession des domaines.

Les pages des journaux, les murs de la capitale se couvrirent d'avis de mises en vente. Pas un jour sans que vingt maisons ne fussent proposées aux enchères. Avocats, bureaucrates, commerçants, tous ceux qui disposaient d'un pécule ou d'une fortune, voyant là l'occasion d'améliorer leur patrimoine en se convertissant en *hacendados* ou en propriétaires de belles demeures, surent tirer profit de ces dispositions. N'hésitant pas à utiliser des prête-noms, ils achetèrent à tour de bras. Ils étaient les seuls. Rien, en effet, dans la loi n'était prévu pour la division des propriétés de l'Église, et seuls des riches pouvaient se permettre de payer à la fois le prix d'achat exorbitant et la taxe non moins élevée exigée par l'État.

Comme les « nouveaux créoles » anglo-saxons, allemands et français, Jeanne ne rêvait plus que de l'acquisition d'une propriété. Elle rêvait de l'agrandissement des Sept Portes. Ne serait-ce que pour loger plus décemment les garçons de la Vallée qui arrivaient à Mexico par dix pratiquement chaque année et qui, faute de place, dormaient à quatre par chambre. Enfin, être à la tête de nouveaux biens donnerait une position à la communauté barcelonnette. Malheureusement, les revenus du magasin ne suffisaient pas pour acheter ces biens qui valaient 1 800 piastres pour les moins importants. Chaque mois, Jeanne utilisait la moitié de ses recettes pour amortir sa dette envers Jecker. Le reste assurait la subsistance et les salaires de la communauté. Elle ne thésaurisait qu'une misère. Gagner et amasser des liquidités devint donc sa principale préoccupation.

Elle déploya tous ses efforts à détourner les clients de ses concurrents. Quand le genre femme du monde ne donnait pas les résultats escomptés, elle redevenait très vite femme d'affaires et n'hésitait pas à pratiquer des prix plus bas que ceux de ses voisins pourvu que cela lui amenât de nouveaux clients. Son principal souci était de s'attacher l'acheteur, de le voir revenir. Il fallait satisfaire le chaland, lui plaire et lui donner le sentiment que la marchandise, inépuisable, réclamait une nouvelle visite ; il fallait stimuler le désir de consommer. Jeanne comprit peu à peu que le travail des commis était à la base de ces ambitions. Elle découvrit alors qu'en favorisant les gains, les espoirs d'amélioration de leur sort, ils rivaliseraient d'initiatives et d'efforts. Elle décida donc Pascal d'accorder à chacun un pourcentage sur les ventes respectives. L'initiative fit grand bruit dans la communauté commerçante. On parla même de « communisme », mais Jeanne tint bon. Jamais on n'avait vu commis et marchands aussi serviables qu'aux Sept Portes. Chacun donnait son coup de collier ; le bien de tous était la préoccupation de chacun. Elle ne répugnait pas non plus à vendre un lot de tissu de piètre qualité au même prix qu'un lot de qualité supérieure, quand elle était sûre qu'on ne découvrirait pas la supercherie. Elle n'avait aucun scrupule en déclarant à ses clients que les tissus de la concurrence étaient non seulement plus chers, mais qu'ils étaient pleins de défauts et d'une qualité déplorable.

Elle réclama efforts et entrain. Elle rappela et exalta cet état d'âme de l'émigrant et de l'ambition nécessaire. Et on l'écouta sans regimber.

Ainsi, fut-il décidé de ne payer les débutants qu'au moment où on les estimerait suffisamment formés pour la vente au détail. En attendant, ils ne feraient que rouler, doubler, plier les étoffes du matin au soir, aux ordres des vendeurs auxquels ils devaient la plus grande obéissance. En échange, on leur assurait le gîte et la subsistance. Par souci d'économie, Jeanne congédia l'employé métis qui, jusqu'alors, gardait les Sept Portes la nuit et en assurait l'entretien. Ces deux tâches seraient désormais dévolues aux apprentis qui, durant leur formation, dormiraient à tour de rôle sur le comptoir et seraient chargés du soin de balayer et de tenir le magasin propre comme un sou neuf. En outre, pour stimuler les vendeurs, on modulerait leurs appointements à partir de leur entrée en activité ; les plus novices percevraient l'équivalent de 100 francs par mois, les autres entre 500 et 1000 francs, en tenant compte de leur ancienneté. Enfin, les voyageurs, soumis aux risques, aux dangers des routes qu'ils parcouraient à longueur d'année, seraient désormais intéressés à un tant pour cent sur les bénéfices. « Obéir sans murmure, se taire et faire » devint la consigne.

Cette organisation ne rencontra pas de résistance. En raison d'abord de la jeunesse des garçons qui y étaient soumis ; la plupart de ceux qui arrivaient n'avaient pas plus de dix-sept ans. D'autre part, ces fils de bergers ou de paysans, qui n'avaient pratiquement jamais quitté la montagne, étaient bien trop heureux, arrivant en terre étrangère, de se retrouver plongés au sein de leur communauté, ce cocon rassurant. Chez eux, on leur avait inculqué que l'accès à la fortune devait se mériter, et pour cela ils étaient prêts à endurer les tâches les plus rudes, dans ce pays où ils arrivaient sans même connaître la langue. Pour tous ces jeunes, l'exemple des trois « patrons » barcelonnettes qui, après six ans de labeur aux Sept Portes, avaient réussi à monter leurs propres affaires, prouvait que tout était possible. Phonse Ébrard, le premier vendeur, le collaborateur de Jeanne, assistait à la mise en place de cet ordre nouveau sans murmurer. Pourtant, s'il avait ouvert son cœur, il aurait eu bien à dire...

Le magasin, ouvert de 7 heures du matin à 7 heures du soir, sauf les jours de fête, était une sorte d'arène où ces jeunes gens rêvaient de conquérir leur indépendance, rêvaient de fonder un établissement pour leur compte. Ils luttaient à l'envi ; pas un client ne sortait des Sept Portes sans avoir acheté les articles qu'il avait demandés. C'était à celui qui vendrait le plus, c'était à celui qui saurait se constituer une clientèle personnelle et se l'attacher. Jeanne se donnait à la tâche autant qu'elle le pouvait. Elle se levait à l'aurore, se couchait tard dans la nuit. Son comportement moral était celui d'un chef. Malgré ses joues roses, ses fossettes et ses sourires, elle parlait, se comportait comme un homme. Son ton était net et cassant, elle prenait des décisions immédiates, sans les tergiversations des femmes. Elle savait ce qu'elle voulait et personne n'eût pu l'intimider, pas même les ecclésiastiques menaçants qui manifestaient dans leurs écrits la plus grande fureur à l'égard « des impies, des hérétiques qui avaient pris le pouvoir » sur la société des hommes.

Chaque semaine, la rumeur publique rapportait des témoignages sur la conduite si peu évangélique des « religionnaires ». Un jour, c'était le cas du gendre du préfet de Mexico à l'agonie, un Français du nom de Paul Saulnier, qui s'était vu refuser l'absolution par le prêtre parce qu'il avait acheté une propriété appartenant à l'Église. « S'il en est ainsi, avait dit le *padre*, je ne vous confesserai pas ; vous êtes excommunié. Le diable vous emportera si vous n'offrez pas tous vos biens à l'Église pour indemniser ses dommages. — Très bien, mon Père, avait soufflé le moribond. Ma bonne, avait-il ajouté en se tournant vers son épouse, ferme la porte et que personne n'entre. Que l'on me donne ce Christ et que l'on me laisse seul. » L'ecclésiastique s'était alors enfui en compagnie des témoins qui l'avaient accompagné pour la cession des biens... A l'heure suprême, la cloche des agonisants était demeurée muette par ordre, et le malheureux avait été enterré la nuit, en cachette. On rapportait, un autre jour, l'histoire du Catalan hospitalisé à l'hôpital San Andres et que les Sœurs de Charité avaient condamné à une diète rigoureuse deux jours durant parce qu'il avait refusé de se confesser et de prendre part aux exercices religieux qui se pratiquaient dans l'établissement. Les religieuses, convaincues de l'inutilité de leurs efforts, avaient jeté le malade à la rue sans pitié. On l'avait ramassé évanoui près du Callejon de Betlemitas, et il avait fallu l'intervention de plusieurs notables pour qu'il pût réintégrer l'hôpital. Un autre jour, c'était une mère de famille réduite à la plus affreuse misère. Ayant perdu son plus jeune enfant âgé de trois ans, elle avait en vain supplié le gardien-fossoyeur pour qu'on accorde un morceau de terre pour ensevelir le petit être. Inflexible, l'autre avait répondu qu'il avait des ordres précis du curé pour faire respecter les droits du clergé.

« Combien de dieux ces messieurs reconnaissent-ils ? se demandait Jeanne en apprenant ces médiocrités. Je croyais savoir depuis mon enfance qu'il n'y en avait qu'un, immuable et juste. Sont-ce ses volontés que les prêtres expriment lorsqu'ils refusent aux cadavres les consolations et les hommages qu'ils ont accordés aux vivants ? » Mais là s'arrêtaient ses interrogations. Jeanne ne semblait pas appréhender la situation, tout comme elle ne comprenait pas ce à quoi Jean Pascal et Olivier Meyran faisaient allusion quand ils lui confiaient leurs inquiétudes.

Outre leurs méfaits, si peu conformes aux principes de l'Évangile, les curés complotaient. Derrière les murs des hauts monastères franciscains et dominicains, les leaders réactionnaires conspiraient et accumulaient les munitions. On racontait qu'un prêtre du diocèse de Puebla, le *padre* Francisco Xavier Miranda, dirigeait en sous-main ce vaste mouvement et n'hésitait pas à parcourir les routes du pays sous des déguisements pour conférer avec les généraux et les chefs religieux de la guérilla. Tel jour, on saisissait dans la maison du portier du couvent Santo Domingo une trentaine de fusils et une considérable quantité de munitions. Tel autre, on découvrait une réunion d'officiers réactionnaires chez un curé de Tulancingo. Tel jour encore, on arrêtait l'aumônier du couvent de la Merced, son cocher et diverses autorités ecclésiastiques prises en flagrant délit de séquestration d'armes et de poudre. De tous ces complots avortés, celui qui produisit sans doute le plus d'effet fut celui du couvent de San Francisco, le 15 septembre. Ce matin-là, un grand nombre de conspirateurs, parmi lesquels plusieurs séminaristes, furent arrêtés sous les cloîtres, dans les cellules, alors qu'ils fomentaient une sédition. Et l'on vit sortir tous les religieux entre deux files de soldats en armes. Deux jours plus tard, Ignacio Comonfort, pressé par les députés du Congrès et par ses ministres désireux d'en finir une fois pour toutes avec les ennemis de l'ordre, ordonna la destruction du couvent, déclara biens nationaux ceux qui appartenaient jusqu'alors à l'ordre de San Francisco, à l'exception de l'église principale et des chapelles, avec leurs vases sacrés, leurs ornements, leurs reliques et les images pieuses qui furent mises à la disposition de l'Illustrissime Archevêque de Mexico afin qu'ils continuent à être destinés au culte divin. Quatre cents ouvriers, craignant que le sacrilège fît fondre sur eux la colère divine, refusèrent la démolition. Il fallut qu'un conseiller municipal saisisse un outil et les menace de sanctions pour qu'ils se missent à l'ouvrage.

Le couvent fut ouvert au public, et Jeanne, fort curieuse, se joignit aux badauds qui visitèrent l'édifice. Elle rentra chez elle fort médusée par tout ce qu'elle avait vu et en parla longuement à Jean Pascal. Elle raconta un peu plus tard dans quel état se trouvait la bibliothèque, l'une des meilleures de la ville, aux dires d'Isidore Deveaux qui l'avait accompagnée.

— Si tu avais vu, Jean, dans quel état d'abandon se trouvaient ces volumes... C'était sans doute là, pour les bons pères, la partie la moins intéressante du couvent. Les livres étaient jetés pêle-mêle, couverts de poussière et de gravats, rongés par les rats, tachés et souillés. Quant aux cellules des novices, elles offraient le spectacle le plus dégoûtant qu'on peut imaginer. Il s'en exhalait une odeur fétide qui devait être fort préjudiciable à leur santé.

Et d'imaginer ces malheureux couchant à même le sol, sur des paillasses sans forme et sans couleur où grouillaient toutes sortes d'immondices.

— Il est vrai que la chambre du moine qui les surveillait n'était pas plus propre. Toutes les cellules sans exception ressemblaient à des égouts.

Mais ce qui l'avait le plus étonnée, ce fut ces petits cercueils contenant des cadavres d'enfants qu'on avait découverts dans les moulures mêmes de l'autel.

— Que veut dire cette trouvaille ? demanda-t-elle. Les moines avaient-ils l'autorisation d'enterrer ? Qu'étaient donc ces cérémonies funèbres ?

XV

L'homme est un animal étrange. Un monceau de contradictions, de rancœurs et de grandeurs l'habite. Valentin Charpenel avait habitué son monde, on connaissait son goût de la route, de l'aventure. Il concevait mal une autre vie que celle qu'il menait à travers les *nopals* des sierras. Il aimait les abris mal commodes des *tiendas* de plaine, ou même le sommeil inconfortable, à la dure, sous le ciel étoilé, dans la montagne. Il aimait avancer, se colleter avec le monde et les autres, tester sa capacité de survivre, offert à tous les hasards. Il n'éprouvait même plus ce frisson qui vous vient quand l'on passe le pied à l'étrier, avant de prendre la route qui s'avère dangereuse ou illusoire. Ces sentiments de tendron — il en était un quand il avait mis le pied sur le sol mexicain — lui étaient désormais inconnus. Valentin ne se nourrissait pas seulement des mets et des liquides que tout un chacun consomme, le vent et l'espace, le temps qui se rattache à cette disponibilité totale étaient à son menu, chaque jour. Qui connaît l'ivresse d'une sente escarpée de montagne, sur l'échine d'un cheval qui avance à pas comptés entre le vide du précipice et le vide du ciel, comprendra cette déraison. Il n'aurait pas même pu faire partager cette absence joyeuse, ce plaisir indicible qu'il mesurait parfois, tant était fort ce bonheur de chevaucher sous le soleil brûlant, sur les étendues de la sierra de Puebla, l'œil seulement occupé par le désert d'herbes foudroyées et les panaches argentés des végétaux de sécheresse. Les éléments seuls lui importaient et la surprise des décors, des hommes étonnés dans leurs villages, quand il surgissait au détour d'une barre rocheuse ou d'un col...

Puis il avait connu les Terres chaudes... Une mutation s'était opérée en lui, sans qu'il en jauge encore tous les enchaînements. Les *pueblos* du Sud l'avaient fasciné. Les populations de ces contrées offraient peu de points communs avec celles des hauts plateaux, des terres du Nord. L'humidité qui enveloppait tout, la profusion des fruits de la nature, l'indolence des hommes qui s'alliait à la richesse des terres gorgées de pourriture et de vie, l'avaient séduit comme jamais en d'autres lieux de la République. La misère générale des *peónes* était tempérée ici par la bonté des éléments, le grouillement de vie qui débordait partout, au creux d'un chemin sombre serré par les lianes, sous les feuilles luisantes des caféiers sauvages aux feuilles noires, dans les cabanes de pisé, de jonc, dans les hameaux croulant du poids des fleurs de toute la Création. Il était étonné et séduit.

Au cours de ses errances, dans les forêts qui venaient mourir aux pieds des murailles de l'hacienda de Tio Diaz, il observait les Indiens du Valle Nacional qui plantaient du tabac en lisière des champs de maïs et de coton. Il mettait souvent pied à terre, attachait la bride de son cheval à un tronc de *jacarandas* et observait... Sans aucun titre de propriété, sans autre raison que son caprice, l'Indien du *pueblo* d'Ojitlan, d'Ixcatlan ou d'Usilla choisissait un espace plan dans la forêt et s'attaquait aux arbres au *machete* pour bâtir son *rancho.* Un défrichage intelligent, jamais appris, mais un savoir-faire transmis par des siècles de pratique. Ils étaient ainsi des dizaines à choisir, un an sur deux, un bout de terre soigneusement préparée ; un carré de maïs pour la faim, un *rancho* minuscule où étendre une natte, un mur porteur où piquer le portrait angélique de la *Madre de Dios.* La terre gorgée d'humus moite soigneusement bêchée était semée de graines de tabac, puis quand le vermiceau avait un pouce de hauteur, il était transplanté en rayons, laissant entre chaque pousse l'espace vital nécessaire pour qu'il croisse, étale ses fleurs blanches immaculées en toute liberté. Tout au long de la croissance de la précieuse semence, l'Indien se contentait de nettoyer la terre autour de son pied, et il réclamait à Dieu suffisamment de soleil et de pluie pour sa vigueur. Enfin, quand la plante atteignait sa maturité, d'un ongle on coupait les feuilles afin de ne pas les briser, puis on les perçait à l'aiguille, avant de les suspendre par la nervure sous un toit pour qu'elles sèchent à l'abri. L'Indien attendait ensuite la pluie afin de manier les fagots sans risque, il les réunissait en bottes, qu'il liait avec un *jenote,* une lanière préparée dans l'écorce du bananier. A la première récolte, il en ramassait 400 livres, puis, ignorant que le tabac gagne en qualité quand on le cultive plusieurs saisons sur le même terrain, il abandonnait la culture de son champ et s'en allait défricher plus loin, dans un coin de forêt vierge.

En observant ces cultivateurs, une idée germa dans la tête de Valentin Charpenel. Ici, l'épaisseur de la couche végétale atteignait 4 mètres, c'était un terreau rose, de couleur pâle de Havane, de cette couleur que les Cubains appellent *mulata.* La profondeur de la couche terreuse et le sous-sol d'argile imperméable sur lequel elle reposait permettaient à ce sol substantiel de ne conserver des pluies que la fraîcheur. Valentin comprenait la vigueur que la végétation devait pouvoir puiser dans ce « terreau de jardinier » arrosé dix mois l'an par de fréquentes averses, baigné pendant les autres mois de rosées matinales abondantes et réchauffé, plus tard, par le soleil puissant du dix-huitième degré. Bien sûr, la végétation exubérante rendait le défrichage difficile, mais pourquoi ne pas réexploiter le terrain déjà nettoyé par les Indiens avant qu'ils ne le quittent pour d'autres espaces ? On les repérait facilement, ces demi-clairières : les souches, que les cultivateurs ne s'étaient pas donné la peine d'arracher, avaient donné naissance à des taillis, les *ranchos* abandonnés étaient envahis par les plantes grimpantes, et le reste du sol était couvert d'une abondante végétation herbacée. Par-ci, par-là, des groupes de bananiers et d'ananas croissaient, sans entretien. Ces défrichements pourraient être faciles à récupérer et leur mise en culture coûterait peu.

Tio Diaz l'écouta patiemment. Le vieillard était allongé dans un *matrimonio* et se balançait légèrement en lançant son mollet en avant de temps à autre. Sa longue main constellée de taches de vieillesse reposait sur le pommeau d'une canne délicatement ouvragée. Il observait calmement son ami et l'autre livrait son projet et ses réflexions. Un peintre aurait trouvé sublime le modèle qu'offraient ces deux hommes. Le vieux savait d'expérience le combat nécessaire que l'humain devait mener contre le déferlement végétal qui menaçait, chaque saison, la plus infime victoire, sous ces tropiques pervers. Et la chaleur moite, et l'humidité des nuits, et la violence des trombes de pluie qui viennent crever sur les cultures au moment où rien ne les annonce.

Il l'interrompit à un détour de phrase pour le mettre en garde contre ses rêves. Certes, il lui accorderait son aide, son assistance, mais il n'était qu'un homme dans cet enfer vert.

— Prends garde... L'Indien n'est guère assidu et n'a pas l'étoffe du cultivateur. Il vit de la cueillette, elle suffit à son besoin. Son indolence est telle que les *rancheros* qui ont encore quelque illusion de compter sur ces bras en rassemblent trois fois plus qu'il n'en faudrait en Europe pour réaliser le même effort. La première tâche sera d'ouvrir et de remettre en état les chemins nécessaires à la circulation des récoltes et des coupes de bois. Crois-moi, *amigo,* tu devras t'attaquer à une âme humaine aussi lourde que le poids d'une colline. Il ne faudra pas user de rigueur sous ce climat qui dévore les hommes, mais de persuasion. Il faudra convaincre, mais ne jamais sévir. Il ne faut pas, sous ces latitudes, blesser l'osmose si belle qui s'est constituée entre la forêt et les hommes qui y vivent.

— Je saurai les convaincre, répondit Charpenel.

La langueur de ce pays ne l'affligeait pas. Au contraire, les richesses naturelles qui s'épanouissaient sous ces cieux travaillaient son esprit. Il était possible, en réunissant les efforts de chacun, d'améliorer le sort commun. Il ne s'agissait pas de fonder d'utopiques desseins, mais simplement de rassembler les intelligences et les efforts pour puiser la meilleure part de cet Eden. La frénésie de fouailler le sol pour en tirer l'or se renouvelait ici, devant la terre grasse qu'il égrenait dans sa main. Valentin savait que tout était possible. Naissait dans l'esprit du vagabond l'impérieux désir de faire rendre à la terre le meilleur d'elle-même. Le début de la sagesse, dira-t-on ? Non pas, mais ce mélange confus d'ambition pour cette vallée et le souvenir d'un homme des Alpes qui avait vu s'échiner les siens pour tirer aux flancs des prés caillouteux de si maigres acquis. Dans le Valle Nacional, les dieux et les éléments avaient conjugué tant de hasards bienheureux qu'il aurait été fou de ne rien faire pour donner plus de vie au peuple qui y vivait. Et la puissance que la terre donne quelquefois à l'intelligence du pionnier offrait à ce jeune homme des rêves immenses.

Une dizaine de *rancheros* exploitaient pour leur compte une partie du domaine de Tio Diaz. Une dizaine de *ranchos* s'élevaient dans la forêt. Les hommes considéraient comme leur « propriété » l'espace qu'ils parcouraient en une journée de cheval. Un accord tacite les liait à Tio Diaz : en contrepartie de la jouissance des terres que leur accordait *l'hacendado* désintéressé, ces éleveurs de chevaux et de taureaux marquaient chaque année aux fers du propriétaire un poulain ou un taurillon par *atajo*[1]. La tâche de convaincre ces hommes, dont la seule ambition consistait à vivre en indépendance complète, en parcourant les savanes vissés sur leur selle, paille sur l'oreille, cravate rouge au vent, dénombrant les chevaux et les taureaux sauvages, tenait du travail d'Hercule. Chaque Pâques, ils se réunissaient en aussi grand nombre que possible, rassemblaient leurs bêtes, puis franchissaient le pays avec un troupeau de plusieurs milliers de têtes pour gagner les premières pentes des monts d'Oaxaca. Veillant jour et nuit, ils ne prenaient du repos qu'aux enclos dont ils payaient l'hospitalité par deux têtes de bétail. Malgré leurs efforts, ils n'arrivaient guère au but qu'avec le tiers des bêtes. Les unes succombaient de fatigue, d'autres s'éventraient dans des luttes furieuses, le plus grand nombre disparaissait vers des pâturages. Quelquefois, en dépit des taureaux dressés à tenir la tête du troupeau, la bande entière faisait volte-face, reprenait au galop la route suivie sans être arrêtée par les rivières, ni par la nuit. Les fuyards retournaient à la sauvagerie. Quand ils atteignaient la Cordillère, les *rancheros* étaient attendus par les acheteurs. Les comptes se réglaient par un troc. Dans des chariots, des piles de *sarapes,* de *rebozos,* de tous les objets dont les Indiens avaient besoin s'empilaient. Marché conclu, les *jarochos* —

1. Bande de cavales se composant de trente à quarante bêtes.

c'est ainsi que l'on surnommait dans les hautes terres ces hommes toujours armés de longues lances, les *jarochas* — regagnaient leur pays à la hâte, les Terres tempérées ne leur valant rien.

Obtenir, sinon l'assentiment, du moins la collaboration de ces hommes était indispensable, ne serait-ce que parce qu'ils avaient su, depuis le temps où ils vivaient ici, appeler à eux les *vaqueros* qui s'étaient regroupés autour des *ranchos* et qui offraient leurs bras. Cette main-d'œuvre d'ouvriers, qui fait si cruellement défaut dans ces contrées, était là... Mais comment convaincre ces hommes francs, simples, qui n'acceptaient de se laisser guider par personne ? Pour qui la patrie même se résume à la demeure qu'ils ont construite et où s'épuiseront leurs jours ? Ici, la supériorité de l'homme blanc était lettre morte. Les éléments et la tradition gouvernaient. On vivait trop retiré de la civilisation pour éprouver le moindre respect, la moindre crainte à l'égard de l'étranger ; au contraire, on éprouvait pour lui une insondable méfiance. Valentin pouvait, bien sûr, compter sur l'appui de Tio Diaz, mais cela ne suffirait pas. Il fallait avant tout que le « *señor Extranjero* » se fasse admettre ; or ici, on ne respectait que deux lois : celle du plus fort et celle du plus adroit.

Involontairement, une occasion fut offerte à Valentin de montrer ce dont il était capable...

Le divertissement favori de Tio Diaz était de jouer avec les animaux : il ne ratait jamais la campagne de marquage des taureaux. Un mois durant, il passait d'un *rancho* à l'autre, et malgré son âge, participait à ces festivités où chacun rivalisait de hardiesse, de prouesse dans les mille façons de ligoter les chevaux ou d'affaler les taureaux. Il entraîna Charpenel avec lui afin de l'initier à ces luttes de savanes sans la maîtrise desquelles on n'est pas un fils des Terres chaudes.

Ils arrivèrent un matin au *rancho* de Heron Alamillo, à la limite de la savane. Sept cabanes de joncs étaient édifiées autour du bâtiment principal bâti à la manière du pays. C'est-à-dire qu'il avait pour support des arbres non équarris soutenant un entrelacs de feuilles de palmes ; des murs, confectionnés en tiges de bambou fendues dans leur longueur, laissaient circuler l'air librement dans cet édifice où les lianes font office de clous. Quatre magnifiques chevaux immobiles, museaux liés, semblaient adresser une plainte au soleil tant les feux implacables leur chauffaient les flancs. Le long d'une façade, on apercevait un hamac en peau de taureau attaché aux poteaux par des lanières, et autour quelques billots formaient des sièges. Sans ralentir le pas, Tio Diaz et Charpenel traversèrent le *rancho* silencieux et s'enfoncèrent dans la forêt. Au milieu d'une vaste clairière, dans un enclos formé par des troncs de palmiers fichés dans la terre, une centaine de jeunes taureaux grattaient la terre, soufflaient de leurs naseaux écumants. Plusieurs *rancheros,* quelques *vaqueros,* les uns à pied, les autres montés, formaient la haie devant l'unique issue close par une simple traverse de bois. Enchemisés de cuir du col aux chevilles, chaussés de demi-bottes à entonnoir de cuir armées de grands éperons, ils portaient tous à leurs ceintures le *lazo.* Quelques femmes étaient là aussi, soucieuses et attentives. Certaines, montées à califourchon, pieds et jambes nues, la chevelure dénouée sous de larges chapeaux de paille garnis de plaquettes d'argent, galopaient à droite, à gauche, se poursuivant dans des piaillements de rires. D'autres, à peine voilées par un jupon sans empois qui dessinait leurs formes robustes, déambulaient au milieu des hommes, accueillant avec bonne humeur leurs grossiers compliments. Elles lancèrent de longs regards accompagnés de sourires à l'*hacendado* et à l'étranger, son ami.

En les apercevant, l'homme qui chauffait les fers dans les bûches rougeoyantes se porta à leur rencontre en marchant sur la pointe des pieds, à cause de la longueur démesurée de ses éperons. Au ton avec lequel il leur souhaita la bienvenue, Valentin comprit qu'il s'agissait là d'Heron Alamillo, le maître du lieu. Petit et trapu, il était nu jusqu'à la ceinture. Coiffé d'un large chapeau garni de torsades d'or, il avait le visage brun, affreusement ravagé par les traces de la petite vérole. Sous ce masque, apparaissaient les traits ouverts et intelligents d'un honnête homme.

Il plaça les visiteurs près de la palissade. On les attendait visiblement pour commencer les festivités. Le maître retourna vers le brasier où rougissaient jusqu'à la tige les fers forgés à ses initiales. Quelques minutes plus tard, il revint, puis avec un geste plein de respect, il proposa à Tio Diaz l'honneur d'entrer le premier dans l'enclos. Deux aides retirèrent la barrière, et l'*hacendado, lazo* à la main, pressa sa monture qui s'élança dans l'enceinte. Entassés dans un espace trop étroit en raison de leur nombre, les taureaux se pressaient les uns contre les autres. Tandis que l'assemblée les excitait et s'abandonnait à son enthousiasme, Valentin observa, fasciné, son vieux compagnon, les jambes collées aux flancs de sa monture, qui louvoyait avec une telle aisance dans cette masse mugissante qu'on avait l'impression qu'il glissait sur des flots. Il semblait prendre son temps, cherchant la bête qui lui paraissait la plus digne de mériter son attention. Dans le même temps, calmement, il préparait la boucle de son *lazo*. Tout à coup, son regard devint fixe. Un moment, il suivit sa proie des yeux, fit tournoyer la corde, d'abord lentement, puis rageusement. Le *lazo* sifflait au-dessus de lui. Soudain, avec une incroyable rapidité, la corde s'enroula sur les cornes du taureau choisi, qui rua, les pattes tendues à l'avant. Dès le premier pas, une lanière lui enlaça les jarrets de derrière, et il fut violemment entraîné hors de l'enclos. Les spectateurs s'écartèrent, brusquement silencieux. L'animal tentait de gratter le sol avec fureur, il secouait son front armé et une bave épaisse lui blanchissait le mufle qu'il poussait sur le sol en sourds mugissements. Tio Diaz, parfaitement en équilibre sur son cheval, tira la corde qui liait le train arrière du taureau, qui perdit alors l'équilibre. Aussitôt, Heron Alamillo abaissa le fer rouge sur son flanc. La rosace incandescente dévora les chairs dans un sifflement. Étourdi, l'œil hagard et ensanglanté, l'animal prisonnier demeura un moment immobile, figé. Des aides en profitèrent pour dégager les courroies à la hâte. Alors, secouant son cou puissant, il se releva soudain pour fondre, rugissant, sur la haie des cavaliers. Une course folle s'ensuivit : deux ou trois *vaqueros* et Tio Diaz se lancèrent à sa poursuite, en hurlant, en sifflant. Mais le fugitif se dirigea sans hésiter vers la savane, où il était né.

Ces scènes se répétèrent inlassablement durant les heures qui suivirent. Chaque participant, *ranchero, vaquero,* pénétrait à son tour derrière les bambous. Les jeunes filles elles-mêmes couraient de temps à autre après les captifs. C'était plaisir de voir ces chemisettes largement décolletées, laissant échapper une épaule, la moitié d'un sein, qu'elles ne se donnaient pas la peine de recouvrir. On lisait dans leurs traits l'expression d'une sauvage énergie qu'on eût admirée dans un visage d'homme.

Par un hasard peu commun en cette saison, le vent du

nord commença à souffler, et des nuages floconneux coururent sur le fond bleu du ciel. Peu à peu, ils se massèrent, voilèrent le soleil et répandirent sur la clairière une teinte grise, étrange. L'absence de l'astre fut un bienfait, du reste, pour les cavaliers qui devaient passer une partie de la journée exposés à ses rayons. L'assemblée était joyeuse. Ce n'était qu'interpellations, plaisanteries, railleries. Personne ne songeait à interrompre la fête ; on se contenta de grignoter quelques tortillas apportées dans les sacs de selle. Vers le milieu de la journée, on distribua l'eau-de-vie. Heron Alamillo mesurait les doses, et la vasque passa de main en main. Chaque buveur avalait d'un trait en tournant le dos à ses compagnons, par politesse, égouttant ensuite le récipient avant de le passer à son voisin. Les femmes eurent, après, leurs parts de liqueur.

Le chapeau rejeté en arrière, attaché sur le cou par une lanière, une jeune femme nonchalante s'avança vers Valentin et Tio Diaz. Elle n'était pas sans séduction. Sa chemise, largement décolletée, lui recouvrait à peine la poitrine. Luisante, sa peau paraissait enduite d'huile. Et comme ses compagnes, elle but la liqueur qu'on lui tendait. Puis, provocante, elle offrit la vasque à Valentin, en le saluant gracieusement. Le Français remarqua qu'une cicatrice fine courait le long de sa joue gauche, ce qui lui causa tout d'abord une pénible impression. Pepa, c'était son nom, le dépassa, puis, sans se retourner, enfourcha son cheval équipé, comme celui des hommes, de longes de cuir et d'un *lazo* en fil d'aloès. Valentin ne put s'empêcher d'admirer ce beau profil, mais il était surpris par cette cicatrice qui s'en allait du front au menton, et qui faisait une trace rose sur ce teint sombre.

A mesure que le corral se vidait, il devenait plus périlleux d'y pénétrer. Le troupeau, ayant plus d'espace pour prendre son élan, se ruait sur les gens chargés de traîner la victime près du foyer. Les larges pantalons de cuir des cavaliers étaient ensanglantés. A chaque minute, les acteurs jouaient leur vie, mais leur insouciance et leur habileté écartaient sûrement le danger. Un seul *vaquero* fut foulé aux sabots d'un taureau. On l'emporta, meurtri mais sans blessures graves, et comme remède souverain, on l'enivra sur l'heure. Chaque taureau marqué était l'occasion d'une nouvelle prouesse. *Torear, colear, lazar...* C'était à celui qui rivaliserait d'habileté avec les animaux. Chacun voulait montrer ce dont il était capable. C'était un *ranchero* à cheval qui se lançait aux trousses d'un taureau, l'empoignait par la queue, le renversait sur le flanc et poursuivait ainsi sa course. C'était un autre muni d'une longue corde formant nœud coulant, qui se lançait sur l'animal qu'il voulait saisir juste à la partie choisie. C'était un troisième, à pied, qui s'avançait sur la furie, attrapait d'une main son oreille droite, et son museau de l'autre, s'arc-boutant sur son col et, par un violent effort, le renversait.

Quand tous les hommes se furent rassasiés, Heron Alamillo, d'un signe de tête, fit comprendre à Valentin Charpenel que son tour était enfin venu... Le silence tomba, chacun trouvant dans ce moment un regain d'excitation. Le « *señor* » devait montrer ce qu'il savait faire... Valentin était le point de mire de tous les regards. Avouerait-il son inexpérience? Fournirait-il la preuve de sa maladresse? Aux yeux des *rancheros,* avouer qu'on ne sait pas lancer un *lazo,* c'est assumer tous les ridicules, s'exposer à toutes les avanies. Imaginant les quolibets qu'il faudrait endurer s'il hésitait davantage, Valentin sentit qu'il ne pourrait pas les supporter. L'intérêt qu'il semblait provoquer chez la jeune femme à la cicatrice le poussa en avant. Il passa le pied à l'étrier et sauta sur sa selle. Alamillo avait choisi un jeune taureau aux allures vives qu'il attrapa lui-même et entraîna vers le feu où rougissaient les fers. Déférant, on laissa place à Charpenel. Les moins curieux accouraient, et personne ne prépara son *lazo* pour lui disputer l'honneur d'arrêter l'animal dans sa course furieuse. L'échine du taureau grilla. Débarrassé de ses entraves, sur ses pattes, il hésita et fondit, front baissé, sur la haie des cavaliers. A quelques pas, il tourna les cornes vers la brûlure, fouilla le sol, s'arrêta tout d'un coup pour humer l'air du naseau, pour s'orienter, avant de repartir comme la foudre dans la direction où l'appelait son instinct. Le moment était venu de se lancer à sa poursuite.

Valentin, le front ceint d'une étoffe rouge dont les deux bouts flottaient en arrière, éperonna sa monture. Un taureau sauvage n'est pas toujours facile à atteindre à la course, mais le Français montait un cheval de choix, et il ne tarda pas à voir la distance s'amoindrir. Le fuyard redoubla de vitesse et conserva l'avantage. Hommes et femmes glapissaient, couraient. Concerts de cris, de « *Que viva !* ». L'animal semblait fou. Valentin rendit la bride et donna de l'éperon. Il ne songeait plus aux dangers de la lutte, il gagnait du terrain et bientôt galopa côte à côte avec le taureau, qu'un dernier effort le fit dépasser. Il laissa tomber son *lazo*, et presque aussitôt, un choc formidable le tira hors de selle, tandis que son cheval s'abattait. Par quel prodige retomba-t-il sur ses pieds, au lieu de rouler à l'aventure ? Il eût été fort en peine d'expliquer le miracle qui, s'il en croyait les cris d'enthousiasme, eut tout l'air d'un tour d'adresse. Il avait réussi ! Sa monture relevée, il ramena à lui la longe qu'un cavalier avait déjà dégagée et il fut félicité pour sa dextérité. Les hommes s'extasiaient, et Valentin saisit dans le regard d'approbation de Tio Diaz qu'il avait gagné la partie.

— Tu viens de grandir d'une coudée, lui souffla son compagnon. Laisse-moi faire, maintenant.

Valentin chercha des yeux la jeune femme à la cicatrice. Leurs regards se croisèrent. Il surprit un sourire timide. Oui, il avait gagné.

Il ne rentra pas à l'hacienda, il avait besoin de se retirer, de se recueillir dans la solitude. Il mit son cheval au pas, et bientôt cessa d'apercevoir Tio Diaz, qui avait pris les devants. Il se rendit sur le promontoire où son hôte l'avait entraîné, quelques mois auparavant. Il soufflait une brise légère qui rafraîchissait un peu l'air embrasé, le soleil avait disparu et le ciel était redevenu vaste, pur. Les oiseaux volaient bas dans le crépuscule. Des bouffées de parfums s'exhalaient de petites fleurs aux baies jaunes, semblables au cassia. Des effluves de daturas et de roses passaient, le silence régnait. Une grande paix, une grande pureté tombait sur les ombres profondes des forêts, en bas, les eaux du lac étaient plates, sans un défaut.

Il s'assit sur un tronc d'arbre abattu et contempla l'horizon que la nuit voilait. Il aimait cet endroit qui lui faisait atteindre une sorte d'hypnose. Devant ce décor apaisant, il sut qu'il ne quitterait plus ces horizons. Ici, il était chez lui. Un moment, sa pensée revint sur Pepa, la jeune fille à la cicatrice. Jusqu'à présent, et sans pouvoir se l'expliquer, il s'était senti uni à Jeanne pour l'éternité. Des lieues et des lieues les séparaient, mais dans un coin de son esprit il y avait cette fidélité tenace. Il la connaissait plus intimement qu'aucun être au monde, et personne ne pouvait les comprendre comme ils se comprenaient tous deux. Cependant, ce soir, il ne pouvait s'empêcher d'éloigner de ses pensées les bras nus, la peau dorée, la taille de la jeune Indienne qui avait allumé son regard, le matin.

Tous ses désirs d'homme surgirent, violents. Il convoitait cette femme.

Deux mois plus tard, le calme de la forêt était brisé. Retentirent les chocs des haches et des *machetes* sur le tronc des arbres. On défrichait.

XVI

Ce fut d'abord un roulement lointain, doux, à peine inquiétant. Comme l'un de ces grondements familiers que reconnaissent les habitants de Mexico, un ronronnement de tremblement de terre, l'un de ces remue-ménage telluriques qui ne surprennent qu'à peine. Une habitude. Sans crainte.

Ce 11 janvier de 1858, on était attentif à ce roulement sourd qui s'était élevé aux premières heures du jour. Un murmure qui croissait et décroissait aussi subitement. Plus tard, survint un vacarme pareil à celui du tonnerre.

Le regard de Jeanne croisa celui de Jean Pascal. C'était clair : il ne s'agissait pas de la terre... L'époux jouait avec son fils, qu'il disputait à la domestique qui voulait lui changer ses vêtements. Honoré gazouillait et rampait, maladroit, entre les pieds de la grande table de l'office.

— Faites-le taire, Jean ! Écoutez !

Surpris par le ton impérieux, l'enfant se réfugia dans les bras de sa nourrice. Tous écoutaient...

— Quel est ce vacarme, Jean ? Il se passe quelque chose en ville !

Jeanne, inquiète tout à coup, se dirigea vers la croisée. La rue était calme et le petit peuple vaquait à ses occupations, mais toute cette humanité était étrangement silencieuse, clairsemée, pressée. Aucun souffle n'agitait les feuillages poussiéreux de la place d'Armes, l'air était plat. Une prudence lourde émanait de la ville et des gens. Que signifiait ce grondement ?

— On dirait... On dirait la canonnade, hasarda Jean Pascal. C'est cela : la canonnade... et en ville ! Que se passe-t-il encore, mon Dieu ?

L'enfant, comme s'il avait été saisi par la même angoisse, pleurnicha tout d'un coup.

— Faites-le taire, Consuelo, faites-le taire, allons...

Jean tendit un quartier d'orange à l'enfant qui glissa sur son derrière et suçotta, comblé.

Il n'y avait plus de doute : c'était bien le bruit du canon, le roulement de la guerre dans les rues mêmes de Mexico. Une canonnade qui grondait comme le ressac. Mais qui se battait ? Et contre qui ?

Ils grimpèrent sur l'*azotea*, et quand ils débouchèrent sur la vaste terrasse, les commis les avaient précédés. Ils étaient tous rassemblés près de la balustrade qui donnait au sud.

— Ça vient de l'Alameda, dit Alphonse, qui se penchait si fort sur le vide que ses muscles étaient tout endoloris par l'effort.

— Non. C'est plus loin. Écoutez, fit Joseph... A mon avis, c'est derrière l'Acordada.

— Joseph a raison, dit Pascal. On se bat à la citadelle...

Jeanne observait un douloureux silence, elle songeait à l'étrangeté de la situation : une bataille se déroulait à quelques pas, et chacun en ignorait l'objet, la nature, les raisons des forces en présence. Imprévisibles, hier seulement, ces affrontements avaient quelque chose de risible et de tragique à la fois. La veille, dans les journaux, dans les rumeurs des semaines écoulées, rien n'avait pu laisser prévoir qu'une guerre éclaterait dans la capitale même. Chaque fusillade la faisait tressaillir. Elle était à cran, héberluée par l'indécence de ces combats alors que le centre de la ville était si calme, si sobrement calme.

Soudain, les allées de la place d'Armes furent couvertes de cavaliers qui surgissaient du palais ; les hommes cravachaient leurs montures et brandissaient des fusils de guerre. Ils passèrent sous le Portal de las Flores et s'engagèrent dans la calle San Bernardo, en direction de l'Acordada.

— Avez-vous vu ? cria Alphonse, ils sont commandés par le capitaine Roberto Moreno.

— Mais c'est un libéral, celui-ci ! s'exclama Maurice, de Larche.

Jeanne glissa la main dans celle de Jean Pascal ; elle était effrayée par ces combats qui, cette fois, éclataient à la limite des faubourgs, des combats qui n'épargneraient peut-être pas le cœur de la ville. Guerre de rues ? Jeanne avait peur, mais il ne s'agissait pas de cette panique qui vous prend au corps et à l'âme devant une situation périlleuse ; il s'agissait d'une peur sèche, sourde, comme si tout l'avenir était condamné ; de cette peur irrémédiable qui fond quand les inquiétudes se sont accumulées dans les esprits les plus forts, mois après mois.

Autour d'eux, les *azoteas* se remplissaient, des passants grimpaient sur les terrasses, se mêlant aux propriétaires des hôtels et des grandes maisons du quartier étranger. Tous tentaient de comprendre les enjeux de la bataille ; dans les têtes défilaient les souvenirs et les jugements politiques les plus pervers sur les buts de cette guerre qui secouait Mexico. Un grondement monta à quelques pas des magasins de détail, une clameur se rapprocha, une clameur sortie d'une multitude de gorges. Des femmes et des enfants bousculés par les *leperos,* une foule paniquée, hurlante, déboucha sous leurs yeux. On courait, on se renversait, on s'écrasait sur les trottoirs sans respect aucun pour la vie de l'autre.

« Ils arrivent, ils arrivent ! » entendait-on.

Jean Pascal passa son bras autour des épaules de Jeanne bouleversée, qui mordait son poing, des larmes pleins les yeux. Elle se blottit contre lui.

— Mes amis, le magasin restera fermé aujourd'hui. Repos, et... inquiétude pour tout le monde, fit-il, faussement enjoué. Phonse, Joseph, venez... Nous allons vérifier les portes et les fermetures. Il faut que les huis résistent à toute pression, dit-il d'une voix plus discrète.

— Il faut aussi emballer les marchandises, les mettre à l'abri, reprit Jeanne. Il ne faut laisser aucune belle pièce dans les rayons.

— Ne te préoccupe pas, ma mie, rejoins Honoré, je crains qu'il soit effrayé par les cris de la rue.

L'enfant apeuré courut vers elle en poussant des cris d'oisillon. Elle n'avait jamais vu autant de frayeur dans un seul être. Le vacarme de la rue, les hurlements d'effroi des gens redoutant le pire résonnaient maintenant entre les façades et étaient amplifiés par les échos rapprochés. Les murs vibraient, communiquaient aux habitants des maisons une angoisse de fin du monde. La grande ville semblait déréglée et Honoré s'agrippait de toute la force de ses petites mains à cette mère souvent brutale, rarement aimante ou attentive. Ellle fut émue au tréfonds, elle découvrait les grands yeux bleus sous les sourcils froncés par l'inquiétude, l'incompréhension. Que se passait-il dans la tête de cet enfant qu'elle n'avait jamais désiré ? Elle était maintenant tourmentée, préoccupée par la frayeur de cet être fragile. Elle découvrait que ce petit bout d'homme n'avait qu'elle, et qu'en cet instant, c'était vers elle qu'il se tendait. Mais quelque chose se révoltait en elle : elle se sentait portée vers l'enfant, et en même temps, une part d'elle-même refusait l'émotion, combattait l'abandon. Elle était cette étrange mère qui, souvent, s'était interrogée à mi-voix : « Dieu, pourquoi les femmes doivent-elles porter l'enfant, et elles seules ? Pourquoi ai-je succombé ? » Elle s'irritait, pestait à nouveau contre son destin.

Le roulis de la canonnade prenait de l'intensité. Jeanne berçait l'enfant, elle se voulait rassurante. Les paroles d'une comptine paysanne lui étaient revenues, et elle murmurait, l'enfant serré sur son cœur :

— Cesse de renifler, petit homme, cesse...

Elle se promettait, quand elle aurait le temps, de jouer avec lui, elle lui dirait des contes, elle lui apprendrait le dessin des lettres, elle... Honoré courait à nouveau derrière le chaton que la *muchacha* lui avait rapporté des faubourgs.

Des coups violents résonnèrent contre la porte cochère, en bas. On frappait vigoureusement, et le marteau de fonte faisait trembler le chambranle en bois de Campeche.

Jeanne descendit les marches quatre à quatre et eut le temps d'apercevoir Jean et les commis qui portaient un homme dans le patio. Le visage d'Olivier Meyran était tuméfié, constellé de minuscules piqûres d'épingles. Tout l'épiderme de sa face était ensanglanté, il geignait :

— C'est horrible, horrible !

Il n'avait plus de manteau, et sa chemise en lambeaux lui couvrait à peine le torse. Des odeurs de poudre, d'antimoine flottaient autour de lui. Ses cheveux noirs et gris lui collaient aux tempes et son front étroit semblait plus proéminent. Le masque d'un souffrant. Jeanne le regarda avaler à longs traits une fiasque de cognac que Jean lui tenait entre les dents. Sa glotte montait et descendait, et le liquide disparaissait dans cette carcasse d'homme-courage. Alphonse et Joseph s'affairaient derrière la grande porte, ils empilaient des caisses de clous et de carbonyte derrière les vantaux pour qu'ils résistent mieux, peut-être, aux pillards. Olivier se mit à parler en phrases hachées. De la citadelle, on canonnait la prison de l'Acordada. Les bureaux du *Trait d'Union,* qui se trouvaient sur les lignes de tir, avaient été labourés par les boulets, fracassés par les grenades. Meyran et Masson n'avaient été épargnés que par le hasard. Des morts, il y en avait par dizaines, et lui avait été touché par les poussières de grenaille d'une bombe creuse qui avait explosé à quelques mètres. Il n'était guère atteint, et une fois le visage lavé, pansé, on ne lui laissa guère le loisir de reprendre son souffle. Que se passait-il ?

— Ce sont les réactionnaires, dit-il.

Zuloaga, le général, avait « renvoyé » Comonfort, « au nom de la volonté conjuguée du clergé et de l'armée ». Le général se voulait seul *caudillo,* seul dictateur.

Les mois précédents, la tempête cléricale s'était déchaînée. Le 7 février, le jour de la publication de la Constitution, les curés avaient fermé les lourdes portes des églises et congédié les bedeaux. Les cloches avaient cessé de sonner sur Mexico. Sur les réprimandes qui leur furent faites par les nobles dévots, ils consentirent seulement au carillon d'angelus... Ils crièrent « Mort au gouvernement, à bas la Constitution, à bas les impies », en chantant leurs *Miserere,* poussèrent des vivats en l'honneur de la sainte religion. Les murs de Mexico furent couverts d'affiches : « Mexicains, alarme ! Vous voyez avec effroi comment le tyrannique Comonfort calomnie les prêtres innocents, sans autre but que de s'emparer de l'argent des églises, de détruire notre foi, de profaner nos lieux saints. Mexicains, ne le permettez pas ! Plutôt la mort avant qu'ils détruisent la religion. Haine éternelle aux tyrans. Que la malédiction de Dieu tombe sur ce gouvernement de mémoire néfaste, sur ces voleurs sacrilèges. Maudits soient tous les *puros,* maudits par Dieu et les hommes. Que vive l'immunité de l'Église ! »

Dans cette atmosphère de haine, les fonctionnaires et

les employés publics avaient été priés de prêter serment d'obéissance à la Constitution nouvelle. Il fallait serrer les rangs contre la dissidence. Gomez Farias, patriarche du parti libéral, héros de trente années de lutte, s'était fait transporter sur une litière jusqu'à la salle du Congrès. Conduit à la tribune sur les épaules d'un disciple, il avait été le premier à jurer fidélité à la Constitution laïque. La prestation de serment s'était prolongée tout le printemps dans un climat insoutenable, car les fonctionnaires étaient soumis par les évêques et par les autres aux plus odieux des chantages. Nul, s'il acceptait la Constitution ou acquérait des biens d'Église, ne pourrait être admis à la confession, recevoir une sépulture chrétienne, participer aux sacrements. Épouvantée, la société qui vivait sous l'ombre des clochers fut prise d'une fureur épileptique. Le choc ébranlait les familles, les foyers, l'angoisse assaillait l'employé hésitant entre son devoir religieux et la misère, les sanglots, les exhortations. Les prières des femmes, mères, épouses, résonnaient même dans les familles libérales. La propre mère de Comonfort, une femme du peuple, criait dans les rues qu'il fallait livrer son fils à l'enfer ; influencée par son confesseur, elle l'incitait à se défaire de l'œuvre des constituants. Les rues étaient peuplées de dames dévotes en grand deuil et de chrétiens portant le crêpe au chapeau. Les fonctionnaires s'étaient trouvés serrés entre deux feux : la plupart, par crainte de l'excommunication, sacrifièrent leur situation, leurs appointements, tandis que les autres se soumirent, tremblants, devant le pouvoir temporel.

Puis les autorités elles-mêmes avaient commencé à subir directement les effets de la guerre cléricale. Au mois de mars, le général Traconis succomba, victime d'un poison que sa femme de charge avait administré à son déjeuner. Arrêtée et interrogée, la domestique avoua que ce poison lui avait été confié par un *padre* pour punir son maître d'avoir suivi les ordres du gouvernement en exilant l'évêque de Puebla, Mgr Labastida, un an auparavant. A Pâques, Ignacio Comonfort et les membres de son cabinet se virent refuser l'entrée de la cathédrale de Mexico. En septembre, les *pabrecitos* refusèrent d'enterrer le général Plutarco Gonzales, tué au champ d'honneur, parce qu'il avait prêté serment à la Constitution. Ils firent croire au peuple crédule que le sépulcre du général vomissait des flammes toutes les nuits, que le défunt voulait sortir de son caveau, qu'il faisait grand bruit et que, dans les ténèbres, il trouvait même moyen de s'échapper pour courir les rues de Toluca sur son cheval *pinto* qui crachait du feu par la bouche...

L'exaltation publique était à son comble. La propagande réactionnaire s'étendait du sanctuaire au foyer domestique, descendait dans la rue et sur les places, armant chaque jour un peu plus les forces de la rébellion. Des révoltes éclatèrent sur plusieurs points de la République : sous l'instigation du prêtre Francisco Xavier Miranda, plusieurs centaines de femmes et de moines fanatiques de Puebla firent pleuvoir meubles et baquets d'huile bouillante sur les troupes gouvernementales. Au nord, le chef indien de la sierra Gorda, Tomas Mejia, prit Queretaro et fit des proclamations enjoignant aux Indiens de s'allier au clergé dans sa lutte contre la loi Lerdo. Le mouvement courut le San Luis Potosi, le Michoacan, le Tlaxcala et jusqu'à l'arrière-pays de Veracruz. Bien que vaincue sur tous les terrains par l'armée de Comonfort, la réaction voyait s'ouvrir une ère nouvelle : son but était atteint, la question politique était définitivement devenue une question religieuse...

Inlassablement, Olivier Meyran avait dénoncé dans les colonnes du *Trait d'Union* les agissements des religionnaires. Il ne laissait rien passer, donnait libre cours à son anticléricalisme farouche. Mais ses attaques contre Ignacio Comonfort et son cabinet étaient aussi virulentes... L'attitude des gens d'Église face aux réformes ne le surprenait pas. Abolition des tribunaux ecclésiastiques, suspension des privilèges et des propriétés religieuses rendues à l'économie publique : il fallait comprendre les cagoulards... Par contre, Meyran attendait mieux de l'administration Comonfort, à qui se rattachaient les espérances du parti démocratique. Or Comonfort refusait, contournait frileusement cette guerre ouverte que l'Église livrait à l'État. Il poursuivait naïvement sa politique de conciliation, espérant quelque terrain d'entente. « M. Comonfort sait fort bien que c'est l'archevêque de Mexico qui mène les attaques contre la Constitution, écrivait-il. Mais il ne veut pas se résoudre à le bannir : il est trop âgé, dit-il, l'exil le tuerait... Cette générosité et cette clémence conduiront le gouvernement à sa perte. Ignacio Comonfort espère gouverner le Mexique en président au-dessus des partis. Le résultat est qu'il se trouvera bientôt lui-même sans parti. »

Ces attaques suscitaient une vive animosité à l'égard de Meyran. La presse réactionnaire le couvrait d'insultes, elle dénonçait « cet étranger exalté contre les traditions, les mœurs et les intérêts de la société mexicaine ». Les éditoriaux du Barcelonnette étaient l'aliment journalier des passions, pas un jour ne s'écoulait sans que l'*Eco nacional* ne somme le gouvernement de suspendre une bonne foi pour toutes « cette feuille immonde et sacrilège ».

Mais Comonfort, s'il ne voulait pas combattre plus radicalement les prêtres, ne voulait pas davantage se ranger contre ses amis et ses partisans libéraux, même critiques. Il savait que Meyran était l'âme de ces milieux. Le journal n'avait donc pas eu à souffrir de quelque pression que ce fût. Du moins de la part du gouvernement, car les réactionnaires avaient trouvé un appui dans la personne du ministre de France, le vicomte de Gabriac...

Celui-là avait Meyran dans le collimateur depuis la triste affaire du charivari, et le microcosme politique savait que ses opinions politiques divergeaient de celles de son compatriote. Gabriac, disait la rumeur, n'avait-il pas confié au coiffeur Guillemain, que « le clan des révolutionnaires français influençait le parti libéral et le poussait chaque jour à prendre des mesures hostiles à l'Église » ? « Nos démagogues réfugiés, ajoutait-il, ont compilé les discours et les phrases les plus absurdes de Saint-Just et des ultras de 1793. La guerre contre le clergé et les hautes classes est nourrie par les conseils de MM. Masson et Meyran. Je m'étonne que ces Français méconnaissent les devoirs de neutralité envers le pays où ils résident. Je les considère, d'ailleurs, comme ayant renoncé à leur nationalité. »

En novembre 1857, Olivier Meyran avait eu un sursaut d'espoir quand Comonfort rappela Benito Juarez, à qui il confia la présidence de la Cour suprême de justice. Cette nomination était capitale, puisque d'après l'esprit de la Constitution, Juarez était du même coup appelé à remplir la fonction de vice-président.

Mais il était trop tard...

Un corps de troupe s'était soulevé. Appuyé par plusieurs chefs militaires, le général commandant la brigade de Tacubaya, un ancien caissier de tripot, Felix Zuloaga, avait pris Mexico. Le 16 décembre au matin, il s'était rendu au Congrès, avait fait mettre aux fers le président de l'Assemblée, Leon Guzman, puis avait déclaré aux députés médusés qu'ils célébraient là leur dernière session. A la tête de son bataillon, il s'était rendu au palais. Rencontrant Benito Juarez qui en route pour son labeur quotidien, il l'avait fait arrêter à son tour, puis s'était tranquillement installé avec son petit monde dans ses meubles. Tout s'était passé sans qu'un coup de feu ne fût tiré. Pourquoi la garnison de la ville, la police municipale auraient-elles offert une quelconque résistance ? Comonfort était lui-même complice de l'attentat ! Le manifeste du général félon, affiché aussitôt sur les portes du palais au son du tambour et des fifres, disait que la Constitution était abrogée, le Congrès dissous et Comonfort nommé à la tête d'un nouveau gouvernement provisoire... La réaction avait eu raison de ses hésitations, de ses atermoiements : elle l'avait attaché à son parti. Comonfort avait renié ses principes, il avait vendu ses amis, il pactisait avec le despotisme.

Deux jours durant, il s'était claquemuré chez des amis. Des délégations libérales l'avaient supplié de se ressaisir. Et le sursaut était venu... Dieu sait comment ses amis avaient réuni un petit état-major autour de lui et quelques centaines de soldats, attachés par idéalisme ou par la promesse de privilèges en cas de victoire, s'étaient levés. Mais Zuloaga occupait désormais la citadelle, faisait feu sur la ville. Ses troupes mitraillaient toute âme vivante. Les chefs de l'opposition l'avaient rejoint, les soudards de Zacapoaxtla, de Puebla et de San Luis s'étaient renforcés, trouvant accueil dans les couvents disséminés dans la ville.

Dans le patio des Sept Portes, Jean Pascal pressait Olivier :

— Et Comonfort ? Où se trouve Comonfort ?

— Comonfort ? Il s'est fortifié dans le palais, et de là, dirige ses fidèles. L'assiégé paye deux ans de pusillanimité. Le timoré récolte son lot, il a semé la guerre civile !

Guerre civile... Jeanne frémit : cela signifiait que les belligérants ne se contenteraient pas de tirailler dans les faubourgs. L'enjeu final serait le palais. Les Sept Portes se trouveraient prises dans le feu roulant des assaillants. On pouvait lui demander d'avoir tous les courages, mais pas celui-là...

Toute cette journée du 11 janvier 1858 se déroula dans une étrange attente. On attendait le pire, mais rien ne se produisait. Comme l'ordre avait été donné d'évacuer les rues, on ne rencontrait pas une âme dans la ville, tout était désert, d'une infinie tristesse. Les *pastelerias,* les *cantinas,* toutes les boutiques étaient closes. On passa la journée sur le qui-vive, à tenter de suivre les mouvements, les fusillades et les canonnades qui se déplaçaient, se répondaient, tandis que des mouvements de cavalerie désordonnés couraient les rues. A 8 heures, le soir, on dîna par groupes de quatre, afin d'assurer un tour de garde permanent au magasin.

Soudain, vers les 10 heures, la canonnade, du côté de la citadelle, se tut. Quelques coups de feu isolés éclatèrent encore de loin en loin. Puis, plus rien. L'oreille aux aguets, Jeanne retint son souffle pour mieux interroger le silence.

— Ils ne tirent plus, répétait-elle, pleine d'espoir.

Tout s'épuisait, peut-être. Mais qui avait le dernier mot ? Cela lui importait peu : elle ne voulait plus entendre l'horrible bruit qui avait martelé le rythme de la journée. Elle voulait la paix. Brisée, épuisée, elle s'abandonna au sommeil.

Au salon, Jean Pascal et Olivier Meyran ne fermèrent pas l'œil de la nuit. Ils bavardèrent. Meyran raconta à son ami la dernière entrevue qu'il avait eue avec Comonfort, le 20 décembre précédent. Il dit comment Comonfort, reconnaissant son erreur capitale, avait sombré dans une confusion de doutes et de remords, comment il avait fait la tentative de revenir sur ses pas, comment il avait proposé à ses amis de rétablir l'ordre constitutionnel, comment il avait offert d'introduire deux corps de la garde nationale au palais.

— Je lui ai dit qu'il n'avait plus d'alliés. Je lui ai dit que ses partisans l'avaient répudié, que les *puros* le méprisaient, que les modérés se méfiaient de lui, que les réactionnaires le haïssaient. « Je le sais », a-t-il répondu, en montrant sur son bureau la liste des démissions des fonctionnaires. « Zuloaga me somme de bannir mes collaborateurs, ajouta-t-il, mais je ne peux pas. Je ne peux pas devenir le bourreau de ceux qui m'ont accompagné. Je ne peux bannir Juarez, Prieto, Lerdo. » Assiégé dans son palais, il me faisait penser à Louis XVI.

— A la différence près que notre monarque, lui, a perdu la tête, dit Pascal.

— C'est peut-être ce qui arrivera, soupira Meyran.

Au petit jour, le lever du soleil fut salué par un feu violent qui éclata à nouveau du côté de la citadelle. Un tir répété de grenades lui fit écho. Jeanne se réveilla. Ainsi, tout n'avait été que faux espoirs. Elle plongea sa tête dans l'oreiller, elle ne voulait pas entendre, elle ne se sentait pas capable d'affronter une nouvelle journée d'angoisse. Dans la pièce voisine, Honoré, brusquement arraché à son sommeil, poussait des cris de frayeur en appelant sa mère. Jeanne serra les poings pour ne pas éclater en sanglots. Il fallait se lever, trouver une activité qui occupât son esprit, faire en sorte de ne plus entendre ce qui se passait là-bas... Il le fallait...

La bataille fit rage toute la journée. Vers les 11 heures, on pouvait dire, d'après les explosions et le sifflement des balles, que la bataille se jouait maintenant dans les voies proches du centre. La grenaille miaulait de partout. A 13 heures, les belligérants envahirent la grand-place, dissimulés par les arcades du Portal de las Flores. La bataille fut sanglante. Dans les appartements, Pascal et Meyran suivaient par un volet entrouvert les mouvements de la guérilla. Qui étaient les libéraux? Qui étaient les réactionnaires? Impossible de les reconnaître dans ces mêlées. On entendait des cris rauques épouvantables, des explosions, le fracas des bois éclatés.

A 15 heures, des coups furieux ébranlèrent la porte du magasin.

— Ouvrez cette porte, ou nous la faisons sauter, glapit quelqu'un.

Dans le patio, on se regarda, effrayé.

— Ouvrez sur-le-champ! insista la voix menaçante.

— Je vais voir ce qu'ils nous veulent, dit Pascal. Jeanne, reste ici, et ne te montre sous aucun prétexte.

Pascal rejoignit les commis. Sans enthousiasme, ils retirèrent les caisses qu'ils avaient entassées derrière la porte de fer. Un officier, reconnaissable à sa veste et à son pantalon de drap foncé garnis de boutons d'argent sur toutes les coutures, suivi de cinq soldats, entra sous le porche sans ménagement.

— Nous avons l'ordre d'occuper votre *azotea*, dit l'officier.

Libéral ? Réactionnaire ? Jean Pascal se garda bien de le questionner. Il s'interposa, les dix commis formant barrage sur ses talons.

— Vous ne pouvez entrer, expliqua-t-il, si l'on vous voit faire feu de notre maison, nous serons considérés comme des ennemis. Vous n'avez pas le droit de nous faire courir ce péril. Nous sommes ressortissants français et...

— Laissez-nous passer, rugit l'officier excédé. Les étrangers viennent chez nous pour faire fortune, qu'ils en supportent les conséquences.

Comme ses hommes le suivaient, un miracle se produisit. On entendit le son d'un clairon.

— Bas les armes ! Cessez le combat ! hurlait-on sur la *plaza*.

L'ordre fut répété, des coups de feu éclatèrent encore, mais la fusillade déclina, le centre retrouvait sa quiétude.

Visiblement contrarié, l'officier ordonna à ses hommes de rebrousser chemin. La troupe était déjà dehors quand il se ravisa. Il fit le tour du magasin, regardant avec convoitise les marchandises entreposées.

— Que voulez-vous ? fit Pascal en le suivant.

L'autre ne répondit pas. Il furetait à droite et à gauche, renversant tout sur son passage. Il s'arrêta enfin devant une pile de feutres, en saisit un à la volée, puis, après un signe de remerciement, s'en alla rejoindre la troupe sur la place.

Une trêve de quarante-huit heures avait été déclarée de part et d'autre.

Jeanne et les commis en profitèrent pour remettre de l'ordre dans les boutiques. Ils découvrirent deux balles sur le parquet ; elles avaient explosé, car l'enveloppe d'acier du tour et le plomb intérieur étaient séparés. Comment ces balles avaient-elles pu traverser le bois, pourtant épais, des volets ? L'une d'elles avait, par Dieu sait quel tour de force, traversé une pièce de velours de soie qui se trouvait sur le comptoir, la tranchant par le milieu.

Jean Pascal sortit en reconnaissance, accompagné de deux commis. Olivier, la mort dans l'âme, s'était finalement soumis aux mises en garde de son ami : il valait mieux qu'il ne se montre pas.

Sur la grand-place et dans les rues adjacentes, on ramassait les cadavres des soldats morts au combat. La plupart avaient déjà été dépouillés ; on leur avait enlevé leurs chaussures et ils étaient à demi nus. Des traces de sang partout, le long des façades, sous les *portales*. Des cadavres de chevaux aussi. La population se massait sur la place, face au palais gardé par un important cordon de soldats. Les nouvelles les plus folles se colportaient. On apprenait que Benito Juarez était loin de Mexico, on apprenait aussi que plus de soixante députés du Congrès s'étaient rassemblés à Queretaro, qu'ils avaient désavoué Comonfort, le parjure, et qu'en conséquence le pouvoir souverain devait revenir de droit au président de la Cour suprême de justice... Juarez. On disait encore que sous l'initiative du gouverneur de Guanajuato, Manuel Doblado, les gouverneurs de sept États avaient formé une ligue de défense de la Constitution, mais qu'ils refusaient de lever la moindre troupe pour prêter secours à Comonfort, car ils ne le reconnaissaient plus comme des leurs. On disait aussi que Comonfort, qui disposait, le 11 janvier, de cinq mille hommes, n'en avait plus que cinq cents sous ses ordres... Un soldat blessé affirmait que c'était le président déchu qui avait obtenu la trêve, qu'il avait convaincu Zuloaga et ses partisans de porter leurs armées à 7 lieues de Mexico afin d'éviter à la ville les ravages de la bataille.

Une nouvelle attente commença aux Sept Portes, une attente d'espoir, du moins pour Jeanne qui, peu à peu, retrouvait l'optimisme. Olivier, lui, se montrait nerveux, prisonnier des quatre murs. Il n'avait, lui, aucune illusion sur le résultat final de cette guerre qui recommencerait dans quelques heures. Comonfort n'avait aucune chance de l'emporter ; Meyran n'avait plus rien à faire à Mexico, il devait rejoindre don Benito, sa place était aux côtés de ses amis, là-bas...

— Mais où ? demanda Jeanne. Vous ignorez où ils se sont retranchés. Et Juarez ? Savez-vous seulement s'il a réellement quitté Mexico ?

— Comprenez, Jeanne, l'heure de la réaction a sonné, ils me rechercheront, ils traqueront ceux qui leur sont hostiles, ils nous feront taire.

— Eh bien, nous te cacherons, renchérit Pascal. Tu resteras ici le temps qu'il faudra. Tu n'as rien à craindre.

— Mais je ne veux pas me cacher, s'écria l'autre. Le combat m'attend ! La plume et le fusil...

Il était inutile de tenter de le convaincre davantage.

— Mais où iras-tu ? fit Pascal résigné.

— Je ne sais... A Queretaro, d'abord. J'aviserai ensuite.

« Comment un homme pouvait-il ainsi jouer sa vie pour des idées ? » se demanda Jeanne, agacée d'un tel état d'esprit.

Meyran attendit la tombée de la nuit pour quitter les Sept Portes. Par un volet entrouvert, Jeanne et Pascal suivirent l'ombre de leur ami jusqu'à ce qu'il disparût dans les ténèbres. Le lendemain, à 10 heures précises, le tonnerre retentit, l'éclatement des grenades et la fusillade reprirent dans une fureur sans pareille. Telle était la réponse de Zuloaga à la proposition de Comonfort...

Aucun quartier de la ville ne fut épargné. Chaque coin de rue, chaque porche camouflait les francs-tireurs. La guerre de partisans, l'injustice de la guerre civile frappait le peuple de Mexico.

Le 17 janvier, à 11 h 30 du matin, les cloches et la musique militaire succédèrent enfin aux tirs. Des soldats en colonne, deux par deux, traversèrent la place en direction du palais, à leur tête le général Zuloaga paradait sur un cheval noir.

Le sang cessait de couler, le calme apaisait la capitale.

Dix jours plus tard, le président intérimaire Felix Zuloaga promulguait son premier décret :

« Article 1 — Les corporations ecclésiastiques, en vertu de la loi du 27 janvier, rentrent en possession légale des propriétés foncières vendues ou adjugées conformément au décret du 25 juin 1856.

« Article 2 — En conséquence, elles peuvent recouvrer directement le loyer aux locataires et fermiers de ces propriétés qui se trouvent louées.

« Article 3 — Les notaires, par-devant lesquels les adjudications de vente ont été passées, procèderont dans le délai de quinze jours à la publication du présent règlement à mettre en note sur le protocole cette formule : Est nulle et sans effet cette adjudication ou cette vente. Il ne sera perçu aucun droit pour lesdites annotations... »

XVII

Impossible de faire un pas, impossible de lever un bras, les nantis européens ou américains étaient humiliés d'être reçus dans de telles conditions. Jeanne avait perdu Pascal, emporté par cette cohue grave, sans l'animation joyeuse que provoque toujours le rassemblement de sociétés et de gens du même monde. Elle était debout, dans l'épouvantable moiteur, depuis deux heures de temps. Poussière, tabac, nuages de poudre de riz, parfums capiteux et sueur mélangés. Quelques dizaines d'hommes et de femmes épuisés tentaient de contrarier le flot de foule qui les pressait sur les chaises cannées qu'ils avaient prises d'assaut, bien plus tôt. Jeanne se trouvait comprimée par un pilier boisé, serrée contre quelques femmes françaises, amies de l'épouvantable Mme Gilbert qui lui balayait le nez de sa capeline de satin. Elle sentait le souffle gras d'un Espagnol ventru dans son cou. Elle avait mal aux pieds et s'en voulait d'avoir tant serré les cordons de son corset. Elle leva les yeux vers le plafond à caissons, afin d'avaler un peu d'air, et fut effrayée par le lourd lustre de cérémonie qui pendouillait dans les airs, tenu seulement par un fil qui n'en pouvait plus...

Un brouhaha accompagna les hommes qui se pressèrent sur l'estrade de cérémonie qu'elle pouvait apercevoir de sa place. Debout, dominant la cohue qui remplissait le salon des ambassadeurs, le général don Miguel Miramon embrassait l'assemblée d'un œil satisfait. A quelques récalcitrants près, tous les commerçants, artisans et industriels étrangers de Mexico étaient là, au palais, toutes nationalités confondues. La salle, pourtant vaste, ne pouvait les contenir tous, on avait dû laisser quatre portes ouvertes afin de permettre aux derniers, amassés dans les couloirs, d'assister à la réunion.

— Je m'excuse de ne pouvoir vous accueillir dans de meilleures conditions, j'espère que ces dames ne m'en porteront pas grief, dit le fringant officier en promenant son regard sur la gent féminine.

« Qu'avons-nous à faire de ces excuses, maugréa Jeanne, qu'il en vienne donc au fait. » Elle était là, à attendre, debout, dans l'épouvantable chaleur, et l'autre présentait des excuses. Elle chercha des yeux le secours d'un compagnon. Phonse, le plus proche, ne l'apercevait pas, tout occupé qu'il était à jauger le commandant des armées conservatrices et son bras droit, le lieutenant Marquez. Fascinant spectacle qu'offraient ces deux hommes... D'un côté, le talentueux Miguel Miramon, qui avait hérité de son grand-père paternel, Français d'origine béarnaise, la taille élancée et la pâleur de la peau. Tout dans son comportement, sa manière de toiser l'assemblée, rappelait l'incontestable prestance enseignée aux cadets de l'école militaire de Chapultepec. Le prestige de ce jeune homme était grand et l'on vantait sa conduite brillante dans la guerre contre les États-Unis. Ce tempérament pouvait cependant être tempéré par l'ambition démesurée qu'on lui prêtait. D'ailleurs, avec son bouc bien taillé et sa redingote, il avait déjà l'allure d'un politicien. A ses côtés, Leonardo Marquez, son antithèse aussi bien dans l'allure que dans le physique. C'était un homme petit, fluet, le teint jaune, le visage mou et le regard fuyant. Seuls points communs entre ces deux êtres : la barbiche et les moustaches, fournies chez le premier, maigrichonnes chez le second...

Aucun des deux n'avait pris garde, au-dessus d'eux, au portrait officiel de celui qu'ils avaient renversé, Ignacio Comonfort, qu'on avait lacéré de coups de couteau... Le jeune officier toussota en caressant sa barbe d'un geste vif. Décelant l'impatience, son comparse s'avança, les deux mains tendues vers l'avant, et ordonna le silence d'un ton traînant et nasillard. Droit comme un i, la main posée sur le sabre, Miramon prit enfin la parole.

— Messieurs, mesdames, je vous ai réunis pour évoquer

une affaire grave qui préoccupe grandement le gouvernement.

Jeanne se contorsionna afin d'apercevoir l'homme qui parlait.

— Vous connaissez la situation que traverse notre pays. Alors que nous rétablissons le calme et l'ordre dans la capitale, le hors-la-loi Benito Juarez déclarait, dans un *pronunciamiento,* qu'en sa qualité de vice-président il reprenait le pouvoir présidentiel déchu du fugitif Comonfort. Depuis deux mois, ce proscrit s'est arogé un titre qui ne lui revient pas. Vos représentants diplomatiques ne s'y sont pas trompés, puisqu'ils ont reconnu, en la personne du général Zuloaga, le président incontestable du Mexique. Je réitère, au nom de mon gouvernement, notre gratitude pour ces actes de confiance. Faut-il préciser que notre président intérimaire a rétabli des rapports réguliers avec le Très Saint-Siège ?

Jeanne n'en pouvait plus. Elle promena un regard agacé autour d'elle et sourit en apercevant, quelques rangs derrière elle, le vieil Isidore Deveaux qui adressait un geste grossier à l'intention de l'officier.

— Benito Juarez et ses factieux refusent de reconnaître le gouvernement de Mexico. Les provinces du Sud attendent un signe du général Alvarez pour se soulever. Le traître Vidaurri agite les populations du Nord ; quant aux généraux Parrodi et Doblado, ils se sont emparés de Guadalajara. La guerre civile menace à nouveau. Le président Zuloaga tient à conserver le pouvoir donné par la nation, il lui faut briser toute résistance. Je suis chargé de reconstituer l'armée. Je dispose déjà de quinze mille hommes qui, comme moi, ont foi dans leur sabre et sauront faire mordre la poussière aux renégats qui s'affublent du titre de légalistes. Partout où il le faudra, nous combattrons. Le Mexique est prêt à s'embraser : nous ferons régner l'ordre, nous effacerons le désordre.

Trouvant subitement un intérêt au discours, Jeanne bouscula son voisin de gauche pour mieux entendre. Miramon allait donner enfin l'objet de cette réunion exceptionnelle, et la jeune femme se doutait trop de ce dont il allait être question...

— Mes amis, vous connaissez l'état du commerce, des freins qui s'opposent au transit des marchandises, à la sécurité des routes... Ces garanties, nous avions espéré vous les donner ! Hélas, les malfaiteurs, les hors-la-loi pillent les convois, confisquent les biens, et la détresse du Trésor et celle des fonds municipaux ne permettent guère d'assurer la sécurité des routes contre les exactions...

Avec quel talent Miramon savait amener ce pour quoi il présidait cette assemblée... Il savait exploiter l'inquiétude du négoce. Rien de tel que de faire allusion aux attaques consécutives qui provoquaient grande révolte sur le commerce de Mexico. Un mois plus tôt, près de Rio Frio, le muletier José Maria Perez et les douze hommes de son escorte avaient été attaqués par soixante cavaliers bien armés qui s'étaient emparés de vingt-quatre mules, de trente ballots d'étoffe aux cris de « Comonfort et liberté ! ». Une seconde agression était survenue entre Ixtlahuac et Mexico, aux cris de « A bas la religion ! ». La *conducta* de Mineral de Oro avait été dépouillée et 100 000 piastres, appartenant à la compagnie anglaise, s'étaient envolées... Zuloaga s'était empressé de faire savoir par voie de presse que ces deux attentats incombaient au parti révolutionnaire, et qu'une cause politique qui s'appuyait ainsi sur le rebut de la société était une cause perdue dans l'esprit de tous les honnêtes gens. Les commerçants, découragés, ne pouvaient se contenter de belles paroles. Alors, avec unanimité, ils avaient sommé le gouvernement suprême de déployer l'énergie nécessaire pour arrêter les coupables, découvrir les effets volés. Ils avaient menacé, si un tel éclat de choses se prolongeait, de ne plus acheminer de chargements, au détriment du Trésor public qui se verrait privé des droits considérables qu'il en retirait.

— ... Plus vite nous réduirons les calamités de la guerre civile, plus vite nous abattrons les félons, plus vite le commerce de Mexico recouvrera ses garanties. Nous vous promettons de contribuer à la restauration de la paix, mais nous réclamons votre concours. Vous êtes sages, vous nous aiderez...

Le mot n'était pas lâché, mais c'était tout comme : au mouvement qui s'empara de la salle, il était clair que l'assemblée avait compris ce que cachait le beau discours. Emprunt ! Emprunt forcé...

Les bureaucrates du palais ne perdirent pas de temps. Jeanne reçut le montant de sa quote-part le 8 mars à 9 heures du matin. Sur quelle base l'avait-on calculée ? Mystère. Elle lisait les chiffres qui figuraient sur la note : 1000 piastres ! En dessous, la date à laquelle cette somme était exigible : 10 mars 1858. Elle avait deux jours pour rassembler cette somme considérable. Ce petit trésor représentait la campagne de trois colporteurs pendant six mois. Six mois de route, au prix de tous les dangers, six mois de bénéfices évanouis... Jeanne eut le tournis : elle aurait beau travailler, ils auraient beau s'acharner, triompher de tous les obstacles, il y aurait plus fort qu'eux ! Elle pouvait forger des projets, combiner des plans, résoudre, grâce à son énergie, tous les problèmes... Ses efforts seraient réduits à rien. Dépouillée une fois encore par l'impôt obligatoire. 1000 piastres ! Et s'ils s'étaient trompés ? Si elle allait supplier les sbires de Cuevas, au ministère des Relations extérieures ? Les concussionnaires lui ricaneraient au nez... Elle ne pouvait rien faire, car les Barcelonnettes figuraient sur la liste noire, par la faute d'Olivier Meyran. Le tout-Mexico connaissait les liens d'amitié qui les unissaient au journaliste. Elle se sentait prisonnière, livrée à l'oukase gouvernemental.

Pierre Arnaud aurait-il payé ? Et si elle payait ? Que se passerait-il si d'aventure les constitutionnalistes reprenaient Mexico ? Lui reprocherait-on d'avoir accordé des fonds à leurs ennemis ? L'accuserait-on d'avoir renoncé à la neutralité ? Au contraire, si elle refusait de payer, elle risquait l'arrestation, la saisie des biens...

Il ne restait qu'un espoir : la visite que Jean Pascal rendait en ce moment même, au nom de l'Association de bienfaisance, au ministre de France, afin qu'il intervînt auprès de Felix Zuloaga. Après tout, si l'on s'en tenait aux principes établis par le traité franco-mexicain de 1840, qui accordait à la France le statut de la nation la plus favorisée, les citoyens français n'avaient pas à se plier à ces contributions. Et le rôle du vicomte de Gabriac n'était-il pas de faire respecter les droits et les intérêts de ses ressortissants ? Jeanne pestait contre le représentant du commerce français à Mexico qui n'avait pas encore suivi l'exemple de son collègue nord-américain, le consul Forsyth. Lui avait soulevé la question de droit posée par l'emprunt forcé. Elle pensait que, pressé par l'ensemble des commerçants de Mexico, le diplomate serait tôt ou tard contraint d'alléguer le traité pour faire entendre raison au gouvernement suprême. On ne défie pas une nation civilisée comme la France, on ne rompt pas un traité. Elle se raccrocha à cette idée et attendit, anxieuse, le retour de son époux.

Jean Pascal, en fin d'après-midi, apporta de mauvaises nouvelles : son entrevue avec le vicomte s'était mal déroulée. Alexis de Gabriac n'avait rien oublié de l'humiliation qu'il avait subie deux ans auparavant, avec le charivari organisé par une partie des nationaux. Tenant sa revanche, il avait reproché au président de l'Association de bienfaisance ses sympathies politiques qui, il ne l'ignorait pas, penchaient du côté des libéraux. Mécontent de voir sa probité mise en cause, Jean Pascal avait rétorqué que sa démarche n'était guidée que par les intérêts de ses sociétaires. Le vicomte s'était emporté. Il les connaissait, ces sociétaires, tous socialistes, tous émules de Victor Hugo, tous renégats...

— Je suis en poste à Mexico, avait-il conclu en frappant du poing, pour représenter la politique de Sa Majesté l'empereur Napoléon III, et non celle de ses opposants. Il n'est pas question que j'entreprenne quoi que ce soit qui puisse détériorer nos relations avec un gouvernement que nous venons de reconnaître. N'en déplaise à vos compatriotes qui suivent vos penchants politiques !

— Il ne faut rien attendre, ma petite Jeanne, de ce *caballero* sans scrupule, conclut Jean Pascal. Depuis les origines de la révolution de Tacubaya, il pactise avec le parti de Zuloaga.

— Il faut donc que nous agissions seuls, soupira Jeanne, et, quelle que soit notre décision, nous n'aurons droit à aucun recours, à aucune réparation...

— Non, il ne faut plus agir seul. Nous devons faire bloc contre pareilles exactions. C'est en tout cas ce qu'ont décidé la plupart de ceux que j'ai rencontrés ce matin à l'*Hotel Del Comercio*. Mais il faut agir vite. Tiens, lis cette pétition. Nous la porterons ce soir...

« Samedi 8 mars,

« Des Français réunis ce jour ont été d'avis que la

contribution extraordinaire ne leur était pas applicable. Ils ont, en conséquence, signé une représentation à M. le Ministre de France et ont décidé que chacun aurait à refuser le paiement, à s'opposer à la perception dans toute l'étendue de la résistance légale. »

Suivait une vingtaine de signatures, parmi lesquelles Jeanne reconnut celles des chefs des filiales barcelonnettes. Cela lui redonna courage. Elle prit son crayon sans hésiter.

— Qu'ils viennent donc le chercher, cet argent, nous les attendrons, fit-elle rageusement.

Dès le lendemain, la *Sociedad*, l'*Eco del Comercio*, la *Patria* se lancèrent dans une violente dénonciation des commerçants français qui refusaient de souscrire au paiement de la contribution sur les capitaux...

« Nous ne pouvons nous empêcher de rappeler aux étrangers, chefs de ces maisons, la nécessité que nous avons tous d'aider le gouvernement actuel, celui qui nous donne garantie et sécurité, alors que nous avons l'expérience de la manière dont se comportent les *puros* à l'égard des propriétés », vitupérait l'*Eco del Comercio*. « Si les *puros* revenaient, lançait la *Patria*, ils reprendraient tout et pilleraient le commerce. Que diraient alors les étrangers qui refusent aujourd'hui d'aider au soutien de l'ordre ? Peut-être voudraient-ils formuler des réclamations contre le pays qui leur a donné tant de richesses ? » Quant au *Diario official*, il se contentait de rapporter les mises en garde du ministre Luis Cuevas : « La protection qui est due aux étrangers, à leurs intérêts et à leurs propriétés, dans tous les pays civilisés, doit être aussi énergique, aussi efficace que doit être sévère la répression contre ceux qui, mus par un mauvais sentiment, méconnaissent l'autorité suprême et désobéissent aux lois. Le jour où l'on permettrait pareil scandale, les droits d'une nation comme peuple indépendant seraient méprisés. Les étrangers pacifiques seraient l'objet d'une antipathie nationale. En conséquence, le cas se présentant que plusieurs commerçants étrangers de cette capitale résistent à payer la quote-part qui leur a été assignée en vertu de la loi, le ministre chargé des recouvrements procédera à la saisie des marchandises équivalant à la valeur desdites quotes-parts. Il s'appuiera au besoin sur la force armée. Si, malgré tout, des commerçants opposent résistance, l'ordre leur sera donné de quitter Mexico dans les trois jours et de se diriger sur le port de Tampico. » Suivait la liste des récalcitrants qui s'élevaient au nombre de trente-trois et parmi lesquels figuraient un Américain, Smith and Co, deux Allemands, Schloesing et Ziegler, un Cubain, Romualdo Zamora, et même un Mexicain, Agostino del Rio...

Les menaces et les intimidations eurent raison de huit d'entre eux, les autres tinrent bon. Jeanne aussi. Les rebelles misaient sur un rapport de forces qui contraindraient tôt ou tard le ministre de France à prendre position. Mais les premières saisies commencèrent dès le 10 mars et avec elles les premières arrestations pour « manque de respect à l'autorité ». Ce fut d'abord Auguste Dantan, Émile Schloesing et Numa Dousdebes, chefs de trois des maisons les plus honorables de Mexico, qu'on vit emmener, enchaînés, en plein après-midi, au milieu d'un important déploiement de forces, à la *Comandancia militar*. Puis ce fut au tour de François Bergès, chef d'une nombreuse famille et homme considéré qu'on arrêta pour les mêmes motifs, à 6 heures du soir. Jean Pascal, accompagné par plusieurs de ses compatriotes, se rendit en vain à la légation de France : le vicomte de Gabriac restait introuvable. Bien qu'il se soit résigné à verser sa part le lendemain, ce fut le pharmacien Henri Capelle qui fut tout de même emmené auprès du gouverneur parce qu'on lui reprochait cette fois de recevoir dans sa pharmacie des personnes hostiles au gouvernement et critiquant ses actes. Le Français avait répondu que son établissement était public, qu'il ne pouvait s'opposer à ce que ceux qui y venaient parlassent comme bon leur semblait. On l'avait finalement relâché, non sans avoir menacé de l'expulser s'il palabrait, à l'avenir, avec des opposants.

Jeanne savait que bientôt son tour viendrait... Mais à quoi bon barricader sa porte ? A quoi bon faire du zèle ? De toute manière, ni elle ni personne n'y pourrait rien changer. La seule chose qu'ils retireraient tous d'un acte de bravoure gratuit, c'était le saccage de la soldatesque qui fondrait comme un essaim de frelons. Jeanne, Pascal, les compagnons risquaient de perdre non seulement la liberté, mais encore leurs biens. Humiliée, le cœur plein de haine, elle capitula et devança même de vingt-quatre heures la date prévue pour le règlement de la somme exigée. Les trois patrons barcelonnettes suivirent son exemple et rendirent les armes, imités par les derniers récalcitrants. La résistance avait vécu.

Le 15 mars, Gabriac quitta enfin son mutisme. Dans une déclaration publiée par la presse officielle, il fit connaître à ses compatriotes qu'en ayant fait appel à la bienveillance et au sentiment d'amitié de Son Excellence le président de la République, il avait obtenu la révocation de l'ordre d'expulsion signé à l'encontre de MM. Dantan et Dousdebes qui, par conséquent, resteraient sans contestation à la tête de leurs maisons de commerce.

Six jours plus tard, le 23 mars, Miramon remporta sa première victoire à Salamanca, où il écrasa le révolutionnaire Parrodi et son armée. Ce brillant succès mit son nom dans toutes les bouches, et quoiqu'il n'eût que vingt-cinq ans, la presse gouvernementale, dont il était l'idole, le citait comme le premier homme de guerre du Mexique. On affirmait que le serpent de l'ambition n'avait pas mordu ce jeune cœur où bouillaient les nobles instincts du soldat... On disait encore que ce général infatigable avait su inspirer, grâce à sa foi militaire, une confiance sans borne aux troupes qu'il commandait. Que, sur les traces de son armée, il se battrait partout où il rencontrerait les factieux. On se gaussait de Juarez, qui n'était bon qu'à errer de ville en ville, à la recherche d'un refuge illusoire. On disait que le rebelle s'était même replié à Manzanillo, où un navire l'attendait pour prendre le large... Bref, la guerre ne serait bientôt plus qu'un mauvais rêve.

XVIII

Les jours, les semaines et les mois passèrent. Les prédictions triomphales annoncées par les journaux conservateurs ne se réalisèrent pas. Bien au contraire, tout laissait penser que le pays plongeait plus profondément dans une guerre civile sanglante. Les succès remportés par Miramon, s'ils étaient brillants, ne se révélèrent pas moins stériles, car l'insurrection, écrasée sur un point, renaissait sur un autre. Les généraux les plus habiles, les troupes les plus disciplinées étaient certes du côté conservateur, c'était eux qui l'emportaient dans les batailles rangées ; mais sur le terrain de la guérilla, les troupes libérales avaient toujours le dessus. Il fallait compter avec les innombrables bandes conduites par des *rancheros* métis, parfois même des Indiens, qui menaient, dans les territoires septentrionaux, des actions acharnées et désespérées contre les généraux. Comme aux périodes les plus terribles de la guerre d'indépendance, les cris « *Religion y fueros*[1] *!* », « Mort aux *gachupines*[2] ! » résonnaient partout, laissant derrière eux leurs cortèges d'assassinats, de massacres et de pillages. La guerre prenait ce caractère impitoyable qui donne sa marque fanatique aux batailles révolutionnaires. Elle semblait flotter dans l'air même qu'on respirait au Mexique, cette terre où la vie

1. *Fueros :* privilèges.
2. *Gachupines :* Espagnols.

avait toujours été bon marché. C'était la litanie des coups de grâce, des potences dressées aux carrefours, des troupes de cavalerie tenant les sierras, attaquant les haciendas, les bourgades, dépouillant les convois d'argent, les caravanes de marchandises. Et toutes ces villes mises à sac...

Les *padres* les plus humbles, étouffant leurs derniers scrupules, jetèrent bas leurs divins préceptes de miséricorde et poussèrent les pauvres au crime, fusil dans une main, crucifix dans l'autre. Exaspérés par la furie de ce conflit, les chefs de guérilla fusillèrent alors les prêtres qui refusaient d'administrer les sacrements à leurs troupes. On donnait des feux de joie avec les images pieuses et les reliques sacrées. La confusion était parfois si extrême que personne ne savait qui défendait qui ; soldats réguliers ou irréguliers étaient suivis d'une foule de gens qui, pareils à des vautours, dépouillaient les cadavres des belligérants, à quelque parti qu'ils appartinssent.

La situation n'était guère plus attrayante à Mexico. Les forces militaires étaient cantonnées dans la ville, et la presse était si muselée que personne ne pouvait s'élever contre les déprédations des soldats. Toute protestation individuelle était passible d'emprisonnement. Les prisons étaient remplies de notables qui croupissaient dans les cachots en attendant d'être jugés. Pour peu qu'on fût soupçonné d'avoir tenu des propos séditieux, on était jeté au cachot : les autorités n'exigeaient ni preuve ni témoignage, elles se contentaient des dénonciations. Les étrangers n'étaient pas épargnés, les Français moins encore que les autres, en raison sans doute de l'esprit républicain de beaucoup d'entre eux. Un Béarnais, éminent dans les annales de la pâtisserie, Pierre Pouységur, fut emmené à la *Comandancia militar,* suite à une lettre anonyme qui l'accusait d'entretenir des relations avec un constitutionnaliste. On lui rendit la liberté au bout de vingt-quatre heures grâce à l'intervention de son épouse mexicaine, mais surtout en échange d'une rançon de 5000 piastres... Le tailleur Mivielle, son compatriote, fut emprisonné, lui aussi, parce qu'il avait été accusé de conspiration par le colonel Uribe, l'un de ses débiteurs qu'il menaçait de poursuites. Il avait dû attendre une semaine dans la geôle avant de retrouver la liberté, en raison de ses difficultés à réunir la rançon qu'on exigeait de lui... Les Sept Portes furent aussi victimes de ces actes arbitraires. Pendant huit jours, des détachements de soldats fouillèrent à maintes reprises la maison. Les soudards et leurs capitaines se présentaient sans prévenir, se répandaient dans les chambres, posaient une foule de questions, vidaient les placards, perçaient les matelas, sabraient sous les lits. Puis les jours passèrent et, de guerre lasse, l'autorité abandonna sa traque.

A son habitude, le ministre de France se garda bien d'intervenir. Le diplomate de Sa Majesté l'empereur Napoléon III ne restait cependant pas inactif au milieu de tous ces événements... Traînant à ses basques son mentor, le ministre plénipotentiaire britannique Sir Ottway, il passait le plus clair de son temps au palais, où les deux avaient quasiment installé leurs meubles. On rapportait que le vicomte était devenu le conseiller régulier de Zuloaga. Sa partialité était suffisamment notoire pour que dans la communauté française on le surnomme « le Régent ». N'était-ce pas lui qui, lors d'une réception officielle, s'était laissé aller, champagne aidant, à dévoiler vulgairement le fond de sa pensée ? « Beaucoup ont l'impression que Juarez, Vidaurri et Degollado sont des *caballeros* espagnols aussi authentiques que Sartorius, Navarez et O'Donnel, mais la vérité est que ces trois individus que je viens de citer, tous mexicains, généraux et constitutionnalistes, ne sont que des Indiens pur sang plus apparentés aux Ojibbeways, exhibés dernièrement à Londres, qu'à n'importe quel hidalgo d'Espagne. Miramon, par contre, est français par son père, espagnol par sa mère, c'est-à-dire descendant des deux races les plus raffinées d'Europe. » Et d'ajouter avec l'outrecuidance des serviteurs retors : « Je ne doute pas que le clergé mexicain soit indolent, ignorant, selon le critère européen, mais, malgré tous ces défauts, il est le seul à pouvoir empêcher que le peuple mexicain ne replonge dans ses croyances et ses pratiques sauvages. Par conséquent, la cause de l'église catholique au Mexique est celle de la civilisation. »

Conserver sa liberté, sauvegarder le présent et tenter d'assurer l'avenir, telles devinrent, dans ce chaos, les préoccupations essentielles de Jeanne. Filer doux, ployer l'échine, supporter les injustices, éviter de déplaire... Le bon sens commandait de pactiser avec ceux qui détenaient le pouvoir. Lâche instinct de survie ? Hypocrisie ? Sans doute, mais les gens de Mexico en faisaient tout autant. Son principal souci fut de ramener aux Sept Portes les franges de clientèle conservatrice qui ostensiblement boudaient le magasin à cause des sympathies politiques qu'on accordait à ses propriétaires. Jeanne découvrit alors que nouer les meilleures relations avec ces gens-ci était d'une déconcertante facilité. Il suffisait d'amadouer par des sourires, des mots aimables les personnalités jouissant de la plus notable influence... C'est ainsi qu'elle arrêtait souvent sa voiture pour bavarder avec le banquier Jecker, ami intime du vicomte de Gabriac. Le Suisse avait ses entrées au palais ; le président Zuloaga venait d'ailleurs de lui accorder l'autorisation de « reconnaître » et de délimiter tous les terrains vagues de Sonora et de Basse-Californie. Ces opérations devaient être réalisées aux frais de ses compagnies et dans un délai de trois ans, sous la condition que la maison Jecker gère un tiers des terrains, tandis que les deux autres tiers deviendraient propriété du palais... Sans plus attendre, le banquier avait dépêché en Sonora une commission scientifique composée d'ingénieurs américains, de géographes, de géologues et de dessinateurs avec mission de reconnaître les côtes et les îles de cet État depuis les berges du rio Colorado jusqu'au rio Fuerte, qui le séparait, au sud, de l'État de Sinaloa.

Jeanne s'imposait le rôle de femme charmante et raffinée, et, si son air digne lui permettait de tenir Jecker à distance respectable, ses fossettes et ses sourires donnaient à ses manières une grâce qui était souvent à la limite de la bienséance... Pour la première fois depuis leur union, Pascal désapprouva le comportement de son épouse. Non qu'il doutât de sa fidélité, qu'il craignît les effets d'une quelconque rumeur, non, il lui reprochait de traiter par trop avec des gens qui étaient leurs ennemis mortels, alors qu'on ignorait tout du sort d'Olivier Meyran, leur ami. Quand il entreprit de se confier à Jeanne, la discussion tourna à l'affrontement. D'un ton sec et cassant, elle rétorqua que, à cause de « l'ami », le désastre les avait frôlés de près, que d'ailleurs elle n'ouvrirait plus sa porte à quiconque menacerait la sécurité de son fragile foyer, qu'il ne semblait pas comprendre à quel point cette sécurité était précaire, ni combien il était nécessaire de gagner plus d'argent en ces temps troublés où le bien était la seule garantie contre les calamités à venir. Quant à l'action des libéraux, elle n'en retenait que les excès sanglants perpétrés par quelques guérillas. Elle répliqua, avec la mauvaise foi qui la caractérisait parfois, que des hommes qui promettaient le pillage dans leur propre pays comme prix du triomphe d'une opinion ne pouvaient compter parmi ses amis.

— Que les autres lancent feu et flamme, conclua-t-elle, qu'ils aillent en prison pour avoir parlé à tort et à travers, qu'ils soient pendus ou qu'ils complotent à leur aise, cela importe peu. Ni eux ni personne ne pourront changer la face des choses dans ce monde fou !

Bouleversé par le changement qui s'était opéré en elle, Jean Pascal mesura vite que la paix avait son prix et que, pour l'acquérir, il n'avait qu'à laisser Jeanne agir à sa guise. Alors, il accueillait non sans frémissement les bruits, les cancans, les informations que Jeanne glanait lors de ses rencontres avec les amis du régime. Jean Pascal était ainsi : il comptait, malgré lui, sur la prudence de son épouse. Un jour, c'était Jecker, péremptoire, qui menaçait de faire intervenir ses amis des Tuileries — il se targuait d'entretenir les meilleures relations avec le demi-frère de Napoléon III, le duc de Morny —, parce que Pesqueira, le gouverneur de Sonora, révolté à son tour contre le gouvernement de Mexico, avait donné quarante jours à la Commission scientifique pour quitter ses territoires, alors que celle-ci n'avait pu relever ses plans que sur une étendue de 700 000 hectares. Un autre jour, c'était Nerri del Barrio, le consul espagnol, de retour d'un voyage dans l'intérieur du pays, qui répétait à qui voulait l'entendre que, forcé de s'arrêter au milieu des populations indiennes, ces bonnes gens lui avaient demandé des nouvelles de « la reine notre souveraine »... Il leur avait répondu : « La reine est ma souveraine, non la vôtre, car vous êtes mexicains » ; et tous avaient répliqué : « Nous avons toujours entendu nos pères qui nous disaient le roi est notre souverain ; la reine est donc notre souveraine. » Le Castillan concluait à l'existence de deux partis opposés au Mexique : le parti espagnol, composé en majorité d'hommes blancs, « d'hommes comme nous », qui avaient su conserver les traditions de l'Espagne, et le parti anti-espagnol, composé de métis, de créoles affairistes qui « nous détestent, n'aspirent qu'à introduire l'anarchie au Mexique au moyen de la division, en établissant vingt républiques au lieu d'une ». Et d'ajouter que tout le mal des républiques hispano-américaines résidait dans le mélange des races : « La preuve de cette assertion ? déclarait-il, c'est que les Espagnols de race pure ont gouverné trois cents ans le Nouveau Monde avec sagesse et succès ; les Portugais ont fait du Brésil un empire florissant ; Cuba prospère sous le régime de sa métropole. Tandis que depuis que des races abjectes, barbouillées d'une peau noire, jaune et bronzée, se mêlent des affaires, tout est brouillé, plein d'anarchie, de folie et de férocité. Les Mexicains ont eu soixante et un vice-rois en trois cents ans ; depuis l'indépendance, ils ont consommé soixante-trois présidents ou dictateurs en moins de cinquante ans... Il faut un nouveau Cortès à l'Amérique dégénérée, et ce Cortès ne peut être qu'européen... »

Un autre jour, c'était le consul américain Forsyth qui s'en prenait à son ennemi mortel, le vicomte de Gabriac qui, disait-il, avait la tête pleine de rêves dorés d'un protectorat européen sur le Mexique, préambule d'une monarchie ou d'un empire européen. Il inculquait ses visions absurdes dans le crâne des fanatiques et des imbéciles qui composaient le gouvernement suprême. Il suffisait de lire la presse d'Europe et des États-Unis pour mesurer l'enjeu que représentait ce pays assis entre l'Atlantique et le Pacifique, qui possédait un développement de côtes presque égal à celui des États-Unis, tout en bénéficiant de cet avantage de rejoindre les ports du Pacifique à ceux de l'Atlantique en quelques journées de marche. Grâce au chemin de fer, ces trajets pourraient être réduits en quelques heures... A ces privilèges uniques au monde, on pouvait ajouter l'immense marché qu'offrait ce pays aux frontières des États-Unis.

Le *New York Herald,* qui ne déguisait nullement ses désirs d'intervention dans les affaires mexicaines, affichait l'annexion : « L'acquisition du Mexique serait, au point de vue commercial, d'un avantage incalculable pour nous et pour le monde civilisé, tandis que sur le point de vue social elle offrirait au peuple mexicain les plus sérieuses garanties. La France et l'Angleterre ont de bonnes raisons financières pour ne pas y consentir avec joie. A dater du jour de l'annexion, un marché sûr et lucratif s'ouvrirait dans le Mexique à tous les produits manufacturés d'Europe et fournirait à ces nations aussi bien qu'aux États-Unis un vaste champ d'entreprise. »

Le *Times* de Londres, plus circonspect et l'un des plus soucieux face à l'ambition américaine, penchait pourtant lui aussi vers cette solution : « Nous ne voulons pas cacher que nous sommes annexionnistes à notre manière, non pour notre avantage, mais par amour pour le Mexique. L'absorption de Cuba par les États-Unis est un événement de réalisation douteuse, car cette question porte le germe de l'esclavage, mais la politique libérale de l'Angleterre a conféré au Canada le droit de se gouverner. Que la race anglo-saxonne accomplisse donc sa destinée en se portant vers le sud, en répandant sur le continent américain des hommes laborieux, intelligents. Qu'elle s'avance même jusqu'à l'isthme de Panama, que les races espagnoles et indiennes se mêlent et se fusionnent à la race du Nord, si elles le peuvent, et là où elles ne le pourront pas, qu'elles disparaissent. »

Le Courrier du Havre, feuille française des plus estimées, proposait tout simplement l'établissement d'une monarchie d'Europe au Mexique : « Pour que la Californie mexicaine exhibe les milliards qu'elle renferme dans ses entrailles, il aura fallu qu'elle devienne yankee. Ainsi en sera-t-il tôt ou tard de la Sonora et des autres provinces mexicaines. Si, en 1826, les grandes puissances étrangères avaient su créer dans le Nouveau Monde des royautés indépendantes en faveur de différents princes de la maison des Bourbons, au lieu d'une demi-douzaine de Républiques qui n'échappent à l'anarchie que pour retomber sous la dictature militaire, on compterait en ce moment dans les deux Amériques trois ou quatre royautés qui maintiendraient dans le Nouveau Monde le principe monarchique et feraient contrepoids à la force irrésistible de la démocratie anglo-saxonne. Maintenant, ce qui était facile en 1826 et n'a pourtant pas été tenté serait-il encore possible en 1858 ? Nous n'oserions l'affirmer, et pourtant nous ne pourrions, de par la logique, qu'applaudir à toute tentative faite dans ce sens... »

Jean Pascal, vétéran du Mexique, ne pouvait s'empêcher de ressentir les mêmes inquiétudes que lors des prémices qui avaient entraîné l'intervention américaine de 1846[1] : climat d'insécurité publique, malaise de la population étrangère, amplification des craintes par des écrivains distingués, des publicistes de talent qui n'étaient que les interprètes du sentiment particulier de certains cercles, de *lobbies,* comme disaient les Anglais.

1. Voir « Les Jardins de l'Alameda ».

Il est chez les peuples comme chez les individus des principes de désorganisation latents qui, malheureusement, dominent leur nature. La République mexicaine en était là : le désordre, son état normal ; l'anarchie, son essence. C'était, pour ainsi dire, un élément de vie et de destruction. On était porté à croire que cette nation pût regarder la prospérité comme un malheur. Elle aimait les tempêtes et semblait les appeler avec passion. Si cette éternelle comédie des partis rivaux ne se fût pas traînée dans le sang pendant plus de trente années, elle n'eût été que fastidieuse et ridicule. Mais on ne joue pas impunément avec le feu, avec la mort. Jeanne avait peut-être raison : personne n'y pouvait rien changer.

En attendant, le Barcelonnette s'épuisait à secourir ses malheureux compatriotes chassés de chez eux par les abus de tout genre, les crimes affreux qui se commettaient dans l'ombre des drapeaux politiques. Chaque semaine, désormais, les fuyards refluaient sur Mexico et réclamaient assistance à la Société de bienfaisance. Il en venait de toutes les parties de la République, et on les voyait errer, misérables, dans les rues de la ville, à la recherche d'un abri et d'un emploi. Cet état de choses alarma les commerçants respectables membres du conseil d'administration. L'association pouvait se targuer de remplir dignement son but philanthropique : convaincu que l'institution devait non seulement secourir, mais prévenir aussi l'indigence, Jean Pascal avait même réussi à faire accepter par l'assemblée générale l'ouverture d'un bureau de renseignements et de placements dont la responsabilité incomba à Isidore Deveaux. Malheureusement, la misère était si grande que les ressources de la société menaçaient d'être inférieures aux besoins des infortunés, chaque jour plus nombreux. Déjà, la maison de santé n'avait plus de lits vacants. Pour y remédier, le comité entreprit de dégrever la caisse de tous les frais superflus de l'administration. Cela ne suffisait pas, il fallait trouver d'autres ressources. Il n'était pas question, après les derniers mois de sacrifices, d'appeler la communauté française à une souscription extraordinaire. Il fallait chercher ailleurs. Hélas, le conseil d'administration s'aperçut que le nombre des souscripteurs n'avait pas augmenté en proportion de l'accroissement de la population française dans la capitale, ces deux dernières années. Jean Pascal réclama donc des volontaires pour aller visiter les mieux lotis et les réfractaires, afin de les inciter à s'inscrire comme bienfaisants.

Au dénuement des plus humbles ne pouvait répondre que la charité de commerçants et d'artisans sur la pente de la ruine. Sombres présages...

XIX

Durant l'année 1858, il ne se livra point de batailles importantes que l'armée conservatrice ne remportât. Miramon et Marquez occupèrent San Luis Potosi et repoussèrent Vidaurri dans le Nuevo León. Ils se retournèrent ensuite vers l'ouest, contre Degollado, et Marquez prit Guadalajara sans difficulté, tandis que Miramon soumettait le littoral pacifique. Conquêtes, hélas, illusoires... Les guérilleros hantaient les campagnes et surgissaient partout à la fois, rendant toute paix précaire. Les forces libérales, disséminées sur l'étendue de la République, répondaient par des combats partiels à la promptitude des armées cléricales, dont les positions étaient plus bornées et concentrées. Si bien qu'après chaque victoire ces dernières se trouvaient dans une position aussi fragile qu'avant de livrer l'action. A la suite de quelques succès, elles réussissaient à marcher sur les avant-gardes du parti libéral, mais ce n'était que pour se replier, peu de temps après, défaites par une force ennemie à laquelle elles abandonnaient une ou deux provinces qu'elles ne tardaient pas à reconquérir presque aussitôt... En ce mois de janvier 1859, l'état des choses ne révélait que l'impuissance des deux parties dans une lutte qui menaçait de s'éterniser.

Guerre hachée, combats vains, pertes inutiles, atroces ravages, c'était la guerre civile... S'abritant sous l'ombre des drapeaux politiques, des hordes de brigands désolaient les provinces, portaient partout le trouble, l'épouvante, la désolation, tuant et saccageant sans retenue. Commerçants ou curieux ne se risquaient plus à entreprendre des voyages entre les haciendas, les villages défendus comme des châteaux forts, les bourgs qui se barricadaient et les villes qui tiraient leurs portes la nuit. Chacun prit l'habitude de vivre cantonné chez soi, l'industrie et le commerce disparurent peu à peu dans les villes de l'intérieur ; les gens des mines, n'osant pas acheminer leurs barres de métal ni même les stocker en magasin, par crainte des voleurs, abandonnèrent les minerais bruts dans les cours des usines de réduction, sans leur faire subir de traitements. De rares intermittences de paix permettaient aux mineurs de reprendre leurs travaux, aux fabriques de rouvrir leurs portes. Quelques courageux soulevaient alors la poussière des chemins, les services de diligences se réorganisaient, les convois de métal reprenaient leur route vers les hôtels de monnaie, les conduites de piastres quittaient ces mêmes établissements vers les ports du golfe, le tout escorté de soldats, de troupes armées. Mais ces trêves étaient de courte durée, et ce fut le beau temps des attaques de diligences, de convois de marchandises, de caravanes de voyageurs, à quatre pas des grandes villes...

Le fonctionnement des Sept Portes tenait pour beaucoup dans la qualité des échanges commerciaux que les maisons barcelonnettes entretenaient entre elles, mais aussi dans l'extraordinaire réseau que leurs colporteurs avaient tissé sur tout le pays... Depuis que Pierre Arnaud, en 1821, leur avait ouvert la voie, ils quadrillaient toutes les provinces au point d'appartenir au paysage. Il n'y avait pratiquement pas une ville, pas un village, pas une hacienda où leur passage ne fût attendu, autant pour les étoffes dont ils faisaient commerce que pour le plaisir de bavarder avec ces aventuriers qui faisaient partie des silhouettes familières rencontrées sur les pistes. Cesser cette activité équivalait à la mort lente de cette vaste et fructueuse entreprise minutieusement mise en place. La poursuivre était tout aussi périlleuse, car les colporteurs, qui avaient coutume de voyager solitaires, risquaient d'être dépouillés de leurs chargements ou, pire, de perdre la vie. Une solution fut trouvée à ce dilemme : Jeanne et les chefs des maisons s'associèrent aux principaux négociants de la capitale et des villes de l'intérieur pour organiser des *conductas* privées. Dès que les conditions le permettaient, les Barcelonnettes joignaient donc leurs mules à ces longues caravanes conduites par des majordomes de toute confiance, escortées par cinquante ou soixante-dix cavaliers armés. Ces convois réunissaient jusqu'à quarante chariots et wagons, parcouraient des centaines de lieues, apportant aux mines et aux villes les produits importés d'Europe ou fabriqués dans les provinces : conserves, produits alimentaires, vêtements, cigarettes, et même les denrées des régions tropicales qu'elles traversaient, du café de Cordoba, des pains de sucre de Morelos, des barils de cacao d'Oaxaca.

La mise sur pied de telles entreprises nécessitait de grands investissements, mais Jeanne était convaincue que la survie des Sept Portes était à ce prix. Cette situation, cependant, ne pouvait qu'être provisoire. Ce commerce de colportage, qui contribuait à assurer la richesse du commerce barcelonnette, ne pouvait en effet être bénéfique que dans la mesure où le flux des importations de l'étranger était assuré. Or, certains indices laissaient penser que cette source tarissait...

La plupart des importations d'Europe s'effectuaient par le port de Veracruz. Trois quarts des marchandises étaient acheminées sur Mexico, Puebla et les principales villes de province, le quart restant se consommant sur place ou dans les villes du littoral. Contre ces marchandises, les négociants renvoyaient numéraires et contrevaleur, toujours par Veracruz, à leurs marchands et commissionnaires d'Europe et d'Amérique. Depuis la domination espagnole, ce mode de remise n'avait pas varié, et, quatre fois par an, des *conductas* partaient sur les chemins, sous escorte et garantie des troupes gouvernementales. Les circonstances avaient perturbé ces flux : aucun négociant ne se hasardait à confier le fruit de son labeur à quelque escorte que ce fût... Alors, les fonds restaient inactifs dans les caisses et les coffres-forts, les crédits s'épuisaient au-dehors et les navires n'arrivaient plus qu'à demi chargés à Veracruz.

Cet état s'aggrava encore à partir d'octobre 1858. Ce mois-ci, Benito Juarez, celui-là même que les conservateurs s'étaient targués d'avoir expulsé du pays, avait réapparu, tel un messie, à Veracruz, où il s'était installé avec ses amis et disciples, Melchor Ocampo, Guillermo Prieto, Ignacio Ramirez, et les deux frères Lerdo de Tejada, Miguel et Sebatian. Le pays obéissait à deux présidents : l'Indien zapotèque à Veracruz, qui affirmait défendre la légalité fondée sur la Constitution de 1857, et le créole Miguel Miramon, à Mexico, en faveur duquel Zuloaga abdiqua le 24 janvier 1859. Le commerce, bien entendu, ne tarda pas à se ressentir de cette double juridiction, car, depuis que Juarez était maître du principal port du pays — et donc maître des douanes —, le change entre les deux villes ne cessait d'augmenter au détriment de Mexico. Les prix de détail grimpèrent en flèche, et les conséquences de cette prostration commerciale se firent bientôt sentir.

Alléchés par les gros bénéfices qu'ils pourraient tirer de cet état de choses, des commerçants n'avaient pas hésité à entamer leurs réserves : ils ne tardèrent pas à être victimes de cette politique à court terme. Nombre furent asphyxiés, et les plus malchanceux, contraints de fermer leurs portes faute de ravitaillement, s'en allèrent grossir la masse des faillis. Les plus perspicaces, ceux qui prirent l'habitude de fermer leurs établissements une, deux ou même trois fois par semaine, selon l'état de leurs stocks, supportèrent la crise tant bien que mal, mais pour combien de temps...

Jeanne Pascal, « la Fortoul », était de ceux-ci. Pour la première fois depuis sa fondation, la maison des Sept Portes demeura close à la vente, outre les dimanches, les lundis, mercredis et vendredis. C'était là le seul moyen de satisfaire sa clientèle. Mais, non contente de prendre cette mesure de sauvegarde, Jeanne rejoignit bientôt le rang des spéculateurs... Partant du principe fort simple que plus les étoffes d'importation feraient défaut, plus leurs prix augmenteraient, elle procéda avec l'habileté froide, la minutie du plus redoutable capitaliste. Chaque matin, elle envoyait l'un de ses commis en reconnaissance chez ses concurrents, puis, selon les renseignements qu'il fournissait, elle réajustait au fur et à mesure les prix de son stock, en n'hésitant pas, le cas échéant, à retirer de la vente des tissus ou des marchandises. La fièvre s'était emparée d'elle. Elle se livrait à ce lucre avec une incroyable frénésie, restant des heures entières enfermée dans la réserve à compter, à recompter l'état de ses coupons de soie, de velours ou d'indiennes, imaginant le fruit qu'elle pourrait en retirer. Comme elle avait changé, l'insouciante Jeanne d'autrefois... Certes, elle était toujours aussi désirable, plus même : son visage et sa silhouette avaient acquis cette plénitude qui sied si bien à certaines femmes quand elles atteignent la trentaine. Sa taille s'était étoffée et lui donnait cette grâce à laquelle on ne pouvait être insensible. Mais si, physiquement, les années ne semblaient guère avoir d'emprise sur elle, son caractère, par contre, s'était transformé. Les méchantes langues la prenaient volontiers en exemple pour témoigner qu'il n'était pas bon qu'une femme s'aventure dans le monde grossier des hommes. Était-ce à force de lutter avec ceux-ci sur le terrain commercial ? Était-ce l'insupportable sentiment d'être la cible des insultes, des médisances ? Toujours est-il que son humeur s'était altérée, que ses réactions ressemblaient à celles des hommes. Elle ne se départait pas d'un ton net, coupant, elle savait ce qu'elle voulait et, comme un homme, tranchait au plus court pour arriver à ses fins. Mais cela ne l'empêchait pas, quand il le fallait, de jouer en femme ; elle savait utiliser toutes les malignités pour tromper son monde.

En réalité, tout ce comportement cachait une tenace inquiétude. Jeanne avait peur. Peur de ces commandants militaires qui exerçaient sur la ville et les êtres un pouvoir absolu qui leur conférait le droit de vie et de mort. Ils pouvaient emprisonner les citoyens sous n'importe quel motif, ou sans motif du tout... Jamais on ne surveilla avec autant d'attention ce qu'on disait en public ou en privé. Jamais les commerçants n'épièrent autant les allées et venues de leurs clients. Ceux qui oubliaient ces précautions élémentaires en étaient pour leurs frais. Les commandants détenaient le pouvoir de confisquer les biens, de prendre des otages commerçants, de leur rendre la vie intenable par des règlements contradictoires sur les opérations marchandes. Les décrets pleuvaient. Tel jour, on intimait aux négociants de procéder à la déclaration de leurs propriétés et à l'inventaire de leurs biens. Alors, on s'exécutait, craintif. Tel autre jour, on reprochait les prix trop élevés des marchandises et, pour y remédier, on exigeait que chacun fasse parvenir au palais les échantillons de tous les articles dont il disposait afin qu'une commission, spécialement nommée à cet effet, en établisse les prix de vente. L'ennui, c'est que cette commission ne voulait pas tenir compte de la courbe ascendante des changes entre Mexico et Veracruz... Pour les fonctionnaires conservateurs, le régime libéral de Juarez à Veracruz était une fiction.

Jeanne Pascal entreprit alors de faire creuser par les commis une sorte de cave sous le plancher de la *trastienda*, pour y mettre les étoffes à l'abri. On s'affaira la nuit.

L'état de détresse extrême des finances du palais était évidemment la cause du durcissement des autorités conservatrices. La pénurie monétaire était devenue si grande qu'au bord de la banqueroute le président conservateur était allé jusqu'à vendre à la banque Jecker la propriété des Collèges des sciences et des arts, de médecine et d'agriculture...

Jeanne devint épouvantable. Personne, dans son entourage, n'était plus épargné par ses sarcasmes, sa mauvaise humeur, son injustice, comme si elle trouvait là une manière de se prouver à elle-même sa force chancelante. Son fils, même, la craignait. L'enfant n'avait rien connu d'autre qu'une vie placide, jusqu'à ces terribles journées de 1857 qui l'avaient arraché au sommeil tranquille. Ces journées-là, sa mère lui avait parlé rudement. Dès lors, au moindre choc inattendu, au moindre changement de ton, il frémissait, car, dans son esprit, les paroles brutales étaient associées au fracas de la canonnade. Jeanne s'agaçait quand elle lisait la peur dans ses yeux, lorsqu'elle le réprimandait, car, disait-elle, la frayeur lui donnait l'air d'un enfant borné. En réalité, elle ne supportait pas dans les yeux du petit cette peur qui la renvoyait à sa propre inquiétude. En même temps, elle souffrait, car l'enfant l'évitait. Ce sentiment de crainte était pire que la colère qui la prenait, avant, quand Honoré se réfugiait dans ses jupes. Et maintenant, elle se fâchait en silence quand l'enfant choisissait son père, avec qui il s'amusait tranquillement à des jeux, ou lorsqu'il écoutait les histoires qu'il lui contait. Elle n'était que reproches envers son époux. Sa générosité, son intégrité la hérissaient, persuadée que de tels sentiments étaient lâcheté dans l'absurde désordre social où ils survivaient tous. Jalousait-elle l'estime incontestable dont Pascal jouissait, alors qu'elle ne rencontrait que méfiance, suspicion et crainte ? Un jour, se disait-elle, elle se permettrait d'être bonne, aimable, attentive aux autres. Un jour, lorsqu'elle serait riche, elle respecterait les usages... Tous auraient de l'estime pour elle. Les sociétés sont ainsi : aussi versatiles que les courtisanes. La vie s'écoulerait sans heurts. Dans les froufrous des jupons de taffetas, au rythme des éventails, elle servirait le thé, des sandwiches et des gâteaux exquis ; elle bavarderait des heures entières ; elle serait charitable envers les malheureux, elle porterait des paniers aux pauvres, aux malades, elle serait une femme du monde. Nul pingre ne compta ses pièces plus souvent qu'elle, nul avare ne craignit davantage de perdre son bien. Elle ne voulait pas placer ses liquidités à la banque de peur que celle-ci ne fît faillite ou que les Miramon et Marquez ne confisquassent les comptes des déposants. Elle cachait des liasses dans tous les coins de l'appartement, sous une brique descellée, dans sa boîte à chiffons, entre les pages de ses livres...

Deux événements qui se produisirent à trois mois d'intervalle la frappèrent pourtant de plein fouet. Elle fut confrontée à l'horreur de cette guerre qui n'épargnait personne, ni elle ni les siens...

Le 10 janvier 1859, un homme tremblant de fièvre, en guenilles, la tête ceinte d'un lambeau d'étoffe imprégné de sang séché, s'effondra sous le porche des Sept Portes. C'était Alvino Partida, le majordome embauché quatre mois auparavant par les négociants pour conduire une *conducta* au port de San Blas, sur le littoral pacifique. Ce que les Barcelonnettes entendirent de la bouche du métis fut bien pire que ce qu'ils pouvaient imaginer. L'un des leurs, Paul Balland, de Saint-Paul, qui s'était joint à ce convoi, n'était plus...

Le 25 décembre précédent, à 2 heures, l'après-midi, la caravane, assoiffée par plusieurs heures de marche ininterrompue, faisait relâche sur les rives de la rivière Santiago, non loin d'Alica, dans la province de Tepic, lorsque cent cinquante cavaliers l'attaquèrent aux cris de « Vive la religion ». Les hommes de la *conducta* furent incapables de lutter bien longtemps contre cette bande armée de carabines, de pistolets et de sabres. Dix furent abattus sans même avoir le temps de riposter aux premiers coups de feu, les autres réussirent à prendre la fuite et à se dissimuler dans les plantations de canne à sucre qui s'étendaient non loin de là. Alvino Partida, blessé à la tête et laissé pour mort, exploita cette circonstance et ne dut son salut qu'à ce subterfuge. Maîtres absolus du champ de bataille, les bandits entreprirent de rassembler leur butin, sans se soucier des blessés qui agonisaient. Le majordome entendit alors l'un des brigands hurler : « Un étranger ! Un étranger ! » Ils s'emparèrent de Paul

Balland qui, bien que blessé au bras droit, tenta de résister. On lui passa une corde au cou et, hurlant « Mort aux étrangers », les hors-la-loi le traînèrent devant leur chef qui observait le pillage à l'ombre d'un épais fourré. Sommé de rendre compte de ses antécédents, le pauvre Balland n'eut pas même le temps de s'expliquer que déjà on l'accusait d'avoir acquis des biens du clergé. On décida de lui faire expier son crime... La suite fut effrayante. Avec la lame de leurs poignards, les bandits lui tailladèrent la plante des pieds, puis le forcèrent à danser sur les pierres et le sable teints de son sang, en le piquant de l'épée. Ils lui gravèrent ensuite sur la poitrine la très sainte croix du Christ. L'agonie du malheureux fut interrompue par le claquement bref du nœud coulant qui lui brisa l'échine. Il était pendu à la dernière branche d'un pommier, et son corps se balança sous les rires et les cris des soldats de Dieu.

Jeanne était sous le coup de ce drame quand le second événement éclata le 11 avril suivant.

Miramon, convaincu par son éminence grise, le vicomte de Gabriac, de l'impérieuse nécessité de prendre d'assaut Veracruz, avait quitté Mexico depuis un mois à la tête de sept mille hommes, d'un train de munitions de cent cinquante chariots fournis grâce à la complaisance financière du puissant Jecker et de quelques autres capitalistes mexicains. Sûr de son succès, le créole avait prié le journaliste français Charles Labaurède, collaborateur de *L'Espérance,* de se joindre à son état-major. Cette feuille jésuitique, publiée à la fois en français et en espagnol, jouissait de la protection toute spéciale du ministre de France. Elle portait sous son titre cet exergue tiré d'une citation de saint Matthieu : « Je ne suis pas venu pour apporter la paix, mais le glaive... »

L'armée conservatrice se trouvait aux faubourgs du grand port quand, le 6 avril, la population de Mexico apprit que le libéral Santos Degollado se trouvait à 3 lieues à peine de la capitale, à la tête de cinq mille hommes, à Tacubaya. La tension fut extrême. La panique s'empara de chacun et l'on s'enferma chez soi dans l'attente de l'assaut final. Du plus humble au plus puissant, chacun réagissait à sa manière, selon le camp où il se trouvait et selon ses intérêts... Jecker, assuré que les uns et les autres auraient toujours besoin d'un banquier, prit la route de Cuernavaca, où se tenait sa propriété d'été. Gabriac, sûr, lui, de son immunité diplomatique, fit apposer une bannière tricolore sur la maison de France. Cinq jours s'écoulèrent, et, la mort dans l'âme, chacun en vint à souhaiter que Degollado prenne possession de cette ville qui n'avait pratiquement aucune force à lui opposer. Le 11 avril, enfin, les échos du canon furent entendus dans le cœur de la capitale et, curieusement, ce vacarme fut accueilli comme un soulagement. C'était un bruit lointain, qui laissait entendre que la bataille se livrait à Tacubaya ou à Chapultepec. Le vacarme des détonations se prolongea quatre heures durant, puis le calme revint. Et l'on se prit à espérer, avec la victoire libérale, la fin du vertige, la fin de cette guerre cruelle et vaine.

Un peu plus tard, les vainqueurs pénétrèrent dans Mexico, mais ils n'étaient pas ceux que l'on attendait... Le général Leonardo Marquez, le lieutenant le plus énergique de Miramon, était accouru de Guadalajara avec son armée, et cinq heures avaient suffi pour anéantir les libéraux dont les troupes s'enfuirent en retraite dans les campagnes. La propre chemise de Degollado flotta parmi les trophées cloués sur les portes du palais... Quelques heures plus tard, Miramon, à son tour, déboucha sur la place d'Armes. Il avait renoncé à prendre Veracruz, solidement défendue ; en outre, la fièvre jaune s'était abattue sur les siens. Sans gloire, il avait traversé le haut plateau et était arrivé à temps à Mexico pour assister au triomphe de Marquez. La fête sanglante qui s'ensuivit rendit fou plus d'un esprit faible. Corridas macabres, triomphe de la haine sauvage et du fanatisme guerrier. Dans l'heure, Miramon ordonna à Marquez de faire fusiller tous les officiers prisonniers. Et le sang coula à flots.

Marquez outrepassa ces instructions déjà folles. Les soudards vidèrent les hôpitaux de campagne, les parcs des maisons, près de l'aqueduc. Dans les champs, on apercevait de malheureux blessés traînés par la garde et fusillés devant les fossés où s'entassaient les corps de précédents suppliciés. Les conservateurs fouillaient les immeubles, on arrachait des bras des pères les fils libéraux et on mitraillait les plus jeunes sous les yeux des aînés. A l'école de médecine, Marquez, à la tête d'une troupe, ordonna le massacre des blessés dans leurs lits mêmes. Des étudiants, des médecins furent poussés dans les couloirs et collés au mur pour le seul fait d'avoir donné des soins à des mourants. Parmi eux, et malgré ses cris, on fusilla le bon docteur Jourdanet.

Après cette boucherie, on célébra un *Te Deum ;* Miramon et Marquez parcoururent la ville en voiture découverte pour recevoir les hourras. Et la foule offrit ses applaudissements. Marquez portait une écharpe où figurait l'inscription « A la vertu et à la valeur », que les dames de la ville lui avaient offerte. Durant toute la journée, six pièces de 24 furent promenées par toute la ville, musique en tête, pour faire comprendre, sans doute, que le canon était le grand logicien du jour...

Jeanne crut devenir folle. Elle se laissa guider par la décision de son époux qui lui conseilla de partir. Sa raison chancelait, ses nerfs étaient à vif.

Le 21 mai, elle quitta donc Mexico avec Honoré, profitant d'une *conducta* exceptionnelle chargée de transporter à Veracruz les fonds du commerce de la ville. 4 millions de piastres... La protection de cette caravane, demandée depuis de longs mois par les chefs du commerce, avait été accordée par le ministre des Finances de Miramon au prix de pénibles tractations qui s'étaient soldées par la saisie de 8 % de ces fonds. Une fois n'était pas coutume, le gouvernement central s'était résigné, pour la circonstance, à traiter avec le gouvernement de Veracruz afin que l'expédition arrivât à bon port. A l'issue des pourparlers, il avait été conclu une trêve entre les belligérants : *la conducta,* composée de soixante-cinq chars, serait escortée jusqu'à Corral Falso par un corps de cavalerie de six cents hommes aux ordres du général Robles. Là, un détachement des troupes libérales la prendrait en charge jusqu'à Veracruz.

Jeanne tenait serrée dans son bagage une longue lettre adressée par une quarantaine de négociants de Mexico au ministre des Relations extérieures, le comte Walewsky. Jeanne partait pour la France... Ce courrier, excédé, s'en prenait au représentant de l'État français. « Un nombre considérable de citoyens appartenant aux États les plus puissants de l'Ancien Monde sont le jouet de l'arbitraire d'agents qui servent non pas leurs souverains, mais leurs propres passions et leurs sentiments privés. Nous voulons parler de M. le vicomte Alexis de Gabriac, ministre plénipotentiaire de Sa Majesté l'empereur Napoléon III. Ses talents de diplomate se révèlent en détruisant par sa base l'influence morale et politique dont jouit, à l'étranger, le pays qu'il a mission de représenter ; il emploie son habileté à changer en haine des sympathies faciles à accroître, mais que la défiance tourne d'un autre côté. Nous ne le répèterons jamais assez, le poste de chef de légation au Mexique exige des hommes capables de tact, d'énergie, et surtout d'une stricte probité politique. La France n'a pas été heureuse dans ses choix. Ses représentants ont été considérés, sous divers aspects, comme au-dessous de tout, au-dessous de la médiocrité, mais aucun, il faut l'avouer, ne s'est occupé des intérêts de son pays et de ses nationaux aussi peu que l'actuel ministre de France au Mexique. Il ne faut rien attendre de lui par la raison et le bon sens. Il a, jusqu'à ce jour, plongé son gouvernement dans une erreur grossière sur la situation du pays en peignant le parti libéral sous les couleurs les plus défavorables, en donnant à entendre que ses penchants sont ceux du communisme et du socialisme le plus exalté. C'est un mensonge et une calomnie. Qu'on se pénètre du programme du parti constitutionnel, et nous en appelons à tous les hommes de bonne foi : qu'on nous dise s'il est une de ses réformes qui ne soit pas pratique, raisonnable, appliquée dans tous les pays civilisés. Est-il bien honorable pour la France de faire ainsi la guerre, et de la faire déloyalement, à une communion politique qui lui emprunte ses idées ? M. de Gabriac a fraternisé avec le pouvoir clérical du Mexique qui combat les principes modernes de la Révolution française. Le mystère d'une anomalie semblable s'explique par les sympathies et les influences personnelles du cercle diplomatique de Mexico ; mais la prolongation de cet état de choses ne se comprend qu'en supposant les cabinets des Tuileries induits en erreur par des rapports peu fidèles de la situation. Nous osons croire que ce n'est pas la politique de la France qu'on suit à Mexico, mais celle de quelques amis du ministre qui le soutiennent envers et contre tout. Les citoyens français se plaignent : leurs plaintes restent dans les cartons. Ils souffrent dans leurs personnes, dans leurs intérêts ; qu'importe ! Qu'importe encore : M. de Gabriac, " le régent du gouvernement réactionnaire ", comme on l'appelle à Mexico, reste à son poste. S'il y avait en France une véritable représentation nationale, ce dont nous ne doutons pas, la question serait portée à la tribune qui en discuterait, et forcément elle arriverait à l'oreille de l'Empereur, qui l'aurait bientôt tranchée avec l'habileté de coup d'œil qu'on ne saurait lui refuser. Nous espérons que cette lettre y contribuera enfin... »

XX

« Veracruz n'est pas le Mexique », prétendaient les libéraux. Sur les rives de l'Atlantique, ils avaient toujours trouvé aux pires heures l'assistance nécessaire à leurs combats ; c'était de Veracruz que, souvent, naissait l'ultime révolte quand tout semblait perdu sur l'étendue de la République. Ville ouverte sur les horizons, elle était battue par les vents de l'avenir, c'était sur son môle que les esprits les plus vifs posaient le pied, c'était à Veracruz que les personnes de haute intelligence se rassemblaient aux heures sombres. Ici, même la guerre, quand elle battait son plein, n'avait pas la physionomie des provinces intérieures.

Pour l'heure, d'importantes forces militaires étaient disséminées dans la campagne, généralement au pied de hautes dunes sableuses, où la végétation s'accrochait, maigrichonne. Des hommes attentifs tenaient les corps de garde aux postes de contrôle les plus avancés ; d'autres, en grand nombre, erraient dans les bivouacs, alléchés par le fumet des ragoûts sombres que les *soldaderas* en jupons rouges et blouses immaculées préparaient sur la braise des foyers. Ça sentait la tomate, la chair blanche et chaude des *huachinangos a la veracruzana*[1]. Des fûts de canons servaient d'abris, des paniers de sable formaient murettes et, derrière, toute

1. Filet de poisson, comparable à la daurade, à la mode de Veracruz : cuit au four, nappé d'une sauce tomate, au piment, à l'oignon, etc.

une humanité se prélassait dans l'agitation d'un camp qui ressemblait aux campements des romanichels d'Europe. La route de Jalapa était coupée en cent barricades de treillis de fils de fer, de tissages de lianes qui supportaient des entassements de pierres. Des chicanes nombreuses contraignaient les voitures à marcher au pas ; des ballots de provisions, des foudres d'eau potable étaient déposés dans la nature, sous la garde d'enfants-soldats qui jouaient à la marelle ou au lancer de couteau. Les murailles de pierre des fortifications anciennes étaient hérissées de pièces d'artillerie, de gueules de canons prêtes à cracher la mitraille sur l'assaillant clérical. Des régiments de soldats aux uniformes de fantaisie défilaient partout, à l'exercice. Des cavaliers, vêtus de cuir du chapeau aux bottes, sabres le long de la jambe, carabines liées au pommeau de la selle, louvoyaient au milieu des mules charriant pièces et caissons avec une telle aisance qu'ils semblaient nés sur leurs montures. Des soldats à pied, vêtus de bric et de broc, sans chaussures souvent, armés de fers assez semblables à ceux qui terminent les hallebardes, laissaient défiler des dragons n'ayant de l'uniforme qu'une latte trop longue, des éperons, le chapeau de paille remplaçant le casque. Tout ce monde évoluait dans la foule pittoresque et bruyante si caractéristique de Veracruz : marchandes de fruits, robustes portefaix, blancs, nègres, Indiens, *pintos, zambos,* toute la gamme des types différents qui forment sa population. Malgré l'état de siège, la ville jouissait d'une liberté incomparable. On ne sentait pas cette lourde crainte qui oppressait tant à Mexico et qui interdisait de mettre le nez dehors. Il n'y avait pas, ici, cette peur du soldat, la coexistence ne semblait pas forcée.

Il était 9 heures du soir, la nuit était tombée brusquement avec le coucher du soleil, la brise s'était tue. Au centre de la place du Gouvernement, dans le jardin planté de palmiers, de lauriers et de tamarins, les hommes et les femmes déambulaient sur les allées dallées de marbre blanc, sans se soucier des nuages de moustiques qui tourbillonnaient sur la fontaine bruissante. On conversait assis sur les bancs taillés dans le plus fin des marbres de Carrare, sur la belle place bordée sur un côté par la *parroquia,* la cathédrale, long mur surmonté de légères obélisques, de l'autre par le palais municipal, si original avec sa galerie cintrée et sa tour à beffroi. Les deux autres côtés étaient ornés d'une rangée de maisons construites sur des arcades, dont quelques-unes semblaient avoir été importées de Fès ou de Tanger... Ces arcades s'élevaient sur des terrasses de café, de restaurant, où l'on se prélassait en fumant le fameux *puro*. Les vêtements étaient aussi variés que les physionomies ; il en était d'une simplicité romaine, alors que d'autres étonnaient par le luxe des broderies d'argent, d'or, qui agrémentaient les vestes élégantes, les pantalons moulants des riches *hacendados*. Tous les genres d'habits se mêlaient ici : commerçants européens en redingotes noires, bottes vernies et chapeaux ronds en tuyau de poêle ; employés *fashionables* en chemises brodées à jour, pantalons bleu ciel, coiffés de chapeaux verts ; riches négociants en vestes courtes de coton à fleurs, de daim fin comme du papier, plus ornés d'argent qu'un autel, chapeaux de vigogne ; humbles artisans en caleçons blancs battus de *sarapes* aux cents couleurs ; grandes dames alanguies, habillées en Parisiennes d'amples robes d'étoffes claires, mais le châle relevé sur la tête et clos, de façon à ne laisser voir que de beaux yeux noirs ; *muchachas* en jupons à volants de satin brodé et chemises outrageusement décolletées sur les épaules. On éprouvait l'impression que les peuples avaient su, ici, s'accommoder des combats, que la vie indomptable conservait le dessus. On racontait, chez les Français, toujours observateurs, qu'entre les bombardements américains de 1848 la foule prenait l'air le soir, avant la nuit et les combats de l'aube...

Près de la fontaine illuminée de lanternes en papier, de torches de résine parfumée, un orchestre composé de deux *jaranas*, des mandolines, jouait un de ces airs uniques et monotones des Terres chaudes. D'un ton traînant, l'un des musiciens improvisait sa mélopée :

— *Ma bonne amie, au milieu des filles, me semble un astre, une fleur, un joyau. Mais qu'il fait lourd par ce beau soir d'été. Son cœur est chaud... Ses yeux des soleils...*

Son compagnon lançait, sur la même mélopée :

— *... Mes deux chevaux sont malades aujourd'hui, mais le tabac pousse en belles moissons. Mon compadre Jose boit l'eau-de-vie... Ce n'est vraiment pas bien de sa part...*

Une jeune beauté, vêtue d'un jupon de soie rouge, d'une veste olive brodée d'argent, d'une gorgerette de fine batiste, se fraya le passage au milieu des spectateurs en cercle autour des musiciens. Son opulente chevelure noire brillante était coiffée avec la raie à gauche, et un bandeau noué sur sa tempe dissimulait son front jusqu'aux sourcils. Taille cambrée, bras serrés sur ses hanches, elle exécutait le *jarabe...* Sans bouger de place, sans mouvements perceptibles, ses pieds seuls semblaient marquer la mesure à pas pressés. De temps à autre, le corps toujours tendu, sans modifier le pas ou l'allure, elle se tournait en piétinant tout d'une pièce. Ce bal en pleine rue, éclairé par les lanternes, formait un tableau fantastique. Il se dégageait de cette scène une séduction, une émotion, un appel à la langueur, à l'amour auquel tous les chalands s'abandonnaient. Un spectateur ôta son sombrero pour le déposer sur le front de la danseuse. Alors, la foule battit des mains, siffla en lançant des chants et des cris de gorge.

Attablée sous les arcades du *Gran Cafe de las Diligencias,* qui faisait angle, Jeanne se laissait envahir par cette ambiance nonchalante, langoureuse. Elle avait le sentiment d'avoir échoué dans un autre monde.

Depuis trois heures à peine elle était à Veracruz, noyée dans l'incroyable contraste de la ville et des duretés du récent voyage. Quarante-cinq jours pour traverser le pays depuis Mexico... Et il s'en était fallu de peu que le convoi n'arrivât jamais à destination. A Corral Falso, le voyage s'était gâté. La *conducta* y avait vainement attendu l'arrivée du détachement libéral chargé de prendre le relais de l'escorte de Mexico. Les voyageurs avaient appris que le général Paz, chargé de l'escorter jusqu'à Veracruz, peu confiant dans la parole des conservateurs, avait préféré se retrancher au Puente Nacional, une position militaire abritée par une chaîne de montagnes imposantes et défendue par un fortin perché sur la crête à 800 mètres d'altitude. Robles, le général conservateur, comprenant la retraite de l'escorte de Veracruz, avait cru de son devoir de l'accompagner jusqu'à la Rinconda, où il établit son quartier général en attendant des ordres de Mexico. Sept jours plus tard, le 11 juin, une estafette portait un pli qui enjoignait au général d'amener la *conducta* intacte sur le rivage de Mocambo, une petite baie de la rade de Sacrificios, et d'en faire lui-même la remise aux commandants des bâtiments de guerre français et anglais afin d'éviter que l'argent ne soit pillé par les libéraux... Seulement, pour exécuter ces instructions, Robles devait forcer d'abord le Puente Nacional, risquer le combat, exposer la *conducta* aux pillages durant l'action. Entre-temps, heureusement, la nouvelle de cette détermination était arrivée à Veracruz, et Charles Lemonnier, le vice-consul français, pressé d'intervenir par ses ressortissants afin d'épargner leurs fonds menacés, se démena avec un zèle dont on n'était plus guère habitué de la part d'un représentant diplomatique français... Durant quatre jours, il avait parcouru le pays à cheval, courant du quartier général des libéraux à celui des conservateurs, à la recherche d'un arrangement qui satisfasse les deux camps. Il avait d'abord fallu convaincre Robles de surseoir aux ordres de Mexico et le persuader de ne pas abandonner la caravane, comme il le menaçait. Le 24 juin, enfin, au prix de lentes tractations et d'épuisants pourparlers, Lemonnier avait convaincu l'officier conservateur d'accorder sa protection au convoi jusqu'à Tamarindo, à quelques lieues de Puente Nacional. Le général Paz, acceptant ce compromis, avait pris le relais. Le soir même, la *conducta* arrivait saine et sauve à Veracruz...

Quelle n'avait pas été la surprise de Jeanne, ébranlée, épuisée, quand enfin elle posa le pied devant l'*Hôtel des Diligences,* d'apercevoir dans la foule la silhouette dégingandée d'Olivier Meyran. Elle avait fondu en larmes, avec bonheur elle s'était jetée dans ses bras, reniflant, riant tout à la fois. Olivier avait pourvu à tout, faisant en sorte qu'elle et son enfant ne manquassent de rien ; il les avait conduits à l'*Hôtel de la Louisiane,* un excellent établissement tenu par Joseph Galatoire, un compatriote. On lui avait donné une vaste chambre jouissant de l'avantage fort agréable d'être pourvue d'une parfaite ventilation. Olivier s'était occupé du petit Honoré, laissant à Jeanne tout le loisir de se remettre de ses émotions.

Ils étaient tous deux confortablement installés sous les arcades de l'*Hôtel des Diligences,* Honoré dormait dans sa chambre, sous la garde d'une *muchacha.* Un garçon déposa sur la table un plateau de fruits de mer, de *camarones* et d'autres crustacés frais pêchés. On ne lisait plus sur le visage de Jeanne cette crainte, ce désarroi qui avaient surpris le journaliste, lorsqu'il l'avait vue descendre de voiture, quelques heures auparavant. La fatigue avait déserté ses traits, Jeanne semblait libérée de ses tourments. Elle avait échangé ses frusques poussiéreuses et fripées contre une robe de lin unie toute simple qui lui faisait l'allure d'une toute jeune fille. Ses cheveux roux, disciplinés par un ruban vert assorti à ses iris, renforçaient cet éclat de jeunesse constellé de taches de rousseur — « une calamité »... — qu'elle avait renoncé à camoufler. Aucun fard, pas de bijoux, à l'exception d'une chaînette d'or. Elle était la Jeanne Fortoul, naturelle et spontanée, la beauté dissimulant le feu.

Olivier Meyran éprouvait des sentiments ambigus à l'égard de l'épouse de Jean Pascal. Cette petite personne incarnait toute l'ambition détestable de l'esprit commerçant qu'il méprisait chez ses contemporains. Mexico était peuplé de pionniers marchands, tous convaincus de leurs qualités civilisatrices. Il détestait cette dimension vénale de l'existence, ce matérialisme, cette redoutable cupidité, cette propension à écraser des obstacles, à se renier soi-même pour obtenir la sauvegarde de son bien. Jeanne rassemblait toutes ces tares. Mais, malgré tout, il ne pouvait s'empêcher d'éprouver une vive sympathie pour elle. Peut-être parce qu'elle était femme, qu'il n'était guère fréquent de voir le sexe faible louvoyer aussi aisément dans ce monde d'hommes. Elle n'avait pas craint de se heurter à la société bien-pensante ; elle aussi, en sorte, était une marginale, une solitaire. Certes, ses visions d'avenir ne pouvaient être plus diamétralement opposées aux siennes, mais comme lui elle avait le cran de résister, de combattre en dépit de tout. De curieuses relations les liaient. Il savait qu'elle le tenait pour un illuminé, et pourtant c'était vers lui qu'elle se tournait quand d'aventure elle se penchait sur elle-même. Depuis treize ans que leurs vies se croisaient, ils n'avaient eu que de rares occasions de bavarder. Quand cela s'était présenté, il avait compris à quel point elle était seule, combien elle attendait des réponses franches, sans complaisance, à toutes les questions qu'elle se posait sur-le-champ. Pourquoi lui ? Il l'ignorait. Peut-être parce qu'il n'appartenait pas à ce monde affairiste au contact duquel elle s'était endurcie, face auquel elle s'enorgueillissait de ne jamais manifester la moindre faiblesse, le moindre doute. Il avait accepté ce rôle de confident qu'elle réclamait de lui, tout en étant assuré que ce qu'il dirait ne parviendrait pas, de toute façon, à ébranler ses convictions. Jeanne avait choisi sa voie, et qu'importe si cette voie n'allait pas de pair avec le bonheur. Jeanne n'était pas heureuse, cela aussi Olivier Meyran l'avait perçu, même si elle avait toujours su se garder d'en parler. Et c'était pour ces aveux refusés qu'il voulait être son ami...

Elle rompit le silence la première.

— Au fond, je ne suis pas autrement surprise de vous rencontrer à Veracruz. Connaissant votre fidélité pour don Benito, vous ne pouviez être nulle part ailleurs, n'est-ce pas ?

Ils échangèrent un sourire entendu. Meyran grilla une allumette.

— Savez-vous que le nom du *Trait d'Union* est resté intact sur la façade de l'établissement typographique du Paseo Nuevo ? Il vous attend...

Il y eut encore un moment de silence. Jeanne se consacra exclusivement au choix de la plus belle huître.

— Dites-moi, poursuivit-elle, quelles sont vos activités, maintenant que *Le Trait d'Union* n'est plus ?

— Mais *Le Trait d'Union* est ! ma chère Jeanne, fit Olivier, éclatant de rire. Bien sûr, le nombre de nos compositeurs est encore trop réduit pour qu'il nous soit possible de paraître quotidiennement. Notre journal ne se publie que trois fois la semaine, le mardi, le jeudi et le samedi. Et quelque chose nous dit même qu'avant peu nos presses du Paseo Nuevo se remettront en mouvement, à Mexico...

— Vous êtes un homme étonnant, Olivier. Jamais je n'aurais pensé...

— Ne vous ai-je pas cent fois expliqué que mon arme était la plume ? Certes, nous sommes tombés le 11 janvier 1857, nous avons dû quitter la place, mais nous ne nous sommes pas déclarés vaincus pour autant... *Le Trait d'Union* ne devait reprendre son allure indépendante qu'à l'ombre d'institutions qui lui permissent la libre expression des opinions. C'est chose faite : à Veracruz, sous le gouvernement constitutionnel, légitime, que la révolte n'a pu vaincre et qui triomphera de la révolte, nous travaillons. Par principe et par intérêt, ce gouvernement favorise la libre émission des idées, accepte et provoque même la discussion loyale de ses actes. A Veracruz, la liberté de discussion permise par le gouvernement légal atteste de sa force ! A Mexico règne la dure inquisition d'une autorité de hasard qui avoue sa faiblesse...

— Mais pourquoi ne nous avoir rien dit ? demanda Jeanne sur un ton de reproche. Pourquoi ne nous avoir pas fait savoir que vous étiez sain et sauf ? Ne sommes-nous pas vos amis, Jean et moi ?

Olivier la fixa, mi-amusé, mi-mystérieux.

— C'est bien, je vois que Jean a su garder le silence...

— Que voulez-vous dire ?

— Ce que je veux dire ? Jeanne... J'espère que vous ne lui en voudrez pas... Jean sait que je suis à Veracruz ; il sait précisément depuis quand. Pour la bonne raison que c'est moi-même qui l'en ai informé en septembre de l'an passé, quelques jours après mon arrivée.

— Mais pourquoi ne m'en avoir rien dit ? fit-elle, étonnée par cette nouvelle.

— Je lui ai conseillé de se taire. Tout comme je lui ai conseillé de ne faire part à personne de sa décision de coopérer avec nous pour la réalisation de notre désir commun : l'avènement de la Réforme.

Elle crut avoir mal compris, elle dévisageait Olivier, médusée.

— Oui, Jeanne, depuis près de dix mois, Jean nous fait parvenir toutes les informations qu'il glane autour du palais. Grâce à lui, à quelques autres partisans, nous savons beaucoup des faits et des gestes de Miramon et de sa clique d'assassins.

— Mais... mais pourquoi ne m'a-t-il rien dit ? fit-elle, bouleversée.

— Ce que Jean fait est dangereux, beaucoup à Mexico sont tombés pour moins que cela. Mieux valait la prudence, le silence.

— Mais je... je suis sa femme !

— Il a bien fait. Vous aviez suffisamment de motifs d'inquiétude, de tourment, il était inutile de rajouter celui-ci.

Jeanne n'écoutait plus. Elle était submergée de sentiments contradictoires. Pourquoi ne lui avait-il rien dit ? Était-ce pour lui épargner de nouvelles angoisses, ou... plutôt parce qu'il manquait de confiance en elle ? Craignait-il qu'elle le trahisse d'une manière ou d'une autre ? Comme il devait lui en vouloir d'avoir adopté de telles complaisances avec ceux-là mêmes qu'il considérait comme ses ennemis. Il avait préféré déguiser sa vie, lui qui n'était que transparence, loyauté... Comment avait-elle pu le méconnaître autant ? Tout s'éclairait alors... N'avait-il pas tout fait pour l'éloigner de Mexico, pour qu'elle ne coure aucun risque ? Et elle s'en voulait. En fait, le danger couru en toute connaissance de cause par Pascal la rapprochait de lui. L'aimait-elle en cet instant précis ? Elle était prise d'émotion, elle le respectait tendrement. En un éclair, elle décida de ne pas prendre le bateau le lendemain !

— Mais vous tremblez, Jeanne. Qu'avez-vous ?

Lentement, comme un automate, elle s'empara de son châle qui gisait sur le dossier de sa chaise et s'en couvrit les épaules.

— Pourquoi ces flots de larmes et de sang ? murmura-t-elle, douloureuse. Pourquoi ces silences, ces déguisements dans l'esprit des êtres ?

— Patience et courage, Jeanne. Les mauvais jours s'en iront.

— Patience ? Courage ? Combien de fois n'ai-je pas murmuré ces mots depuis... J'ai puisé dans ces deux mots l'énergie pour résister. Patience... Courage... Patience, courage... Olivier, avez-vous vu toutes ces horreurs ? Carnages, désolations...

— Je me bats pour ce pays, parce que je crois en son peuple.

— Je vois, moi, une nation se dissoudre, s'éteindre. Tenez, cette place, ces allées remplies d'une foule insouciante, quel singulier spectacle ! Tout a l'apparence de la vie, mais cette société, en réalité, est minée, elle repose sur le vide et s'y abîmera.

— Vous vous trompez ! Cette nation s'est découvert une force morale, elle réclame les bienfaits de la révolution européenne. C'est pour cela que Miramon et son parti se trouvent dans l'alternative décourageante de gagner cent combats nouveaux sans résultats majeurs, en usant inutilement leurs forces. Ce parti ne compte qu'avec des forces matérielles, mais les idées ne peuvent se changer comme les uniformes d'un régiment. Là où cent champions de la cause libérale mordent la poussière, mille autres se lèvent pour la même lutte, pour le même but.

— Comme j'aimerais voir les choses comme vous ! Les bons contre les méchants. Mais qui sont les bons ? Qui sont les méchants ? Vous parlez comme si tous les crimes affreux qui se commettent depuis deux ans n'étaient le privilège que d'un seul camp. Combien d'hommes, sous l'étendard libéral, ont-ils plongé leurs mains dans tout ce sang ?

— Je le sais, Jeanne, mais la guerre civile remue tellement la nation entière que la lie de la société s'élève un instant à sa surface. Ce fléau, ces plaies, elle en souffre avec connaissance de cause et préfère en prolonger la douleur plutôt que d'ajourner les bienfaits qu'elle attend d'aussi grands sacrifices...

— Vous m'effrayez quand vous parlez de la sorte, Olivier, vous semblez si exalté.

— Cette guerre me fait aussi mal qu'à vous, mais je pense qu'elle était inéluctable. Elle devait avoir lieu... Des commotions autrement terribles, des luttes autrement sanglantes ont remué jusque dans leurs fondements les sociétés de l'Europe. Peut-on demander aux Mexicains une sagesse et une modération dont aucun peuple, avant eux, n'a fait preuve ?

Avec la nuit, la foule s'était disséminée. Plus de musique, plus de danseurs ; les lumignons dans les lanternes de papier s'épuisaient, les lueurs tremblotantes donnaient à la fontaine l'image d'un monstre marin. Olivier prit le bras de Jeanne et la conduisit au seuil de l'*Hôtel de la Louisiane.*

— Vous avez raison de partir pour l'Europe, Jeanne, ce voyage vous est nécessaire, et, lorsque vous aurez décidé de revenir dans ce pays, l'avenir sera plus... clair.

— Que Dieu vous entende. Merci, mon grand ami, merci de votre accueil, de... votre présence.

— Bavarde, allez confier vos rêves aux anges. Demain, je viendrai en compagnie pour vous conduire au môle.

Il lui baisa la main, puis elle s'éloigna dans le patio en se retournant une fois.

Des lampes illuminaient le jardin tropical. Elle observa un instant le *mango* magnifique qui emprisonnait la lumière dans ses branches sombres. Puis elle s'engagea dans le grand escalier. Elle avançait prudemment dans la pénombre du couloir, au premier étage ; la rambarde à claire-voie filtrait l'insuffisante clarté. Tout d'un coup, un sentiment de frayeur l'envahit... A quelques pas, un homme qui sortait d'un appartement allait à sa rencontre. Elle avait peur dans la nuit et se reprocha de n'avoir pas demandé son bras à Meyran jusqu'à sa porte. Elle ne distinguait pas le visage, mais la démarche lui suggéra des souvenirs. Tout se déroula en quelques secondes, et son esprit se livra à un rude examen. Cette démarche était familière, ce léger déhanchement, et le son même des pas.

Quand l'ombre fut devant elle, son cœur se figea, elle porta les mains à sa gorge et cria :

— Valentin !

Frémissant, il l'accueillit dans ses bras, la serra à rompre, le visage perdu dans ses cheveux. Ainsi, ils se retrouvaient, là, l'un et l'autre, muets...

Valentin la conduisit doucement enlacée jusqu'à son logement, avec toutes les précautions du monde. Jeanne avait saisi ses mains, elle se taisait, bouleversée par l'émotion mystérieuse de cette rencontre insensée, redoutée, invraisemblablement désirée.

Il frissonnait, fasciné par l'approche du désir brutal qui montait en lui. Sans un mot, il fit quelques pas dans la chambre. Jeanne, les bras serrés sur sa poitrine, dans le noir, fixait le ciel, les tempes serrées. Dans le vide de son être, Valentin sentait du fond des ruines amoncelées un vent brûlant qui se levait en lents tourbillons, il ne voulait pas s'abandonner à l'inéluctable, il craignait une nouvelle fois cette confrontation avec le seul amour de sa vie. En passant à côté du piano, il ne put s'empêcher de chercher le clavier ; sa main toucha une note qui tinta comme une voix. Jeanne tressaillit et lentement le rejoignit.

Ils avaient perdu le sentiment de ce qui les entourait. Elle déposa sa main sur l'épaule de Valentin, ils tremblaient tous deux. Elle se pencha vers lui, il se retourna vers elle, et leurs bouches se joignirent ; son souffle entra en lui... Dans l'ombre, leurs regards se cherchaient sans se trouver, elle désirait son refuge. Ils s'étreignirent, toujours sans mot, avec rage. Une chaleur d'étuve les enveloppait, et quand ils s'effondrèrent sur la couche, leurs tempes battaient à rompre, leurs vêtements, même, qu'ils arrachèrent étaient frais de l'humidité de la passion et de cette nuit tropicale.

Une heure, deux heures, un siècle après, ils gisaient main dans la main, nus à même le drap. Jeanne semblait se perdre, tous les tourments qui la submergeaient s'étaient évanouis, les remords même lui étaient étrangers ; le vertige du plaisir l'avait emportée au bout du monde, elle ignorait que l'amour était cela aussi. Elle ne quitterait plus cet homme, malgré le scandale. Malgré la trahison, elle ne prendrait pas le bateau pour la France, elle se livrerait à Valentin Charpenel, elle était prête, enfin, à subir la volonté du destin commun. Ils partiraient ensemble, mais pour l'heure elle ne désirait qu'aimer ; elle voulait retenir ces instants d'amour fou. Elle ne raisonnait plus, soumise seulement aux vibrations de son être. Le bonheur tranquille n'était plus pour elle, elle désirait que chaque jour fût une éclosion. Et Valentin seul, pouvait lui accorder cette magie...

Au premier matin, la fraîcheur la tira de l'anéantissement. D'une jambe, d'un bras, elle chercha le corps de l'amant. En vain. Brusquement réveillée, elle se leva, courut dans les pièces de la suite. Il n'était plus là. Rien ne rappelait sa présence, sinon le lit défait. Sur une commode, elle lut un mot griffonné à la hâte.

« L'amour ne nous suffit pas. Nous sommes trop contraires. Tu exiges trop, Jeanne. Je ne suis qu'un homme, et, si je peux accorder mon cœur, j'ai crainte que tu prennes mon âme, ma pensée. Sans ces dons, tu connaîtrais le malheur, et je ne veux pas imaginer être ton enfer. Je t'aime tant, trop. Je ne donnerai jamais tout de moi à qui que ce soit, et je ne réclamerai pas l'esprit et l'âme de quiconque. Tu serais ulcérée de mes réticences au long de notre vie et tu me haïrais, immanquablement. C'est pourquoi je pars. Je ne ferai rien pour te retrouver, et je te supplie de ne rien faire pour croiser ma route. Adieu, amour. »

Six heures plus tard, Laurence Roy, commandant du *packet* anglais *Teview,* accueillit Jeanne Pascal et son fils Honoré à son bord et les conduisit à leurs cabines.

XXI

Valentin était rempli de honte et d'amertume. Il n'avait pas fermé l'œil de la nuit, insidieusement son esprit languissant avait souhaité la levée du jour. Fuir...

Il était parti comme un voleur, il avait quitté l'appartement en lançant un dernier regard sur le corps ample et abandonné qu'il aimait si violemment. Il se sentait désespéré.

Il pensait appartenir à cette race d'hommes qui ont la capacité d'extirper de leur mémoire les épisodes douloureux, les malchances qui parfois vous ébranlent. Il se connaissait, savait jauger la force heureuse qu'il puisait en lui avant de se soumettre aux événements de la vie. Depuis que le hasard l'avait conduit à l'hacienda de Tio Diaz, il ne cherchait pas à lutter contre les sentiments nouveaux qui affluaient : le désir d'être de quelque part, d'aimer un horizon, de se lover dans ce repli de vallées, d'y construire, enfin... Il avait aimé l'indolence, il désirait désormais la sérénité. Et Jeanne aurait pu être cette compagne qui l'aurait aidé à se soumettre à cette paix intérieure qu'il souhaitait. Seulement...

Dans les Terres chaudes, il avait peu à peu oublié cette passion si particulière, il s'était soumis au temps, ce grand sculpteur des sentiments, et la fatalité rejetait Jeanne dans ses bras. Il y avait eu cette nuit... Tout l'amour s'était ravivé, d'un coup, dans d'incroyables brûlures. A quoi bon se leurrer ? Le temps, les distances n'y feraient rien : il l'aimerait.

Les choses de l'amour lui semblaient empreintes d'un sérieux tragique. Pour Jeanne, il avait accompli l'adultère, un acte qui lui inspirait une répulsion, où se mêlaient la brutalité du commun et ses propres exigences morales. Il éprouvait, rassemblés, un respect quasi religieux et un dégoût physique pour la femme qui appartient à autrui. Et Jeanne était celle de Jean Pascal, un compatriote, un aîné qu'il respectait. Il s'était abandonné à cette séduction, il avait abdiqué devant sa propre passion. Il se sentait comme ce valet ignoble qui se cache pour salir son maître. Humilié, il était souillé. Il avait volé à Pascal son bonheur domestique, et lui qui avait tant méprisé ces vies bourgeoises s'en voulait d'avoir entaché celle d'un ami. Certes, leurs relations à tous deux étaient distendues, mais il éprouvait la honte de la trahison. Elle avait épousé le maître des Sept Portes, elle avait réussi à s'imposer comme l'âme de ce commerce, elle avait atteint son but. Et lui, pauvre fou qui avait songé à en faire sa compagne, qui avait effleuré l'idée de l'emporter là-bas, dans la forêt, dans le pays de Tio Diaz, le sien désormais, son paradis... Il avait appris, brisé, qu'à quelques pas du lieu de leurs étreintes, un enfant dormait, et que cet enfant portait le nom d'Honoré Pascal.

Leurs chemins les séparaient, puis les réunissaient, leurs destins les condamnaient à se rencontrer, puis de nouveau à se quitter. Voici pourquoi, la mort dans l'âme, Valentin s'était évadé au lever du jour...

XXII

Il avait débarqué à Veracruz trois jours auparavant. Il s'en retournait de l'île de Cuba, où il avait séjourné sept mois pour comparer ses procédés de culture à ceux de cette terre du tabac par excellence.

Depuis trois ans, son entreprise avait lentement prospéré. La première année avait semblé donner raison au scepticisme de Tio Diaz, qui persistait à douter que l'on pût songer à rendre cette terre productive, à cause de la passivité des natifs aimant trop leur vie indolente pour se convertir en cultivateurs. Il n'avait été possible de défricher et de mettre en labours que 5 hectares, faute de bras. La plantation et la culture avaient été plus difficiles encore, car le peu d'ouvriers que les *rancheros* avaient réussi à employer, au bon salaire d'une piastre en travaillant de 4 heures du matin à 11 heures, ne s'étaient guère montrés assidus. Comme en une matinée, ils gagnaient le nécessaire pour vivre plusieurs jours, ils ne reparaissaient que poussés par la nécessité. Charpenel, trop orgueilleux pour s'abandonner au découragement, avait travaillé comme le dernier des *peónes*, avec une ardeur sans pareille sous ce climat où l'air semble manquer aux poumons, où, couché à l'ombre dans un hamac, la sueur perle sur les membres. Il avait accompli sa tâche en observant un silence obstiné, en progressant lentement, traînant des pieds, voûté dans la moiteur insupportable de l'air. Sa détermination avait eu raison de l'incrédulité des *ranche-*

ros qui, jusqu'à présent, n'avaient pas cru un Blanc capable de tels prodiges. Il avait réussi à leur insuffler sa volonté, sa persévérance pour mener à terme la récolte de cinquante balles de tabac, soit près de 500 kilos. Hélas, la qualité de cette récolte était décevante : les feuilles récoltées, si elles ne manquaient pas de goût, d'arôme, s'étaient révélées fort mauvaises pour la fabrication des cigares, gâchées par des côtes et des veines trop dures, beaucoup trop lourdes, donc, même après dessication. On avait néanmoins réussi à écouler toute la production en la vendant à bas prix à des *cosecheros,* des récolteurs de Tuxtepec, Cosamaloapam, Tlacotlalpam et Alvarado, tous ces bourgs bordant les rives du Papaloapam. Déçu par le résultat médiocre de tant de mois de labeur, Valentin crut un moment s'être fourvoyé, mais, sursaut incroyable, ce furent les Indiens, cette fois, qui lui insufflèrent le courage qui lui manquait. Les seuls Blancs que les Indiens avaient eu l'occasion de rencontrer jusqu'alors avaient été quelques prêtres qu'ils avaient vu arriver bardés d'illusions missionnaires. Découragés par l'ardeur du climat, les ennuis de l'isolement, ils avaient regagné en hâte les terres tempérées. D'autres, pour avoir tenté de trop brusques réformes dans les villages longtemps privés de pasteurs, avaient été chassés au risque de leur existence. Leur zèle imprudent n'avait réussi qu'à rendre les natifs ombrageux.

Pour la première fois, ils avaient affaire à un Blanc qui ne correspondait à rien de ce qu'ils connaissaient. Celui-là s'était non seulement arrêté dans leurs contrées, ne semblait pas disposé à en partir, mais encore s'était mis à l'ouvrage comme l'esclave... Méfiants, ils avaient attendu pour voir jusqu'où ce diable d'homme, ce *loco*[1], comme ils le surnommient, pourrait aller. Ils l'avaient observé mois après mois, labourant la terre derrière les bœufs bâtés, jurant, poussant de hauts cris chaque fois que le mouvement se ralentissait. Ils l'avaient épié, silhouette difforme, se contorsionner, s'enfoncer dans les sillons, creuser le terreau, y semer les plants, tasser de ses mains la terre autour des racines de la pousse, puis, tel l'animal blessé, reprendre sa laborieuse progression, douloureux. Ils avaient vu les feuilles grandir, s'éclaircir du vert foncé au vert tendre... Et cet homme, tou-

1. Un fou.

jours là, maigre et décharné, accomplissant sa besogne sans plainte, lentement, minutieusement, comme un pantin, brisant les feuilles à la main, les disposant en tas sur le sol, puis en guirlandes sur des griffes dans des abris de fortune. Quand, enfin, ils avaient aperçu les *rancheros* embarquant pour Tuxtepec, dans les pirogues, ces monceaux de feuilles séchées, soigneusement emballées dans les *yagnas*[1], ils avaient considéré Charpenel d'une autre manière, plus respectueuse... Le *blanco loco* était devenu l'un des leurs. D'ailleurs, son visage, ses bras, son torse avaient pris la couleur brun jaunâtre de la peau des habitants du pays brûlant.

Les mois suivants, ils étaient venus par groupes traîner autour de l'hacienda, avaient offert leurs bras, le *machete* suspendu à la ceinture. Ils approchaient, arrivant de villages éloignés de 15 ou 17 lieues. En deux jours, ils s'étaient construits, avec des perches, des lianes et des palmes, des abris autour de l'hacienda frémissante de cette nouvelle vie.

Conscient de l'influence, de l'autorité qu'il avait acquise sur ces hommes sans maître, Valentin Charpenel ne pouvait renoncer à sa folle entreprise. Il s'était donc remis au labeur, travaillant avec eux, empruntant leur savoir-faire hérité des siècles. L'année suivante avait été exaltante. Une reconnaissance réciproque s'était établie entre ces hommes rudes, si différents, si avares dans leurs manifestations. Tio Diaz, attentif, observait ces bouleversements qui ébranlaient ses croyances, ses habitudes si profondément ancrées en lui-même. Le vieillard, troublé dans sa quiétude, s'était peu à peu résigné, avec un brin de tristesse mal contenue, puis il s'était laissé gagner par l'enthousiasme de Charpenel, ce Français, son compagnon, qui désormais appartenait indissolublement à sa solitude.

La seconde récolte avait eu lieu, et avec elle, la déception... Cette campagne, si elle avait presque doublé par rapport à la précédente grâce au travail intelligent de toute cette main-d'œuvre inespérée, n'en conservait pas moins les mêmes défauts : le tabac avait gagné en arôme, mais les feuilles demeuraient toujours aussi lourdes, aussi impropres. Alors, Tio Diaz lui-même avait poussé Charpenel à s'interroger plus avant. Pris au jeu, il s'abandonnait, curieux,

---

1. La *yagna* est un lambeau d'écorce qui se détache chaque mois de la hampe du palmier royal.

au rêve de son hacienda cœur d'une grande culture et, pourquoi pas, d'un tabac portant le sceau du Valle Nacional. A Charpenel qui se moquait gentiment de ses chimères, Tio Diaz rétorquait que les folles entreprises, seules, étaient dignes d'intérêt.

— Tout dépend de la qualité des feuilles que nous devons récolter. C'est pourquoi tu dois te rendre à l'île de Cuba.

N'était-ce pas là le pays du tabac ? N'était-ce pas à La Havane que les amateurs du monde entier venaient se fournir ? Les États-Unis, à eux seuls, en importaient plus de 70000 quintaux chaque année. Pourquoi à Paris, à Londres, à Vienne comme à Saint-Pétersbourg, tout amateur de bon tabac préférait-il le Hupmann, le Partagas, le Coronas à n'importe quel autre cigare ? Il fallait que Charpenel fasse ce voyage pour en percer les secrets.

Valentin avait donc quitté l'hacienda au mois de novembre 1858 avec quelques échantillons de sa production.

Il avait traîné ses guêtres du côté de la Vuelta Abajo, à l'ouest de la capitale de l'île de Cuba, dans cette province où naissaient les crus les plus prestigieux. Il avait constaté tous les soins de culture qu'exigeait cette plante. Il avait observé des manipulations qu'il était bien loin de soupçonner. Le buttage, l'ébourgeonnage, le séchage par couples, toutes techniques qui l'avaient frappé. Résultats de ces procédés : souplesse, grande taille des feuilles, dont la plupart atteignaient près d'un mètre de longueur et un demi-mètre de largeur. Il était étonné, charmé, passionnément captivé, il avait découvert les bienfaits de l'écimage, cette manière qui consiste à supprimer le bouton floral formé au sommet de la tige, assurant le développement de feuilles fines, élastiques, à la texture si noble, si intègre.

A la Vuelta Abajo, il avait lié connaissance avec Eugène Schnetz, un ingénieur français qui à Cuba était au service de la Régie française des tabacs, depuis de nombreuses années. Celui-ci pouvait se targuer de compter parmi les plus grands spécialistes de cette culture. Vivement touché par la démarche de son compatriote, Schnetz l'avait accueilli avec chaleur. Il avait accordé tout son temps à Valentin pour lui faire partager sa passion. Peu jaloux de ses prérogatives, il lui avait enseigné avec une extraordinaire patience les méthodes cubaines, il lui avait démontré comment, à l'aide de la science et de l'expérience, on parvenait à bénéficier le tabac, à quadrupler la valeur intrinsèque de ses feuilles. Contrairement à toute attente, il avait été étonné par les échantillons que Valentin lui avait offerts.

— Votre tabac renferme de grandes qualités, il n'y a aucun doute là-dessus. Seule la culture déficiente, les soins grossiers en empêchent le développement. La plus grosse faute que vous commettez, la méthode que vous ignorez, la voici : le bénéfice du tabac.

Bénéficier le tabac... le soumettre à fermentation. C'était, de l'avis de l'ingénieur, la cause principale du succès des tabacs havanais, et spontanément, il avait initié son compatriote au grand secret des Cubains : le *betun blandura,* ce ferment si particulier sans l'action duquel le cru le plus renommé n'a ni goût ni arôme, ce « vin de tabac » que l'on prépare avec les fragments secs de la tige de la plante...

Valentin avait scrupuleusement observé la manière dont les paysans cubains cultivaient. On plaçait ces débris de feuilles, ces fragments de tige dans un vase soigneusement lavé, et on laissait infuser dans l'eau pure. Trois à quatre jours plus tard, quand l'odeur et la saveur de l'infusion — le *betun* — étaient pénétrantes, quand la couleur du liquide égalait celle du vin de Xérès, on aspergeait légèrement les feuilles de tabac récoltées à l'aide d'une fine éponge. Après quoi, on les empilait, on les recouvrait et on laissait la fermentation opérer pendant vingt-quatre heures. Après seulement, on formait les ballots.

— La fermentation active se ralentit dans les balles, elle devient très faible, expliqua Eugène Schnetz, mais elle persiste... Quand le moment est venu de soumettre les feuilles à la fermentation en baril — celle qui précède immédiatement la fabrication des cigares —, on découvre, en détachant les paquets, un tabac flexible, solide, aromatique...

Mais là ne s'était pas arrêté l'enseignement de Schnetz. Quelques jours avant le départ de Valentin, il avait glissé dans ses bagages un sac rempli de graines de tabac cubain. A Charpenel qui regrettait de ne pouvoir lui prouver sa reconnaissance, l'ingénieur avait répondu :

— Nous nous reverrons. Il me plairait beaucoup de parcourir et d'étudier vos contrées. Alors, qui sait, un jour peut-être m'accueillerez-vous dans vos Terres chaudes.

Les deux amis, émus, s'étaient embrassés. Au bout du monde, Valentin avait éprouvé le bonheur de rencontrer un compatriote. Malgré leurs secrets, leurs différences, leurs qualités, ils étaient frères.

Trois jours après son départ de Veracruz, tel un cheval fourbu, il sentit la proximité de l'hacienda de Tio Diaz et son cœur, enfin, se soulagea de toute sa peine. Le soir tombait, et le plaisir l'étreignit quand il aperçut la façade de l'habitation faiblement éclairée par les flammes vacillantes de cinq maigres chandelles, fixées sous la galerie exhaussée qui entourait la maison. Des chants de criquets et de centaines de crapauds peuplaient l'obscurité. Des *vaqueros*, drapés jusqu'au menton dans leurs convertures de laine, se promenaient, jambes et pieds nus, leurs rudes physionomies aux yeux brûlants éclaircies par la lueur incandescente des cigares qu'ils inspiraient. Tous l'accueillirent de larges mouvements de la main, et Valentin avait des larmes dans la gorge. Il était chez lui, ici, il connaissait la paix.

Tio Diaz apparut sur le perron.

— Bon voyage, *amigo*? dit-il, sans dissimuler sa joie.

— Bon voyage, *compadre*! répondit Valentin.

Les deux hommes s'étreignirent.

Le voyageur aperçut enfin Pepa, discrète et réservée comme à l'habitude, qui se tenait en retrait, droite, les mains le long du corps. Ses cheveux nattés étaient coiffés d'une couronne de fleurs rouges constellées de cuculus, qu'elle devait avoir préparée pour le retour de Valentin. Jamais plus splendide parure n'avait ceint front si gracieux. Sa jupe courte laissait voir son pied d'enfant. Devant ce riant visage auréolé de feu, un sentiment de honte s'empara de l'homme. Honte de lui-même, honte de n'avoir à aucun moment pensé à elle, honte de l'avoir chassée de sa vie depuis trois jours.

Il s'écarta, maladroit, de Tio Diaz et chercha la pénombre afin d'échapper au regard de la jeune femme. Dans l'obscurité, il crut lire sur les traits délicieux une expression interrogative, apeurée, comme si elle avait lu dans ses pensées.

Une force le porta vers elle. Était-ce de l'amour, de la tendresse ? Il n'aurait su le dire.

— Pepa, dit-il, le cœur battant, en ouvrant ses bras.

Elle eut un instant de retenue. Puis elle se blottit contre lui, ravie.

— N'aie pas peur, Pepa, murmura-t-il contre sa joue, n'aie pas peur. Je suis là, je ne partirai jamais plus sans toi...

XXIII

Le contentement de soi, la fierté qui vous gonfle le cœur, l'émotion procurée par la qualité de ses amis, l'orgueil d'appartenir au monde nouveau... Pierre Arnaud était de cette classe nouvelle, de cette triomphante société qui bâtissait, spéculait, achetait et vendait dans un Paris éberlué de tant d'agitations. Le sexagénaire feignait la gravité mais, en secret, exultait : il était de ces gentils, de ces manants que Paris adulait désormais, de ces humbles devenus héros par le bonheur d'une réussite marchande. Ces nouveaux puissants qui se montraient magnanimes savaient pourtant, au fond d'eux-mêmes, ce qu'il avait fallu subir d'humiliation, d'avanies, de douleurs, avant d'émerger de ces sociétés paysannes misérables, d'où chacun s'était échappé, un jour d'adolescence. Certes, il y avait dans leur monde quelques soldats d'Empire, quelques clercs, une poignée de nobles d'Ancien Régime qui s'étaient lancés dans le commerce des marchandises, mais les manants, en grand nombre, étaient les archanges de ce monde naissant. Le dernier des derniers montrait à Paris et au monde ce que le cul-terreux, le saute-ruisseau pouvait construire en comprenant mieux que les nantis ce que la France avait envie d'accoucher.

« L'Europe est dans la France, la France dans Paris ! » avait écrit, en 1824, Henri Saint-Simon, dans son *Catéchisme industriel,* et l'empereur Napoléon III, son disciple, qui se voulait l'héritier des Lumières et des Encyclopédistes, en avait fait sa devise. Cette maxime du temps présent n'était-elle pas au fronton de la formidable célébration de l'industrie qu'avait été, en 1855, la grande Exposition internationale ?

Paris, capitale de l'industrie et du capitalisme du monde, c'était ce à quoi rêvaient l'empereur et un régime qui entendaient secouer les routines, révolutionner la société, satisfaire les intérêts d'une élite hardie.

Propriétaires, gens d'affaires avaient eu grand peur en 1848. Le coup d'État du 2 décembre 1851 les avait rassurés. Il n'était qu'à voir la reprise frénétique des versements dans les caisses d'épargne. Le soulagement des riches était largement partagé par le peuple des artisans et des petits propriétaires. L'idée admise était que l'on allait enfin rattraper le temps perdu en rivalités politiques, en déflagrations sociales. La conjoncture était favorable, et les gens bien en attribuaient l'aubaine au Grand Rassembleur, puisque Napoléon III se désignait ainsi lui-même. La découverte de l'or en Californie stimulait la banque et la grande industrie. L'installation, en 1858, du premier câble transatlantique, la révolution du chemin de fer, dont le réseau grandissait chaque mois, enthousiasmaient les rentiers et les spéculateurs. De nouveaux produits étaient importés, de nouvelles façons d'être s'imposaient. Le caoutchouc, le pétrole transformaient la vie de chacun, au foyer, dans les manufactures. Outre ces sollicitations extérieures, l'empereur s'appuyait sur l'influence bienheureuse de saint-simoniens réputés, comme les banquiers Isaac et Émile Pereire, les industriels Paulin-Talabot, Arlès-Dufour, et les hommes de presse Louis Jourdan, Adolphe Guéroult, désormais assagis, qui entraient dans le siècle... S'inspirant d'exemples brillants, comme ceux des ateliers mécaniques de la société Schneider Frères et Cie, au Creusot, qui comptaient parmi les plus modernes de l'époque, de la construction d'un grand pont en fer que Gustave Eiffel commençait à Bordeaux, de la réussite des Peugeot dans la fabrication des moulins à café et des châssis de crinolines, les hommes décidés qui formaient le conseil de l'empereur rêvaient d'un capitalisme audacieux qui justifie ses aventures par les services rendus, donne des lettres de noblesse au désir de gagner de l'argent, une philosophie à la spéculation instinctive, des orientations aux agitations désordonnées. La société nouvelle installait ses appétits et ses envies. Les pères avaient été imbus d'idées de lucre sous le règne de Louis-Philippe, les fils, éduqués dans la rage de briller et de créer, étaient prêts à appliquer leurs théories. En haut comme en bas de l'échelle sociale, le branle du veau d'or était inauguré. Le capitaliste, désormais, avait plus de prestige que le médecin. La Bourse était le principal pouvoir, le cœur de la France ; l'esprit de spéculation gagnait de telles proportions que Mocquard, le propre secrétaire de Napoléon III, s'en offusquait parfois en public. « Le Crédit mobilier est la plus grande maison de jeux qui ait jamais existé en Europe », s'exclama un jour le légitimiste Berryer, du haut de la tribune de l'Assemblée nationale. Hommes de lettres, magistrats n'étaient pas moins sévères. En 1856, Ponsard fit représenter une pièce, *La Bourse*, au Théâtre-Français. L'avocat général à la cour de Paris Oscar de Vallée publia en 1858 un gros ouvrage qui se voulait d'érudition et qui connut un franc succès : *Les Manieurs d'argent*.

Le pli était donné. Le gain facile à qui était adroit, débrouillard et sans scrupule, l'énormité subite de certaines fortunes, le triomphe tapageur des parvenus accueillis en tout lieu révélaient une seule chose : l'argent, cet élément nécessaire à la puissance, se démocratisait. Les journalistes chantaient à longueur de colonnes : l'heure n'est plus à la poule au pot pour tout un chacun, mais au faisan rôti et truffé...

Il était loin, le règne prudent et bonasse de Louis-Philippe, le roi-citoyen.

Pierre Arnaud demeurait à Auteuil, en un coquet hôtel acheté à un colonel du Premier Empire émigré aux États-Unis. Il affectait cet air grave et respectueux que les bourgeois de Paris imposaient dans leur commerce. Il portait donc la redingote sombre et longue, très ouverte sur un gilet gris pâle. Outre les favoris de rigueur, il ne se séparait pas de l'enseigne de son monde, son haut-de-forme. Par souci d'élégance et pour se démarquer de l'usage indispensable de la redingote, il se faisait tailler, coquetterie, des manteaux amples et gracieux couleur gorge-de-pigeon, allant s'évasant vers le bas. On disait dans son milieu, peu instruit, qu'il avait

« la mise orientale », en se référant aux longues années écoulées au Mexique... Son veston découvrait une chaîne de montre et, par provocation, les boucles d'or de fins ciseaux dans une poche sur le cœur, réclamée à son faiseur. Arnaud montrait par là qu'il était marchand, qu'il n'hésitait pas quelquefois à donner la main à la mesure des brocarts, des soieries de Lyon et de Chine.

La fortune rapportée de ses aventures mexicaines, la dot des soieries lyonnaises du *Comptoir des Deux Mondes*, dont son épouse avait hérité, lui auraient permis de mener paisiblement son foyer en rentier. Mais il n'était pas homme à jouir des plaisirs de l'oisiveté, ses bourlingages avaient trop marqué son existence. Malgré l'âge, son goût des affaires ne l'avait pas quitté. Non content de vendre ses soieries aux quatre coins de l'Europe, il se rendait en voiture deux fois la semaine rue d'Hauteville pour surveiller la marche de son affaire d'exportation et d'importation d'articles de Paris.

Comme tout bourgeois qui se respectait, il appartenait à un cercle de la Madeleine, où il prenait soin de ne jamais se montrer avant 4 heures de l'après-midi. En compagnie de Julie, son épouse, il fréquentait les trois ou quatre théâtres de prédilection de la bonne compagnie, mais seulement aux jours réputés chics : le lundi, le mercredi et le vendredi, à l'Opéra ; le mardi, à la Compagnie française ; le samedi, à l'Opéra-Comique en hiver, et au Cirque, au printemps. Outre ces « sorties obligatoires », il était parfois convié à des soirées, des bals, par des relations de la finance, de la politique ou de l'administration. Là s'arrêtait la vie mondaine.

Pierre Arnaud aspirait à plus de quiétude, il était loin, le gandin de Mexico qui montrait sa réussite dans des mises luxueuses, par une manière de vivre tapageuse. L'influence de son épouse n'était pas étrangère à ce changement de comportement. Julie était fille de soyeux lyonnais... Sa nature calme, réservée, était tempérée par une certaine sagesse, une discrétion et une réserve toutes lyonnaises. Ces deux-là formaient une entité particulière dans le milieu où ils évoluaient. A quarante-cinq ans, Julie, qui avait donné à Pierre un enfant âgé aujourd'hui de onze ans, Jean, lui avait inculqué la sérénité. Pierre Arnaud était devenu un homme calme, satisfait des siens, de son bonheur tranquille. Vivre la quiétude d'une existence sans risques : telle était l'aspiration de l'ancien montagnard barcelonnette.

Au logis, même, se retrouvait ce goût modéré des gens de bonne tradition. Rien de banal, rien de ce qu'il était convenu de posséder. Les Arnaud se distinguaient de la bourgeoisie régnante, élevée dans le culte de l'acajou, dans l'amour immodéré du palissandre, dans l'adoration du noyer et du thuya vernis. Pas de clinquant, pas de notes vulgaires, de pacotilles de faux bronze, ces idéaux rêvés des salons bourgeois. Chez eux, aucune des ambitions de cette classe nubile, pas d'uniformes boîtes à supplice musical qu'on nomme le piano d'Érard, pas d'armoire à glace à fronton... Dans les appartements agréablement ordonnés par Julie, on sentait l'harmonie d'une demeure vivante, hospitalière à l'âme non moins qu'aux yeux, accueillante, tapissée de livres, échauffée par la fine coloration des étoffes, des céramiques, éclairée par des vitraux qui distribuaient le jour sans l'arrêter sottement par l'épaisseur de mousselines et de guipures. Des halls spacieux comme des ateliers d'artiste, où des meubles de tout style parlaient en faveur du beau, à l'écho des souvenirs. Les plantes et les fleurs parisiennes offraient l'éclat vivant de leur verdure et de leurs teintes.

C'était donc cet homme vieilli, mais sûr de lui comme dans le passé, que Jeanne découvrit à son arrivée du Havre. Elle éprouvait pour ce grand ami affection, admiration et crainte. Les premiers émois amoureux qu'elle avait ressentis à son égard quand elle n'avait que seize ans, avaient laissé place à une tendre affection, une compréhension qu'elle savait réciproque.

En compagnie d'Honoré, elle demeura un an dans la chaude amitié de la famille Arnaud. Dans cette douce intimité, elle épuisa tous les ressentiments, toutes les peines et les angoisses qui l'avaient laissée pantelante un matin, sous les arcades du môle de Veracruz. Le couple ami, qui avait bien vite jugé la fragilité, l'instabilité d'un caractère éprouvé par l'incandescent Mexique, redoubla d'attention... Des anges gardiens... Jeanne s'abandonna peu à peu à la vie parisienne. Elle était bouleversée par les attentions dont elle était l'objet, elle se laissa aller à l'emprise de Paris et des raffinements qu'offrait cette ville bénie. Elle était tant sevrée de coquetterie, d'indolence. D'un pays en proie au malheur et à la destruction, elle avait été transportée sur une terre où ne semblaient compter que la jouissance et la volupté. Jeanne vivait au Mexique depuis sa seizième année, elle ne connaissait de la France que Lyon, sa ville natale, et Barcelonnette, celle de son père, où s'était écoulée son adolescence. De Paris, elle ne possédait qu'une connaissance livresque puisée au hasard des ouvrages dénichés au cabinet de lecture d'Isidore Deveaux. Quelques magazines et des romans : *Notre-Dame de Paris,* de Victor Hugo, *Les Mystères de Paris,* d'Eugène Sue, *Les Illusions perdues,* d'Honoré de Balzac, *La Dame aux camélias,* de Dumas fils. De tous ces auteurs qu'elle avait dévorés avec passion, des héros qu'elle aimait, était née une sorte de mélange étrange qui avait donné corps à une certaine image de cette fascinante auberge qu'était Paris : Paris-cloaque, Paris-intrigues, Paris-scandales, Paris-défi, Paris-jouissance. Ce qu'elle découvrit dépassa, bien entendu, tout ce qu'elle avait imaginé. Il fallait avouer que le plus parisien des Parisiens, revenant dans sa capitale bien-aimée après seulement cinq ans d'absence, s'y serait senti aussi étranger qu'un provincial, tant les choses et les gens avaient changé.

Sous l'impulsion du préfet de la Seine, le baron Haussmann, véritable ministre de la ville, on creusait des adductions d'eau, on ordonnait la construction d'un gigantesque réseau d'égouts, on perçait de nouvelles artères, on inaugurait casernes, hôpitaux, bâtiments administratifs, édifices catholiques et même orthodoxes... La rue de Rivoli était un chef-d'œuvre d'élégance et de grâce. L'immonde quartier composé de maisons sordides qui courait de la rue Saint-Honoré jusqu'à la place du Carrousel avait été rasé. Les boulevards étaient devenus de hauts lieux de l'élégance. Avec leurs fiacres, leurs « dames blanches », leurs carolines, leurs voitures de maître, leurs omnibus à impériale, ils connaissaient un trafic intense, incomparable avec aucune autre ville d'Europe. De la duchesse à la cocotte, de l'artiste au snob de haute volée, de l'homme de lettres au boursier, le boulevard était le trottoir du bien-être. Les barons de Norvège, les blasés d'Angleterre, qui se promenaient, l'œil allumé, la canne élégante, surveillaient les jeunes femmes. La nuit, dans les restaurants illuminés, la fête continuait. C'était, à chaque étage, des bruits joyeux, les trilles des pianos se mêlaient aux rires des filles, au choc des vaisselles, aux chansons reprises en chœur.

Jeanne était subjuguée par le luxe qui se manifestait dans les toilettes féminines. Elle était abasourdie par l'assaut des fantaisies, la furia des extravagances. C'était les premiers châles de laine tricotée, les somptueuses robes de soie brochée, les lamés d'or ou d'argent, les casaquins chargés de torsades, de passementeries, les écharpes invraisemblables, les burnous arabes fermés par des agrafes de diamant, les tarlatanes à rayures d'or, les chevelures à peine dissimulées sous des toques de velours... Et quelle audace dans ces mélanges de tons les plus contraires aux lois de l'harmonie des couleurs ! Des violets renversants, des roses peu meurtris, des verts brutalement crus, plus les marrons brenneux, des gris sales, des jaune-soleil aveuglants.

Après la maussade grisaille de l'époque Louis-Philippe, quel éblouissant feu d'artifice. On aurait juré que les demoiselles Palmyre, les Mme Vignon et autres grandes couturières du tout-Paris se vengeaient de la sagesse, de la prudence de leurs professeurs d'antan. L'empereur, ami de l'élégance et du faste, et l'impératrice, belle jusqu'au miracle, avaient su attirer à eux une cour d'artistes la plus heureusement composée pour faire revivre des traditions de luxe et de splendeur, un temps oubliées. Mme Prud'homme n'existait plus, mais la duchesse de Mouchy, la comtesse de Sauley, la comtesse Walewska, la princesse Poniatowska, la marquise de Galliffet, la vicomtesse Aguado et les autres grandes dames d'honneur de la souveraine triomphaient. La crinoline était maîtresse absolue ! Elle avait gagné sur les clameurs, les moqueries, elle cadrait si bien, elle s'accordait si parfaitement aux aspirations dorées de cette génération issue de rameaux simples, avide de reconnaissance. On empruntait volontiers à tous les règnes pourvu que ces règnes eussent comporté des falbalas d'étoffe. A Louis XIII, on avait pris les collerettes tombant sur les épaules ; à Louis XIV, les manchettes dorées ; à Louis XVI, les paniers et les doubles jupes ; à la Restauration, ses tournures de crinoline.

Et les magasins... Jeanne n'avait jamais vu autant de luxe rassemblé. Les gravures des journaux américains que l'on recevait à Mexico donnaient une idée des progrès qu'accomplissaient les industriels de New York, de Boston, mais ces évocations n'atteignaient pas le dixième des merveilles qu'elle découvrait sur la rive droite de la Seine. Les montres étriquées de Mexico, les boutiques, achalandées certes, mais sans grâce, ressemblaient plus aux magasins des faubourgs de Paris, et ces faubourgs n'étaient guère reluisants... C'était invraisemblable : les boutiques mexicaines les mieux fréquentées avaient l'allure des merceries, des bazars de Ménilmontant, de la Butte aux Cailles...

Elle était comme une enfant, bouche bée devant tant d'art, tant de goût. C'était un déluge de lumières, on aurait dit que les plus grands artistes en simulacre s'étaient employés à donner à ces magasins parisiens les beautés d'une exposition permanente. Enseignes peintes, banderoles flottantes, balancelles de papier crépon, monceaux de cravates et de châles construits comme des châteaux, palais de gants, girandoles de rubans, collines de calicots et de lainages... L'art de l'étalage, une invention parisienne, éclatait, splendide. Les amas de soies légères, les foulards de lin se mêlaient aux sarraus de coutil sombre, et tout était baigné par le soleil de la rue, par l'effet de vitrines grandes comme un homme grimpé sur les épaules d'un autre. Les affiches, les illusions, les effets d'optique étaient portés à de tels degrés de perfectionnement que les devantures semblaient vivre. Une foule permanente entrait et sortait par les portes à tambour que généralement on n'empruntait que dans les grands hôtels. C'était cela, les marchands de Paris concevaient le commerce comme le lieu des plaisirs, des promenades, des flâneries. Faire ses emplettes devenait une fête. Et Jeanne, lentement, se pénétrait de ceci. Étourdie ellemême par la tentation, par le plaisir que ces étalages éveillaient, elle s'attardait devant les glaces.

Le soir, quand tous se retrouvaient dans le salon, quand les deux enfants reposaient, elle parlait de ces magasins, écrins à trésors.

— A Mexico, personne n'oserait étaler les marchandises de la sorte. Aux Sept Portes, nous n'avons jamais songé à faire ainsi. Quelle audace...

— Ne me dites pas, Jeanne, que vous entreposez nos productions lyonnaises dans les tiroirs de la *trastienda,* comme je le faisais moi-même jadis ? Trente ans ont passé...

— Mexico n'est pas Paris, s'exclamait Jeanne, fâchée que l'on doutât de sa compétence. Nous ne pouvons pas exhiber des étoffes aussi précieuses à la convoitise... de n'importe qui...

— Et pourquoi ? Comment arriverez-vous à éveiller l'appétit du chaland ? Les clients ne viennent pas seuls, il faut les attirer. Je ne doute pas que vos commis possèdent suffisamment de bagout pour convaincre les coquettes indécises, mais cela ne suffit pas. Il faut piéger le client avant même qu'il n'entre en boutique, qu'il se fige devant la porte ; il faut le faire réfléchir devant l'occasion du jour, qu'il succombe ! Osez, Jeanne, osez... Rien ne doit vous empêcher, rien...

Rêveuse, elle écoutait.

Il l'emmena un jour rue Montmartre, à *La Ville de Paris.*

— Vous verrez, lui avait-il dit, vous verrez dans ce magasin qu'on peut faire encore plus que des étalages attrayants. Il faut s'adapter aux besoins du temps.

Quand ils eurent franchi les portes d'entrée, Jeanne resta pétrifiée. Elle songea que Pierre l'avait égarée : les vastes salles du magasin ressemblaient à une galerie d'exposition... Rayons sans fin dans des salons profonds. Des colonnes supportaient des verrières qui permettaient à la lumière de pénétrer à profusion. Malgré l'étendue des salles, elle pouvait embrasser à la fois l'ensemble des richesses manufacturières que le magasin renfermait. Des étoffes aux tapis, des guimpes aux redingotes, des tapisseries aux nappes... Elle éprouvait cette sensation d'une machine fonctionnant à haute pression, d'une agitation d'usine qui montait des palabres de vente, de la bousculade aux comptoirs. Un ronflement continu de machines à l'œuvre, un enfournement de clientes serrées devant les rayons, des femmes ployant sous les marchandises qu'elles jetaient à la caisse. Et cela réglé, organisé avec rigueur, tout un peuple de femmes passant dans la force et la logique des engrenages. Ici, toutes les classes étaient représentées, des riches aux élégantes, des plus modestes aux provinciales. On remarquait des sommités de la noblesse, des étrangers de distinction parlant toutes les langues d'Europe.

Jeanne se laissait entraîner.

— Voilà, expliquait Pierre en la guidant dans le dédale, voilà ce vers quoi doit tendre le commerce... N'est-ce pas, après tout, l'endroit par excellence où l'on peut envisager l'échange des produits, leur circulation ? Fini le temps des rayons de nouveautés, des maisons qui se flattent de n'offrir qu'une spécialité. Ces magasins ne sont plus à la hauteur des exigences, la boutique doit s'adapter à sa destination : répondre à la frénésie de consommation qui s'est emparée du siècle, offrir tous les articles, trésors des fabriques de France et du monde.

Elle écoutait, bouche bée, comme un disciple son maître. Et Pierre, passionné, avec une volubilité inaccoutumée, démontrait l'intelligence et la perspicacité de ces négociants.

— M. Deschamps, le chef de *La Ville de Paris,* est un génie. L'entrée libre, le prix marqué, l'échange et le remboursement à volonté, c'est lui ! Surtout, il se contente de gagner peu sur chaque article.

— Mais comment cela est-il possible ? fit Jeanne, qui respectait encore la maxime « acheter bon marché et vendre cher ». Il a dû lui falloir un énorme roulement de fonds, à ce M. Deschamps ?

— Ne croyez pas cela, Jeanne. Son unique effort consiste à se débarrasser très vite de la marchandise achetée, pour la remplacer par une autre. Il fait rendre ainsi au capital autant de fois son intérêt. De cette manière, il peut se contenter d'un petit bénéfice, 4 % tout au plus, sur chaque article. Seulement, cela finit par faire des millions, lorsqu'on opère, comme il le fait, sur des quantités de marchandises considérables, sans cesse renouvelées.

Jeanne emmagasinait ces multiples conseils. Pierre consacrait des journées entières à son élève, il jouait au guide, l'entraînait dans les magasins qui s'étaient ouverts à la suite de *La Ville de Paris,* ainsi *La Chaussée d'Antin, Au Coin de la Rue.* Il lui fit même rencontrer Aristide Boucicaut, le maître génial du *Bon Marché,* à l'angle des rues de Sèvres et du Bac, Xavier Ruel, le chef du *Bazar Napoléon,* à l'angle des rues de Rivoli et des Archives. Jeanne prit goût à leurs explications : tout était possible. Boucicaut et Ruel n'avaient-ils pas connu, à quelque chose près, le même itinéraire que les Barcelonnettes ? Ils étaient partis de rien et à force d'audace, leurs maisons, fondées en 1853 et en 1856, connaissaient un succès fulgurant. Pourquoi pas elle ? Elle se plaisait à imaginer son retour à Mexico... Elle se plaisait à penser que tout était possible, là-bas, au Mexique. Il suffisait d'ambition...

XXIV

Pierre Arnaud n'appartenait pas à la société infime qui jouissait du privilège d'être conviée aux lundis de l'impératrice. Pour être admis à ces bals, quand on n'était pas courtisan, il fallait être connu personnellement par les souverains ou marquer d'une façon quelconque le monde parisien. Tel n'était pas le cas de Pierre et de Julie. Chaque mois de mars, par contre, ils recevaient une invitation signée par le Grand Chambellan, le duc de Bassano. Ils étaient invités au grand bal ouvert à la foule banale des fonctionnaires grands et petits. Ils s'y rendirent ce 26 mars en compagnie de Jeanne. Elle attendit ce jour avec fébrilité, émotion intense. Elle avait revêtu pour la circonstance une robe de popeline de soie blanche échancrée en pointe sur le devant et taillée en rond sur le dos. Comme de la rosée, une pluie de minuscules pierres brillantes couvrait cette toilette. Elle portait des boucles d'oreilles aquarium, aux bras plusieurs bracelets d'or ornés de camées, de cabochons, au cou une simple chaînette Benoiton.

Une longue file de voitures se formait dans la rue de Rivoli et sur le quai des Tuileries. Jeanne, Julie et Pierre ne pénétrèrent que vers 8 heures dans la cour du palais, face au pavillon de l'Horloge, où se dressait une vaste marquise dont le pavillon, garni de tapis et de tentures, servait de premier vestibule. Le cœur serré, Jeanne entra dans une antichambre où se tenait une haie de valets en livrée de gala et poudrés à frimas. Un suisse, hallebarde à la main et chapeau à plumes en bataille, tenait lieu de maître de cérémonie. Puis ce fut l'ascension du grand escalier, où s'échelonnait, le long des degrés, la double rangée de cent gardes bottés et cuirassés ; à l'entresol, deux huissiers en grande tenue, épée au côté, bicorne sous le bras, recevaient les billets. La salle des Maréchaux resplendissait des feux de lustres innombrables. La lumière chaude se jouait harmonieusement des toilettes, inondait de ses éclats les épaules couvertes de pierres, s'accrochait aux chamarrures des uniformes diplomatiques et militaires. Cette lumière était donnée par de grosses lampes à huile Carcel et par une profusion de hautes bougies couronnant les lustres, les nombreuses appliques fixées dans les murs. Les robes offraient une infinité de gammes de teintes claires. Chez les hommes, ceux qui ne portaient pas l'uniforme avaient passé le costume de cour obligatoire : habit bleu barbeau à col brodé, gilet et culotte blanche, bicorne. Jeanne remarqua que certains de ces vêtements ne s'ajustaient que bien imparfaitement sur ceux qu'ils habillaient...

— C'est qu'ils ont été pris chez Baron, le loueur du boulevard des Italiens, lui souffla Pierre à l'oreille. Celui-ci tient l'article à la disposition des invités des salons impériaux.

Des femmes, sur les sièges, côte à côte, serrées dans la geôle de leurs corsets, tristes, résignées, battaient leurs épouvantails ciselés par Bastard. Souriants, circulant avec peine, étouffés, ventre à dos, gênés aux coudes, des hommes de tous âges se poussaient, avançant péniblement vers on ne sait où, moites de sueur. Des lambeaux de phrases heurtées se croisaient, propos hâtifs de coins de rues, civilités sans l'ombre d'une conversation suivie : on était là pour voir et se montrer, en une sorte d'exploitation de vanité en commandite dont les invités escomptaient toucher les dividendes dans les échos des journaux du lendemain.

Jeanne s'accrochait aux basques de Pierre et de Julie, gênée par les regards qu'elle sentait peser sur elle ; elle détournait la tête, rosissante, quand elle croisait un sourire trop appuyé. Une jeune fille à sa première sortie dans le monde...

A 9 heures et demie, le couple impérial apparut. L'impératrice portait une robe de dentelle blanche, décolletée en bateau, suivant la mode du moment ; ses cheveux, coiffés en bandeau, dessinaient un front pur. Des perles comme seuls bijoux. D'un geste souple d'Espagnole habituée à jouer de l'*alanjo,* elle agitait un éventail blanc comme le reste de sa toilette. L'empereur, lui, avait revêtu l'habit de général de division.

Tandis qu'il jetait quelques propos à ses invités, des sénateurs, de hauts magistrats, des généraux, l'impératrice, souple et gracieuse, parcourait les salons, entourée d'un essaim de femmes élégantes. Julie identifiait pour Jeanne, à voix basse, les princesses de la famille impériale, les épouses des diplomates qui défilaient : la maréchale duchesse de Malakoff, la maréchale Canrobert, la marquise de Chasseloup-Laubat, la comtesse de la Poïze, les filles du maréchal Magnan...

L'empereur et l'impératrice se rendirent ensuite à leur table de souper, où étaient conviées quelques personnalités diplomatiques. L'orchestre entama alors une valse de Vienne.

— Me ferez-vous l'honneur de cette danse ? lui demanda Pierre, amusé.

Décontenancée, Jeanne chercha un signe d'assentiment dans les yeux de Julie, qui l'encouragea d'un sourire. Elle s'abandonna à la danse.

Les heures qui suivirent furent un enchantement. Attirés par cette jeune femme seule, les hommes se pressaient et ne lui laissèrent aucun répit. Elle se livra, grisée, aux uns et aux autres, dans une volupté et un plaisir intenses.

Vers 1 heure du matin, rompue, elle se laissa choir dans une banquette de velours grenat, à l'écart des regards. Elle était fascinée par les tourbillons de crinolines qui, dans ces salons rutilants de lumière, de luxe et d'apparat, revêtaient une solennité gracieuse. Les yeux mi-clos, elle avait l'impression de voir apparaître un tableau d'Eugène Lami, le peintre attitré de ces fêtes dont elle avait admiré une toile dans le salon des Arnaud.

— Voyez-vous, mon cherrrr... La forme de la constitution défendue par Juarez et ses partisans, qui ont pris pour modèle le système nord-américain, n'a aucune racine dans le passé du Mexique...

Instinctivement, Jeanne se raidit. Souffle coupé, elle sentit ses ongles qui meurtrissaient ses paumes. Tendue, tout d'un coup, elle tourna la tête et observa celui qui parlait.

C'était un homme de taille moyenne, au visage aigu, sans âge, le teint mat, d'une minceur sèche et nerveuse. En face de lui, un bourgeois opulent, entre deux âges — qui, de toute apparence, devait passer le plus clair de son temps à se donner, à coups de billets de banque, les jouissances que ces esbroufeurs de soldats cupides de la Restauration, et maintenant de l'Empire, se donnaient —, écoutait l'homme maigre. Deux autres jeunes hommes semblaient trouver un réel intérêt aux propos tenus. Après tout, Jose-Maria Guttierrez de Estrada n'était pas n'importe qui... Ancien ministre des Affaires étrangères du Mexique sous la présidence de Bustamante, il avait, en 1840, ourdi un complot tendant à remplacer le président par un empereur venu d'Europe. Cette initiative vaine l'avait contraint à l'exil. Depuis, il vivait entre Paris et Rome, où il possédait, disait-on, une magnifique demeure, le palais Marescotti. Il meublait sa paresse en militant pour le triomphe de ses chimères. Toutes les cours d'Europe recevaient l'excentrique et on murmurait qu'il avait la ferveur de l'impératrice. Volubile, sûr de lui, le Mexicain parlait en roulant les r, et les accents de sa voix cuivrée, exagérée comme une caricature, résonnaient aux oreilles de Jeanne.

— ... Non, messieurs, la nation mexicaine n'est pas tournée vers la république, quoi qu'en disent certains. Dans la république, elle n'a trouvé que désordre, ruine, anarchie. Je vous le dis, le dévouement de la grande majorité des Mexicains pour les institutions prônées par ces Indiens et ces métis de Veracruz n'est pas chaleureux. Ils ont assez éprouvé ce régime, ils en ont constaté l'impuissance, le péril.

Jeanne tendait l'oreille, subitement ramenée aux réalités.

— Loin de moi l'idée de vous contredire, M. Estrada, hasarda humblement un officier de la garde impériale, mais les événements qui se déroulent dans votre pays porteraient à croire que les Mexicains sont encore prêts à faire des sacrifices pour défendre leur régime républicain...

Une force irrésistible la contraignait à rester là, à écouter, le souffle court.

— Fi donc ! Je puis vous certifier, au contraire, cher monsieur, que tous les Mexicains qui raisonnent désirent l'établissement d'une monarchie. Et je sais de quoi je parle ! Le Mexique n'est-il pas mon pays ?

Jeanne sentit son cœur se serrer. Les visages de Jean, de Phonse Ebrard, d'Olivier Meyran, de tous les siens, défilaient. Depuis son arrivée à Paris, elle n'avait reçu qu'une lettre de son époux, et encore datait-elle du mois de décembre 1859. Une lettre qui se voulait rassurante, mais qui cachait mal les tourments auxquels était confrontée la communauté barcelonnette. Le contenu de ces lignes resurgissait tout à coup... En même temps, une vague de honte envahit la jeune femme. Ses compagnons se démenaient à des milliers de lieues contre les emprunts forcés, les difficultés d'approvisionnement, le colportage hasardeux, et elle était là, à danser, à minauder.

L'envie de fuir la saisit, mais il lui fallait capter les propos de ces hommes informés.

— En fait, poursuivait le banquier, ce qui me préoccupe surtout, c'est l'action absorbante des États-Unis.

— Voilà, effectivement, le réel danger, interrompit Estrada avec emphase. Le bilan de la république au Mexique est tout entier dans ce simple fait, plus éloquent que tous les exposés qu'on pourrait tracer sur les maux dont est accablé ce pays infortuné. Quanf l'indépendance fut établie, le territoire de la République comptait 216012 lieues carrées. Aujourd'hui, il n'est plus que de 106067 lieues. Une perte de 109945 lieues, plus de la moitié... Et qui se les est appropriées ? Les Américains du Nord ! Présage du sort qui attend le reste. A moins...

— Il serait triste de voir l'Union américaine s'emparer, au détriment de l'Europe, de l'ancien empire de... Mocte... enfin... de toutes les ressources sans nombre que ce pays laisse présager. Le Mexique est si merveilleusement doué.

— Certes, reprit le banquier, un rien excédé. Ce n'est pas pour rien que l'Espagne de Charles Quint et de Philippe II tenait le Mexique pour le paradis. L'industrie moderne, plus positive que l'imagination, peut trouver là ce qui lui manque. Ce pays produit l'indigo, le cacao, le café, le sucre, le coton... Tout est possible entre agriculture et industrie. Quant aux métaux, tenez-vous bien... Le Mexique passe pour avoir fourni, à lui seul, vingt milliards sur les cinquante qui composent le total de l'or numéraire en circulation dans l'univers. Il est aussi la patrie de l'argent, et durant trois siècles, il a donné une moisson annuelle qui atteignait cent millions. Et certains observateurs pensent qu'il n'aurait livré encore qu'une infime partie de son trésor.

— Quel pays, mon Dieu, quel pays ! s'exclama l'officier. Si seulement je n'étais pas soldat, je me ferais pionnier !

— Le Mexique a reçu de Dieu une autre faveur, poursuivait le banquier qui ne s'intéressait qu'aux bienfaits de l'économie. Il touche l'un des lieux les plus prédestinés au monde : l'isthme de Panama. L'isthme a été sondé dans tous les sens, les communications entre les deux océans ont été cherchées sur tous les points, à Panama, sur le lac du Nicaragua, à Tehuantepec, dans la province méridionale du Mexique. Si rien de définitif n'a encore abouti, tôt ou tard cela se fera. Dans ces régions, un détroit fabriqué par la main de l'homme améliorera encore la création primitive. Ce détroit forcera l'Atlantique et le Pacifique à mêler leurs eaux. Il permettra d'abandonner la longue traversée par le cap Horn, il accélérera les relations de l'Amérique et de la Chine, du Japon, de la Nouvelle-Zélande. Il augmentera le commerce de l'Europe avec l'Océanie, le Chili, le Pérou, l'Équateur, il rapprochera de 3 500 lieues Le Havre de San Francisco.

Essoufflé par sa harangue, le banquier reprit respiration. Estrada, fâché d'avoir été empêché de parler davantage, reprit le crachoir.

— Monsieur, vous avez tout compris au Mexique. Je pense que vous ne pouvez qu'être d'accord avec moi : le Mexique ne peut se régénérer que par des combinaisons politiques fondamentalement différentes de celles qu'il subit depuis quarante ans. L'avenir de ce pays ? C'est un monarque européen, qui raffermirait la race latine sur la terre américaine et contrebalancerait, tant pour la jeune Amérique que pour la vieille Europe, l'influence yankee.

Jeanne était atterrée. Il ressortait de ces bavardages que le Mexique serait encore la proie de la violence et de la guerre. Elle avait mal à l'âme, la peine l'envahissait.

XXV

Au mois de mai, une intense agitation saisissait l'hôtel d'Auteuil. Le majordome et les domestiques préparaient les bagages, remplissaient les malles d'osier, complétaient les trousseaux : les Arnaud s'en allaient quatre mois, de juin à septembre, pour Barcelonnette. C'était plus fort que le temps, les habitudes, et si Pierre, pour sourire, justifiait ainsi cette villégiature : « Nous avons besoin de nous assainir le corps, de nous vivifier le sang », il dissimulait son désir profond d'aller vivre au contact des montagnes et des gens de là-bas. Ses compatriotes lui étaient aussi indispensables que la clarté ; son esprit, son âme réclamaient le terroir.

Jeanne et Honoré seraient du voyage. La jeune femme se sentait sens dessus dessous, des frissons, des bouffées d'émotion l'assaillaient quand elle songeait au pays. Celui que son père avait quitté pour traverser, dans les tempêtes, le grand océan ; celui que son jeune fils allait connaître. Sans cesse, Pierre la prévenait :

— Méfie-toi, la Vallée est plus éloignée de l'influence du temps que le sont les îles Marquises. Son accès est aussi malaisé...

De Barcelonnette à Gap, il ne fallait pas moins de douze heures par la R.N. 100. Pompeuse désignation pour ce chemin si peu carrossable, dont la largeur ne dépassait pas 3 mètres au mieux. Empruntée par les charrettes portant les blocs de marbre de Maurin, les peaux et les laines, par les charretiers qui allaient chercher le vin aux Mées, à Malijaï ou dans le Var, par la voiture à capote du père Gassier qui, depuis 1845, assurait le service du courrier de la Vallée à Digne, cette route sillonnait par Jarjayes et Remolon. Après avoir passé la Durance en bac à Chaussetive, il fallait reprendre l'ascension par le terrible Malpas creusé à flanc de rocher, par la Bréole, le Lautaret et Méolans...

Bien que Jeanne fût accoutumée aux mauvais chemins, celui-ci, parcouru dans le tape-cul du père Gassier — les adultes et les deux enfants s'y étaient entassés —, lui causa de grands effrois. La route, les rivières, les digues, les ponts, les rares ouvrages publics présentaient partout l'image effrayante de la destruction. Ce n'était que précipices sombres. Des ais enfoncés dans les crevasses, des rochers couverts de mauvaises planches offraient ici et là un chemin tremblant ; des pieux mis en balustres ne donnaient guère l'envie de se confier à leur frêle secours, et ces pentes — dont certaines atteignaient 12 % — tenaient du glacier, de la descente infernale où l'on risquait de se rompre les os.

De temps à autre, Jeanne entendait le père Gassier pousser des jurons devant un passage hasardeux, des éboulis récents, un torrent en crue, un pont ébranlé par une coulée de limons.

— Craint-on que ce ne soit que pour nous, si on ouvrait une route commode de Digne à Seyne, et de Seyne à Barcelonnette ? grognait-il en lançant le poing à l'intention de ceux de Paris... Les étrangers qui viennent nous visiter, en voyant que nous n'avons point de route, se croient en Sibérie.

Par quel mystère la Vallée avait-elle échappé à tous ces efforts gigantesques entrepris depuis 1836 à travers la Haute-Provence par les administrateurs du Génie civil ? Pourquoi avaient-ils abandonné ce bloc montagneux ? Pourquoi ne l'avoir pas coupé de ponts, afin de relier la Vallée aux pays environnants par un lacis de routes, de chemins vicinaux ? Alors que de Lyon à Nice, de Toulon à Sisteron, le pays s'ouvrait lentement aux influences, se laissait entraîner dans le vaste mouvement d'ensemble, la Vallée s'enfonçait, elle, dans son retard accumulé par les siècles.

Au moment des pauses nécessaires pour soulager les chevaux, le vieux Gassier, malin comme un lièvre, montrait à Jeanne des endroits fameux pour les chutes mortelles qui y avaient eu lieu.

— Ah là, ce fut un malheur ! Quand on remonta le percepteur de la combe de l'Ange, ses bras formaient une charpie qui lui donnait l'allure d'un épouvantail. Il faisait moins le fier qu'à la foire aux moutons, vous pouvez me croire, madame Pascal.

— Tais-toi, sale bonhomme, disait Arnaud, nous suons dans ta carriole, et si nous avons confiance en ta manière dans ces montagnes russes, n'inquiète pas Jeanne. Ou alors, attends que nous soyons rendus...

— Bien sûr, Pierre, mais chacun ses souvenirs... Nos gars revenus du Mexique ne s'abstiennent pas de nous parler des menées des corsaires, des massacres qu'ils ont connus. Chacun ses ritournelles. Jeanne, si je vous effraie avec mes histoires, dites-le...

— J'en connais d'autres, mais je me souvenais mal des duretés de la route...

— Ça, pour être dure, elle l'est, mais n'ayez crainte, nos chevaux et nos mules ont tout du chamois. Ils tricotent du sabot mieux que le bouquetin de la Stura. Les seuls accidents arrivent aux étrangers, aux malins des plaines qui viennent, disent-ils, en « touristes » dans notre pays.

Jeanne écoutait à demi. Elle se cramponnait à l'amoncellement de fûts de sapins pendus sur le vide et qui formaient une rambarde bien fragile. La mélancolie et la nostalgie l'envahissaient. Elle dévisageait les cimes qui culminaient à 3000 mètres, comme si ces montagnes avaient quelque chose d'humain ; elle plongeait ses yeux dans le vertige des vallées qui serpentaient sur quelque 20 kilomètres, dans le choc des plateaux, des creux et des pentes. L'Ubaye, plus bas, grondait, gonflée par les eaux de printemps. Ce désert l'angoissait aux larmes, mais ces larmes étaient de bonheur, une joie triste lui picotait les côtes, le dos. Elle était captivée par ce pays qu'elle avait oublié, tout occupée à fabriquer son destin. Elle pressait Honoré contre elle, elle lui désignait par leurs noms les déserts, les chaos de montagnes rasées, brisées, laminées par les eaux des torrents depuis que le monde est monde. Elle lui promettait d'aller jouer dans les éboulis, les charriages de rocs qui, de si haut, ressemblaient à des cailloux abandonnés par un enfant. Elle expliquait pourquoi ces bouquets de mélèzes étaient plaqués, avec leurs prés, suspendus dans les rocailles, résistant Dieu sait seul comment, au ravinement, aux colères furieuses des torrents. Elle disait l'amour qu'elle avait pour ce pays de pierres, champ de bataille laissé là, inachevé et brutal, au dernier jour de la Création. Dans les creux, c'était des taches tendres, quelques prairies, quelques labours protégés par les murets construits par les hommes, épargnés par les avalanches d'eau grâce à un promontoire, grâce à une crevasse, dans le squelette de pierre d'une pente sèche comme un pavé de rue. Elle montrait, en bas, des flocons de moutons dans les ravines, broutant une plante d'herbe rare, mais drue, grasse. Elle montrait du doigt le flanc dénudé des montagnes, les plateaux calcaires gorgés d'eau claire où, sauvageonne, elle courait. Elle racontait comment elle avait été saisie de peur, un matin de gros orage, dans l'anfractuosité d'un de ces mamelons noirâtres, désert minéral de rochers calcinés. Et elle songeait, petite rouquine, à l'amour qu'elle avait attrapé, comme une vilaine angine, pour Pierre Arnaud le colporteur, l'homme du Mexique, le premier voyageur qui avait montré aux jeunes hommes pauvres comme Job où il fallait aller pour réussir.

Pour l'heure, Pierre Arnaud, saisi, lui aussi, par la beauté du pays, entourait les épaules de Julie, tenait la main de son Jean. L'enfant était un casse-cou, mais là, il regardait, lui aussi, souffle coupé, ce pays insensé.

Miracle de la nature, la végétation, malgré tout, combattait les malédictions rocailleuses. Sur les ravines, les flancs décharnés des montagnes, qu'on eût pensés stérilisés à jamais, la silve se reconstituait, inlassablement, primitive. Des fourrés touffus envahissaient les lits secs des torrents : ces ramières seraient arrachées par les eaux d'automne. Des buissons épineux, des arbrisseaux, timide avant-garde dans une marne d'avalanche, annonçaient la forêt qui se développerait là, si le dieu des arbres l'emportait sur celui des éléments. Aux pans de collines hideusement cadavériques succédaient d'autres collines moins élevées, tapissées d'un pelage vert ; dès qu'un angle de roche s'était arrondi avec les poussières de vent, dès que la montagne s'offrait une souplesse, dès que 3 mètres cubes de limon s'étaient déposés dans un détour, c'était un pommier fleuri, un pré constellé de marguerites, une chèvre au piquet, une cabane couverte de pots de géraniums ou l'une de ces fermes hautaines où se fait le ménage des hommes courageux.

Ce pays ressemblait à la vie : tout pouvait renaître après la tempête du seul fait de la volonté du temps, de l'opiniâtreté des hommes.

Jean savait par cœur le nom des bourgs, des hameaux, des quartiers qui se cachaient dans ces montagnes terribles. Le fils unique de Pierre Arnaud désignait en chantonnant, comme une comptine, trois pans de lauzes dans un versant, derrière un éperon, une plate-forme, une crête ou un piton. Jeanne l'écoutait et se souvenait d'avoir dansé la farandole dans ce village accroché aux flancs de la montagne, qu'on ne peut rejoindre qu'en suivant les tournis et les lacets en accordéon d'un sentier frayé par les pas des chèvres, bien plus nombreuses que les hommes, ici. Des bâtisses s'étaient — à peine croyable — tanquées sur le faîte d'une falaise, défi aux abîmes. Ces trois baraques s'enracinaient dans la marne calcaire et des prés verdissaient, taillés en chicots, serrés dans des encoches de terrain. De là, disait Pierre Arnaud, « on pouvait voir le dos des aigles qui volaient ». Il s'imaginait tout en bas, grimpant à la canne ferrée dans les gorges grandioses, au bord des failles...

La carriole avançait au pas, et le père Gassier, qui donnait la main à Jean Arnaud, tenait les brides. Barcelonnette était à une demi-lieue sur la rive de l'Ubaye. Humble ville si chère à ses enfants... Elle était devant, et Jeanne regardait, étonnée, le damier des ruelles, les murailles qui s'effondraient sur les fossés comblés. C'était bien les rues contorsionnées, les escaliers pentus comme des horizons, les boyaux sombres entre les maisons, le noir des façades et les renforcements ténébreux où l'ombre de l'hiver refusait de fuir devant le balai du soleil de printemps. C'était bien le « Barcelo » de son enfance, le gris des maisons appuyées sur leurs portiques. Pas très gaie, cette ville d'arcades, mais les hommes avaient dû les construire pour pouvoir passer d'une maison à l'autre, l'hiver, tant les neiges et les glaces couvraient la terre, six mois, sur un pied d'épaisseur. Quelques boutiques pour le nécessaire, deux cafés pour quelques messieurs, les rouliers, les bergers de passage.

C'était la capitale de la Vallée, le pays des « Mexicains », la Jérusalem de Pierre Arnaud et de Jeanne Pascal, la fille Fortoul... C'était cela, leur pays, leur berceau, une ville de bergers et de gens pauvres, une grande rue où l'on circulait en risquant à chaque pas de se salir le pantalon. Ici, on fabriquait le fumier à même la chaussée. La plupart des habitants n'avaient pas d'autre moyen d'engraisser leurs morceaux de terre, leurs jardinets, qu'avec le peu de fumier qu'ils pouvaient faire devant leur logis. L'aridité du sol ne permettait pas d'élever beaucoup de bestiaux ; aussi l'engrais était-il rare et cher. Pour y suppléer, les cultivateurs épandaient dans les rues, et même sur les routes boueuses, des plantes, des feuillages qu'ils allaient couper dans la montagne. Le buis, la sauge, le romarin, enfin tout ce que la montagne inculte pouvait offrir de végétaux inutiles était ramassé avec soin, répandu sur la chaussée et macérait, pourrissait, sur le passage des voitures, des gens. On entassait cette boue le long des maisons, et les tas obstruaient le passage, exhalaient une insupportable odeur sous les premières chaleurs. L'inconvénient n'excédait pas celui de la difficulté de la marche dans ces débris, dans cette bouillie, surtout par temps de pluie ou de neige, quand les pieds s'enfonçaient dans la gadoue liquéfiée, à couleur brunâtre, noirâtre, parfois d'un vert putride...

La « Villa Arnaud » était à l'est de la ville. C'était le vieux moulin Jaubert, aussi ancien que les premières maisons de la ville, que Pierre avait acheté, qu'il avait restauré à grands frais. Son domaine, 2 hectares de bois et de vergers, était séparé des champs cultivés par plusieurs rangées d'ormeaux. La villa était l'objet de toutes les curiosités. D'abord, on n'avait jamais vu dans la Vallée ce qu'on nommait un parc ; quant aux allées de graviers, personne n'avait eu l'idée d'aller pelleter dans les bancs de l'Ubaye pour répandre des cailloux dans un chemin...

L'architecture complémentaire et les abords de cette maison n'auraient pu en rien laisser entendre que son propriétaire avait passé le plus clair de sa vie aux Amériques, si ce n'était deux agaves de cuivre bleuies par le temps et les intempéries. Rares étaient ceux qui savaient que ces feuillages terminés par une pointe acérée existaient aussi en Europe. Berton, un manouvrier de Digne qui avait roulé sa bosse dans le comté de Nice, disait que, là-bas, les aloès poussaient comme du chiendent. Il se trouva quelques naïfs pour penser que le Mexique n'était pas si loin que ça, puisque Berton avait vu, de l'autre côté du Pas de la Cayolle, des agaves piquants...

La maison était belle, mais sans plus, vue de l'extérieur. On disait cependant qu'à l'intérieur, c'était un palais... Pauvres gavots, jamais jaloux, ils répétaient à l'envi ce qu'un conseiller de municipe, invité à l'apéritif en compagnie du maire Garcin, avait vu : que chaque pièce du moulin portait un nom de couleur ; c'était le salon rose, la chambre bleue, la verte, la grise. Il disait la beauté des teintes, le moelleux des fauteuils crapaud, les guirlandes de plâtre tendre clouées sur le chambranle et le dessus des portes. Les vases de Sèvres et deux cheminées de marbre de Serennes, sculptées par deux tailleurs du Piémont, le faisaient rêver, depuis. Son épouse, l'Émilie du Lauzet, se souvenait de la baignoire de zinc qu'on avait eu toutes les peines du monde à grimper à Barcelonnette par le satané chemin de Digne. Mme Arnaud s'y baignait deux fois la semaine, et il paraît que la cuisinière et son aide se levaient à 6 heures le matin pour chauffer des fait-tout sur les fourneaux à lessive, dans l'appentis, pour la remplir à moitié...

Quelques heures à peine après leur installation, Joseph Chabrand et Alfred Brémond arrivèrent en calèche. Alphonse Bellon et Barthélemy Jauffred les suivaient à cheval. Les amis avaient passé chacun treize années aux Sept Portes. Treize ans de labeur et de voyages risqués à colporter sur les routes du Mexique des babioles et des tissus du Nord. Les quatre s'étaient mariés avec des filles du pays, les moins bien dotées mais les plus jolies, et tous avaient repris les fermes familiales. Dans le vallon du Bachelard, Chabrand avait acheté cinq vaches grasses et bonnes laitières ; Jauffred, aux Lans, avait embauché quatre bûcherons et nettoyait les forêts que son arrière-grand-père avait acquises voilà près d'un siècle... Les amis employaient des régisseurs piémontais et ils surveillaient leurs affaires d'un œil, passant le clair de leur temps à chasser, à galoper dans la montagne. C'était cela, la fortune...

Les retrouvailles, on l'imagine, émurent l'assemblée. Ceux-ci possédaient dans leur cœur ces espaces particuliers où gisent des choses non dites, des sentiments réservés. En parlant du Mexique, ils n'avaient guère besoin de longs palabres ; ils se comprenaient à mi-mots. Jeanne donna les nouvelles de chacun et remit les liasses de courrier, les grosses lettres qu'il faudrait distribuer aux pays, aux pères et aux mères veuves.

Les enfants du Mexique donnaient de leurs nouvelles, expédiaient quand ils le pouvaient leurs maigres économies qui permettraient, dans la Vallée, d'acheter un lopin de bonne terre, un mulet. Quelques écus qui permettraient de faire appeler le maçon Barnéoud pour recouvrir une étable, rejointer les pierres pourries d'un puits. Dans la Vallée, le voyageur curieux aurait pu distinguer deux sortes de gens : ceux qui avaient quelqu'un au Mexique et ceux qui n'avaient rien. Les premiers étaient un peu fiers, les autres innocents. C'était imperceptible, ces privilèges, mais les jours de foire, on reconnaissait ceux d'Allos et du Lauzet... Ces cantons ne fournissaient pas de petits au Mexique, alors les gueux allaient à pied, une besace sur l'épaule, les bras chargés de paniers, charriaient même à mains nues des charrettes de bois de chauffage qu'ils tiraient depuis quatre heures de route. Ceux de Saint-Paul, qui avaient leurs gars au pays des Indiens, faisaient cossus dans leurs frocs de velours feuille-morte, sur les bois cirés des cafés, ils avaient le moyen de perdre du temps autour d'une tournée de champoreau.

Et les jeunes colporteurs, les bergers de quinze ans, les bûcherons imberbes rêvaient du Mexique à leur tour... L'exil ne leur faisait pas peur, une parenthèse de vingt ans ne les effrayait pas : ils savaient qu'en rentrant, ils pourraient donner du bien aux leurs. La fortune inoculait son venin et la fièvre...

Mathilde, la « petite sœur » de Pierre Arnaud, était âgée de cinquante-quatre ans. C'était une maîtresse femme qui avait pris pour mari un brave gars du côté de l'Hubach. Tous deux n'avaient pas eu de petits : un malheur... ou une bénédiction dans ce pays où la pitance se gagne si douloureusement. Le travail de la ferme leur assurait donc un nécessaire somme toute correct. Mathilde avait élevé Rémy, le cadet de Pierre Arnaud, qui était maintenant directeur d'école à Marseille. Elle était aussi fière de ce frère que de Pierre ; elle n'avait pas aimé le départ aux Amériques, et surtout elle redoutait tous les rêves que les fortunes faisaient naître dans la Vallée...

Elle était là, devant le porche de la « Villa Arnaud », quand les voyageurs arrivèrent de Paris, fourbus. Elle embrassa les siens, serra les petits, puis houspilla son monde. Depuis deux journées, elle dirigeait le ménage, dressait la liste des produits à engranger dans le garde-manger. Elle avait fait livrer du bois pour la cuisine et les cheminées, car le soir, dans cette vallée, même l'été, il est bon de flamber une bûche de résine, de regarder craquer un fagot de genévriers.

Quand tout le monde fut installé, elle s'éclipsa discrètement pour aller tourner dans sa maison la soupe au lard que son gars dégusterait en brisant un quignon de pain sec dedans.

Jeanne l'avait observée, attentive. Elle était fragile, belle et élancée, son visage, ses gestes étaient bien ceux des Arnaud. Sous les traits tannés de femme de la montagne, se brillaient une grande intelligence, des sentiments élevés et... une réprobation à peine dissimulée à l'égard du luxe qui s'étalait dans la maison de l'aîné. Elle avait été agacée par l'arrivée des quatre gaillards qui, c'est vrai, se donnaient des allures de notables, de gens bien. Mathilde, femme des vents, avait la caboche trop bien faite pour croire aux nigauderies d'un bonheur qu'on allait quérir si loin, au risque de sa vie, pour le malheur de ceux qui restaient dans la Vallée, à se ronger les sangs d'inquiétude.

Quatre jours plus tard, à cheval, Jeanne flânait dans les alentours de Jausiers. Elle retrouvait ses souvenirs, un passé effacé, et la nostalgie lui perlait à l'âme. Elle trouva Mathilde qui écossait des pois, assise au soleil, devant la maison natale des Arnaud. Elles se dirent des gentillesses, et Jeanne aussi écossa. Elle retrouvait les gestes de la tradition gavote : « ne pas perdre un instant, chanter, reposer, mais les mains à l'ouvrage ».

Mathilde se hasarda à interroger Jeanne sur le Mexique. La jeune femme dit les bons côtés de son existence américaine ; Mathilde savait bien qu'étaient retranchés les malheurs et les plaintes. Aussi ne put-elle s'empêcher d'ouvrir son cœur.

— Ah çà, je ne l'aime guère ce pays ! Bien sûr, mon Pierre s'en est revenu, mais qui nous rendra ces années absentes ? Dis, Jeanne, est-ce bien chrétien de quitter les siens ainsi ? Tous les jeunes partent sans poil au menton, et quand ils reviennent, je vois bien qu'ils sont vieux au-dedans... Les plus sains ne rêvent que de ficher leur camp.

— Sûr, Mathilde, mais ils reviennent avec un bien et répandent du bonheur sur la famille !

— Il coûte cher, ce bonheur... Pour travailler nos terres, nous embauchons chaque saison un peu plus de braves Piémontais. Ce sont eux qui ensemencent les sillons, qui consolent les vieillards. A Saint-Ours, les cinq fils de Joseph Marcelin sont partis. C'est Antonio, un gars de Cuneo, qui lui a lavé les pieds quand il est passé. C'est ce brave qui a cousu le suaire et a veillé le pauvre vieux, mort de solitude, la pire, celle de l'amour abandonné. Car le Joseph, il les aimait ses cinq gaillards... Aux Lans, à Enchastrayes, à Meyronnes, à Méolans, j'en connais, des vieux, des sœurs, qui ont la larme à l'œil toute l'année, Jeanne...

— Je sais, Mathilde, je sais tout ça, je l'ai imaginé. Mais les garçons, ils sont toujours partis... Depuis des siècles, ils s'en vont colporter, ils abandonnent le feu cinq mois, six mois l'hiver...

— Pour sûr, c'est dur, mais c'est le pays qui veut ça. Mais dix ans, vingt ans, Jeanne... Ce n'est pas humain, vingt ans d'absence, c'est déjà une mort. Quand ils nous reviennent, tout est cassé. Ces frères, ces neveux, ces beaux gaillards sont presque... des étrangers. Et je crains pour l'avenir du pays, pour la raison de tous.

Jeanne sentait la colère la gagner. Dans les propos de Mathilde, elle sentait la résignation, la fatalité qu'enfant elle avait détestées. Pauvres gavots, pauvres enfants oubliés par Dieu dans la montagne blanche... C'était leur rengaine...

— Tu n'as pas raison, Mathilde ! Les fortunes que rapporteront les gars changeront le pays. Le colportage était...

— Ne dis rien du colportage, Jeanne. Nos gars nous revenaient plus malins, c'était déjà beau. Ils avaient l'escarcelle remplie et au printemps, ils se mettaient à la charrue, heureux de s'attaquer à la terre, de faire des petits et de soigner les vieux. Tout était profit, et le pays tenait bon. Avec ces voyages, nos garçons étaient les plus fins renards de toute la Provence. Aujourd'hui, les maisons presque vides espèrent les billets à ordre, mais le cœur n'y est plus. On prie et on sanglote devant l'âtre en craignant pour ceux qui sont loin, la terre est travaillée par les employés et les sous du Mexique servent à payer les journées des manouvriers. Or la terre, on l'aime, on y saigne, on ne la fait pas exploiter par autrui. L'amour de nos vallées s'en ira, et l'on ne sera pas plus riche pour autant. Je sens la division, je sens le malheur, Jeanne...

Les deux femmes s'étaient séparées, ulcérées. Irréconciliables l'une et l'autre. L'une maudissait l'autre pour son refus du temps, des ambitions légitimes ; l'autre, assurée qu'on n'abandonnait pas sa terre et les parents sans bouleverser l'ordre de la nature, lui en voulait. Mathilde savait que la nature restait maîtresse de nos destinées.

L'esprit de Jeanne se métamorphosait. Versatile et changeante, si peu assurée de l'enchaînement des choses, elle mesurait à présent l'inanité de la vie stagnante de Paris. Elle méprisait ces femmes, poupées ballottées par l'ennui, amoureuses de langueur, désarticulées par la névrose, bonnes peut-être, mais d'une bonté assoupie dans l'hypocrisie de leurs relations. Elle les imaginait curieuses à l'excès des mystères qu'elles croyaient deviner, condamnés à la vie élégante, mannequins de couturières pour l'orgueil des maris. Elle songeait aux hommes, aux amants, à ces hommes de Paris aux sourires stéréotypés. Ils portaient sur le visage le type parisien dont Balzac avait donné la si juste définition : « Des ambitions trompées ou mortes, une misère intérieure, une haine endormie dans l'indolence d'une vie assez occupée par le spectacle extérieur et journalier de Paris, une inappétence qui cherche des irritations, la plainte sans le talent, la grimace de la force, le venin des mécomptes intérieurs qui excitent à sourire de toute moquerie, à conspuer tout ce qui grandit. Ce mal parisien est à la conspiration active des gens d'énergie ce que l'aubier est à la sève de l'arbre : il la conserve et la dissimule. »

Cette société restait insaisissable dans un perpétuel frôlement qui excluait l'intimité, la notion approfondie des êtres. Chacun courait dans une folie commune, vers un but illusoire, avec l'agitation, la fièvre, l'hypocrisie de la relation et de la représentation. On se percevait, on se touchait la main, on se flairait, à tort ou à raison, on se plaisait ou on se déplaisait, on se jaugeait, on se souriait, on échangeait force fausses monnaies et, déjà distrait par de nouveaux désirs, on se quittait pour se revoir, le temps d'une seconde, alors qu'on s'était promis fidélité à la mort.

Loin de tout cela, de retour au logis, Jeanne revoyait en pensée, dans l'écho des valses, le néant de ces soirées traversées par le vent des paroles, la coquetterie des compliments, la jalousie des autres femmes.

A Barcelonnette, elle réglait ses journées sur le parcours du soleil. Elle marchait dans la plaine illuminée, absente, ivre. Elle ne percevait aucun bruit, tout semblait reposer sous le ciel embrasé et les oiseaux, même, contribuaient à ce silence particulier. L'horizon des chemins était désert, aucune tête n'émergeait des blés jaunissants. A l'heure de l'angélus, la campagne s'animait et s'emplissait de voix confuses, de sons de clochettes, de piétinements sur le cailloutis des chemins. Plus tard, commençait sous la lampe l'heure du recueillement. La sérénité de la nuit la rafraîchissait et mille pensées, graves et charmeuses, naissaient. Le bien-être, en somme. Au-dehors, le calme n'était troublé que par les aboiements lointains des chiens dans les parcs à moutons.

La campagne était pour Jeanne le prétexte à sa rêverie. Dans cette nature isolée, ses absences prenaient, sous l'enveloppe même de cette lumière, un caractère infiniment pénétrant. Elle partait vers la terre des rêves, dans un monde de rayons mystérieux et de voix étranges, elle s'exilait. Son cœur était à la retraite, mais elle sentait confusément que le vent des tempêtes n'avait pas cessé de souffler en elle, elle sentait parfois son esprit palpiter, plus impétueux, comme un soldat désireux de gagner la bataille.

Le bonheur ? Jeanne ignorait la valeur de cet état. Pour elle, le bonheur donnait du ventre à la bête, des entraves à la pensée, qui rancit près de l'âtre non tisonné de la personnalité. Jeanne n'était pas contemplative. Comme le paysan, si elle ne luttait pas contre la terre, fouillant en elle pour la féconder, elle n'en ressentait pas moins le désir violent de batailler. Et le lieu de sa bataille, à elle, se trouvait là-bas, au Mexique, sa terre promise.

Le 7 février 1861, Jeanne fit ses adieux. Elle confia son fils à Pierre et à Julie. L'enfant avait retrouvé son équilibre au sein de cette seconde famille, et pour rien au monde elle n'eût voulu l'arracher à ce cocon paisible; pour rien au monde, elle n'eût voulu le soumettre aux angoisses nouvelles qu'elle redoutait.

Elle partit donc seule pour Saint-Nazaire. La Compagnie générale transatlantique de vapeurs français inaugurait un service mensuel Saint-Nazaire-Veracruz-Tampico, avec deux escales, l'une à Fort-de-France, l'autre à Santiago de Cuba...

Une semaine après son départ, une lettre écrite par Phonse Ebrard arriva au domicile de Pierre Arnaud. Ce pli, expédié de Mexico le 2 janvier 1861, annonçait une terrible nouvelle. Jean Pascal était mort, assassiné...

Chère Jeanne,

Un grand malheur nous frappe. Votre époux, notre ami, n'est plus. Et le crime retombera sur les assassins. Dans la nuit du 26 au 27 décembre, quatre bandits se sont introduits dans la maison. Ils ont scié un à un les barreaux de la grille de fer qui donne sur la rue San Bernardo. Les volets intérieurs, doublés de zinc, furent percés à l'aide d'un vilebrequin et les assassins y ménagèrent une ouverture qui leur permit d'enlever sans bruit la pièce de bois qui commandait la fenêtre. Les volets ouverts, ils sont entrés. Après avoir éteint la veilleuse posée sur le comptoir, ils se jetèrent sur Paul Bouscarle, le commis de garde ce soir-là, qui s'était endormi sur le mostrador. *Ils lui portèrent un coup de couteau dans le ventre. Sans plus se préoccuper de lui, ils se mirent à fouiller les tiroirs à la recherche du coffre contenant nos recettes. Cependant, malgré la perte abondante de son sang, Paul eut l'énergie de tenter une lutte inégale avec ses agresseurs. Il put arriver jusqu'à la porte donnant sur l'escalier pour appeler à son secours, avant de s'évanouir. Jean descendit le premier, suivi par trois compagnons, dont moi-même. Saisis, les bandits s'apprêtaient à fuir quand notre pauvre Jean fit irruption dans la boutique. C'est alors que l'un d'eux, protégeant la fuite de ses compères, se jeta sur lui et lui larda le corps de coups de poignard. Quand les autres commis arrivèrent, les bandits avaient déjà fui. Jean était affaissé contre le comptoir, et il fallut le soulever pour l'étendre. Proal était déjà à la recherche d'un médecin, mais quand le docteur Fénelon arriva au chevet de notre ami, il ne put que constater sa mort. Jean avait reçu trois coups, dont deux avaient traversé le foie et transpercé son corps d'outre en outre. On retrouva sur le parquet un couteau à manche blanc rompu en trois morceaux. Je sais, Jeanne, combien ces mots sonts durs à lire, mais je devais vous relater les conditions de cette tragédie.*

Le lendemain fut une journée d'épouvante et d'horreur. Dans le quartier, l'émotion était profonde, et on ne parlait d'autre chose que de la fin tragique de notre cher maître. La foule se pressait en face de la maison. Deux jours plus tard, nous avons inhumé notre frère au cimetière de la Piedad. J'ai tenu à cesser nos affaires. Le magasin est clos. Chère Jeanne, pardonnez la brutalité de cette lettre, mais il fallait dire les choses, et la missive, toujours sèche, efface l'émotion que nous ressentons tous ici. Nous attendons vos nouvelles. Embrassez notre cher petit Honoré.

Mais Jeanne était loin. Cette mort donnait raison aux présages de Mathilde... Pierre et Julie prirent le deuil. Ils ne pleuraient pas, mais leur cœur était déchiré en apercevant le petit Honoré qui gambadait dans les premières neiges qui avaient recouvert les allées de la maison d'Auteuil. Orphelin, par la faute du Mexique...

XXVI

Il est des êtres insensibles au désarroi fondamental, à ce désir de mort, à ce vertige d'enfouissement qui vous fond dessus quand le destin écarte l'être indispensable à votre existence.

Quand Jeanne aperçut Phonse Ebrard qui l'attendait sur le môle de Veracruz, elle comprit sur-le-champ qu'un drame s'était abattu sur la communauté. Alors qu'elle marchait à sa rencontre, elle imagina en quelques minutes toutes les formes de malédiction possibles, mais pas un instant elle ne songea à la disparition de Jean Pascal. Pas une fois elle n'envisagea l'image de sa dépouille, son corps assassiné par un malandrin dans une rue de la capitale, ou bien contracté, déformé par la maladie. Elle ne pouvait imaginer l'irréparable disparition. Non que Jean fût garanti contre le pire, mais le connaissant si parfaitement, sachant sa prudence et sa force dans les situations les plus périlleuses, elle ne pouvait songer que l'ultime malheur l'avait frappé. Quand Phonse, le confident de Jean, son bras droit, lui dit la nouvelle, un grand silence se creusa dans son esprit. Une absence qui fit peur au grand gaillard.

Elle insista pour quitter aussitôt Veracruz, elle ne voulait ni se reposer, ni attendre deux journées la confortable diligence qui perdait douze heures à Jalapa. Elle entassa son bagage sur la galerie et elle grimpa en compagnie du commis dans la voiture ventrue des frères Rodriguez Parra.

Le voyage ne fut troublé par aucun incident notable. Le lourd véhicule traversait un pays dévasté par la guerre, abandonné par ses paysans, vidé de sa population. Tout semblait infiniment calme et le transport ne croisait pas d'autres chariots sur les routes fréquentées seulement par de rares *peónes* et leurs mulets. Le pays paraissait en paix, mais l'industrie agricole s'épuisait, frappée de langueur. Jeanne gardait le silence, Phonse la dévisageait ; il la plaignait au crépuscule, quand le soleil rouge sombrait à l'horizon, quand ses feux laissaient place à la douceur du soir, quand le cœur était saisi d'une inexprimable nostalgie. Il était curieux, le gaillard : à quoi pensait-elle, cette jeune veuve à peine rendue de l'agitation de l'Europe, calmée par une traversée confortable, courtisée sans doute par les gandins, les commerçants notables qui avaient les moyens de s'offrir l'aller-retour entre les Amériques et la France ? Que se passait-il dans cette âme ?

Jeanne se sentait privée de toute passion et, étrangement, de toute douleur. Le destin la frappait à nouveau, mais une fois encore, elle était prête à se soumettre. Elle n'avait l'envie ni de gémir, ni de serrer les poings, ni de s'effondrer. Jean était mort... Et cette disparition, pas un instant, ne l'avait affaiblie ! Dans la diligence, entre les cahots de la piste, les sifflements des cochers, c'était sur elle-même qu'elle s'interrogeait... Elle s'interrogeait sur son manque de réaction, sur ce chagrin sec, sur... cette effroyable absence de cœur. Un moment, elle eut honte d'elle-même, puis, chassant cette lamentation vulgaire, elle se questionna, tendue, sur la dureté de son caractère. Au fond, elle était fière de sa force, elle mesurait avec intérêt ce trait qui aurait épouvanté ses proches. Elle tenait compte des évidences, répugnait aux mensonges et aux illusions. Elle ne reverrait plus Pascal, le père de son enfant, son bienfaiteur et son époux... C'était un fait incontournable, il était donc vain de s'abîmer en douleur et d'afficher une peine feinte. A nouveau, Jeanne s'émut de ses réflexions, et une fois encore chassa cette honte de ne pas partager les conventions morales de sa société. Si les passagers de la voiture avaient su les pensées qui assaillaient cette veuve, ils se seraient peut-être écartés d'elle, en se signant, en lui criant « sorcière », jugeant mauvais présage de voyager en compagnie d'un tel être. Le marchand maltais, bourgeois déchu et vendeur d'armes, qui lui faisait face s'imaginait des joutes amoureuses en sa compagnie, mais il surprit dans l'iris de la jeune personne un vide qui le ramena à la raison et au souvenir de sa nombreuse famille qui l'attendait à La Nouvelle-Orléans.

L'esprit de Jeanne flottait, cœur et sentiments absents. Elle faisait le compte des dégâts du temps, de ses ambitions contrariées et — elle s'en voulut un instant — de ce qui l'attendait à Mexico. Le travail à reprendre, l'état du commerce, les ennuis de notaire, les actes d'héritage, les défaillances des Barcelonnettes, les chausse-trapes prévisibles qui avaient dû se creuser sur le chemin commerçant. Insondable complexité des êtres ! Sans un sanglot, Jeanne, déjà, songeait à l'avenir. Phonse lui avait dit que la dépouille mortelle avait été inhumée au cimetière de la Piedad. Elle irait s'y recueillir, c'était l'usage...

A Mexico, elle prit le deuil, et dans le quartier européen, on l'épia sous la mousseline couleur de mort, toute droite, refusant le bras de son commis pour se rendre au cimetière. Devant la sépulture de sa sœur Élise, jointe dans la tombe à son propre époux, elle se tint seule, sans une génuflexion, sans un signe d'effondrement. Le caveau était encore recouvert des gerbes fanées, hommages souvent spécieux que l'on rend à un concurrent. Seuls d'humbles bouquets déposés là par de pauvres Français secourus par la Société de bienfaisance l'émurent. Elle savait que si le paradis existait, Jean devait, lui aussi, y être touché par ces signes de reconnaissance, les seuls qui vaillent. Un moment, elle se sentit gênée par la couronne de perles qu'elle avait fait déposer ; elle résisterait au temps, aux éléments, gage utilitaire d'un chagrin de commande. Elle resta attentive, immobile, pétrifiée par la gravure des deux noms dans la pierre : Élise Fortoul : 1825-1852. Jean Pascal : 1812-1860. Elle demeura ainsi, la pensée vagabonde devant ceux qui s'en allaient, poussières. Elle ne reviendrait jamais plus se recueillir devant cette tombe. C'est au cœur qu'elle porterait ces absences, par la vie elle montrerait l'attachement qu'elle devait à ceux qui s'en étaient allés.

Elle se replia dans une solitude orgueilleuse et obstinée.

On pouvait croire que la maîtresse des Sept Portes s'était abandonnée à l'atonie qui s'était abattue sur la communauté barcelonnette. On aurait pu croire... Le magasin avait tout de ces antiques navires menottés au quai par des chaînes aux anneaux verts rongés par l'embrun. C'était cela, les Sept Portes, un navire épuisé d'avoir si longtemps tenu la mer dans les désastres, les tempêtes, les coups des grains. Une carcasse de navire aux voiles tombées, pendantes comme la défroque d'un vieillard qui attend que le temps, enfin, lui donne congé. Une coque désemparée offerte à la lame de fond salvatrice. L'équipage, lui-même, était anéanti, abandonné à la tristesse et à la langueur. Les Barcelonnettes perdaient le goût de la vie, de l'effort. Dans un sursaut, trois commis avaient eu la volonté d'abandonner le magasin pour aller louer leurs bras à François Audibert et à Louis Olivier, deux compatriotes maîtres des filiales de quartier. Le troisième s'en était allé sur la piste, à la poursuite de chimères d'aventurier ; la seule chose qu'il avait dite avant de partir, c'était qu'il ne pouvait se résoudre au lent naufrage de la communauté, qu'il préférait se débrouiller seul, puisque rien ne semblait pouvoir sauver la maison.

Léthargie, manque d'enthousiasme, le magasin était plongé dans un tel climat de tristesse que la clientèle s'en éloignait, comme si la malédiction était tombée sur le Portal de las Flores. Le comptoir, en fait, était à l'image de la ville : exsangue, sans souffle. Ce n'était ni la mort, ni l'agonie, mais un marasme profond, une espèce de torpeur, de catalepsie tenace.

La guerre civile était passée ; le 11 janvier 1861, Benito Juarez était entré triomphalement dans la capitale, quinze jours après que ses forces constitutionnalistes, conduites par Gonzalez Ortega, lui en eussent ouvert les portes. A la différence des altesses précédentes qui paradaient sur la plaza en uniformes d'or, d'écarlates, Juarez avait paru dans une voiture sombre, vêtu de noir, penché sur son siège, silencieux, impassible. Pour la première fois, le Mexique était gouverné par un civil, et de toute apparence la population en était heureuse. Pas un cri malveillant n'avait altéré la sérénité de ce jour, l'armée libérale avait été accueillie avec ferveur par la population d'une ville épuisée, écœurée par les pillages d'un régime brutal et inique. Des leaders de la réaction, plus de trace à Mexico : Marquez et Zuloaga, s'étaient envolés, disparus on ne savait dans quelle province, cachés dans quelque redoute amie. Miramon, lui, avait rejoint Veracruz où, sauvé d'une mort certaine par le vice-consul de France, il avait trouvé refuge à bord du brick français le *Mercure* qui l'avait débarqué à La Havane. Quant à ses comparses, Francisco Pacheco, le ministre de la légation espagnole, et Mgr Clémenti, le nonce du pape, ils avaient, eux aussi, quitté Mexico et le territoire le 27 janvier, puisque le président institutionnel leur en avait donné l'ordre, « à cause de leur effort scandaleux en faveur des rebelles usurpateurs qui avaient occupé la capitale durant ces trois dernières années ». Si le représentant de France avait été épargné par les décrets d'exil qui avaient frappé ses coreligionnaires, c'est qu'il avait déjà quitté Mexico depuis plusieurs mois, rappelé à Paris par le comte Walewski, le ministre des Relations extérieures, touché enfin, pensait-on, par les réclamations de ses ressortissants.

La première exaltation de la victoire passée, force avait été de constater que le bannissement des « mauvais » ne suffisait pas à effacer le cauchemar dans lequel la ville et le pays sombraient depuis trois ans. Cette guerre terrible ne s'évanouissait pas comme un simple rêve. Restaient une frayeur tenace au sein du peuple, une infection douloureuse. Il est aisé de comprendre le triste état dans lequel se trouvait le Mexique tout entier : ses ressources, ses finances, sa prospérité et sa foi en lui-même s'étaient épuisées, dissoutes dans les luttes fratricides. Plus de vingt mille hommes avaient péri, près de 500 millions de piastres avaient été engloutis dans ce gouffre. Les stigmates du mal s'étalaient : misère effroyable, commerce languissant, industrie végétative, transactions insignifiantes ; l'agriculture elle-même était en décadence. Comme si le sang avait cessé d'irriguer les veines du corps social. La capitale n'était que l'ombre d'elle-même, la nation vivait isolée du monde. Pis encore, les trois quarts des citoyens étaient flétris du nom de traîtres et tout cela se prolongeait comme une agonie sans fin. La ville semblait s'enfoncer dans la terre, et cet abandon était encore rehaussé par les travaux de percement des rues nouvelles auquel on procédait au travers des couvents désertés. Avec le retour de Juarez, la loi sur le « désamortissement » des biens ecclésiastiques avait été rétablie et, sans attendre, les travaux de démolition avaient commencé avec fièvre, ardeur, comme si l'on avait voulu ôter à la réaction tout espoir de retour en arrière. Son nid détruit, l'oiseau n'y reviendrait plus... Mais ces rues en chantier, tracées pourtant avec intelligence, loin de donner à la capitale plus d'air et de magnificence, la faisaient ressembler à une ville victime d'un tremblement de terre, au bord d'une fin de monde. Avec ses miséreux par légions, mêlés aux saints objets et aux colis sacrés transportés sur les épaules profanes par suite des déménagements commandés par les travaux, Mexico ressemblait à une moderne Gomorrhe, traversée de charrois, nimbée de poussière, couverte de boue.

Comme toujours et partout en pareil cas, la misère publique alimentait le brigandage. Pas un jour ne s'écoulait sans que, sur tous les points de la capitale, des faubourgs les plus déserts aux quartiers les plus populeux, plusieurs personnes ne fussent attaquées par les assassins. Ces agressions accomplies au crépuscule n'épargnaient pas les voies les plus commerçantes et les plus fréquentées, et comme toujours, la nationalité des victimes importait peu aux bandits, seuls comptaient l'argent et la fortune que, de notoriété publique, ces quartiers possédaient.

Un soir, le Français Abadie fut assailli près de l'hôtel *Iturbide.* Blessé à la main d'un coup de poignard, il ne dut son salut qu'à son parapluie converti en arme de défense. François Bassot, un artisan menuisier de la calle San Andres, fut enlevé par quatre bandits alors qu'il sortait pour aller souper. Il réapparut trois mois plus tard, soutenu par deux Indiens qui l'avaient recueilli, dans une nudité presque totale, le corps meurtri par la vermine et les poux. Refusant de payer sa rançon — la bagatelle de 100000 piastres —, il était resté enfermé dans un trou profond de 2 vares, recouvert de planches assujetties par des pierres. Il avait finalement réussi à s'échapper puis, hébété, après avoir erré à l'aventure en se traînant sur les genoux, il avait trouvé un sentier, et trois Indiens musiciens qui donnaient des bals dans les villages l'avaient ramené à Mexico en le chargeant sur leurs épaules. D'autres avaient moins de chance... Pedro Cervantes, un hidalgo réputé pour son talent dans le pugilat, s'était fait enlever en sortant du Théâtre principal où il avait suivi la représentation de *la Paloma,* sans que les gardes, qui se tenaient sous les portiques du théâtre, n'eussent même remarqué son enlèvement. Depuis, on était sans la moindre nouvelle...

Tout le reste de la République était logé à la même enseigne, mais c'est surtout la route de Veracruz, entre Mexico et Puebla, qui était le lieu des vols et des crimes. Des bandes dépouillaient les malheureux *arrieros* non seulement de tout ce qu'ils portaient, mais encore de leurs ânes et de leurs mules.

Ces faits avaient pris un caractère si grave que le gouvernement mexicain s'était vu pressé dans les termes les plus sévères par l'ensemble de la presse d'imposer les mesures nécessaires pour protéger la vie des habitants de Mexico. Mais il ne suffisait pas d'élever des gibets, de décréter des fusillades pour extirper le fléau du brigandage... Il fallait avant tout s'attacher à faire disparaître la misère et donner du travail à tant de malheureux sans pain. Ce à quoi le gouvernement était bien incapable de pourvoir !

Les libéraux avaient escompté que les biens confisqués à l'Église pourraient être employés à la construction d'écoles et de voies ferrées ; au lieu de cela, ils avaient été gaspillés pour gagner la paix contre les dernières guérillas. Juarez héritait d'une trésorerie vide, d'un pays en ruine. La seule véritable industrie, l'exploitation des mines d'argent, avait été suspendue sur un grand nombre de points, et la situation n'était pas meilleure dans la soixantaine de manufactures de tissus de coton, de laine, et dans celles du papier. Les ministres des Finances se succédaient les uns aux autres, chacun donnant sa démission dès qu'il avait découvert l'étendue des difficultés du Trésor. On murmurait même que La Fuente, envoyé à Paris et à Madrid, avait dû retarder son départ tant on avait eu du mal à réunir la somme nécessaire à son voyage. Car Juarez n'avait pas seulement à trouver le moyen de payer l'armée victorieuse, les fonctionnaires, il lui fallait encore satisfaire aux réclamations des puissances étrangères ! Et les représentants des nations, feignant d'ignorer les difficultés dans lesquelles le gouvernement se débattait et l'honnêteté qu'il consacrait à la tâche, réclamaient avec empressement le règlement des créances et des indemnités dues. L'Espagne montrait grande indignation à cause du renvoi de son ambassadeur, des meurtres commis sur ses sujets par les guérilleros ; elle s'accrochait, hargneuse, aux 13 millions de piastres dont les précédents régimes du Mexique étaient redevables. Charles Wyke, l'ambassadeur de l'Angleterre, principal créancier avec une dette de 28 millions de piastres, exigeait que l'on ajoute à cette somme une compensation pour le vol commis dans sa légation par Miramon, en 1859, et pour toute une série de dommages dont Juarez n'était pas responsable... Pierre-Alphonse Dubois de Saligny, le successeur du vicomte de Gabriac à la légation française, demandait, outre la créance de 7 millions de piastres dont le Mexique était déjà débiteur, des indemnisations pour les exactions subies par ses ressortissants durant les trois ans de guerre civile !

Dans le désastre environnant, il fallait un singulier courage, un entrain chevillé au ventre pour réaliser quelques affaires malgré tout. Jeanne s'était remise à l'ouvrage, la violence de son caractère pour viatique. Elle fit dresser l'inventaire des marchandises, rassembla tous les éléments comptables disponibles, étudia elle-même les cahiers de comptes et, chaque jour, avançait dans ses statistiques et ses réflexions. Encore vêtue de grand deuil, elle éveillait la compassion de ses compatriotes. Elle portait sa mélancolie comme une parure, et les hommes se découvraient sur son passage ; quant aux femmes, elles cessaient leurs papotages quand « la Fortoul » paraissait : elle touchait son monde. On parlait d'elle autrement qu'en médisances, et certains, oubliant leurs réserves passées, se hasardèrent à quelques approches. Désappointés, ils guettèrent en vain un signe de reconnaissance, une tendresse de remerciement. Jeanne s'en tenait à la distance, à la froideur, elle n'avait que faire des autres, de tous les autres, désormais. Elle ne recherchait aucune amitié, ni la sympathie de son entourage, elle s'isolait, hautaine.

Le seul être qui paraissait dans les appartements des Sept Portes était Olivier Meyran. On jasa, évidemment. La calomnie, cette maladie qui s'empare des faibles, trop petits pour s'abandonner à la jalousie brûlante, se ralluma. Mais ni Jeanne ni Olivier ne s'en souciaient. Le journaliste s'amusait même des propos de basse-cour qui lui venaient à l'oreille : « Il pourrait faire un second mari respectable... », « Pour une veuve, elle conserve les idées claires... », « Ceux-là sont faits pour s'entendre... » Jeanne Pascal était coupable de ne pas avoir montré la douleur commune qu'il convient d'afficher en face du malheur.

Depuis qu'Olivier était rentré à Mexico, en même temps que don Benito Juarez, il n'était guère en odeur de sainteté chez les Français. Non qu'on lui reprochât son engagement dans les affaires politiques — les commerçants avisés, les banquiers prévoyants, les industriels prudents savaient se ménager des amis politiques dans tous les camps —, la colonie était satisfaite de compter dans ses rangs un Meyran fougueux et idéaliste qui appartenait à l'état-major libéral. On lui en voulait pour des broutilles, et les broutilles, inlassablement, nourrissaient les cancans. On trouvait « bizarre » que, chassé de ses bureaux du Paseo Nuevo lors des bombardements de 1857, le journaliste ait pu, en exil à Veracruz avec le gouvernement Juarez, relancer aussi facilement son journal. On disait qu'il était tout aussi étrange que dès son retour à Mexico, il ait ouvert des bureaux clairs et spacieux, équipé de neuf un atelier d'imprimerie au 7 de la calle de las Escalerillas... Comme on doutait de sa fortune personnelle, on laissait entendre qu'il recevait des subsides de la part du gouvernement... Ils étaient ainsi, les boutiquiers de Mexico : durant des années, ils s'étaient calfeutrés dans leurs commerces, saluant les uns jusqu'à terre, baisant le manteau des autres à s'user les lèvres, et maintenant, ils accusaient Meyran de bénéficier des largesses de Juarez. Ils étaient bien incapables d'imaginer que l'argent ne vaut pas plus que le poids d'une plume dans l'exaltation des causes communes qui unissent les partisans d'un même camp. Et ça bavardait... Les jaloux, cette fois, en voulaient à un Meyran artisan et maître d'une affaire trop facilement obtenue.

Jeanne et Olivier partageaient affectueusement de longues soirées communes. Olivier ne quittait pas sa réserve protectrice, et Jeanne lui en savait gré. La disparition de Jean l'avait rapprochée encore de son meilleur ami ; ensemble, ils connaissaient les secrets de leur vie passée, des événements présents dont elle n'appréciait pas même la portée. Jeanne avait besoin d'un appui, et Olivier avait compris que l'orgueil de la jeune femme lui interdisait d'avouer cette fragilité ; elle attendait de lui un démenti à sa conviction que tout était vain, elle espérait des promesses qui dissiperaient son angoisse. Sans aucune gêne, ils pouvaient rester silencieux de longs moments, ils ne connaissaient plus de crainte ensemble.

— Olivier, je ne me sens plus la même, dit-elle un soir. J'ai l'impression, depuis ce retour de France, depuis cette... mort, que l'intensité de vie s'est éteinte. Je suis moins exaltée.

— Le temps efface tout. Lui seul vous rendra à vous-même, Jeanne. L'intérêt reviendra.

— Je ne sais pas, Olivier, je suis face à un tel vide... Et puis, j'ai découvert que mon chagrin n'était pas comparable à celui des autres en pareil événement. La crainte et la honte ne parviennent pas à me quitter.

Olivier lui disait de ne pas comparer ses rêves, ses peines, le cours de son propre destin à l'aune du voisin. Il lui disait d'admettre ses propres réactions telles que, de ne pas les mesurer à celles des conformismes, des habitudes. Il lui disait encore que chacun d'entre nous devait tendre à se singulariser par sa vie et ses actes.

— Notre existence n'est qu'une succession de victoires et de deuils, de défaites et de bonheurs. Ceux qui ne s'affrontent pas sereinement à la vie sont broyés. C'est ma règle, Jeanne.

— Je comprends, Olivier, mais vous savez aussi que Jean a plus donné qu'il n'a reçu... Moi-même, je ne lui ai pas offert le plus simple des bonheurs : celui d'une maison quiète...

— Vous faites fausse route, Jeanne, c'est vous qui avez donné à Jean le goût de la vie. Il était heureux de vivre avec une aussi belle personne, avec un caractère aussi original. Ce qui est, est ! Et les philosophes sont à mépriser quand ils vous expliquent de quoi sont faits les êtres. Chacun de nous, au plus profond, n'est qu'océan de pensées complexes, abjectes ou sublimes. Et chacun de nous n'exprime jamais la sauvagerie qui dort quelque part entre le cœur et le cerveau... Vous dites que vous avez perdu l'appétit de vivre ? Fariboles ! Je sais, moi, que le désespoir ne peut rien contre vous. Cessez de pleurer sur votre sort, vous avez les Sept Portes en charge et votre vie en dépend. Alors, je vous en prie, pas de jérémiades, pas de plaintes !

Il savait qu'elle attendait ce rudoiement. Il la piquait au vif, là où son orgueil était rassemblé. Peu à peu, il eut raison de son abattement, peu à peu, il lui insuffla le goût de vivre. Insensiblement, elle reprit cœur à l'ouvrage. Ils poursuivirent leurs dialogues quasi quotidiens, et ensemble envisagèrent ce nouveau Mexique qu'Olivier appelait de ses vœux.

Une nouvelle affaire enflammait Mexico : le cas Jecker.

En septembre 1859, le félon Miramon, au bord de la banqueroute, avait conclu un emprunt avec le banquier suisse : en échange de 750000 piastres au comptant, celui-ci avait reçu des obligations du gouvernement pour une valeur de 15 millions de piastres. L'affaire de sa vie... Malheureusement pour son trésor, les libéraux avaient reconquis Mexico.

Mais comment ce banquier, roi de l'agiotage, au fait de toutes les spéculations, comment cet homme qui avait su jouer avec une dextérité et un savoir-faire hors pair plus de trente années, comment cet affairiste qui s'était approprié des mines en Sonora, l'hôtel de la monnaie de Guanajuato, des concessions dans l'isthme de Tehuantepec, avait-il pu se lancer avec autant de témérité dans une opération avec un gouvernement qui ne jouissait déjà plus d'aucune juridiction dans le pays ? Le dernier des hommes d'affaires n'ignorait pas que la valeur de ces bons, évidemment non reconnus par les libéraux de Veracruz, dépendait du seul dénouement de la guerre civile. Et Miramon s'en était allé, entraînant dans sa chute le rapace qui s'était ruiné pour avoir mésestimé la situation politique... Celui-ci avait entraîné lui-même dans sa faillite plusieurs centaines d'épargnants, dont vingt-trois artisans français, confiants dans la bonne réputation de la maison Jecker Thorr et Cie, la plus importante de Mexico. Ils avaient eu le malheur de lui confier leurs économies en échange de ces bons qui, aux dires du banquier, leur accorderaient un escompte de 35 % sur les droits de douane.

Assailli par les nigauds chaque fois qu'il mettait le nez dehors, le Suisse jouait les victimes, manifestait son impuissance avec une honteuse candeur et renvoyait ses créanciers pathétiques vers le Palais national ou leur représentant diplomatique... Le gros homme ne digérait pas l'idée d'avoir été abattu par un simple Indien, comme il disait en parlant du président de la République mexicaine. Et sa fureur éclatait quand il perdait son sang-froid, donnant libre cours à toute la violence verbale dont il était capable. Plus d'un l'avait entendu se répandre en menaces, affirmant qu'il avait des relations dans les cercles de la haute finance à Paris, que son beau-frère, un certain Elsesser qui demeurait en Suisse, connaissait le duc de Morny, le propre frère de lait de l'empereur, que l'affaire, par conséquent, ne tarderait pas à trouver une issue favorable. Que d'ailleurs, Alphonse Dubois de Saligny, l'actuel ministre de France, lui avait donné à plusieurs reprises des garanties sérieuses... Il parlait, parlait, et on l'écoutait, narquois, en se disant que la banqueroute lui avait tapé sur le système. Qu'avait donc à voir la France dans cette vaste filouterie ? Car pour tout le monde, ces fameux bons Jecker n'étaient que filouterie. Juarez ne lui devait pas un sou : souscrite par des insurgés, déclarée nulle par un décret régulier du gouvernement légitime, la créance Jecker ne valait que contre Miramon ; elle s'effondrait avec sa fuite. Tout n'était que pure logique d'affaires... Jecker et ceux qui avaient pris ces bons avaient spéculé sur la fortune de Miramon, ils avaient perdu au jeu, c'était tant pis pour eux. Ce n'était pas à Juarez, en tout cas, de payer les cartouches et les obus employés contre son propre camp grâce au prêt Jecker ! Les moins sympathisants à l'égard de don Benito en convenaient eux-mêmes.

L'affaire en était là lorsque le 15 juin au matin, Jean-Baptiste Jecker en personne fit irruption aux Sept Portes. Jeanne et les commis ne furent pas autrement surpris de le voir : depuis qu'en 1852 le Suisse avait accordé un prêt à Jeanne, il était devenu l'un des plus fidèles visiteurs des Sept Portes, et bien que l'emprunt fût remboursé depuis belle lurette, il ne manquait pas, chaque fois que l'occasion s'en présentait, de rappeler que sans lui... Ce matin-ci, cependant, son humeur semblait particulièrement morose. Il bouscula sans ménagement les clientes qui se trouvaient sur son passage et se rua vers Jeanne.

— Lisez donc ce que votre ami écrit, gueula-t-il, rubicond, en lançant rageusement *Le Trait d'Union* sur le *mostrador*. Le ton était si rude que commis et clients se turent aussitôt, vivement intéressés par l'esclandre qui s'annonçait.

Sans un mot, lentement, la jeune femme saisit le journal. Et elle lut : « Nous devons convenir que les désordres politiques du Mexique ont eu la plus funeste influence sur les branches de son administration. A chaque époque favorable, les habiles représentants des puissances européennes ont toujours obtenu pour leurs nationaux ce qui était juste, équitable, et souvent même ce qui était tout au moins contestable sur le plan du droit et de la raison. Que de fortunes rapides et mystérieuses se sont faites depuis l'indépendance, à l'ombre des réclamations diplomatiques ! La liquidation par la France de l'indemnité exigée en 1839 a prouvé que toutes les réclamations n'avaient pas tous les caractères voulus pour être présentées. Quant à celles qui sont pendantes aujourd'hui, et que l'on fait monter à 12 millions de piastres, je n'hésite pas à affirmer que leurs dossiers prouvent que pour un grand nombre d'entre elles, il y a exagération et souvent iniquité. On a fait de la réclamation diplomatique la base d'une profession bien lucrative... Dans ces derniers temps, M. de Saligny, pour la réalisation de ses ambitions, a flatté cette tendance en un espoir qui a tout naturellement concilié à sa personne des partisans de sa politique. Cela vous expliquera pourquoi certains Français ont pu appuyer de leurs signatures une politique désastreuse dont ils connaissent la fausse base et les résultats aujourd'hui inévitables. A chacun de leurs noms s'attache un intérêt personnel la plupart du temps exagéré et souvent illégitime. Soyons clairs : les revendications de M. de Saligny sont justes ou ne le sont pas. Si elles le sont, le gouvernement y fera droit aussitôt. Si elles ne le sont pas, il serait peu digne du représentant d'une grande nation d'entrer dans des suggestions qui ne sont en rien conformes au droit public. En tout cas, le gouvernement mexicain ne doit faire aucune concession préalable. Il ne s'agit pas de concessions médiocres entre commerçants et particuliers affairistes, il s'agit de faire entendre que le Mexique est une nation et que doivent le reconnaître comme tel ceux qui ont intérêt à rester en bonnes relations avec lui. »

Jeanne releva le nez, un léger sourire aux lèvres. Ainsi Olivier avait osé... Il avait osé ce « papier » qui, depuis quelque temps, le turlupinait. « Je crains, Jeanne, lui avait-il confié, je crains que notre nouveau ministre n'ait pris modèle, noblesse oblige, sur son digne prédécesseur. Ses agissements m'inquiètent. Aux dires de mon ami Francisco Zarco, le ministre de l'Extérieur, il met le gouvernement à dure épreuve. Savez-vous quels sont ses arguments ? Les bons Jecker seraient la seule question qui pût susciter des difficultés graves entre les deux pays ; qui pût même empêcher la France d'empêcher de poursuivre des intentions amicales à l'égard du Mexique. Il va jusqu'à soutenir que les intérêts de la France seraient gravement impliqués par cette affaire. Je n'ose penser qu'il agit selon les ordres de Paris, je pense plutôt que ce diplomate manqué intrigue pour son propre compte. »

Mais Olivier était allé plus loin encore. Non content de s'en prendre directement à son ministre, il accusait, pour la première fois, ses propres compatriotes, du moins ceux qui, trop heureux de trouver en Dubois de Saligny un protecteur fervent, saisissaient l'aubaine pour se livrer à des réclamations abusives.

— Alors, chère madame, que pensez-vous de cette feuillle ?

— Je pense... Je pense que M. Meyran ne fait que traduire un sentiment que beaucoup partagent, fit-elle, visiblement ravie de pouvoir manifester enfin tout le mépris qu'elle portait à cet homme.

— Vous prenez son parti ?

— Je ne prends le parti de personne, monsieur Jecker, je veux simplement dire qu'il est de notoriété publique qu'un trafic éhonté s'opère sur les indemnités. Se constituer victime est devenu un métier lucratif et j'en connais plus d'un qui n'ont pas hésité, par le passé, à se faire emprisonner quelques jours afin d'obtenir une grosse somme, plus tard. Quant à ceux qui ont réellement souffert, vous savez aussi qu'il en est qui grossissent leurs dommages dans des proportions...

— Je ne vous permets pas !

— Ne soyez pas si susceptible. Moi-même, j'ai été plus d'une fois tentée d'en faire autant. Mais les gouvernants s'en aperçoivent eux-mêmes quand ils y regardent de près... Alors, à quoi bon ?

— Comme je le vois, cet homme vous a converti à sa cause ! Fort bien, madame. Dites donc à votre ami qu'il ferait bien de ne pas sortir de chez lui ; j'en connais quelques-uns qui se feraient forts de lui faire avaler son canard.

Et il tourna les pas.

D'autres remous devaient suivre. Les moins virulents formulèrent des reproches à Meyran, les plus honnêtes lui en voulurent d'avoir jeté l'opprobre sur la communauté, même si l'on savait que certaines accusations étaient fondées. Meyran fut mis en quarantaine, et les attaques reprirent de plus belle : on accusa ouvertement le journaliste d'avoir été subventionné par Juarez à Veracruz, d'avoir perçu des indemnités secrètes pour le préjudice causé par « la réaction », alors que tant de malheureux ruinés réclamaient en vain leurs justes droits et étaient battus froid pour cela. Les polémiques se firent si véhémentes que Meyran s'expliqua dans les colonnes du *Trait d'Union*. « Parlons donc de cette subvention que l'on me soupçonne d'avoir reçue, écrivit-il. Nous nous sommes trouvés à Veracruz en même temps que le gouvernement suprême, c'est exact. Il n'y avait dans cette ville qu'un journal, le *Progreso.* A notre arrivée, nos amis français et mexicains y résidant, nous parlèrent de la publication de notre journal, et ils sont aujourd'hui prêts à témoigner que la parution du *Trait d'Union* n'a pu être effective que grâce à leurs souscriptions. Quant au gouvernement légal, chassé par les comploteurs, soucieux de tenir ses partisans de l'intérieur au courant de ses actes, il ne fit que prendre un certain nombre d'abonnements à chacune de nos publications. Ces numéros ont été livrés par nous et expédiés à divers ministères. S'il en manquait un seul exemplaire, on avait grand soin de le réclamer, et l'on se montrait fort exigeant à cet égard. Nous en appelons au souvenir des membres du gouvernement de l'époque, et surtout à celui des employés du courrier chargés de recevoir et d'envoyer nos journaux. Voilà toutes les subventions qui nous furent offertes. »

Le climat était irrespirable quand on apprit, le 17 juillet, que le Congrès venait de voter une loi qui prononçait, durant deux ans, la suspension du paiement des conventions étrangères... Les sommes volées, extorquées par les sbires de Miramon durant les trois années précédentes ne seraient pas remboursées par le gouvernement légitime !

Dans l'heure qui suivit, les flâneurs attardés remarquèrent les deux silhouettes à redingotes noires, cannes à pommeau et chapeaux claques de MM. Dubois de Saligny et Charles Wyke grimper les marches du palais d'un pas qui ne laissait rien présager de bon. Une demi-heure plus tard, ils ressortirent. Aux groupes de ses ressortissants saisis d'angoisse, Dubois de Saligny, battant le stick contre ses bottes, fit part du résultat de l'entrevue.

— La suspension du paiement des conventions étrangères est l'objet de la plus vive réprobation, et nous avons demandé le retrait immédiat de la loi du 17 juillet. Nous avons réclamé l'établissement, dans les ports de Tampico et de Veracruz, de commissaires que nous désignerons nous-mêmes et qui auront pour mission d'assurer la remise entre les mains des puissances qui y ont droit des fonds qui seront prélevés sur le produit des douanes maritimes du Mexique.

Parlant au nom du Britannique, il ajouta :

— Nous avons prévenu le gouvernement mexicain que si le 25 juillet, à 4 heures de l'après-midi, nos indications n'étaient pas écoutées, les relations entre la France, l'Angleterre et le gouvernement mexicain seraient rompues.

Les jours qui suivirent, dans les cafés et les cercles, chacun persuada l'autre que de graves événements se préparaient. Et le 25 juillet, quand on aperçut le personnel des légations anglaise et française ôter de leurs façades les mâts de leurs drapeaux respectifs, on comprit que le pire était là.

XXVII

Les habitants du vieux continent ne peuvent comprendre la douleur des Mexicains pleurant un mort... Quand l'Anglais, par exemple, entend les chants mêlés de rires devant la dépouille du défunt, il méprise les *indios*. Des hommes sans cœur, des êtres privés de sens moral, des veillées mortuaires de comédie ? De comédie qui révulse les bons chrétiens de Paris et de Londres... Au Mexique, la mort d'un proche, d'un allié ou d'un voisin est l'occasion de rituels que ne comprendra jamais tout à fait le meilleur observateur de ce pays. Ici, la mort vaut plus cher que la vie, l'espoir du futur brille comme l'or dans ce pays où la teinte plombée du présent n'a jamais séduit les natifs. Les curés et les prêtres espagnols, quand ils tendaient la sainte hostie aux fidèles, lisaient dans leurs yeux des ombres qu'ils ne pourraient jamais chasser. Païens, les Mexicains catholiques ? Oui, comme les vierges mayas qui plongeaient dans les *cenotes*[1] pour offrir leur âme aux dieux de la pluie ; comme les filles pubères qui tendaient le cou, vibrantes, au coutelas d'obsidienne des prêtres de Tenochtitlan. Bien avant la conquête, les Totonaques et les Olmèques savaient que l'après-mort existait. Les jésuites, qui enseignaient aux Indiens à croire en la vie éternelle, étaient bien moins sûrs que ces adora-

1. Puits naturels formés par l'effondrement de la carapace calcaire qui recouvre le Yucatan.

teurs d'idoles qu'il ne s'agissait pas là de calembredaines... Car saint Thomas est le vainqueur de l'Évangile, il a mieux réussi qu'il ne le pensait : tous les catholiques sont imprégnés d'incrédulité à propos de la félicité *ad patres*. Les Mexicains, eux, sont croyants, grâce à une foi de charbonnier à damner tous les papes depuis saint Pierre.

Ce 12 avril 1862, une étrange atmosphère régnait sur l'hacienda tropicale de Tio Diaz. La nuit noire, trouée de girandoles et de chandelles, était bien trop calme. Une lumière complexe, un calme trop parfait. Les couples muets avançaient dans la pénombre, les *rancheros* et leurs belles se croisaient sans mot. Une belle nuit, des vêtements de fête bien apprêtés rendaient ce défilé notable. En franchissant le seuil, les hommes ôtaient leurs coiffes *jaranos* gansées d'or avec grande affectation. Ils étaient beaux, les hommes des terres chaudes. Les mâles portaient les *calzoneras* à boutons d'argent, frangées de teintes vives juste au-dessus du genou ; ils avaient passé leurs vestes andalouses de cuir couleur café, rebiquant sur les ceintures de soie rouge à glands dorés. Les plus riches portaient à l'épaule la *manga* de drap violet. Quant aux femmes, on les aurait crues à un mariage... D'amples jupes carmin et surtout des peignes *cachirulos* d'écaille de tortue plantés dans le jais des cheveux ennoblissaient le port de ces princesses nattées jusqu'au milieu des reins. Elles étaient belles, comme pour la fête de la Santa Maria de los Angeles, avec l'épaule dénudée sous la chemise fine de coton immaculé. Il ne s'agissait pas d'une fête, le peuple ami était bien trop grave.

Il s'agissait d'une veillée funèbre...

Pedro, l'enfant de trois ans, le fils de Valentin Charpenel et de Pepa, reposait, raide, emporté par la mauvaise fièvre. Le petit être était dans sa boîte carrée qui disparaissait sous un monceau de fleurs comme il en pousse au paradis. Des guirlandes d'images de saints donnaient au catafalque l'allure d'un char lors d'une fête de *pueblo*. Dans la vaste pièce de réception, il était là, les mains croisées sur sa poitrine, illuminé par cent cierges gros comme le poing, sur l'estrade tendue de blanc. Sa *muchacha* avait déposé au pied du banc des jouets, les siens, qu'il avait brisés sur l'esplanade. Quand il vivait.

Les vieilles étaient près de Pepa ; en face, les hommes se mettaient à genoux, puis allaient féliciter la jeune mère d'avoir donné un ange à Gabriel l'archange. Elle s'était laissé faire. Les aïeules l'avaient habillée comme au mariage qu'elle n'avait pas eu... On lui avait passé une jupe de mousseline blanche, et son écharpe de soie rouge à franges d'or lui donnait l'allure d'une diva. Sur sa poitrine brillait la pierre rose que Valentin lui avait offerte à la naissance du petit. Et Pepa, regard perdu, se tenait près de son petit mort, impassible, belle comme la madone des tableaux espagnols que l'on accroche dans le cœur des cathédrales.

Le son d'une guitare s'éleva sous la véranda et les hommes chantèrent. Discrets tout d'abord, les rires se firent plus forts, mais juste ce qu'il faut ; car pour la mort d'un enfant, dans les terres chaudes, on ne pleure pas, on se réjouit, pour faire plaisir à Dieu. Et si le chagrin fait perler quelques larmes, on s'empresse de les effacer, vite, pour ne pas irriter le Sauveur qui pourrait chasser le petit ange de son paradis.

Tard dans la nuit, on entendit le choc des pièces : les hommes jouaient et grappillaient sur les tables les piments *jalapenos*, les *tacos* de viande brûlants que les domestiques apportaient de la cuisine, chauds, par douzaines. La bassine de fritures de *frijoles* qui piquaient les yeux fut remplie plusieurs fois, et les hommes plongeaient les galettes de maïs, comme des cuillères, pour ramasser leurs comptants de haricots apprêtés à la graisse de vache. Une calebasse d'eau fraîche passait de lèvres en lèvres.

Rituel de veillée quand l'enfant est mort.

Valentin était assis dans un angle, absent, les demibottes à entonnoir appuyées sur un coffre ; il était vêtu comme les hommes du pays, et comme eux, il se soumettait à la tradition, avec toute l'incompréhension pour ce rite qu'il supportait, mais la fureur au cœur, par moment.

Il sortit sur la galerie. Les crapauds s'abattaient, lourds, dans les coins humides ; les oiseaux piaillaient à la lune, comme toutes les nuits depuis le premier crépuscule de la création. Le Français grilla un *puro* et Tio Diaz suivit ses pas en voyant le bout incandescent se rapprocher de la chaise basse, près du fauteuil à bascule où il était lui-même assis. Les hommes étaient l'un près de l'autre, silencieux. Le cœur trop gros, ils n'avaient pas envie de parler, alors ils se taisaient, et sans se l'avouer, ils tendaient l'oreille pour reconnaître les bruits de la vie. A l'intérieur de la maison, c'était les chants des voix rauques, les chocs familiers de la cuisine. Ils écoutaient, et les minutes, longues, s'écoulaient.

En face d'eux, une fragile lueur, semblable d'abord à une bande d'argent, sépara lentement la terre du ciel, le sombre de la lumière. Ce bandeau qui s'était fiché là, s'agrandit, il poussait les ténèbres et la lueur éclipsa bientôt la brillance des astres ; l'horizon, si lointain, se barbouilla de rose, d'or, d'un jaune faible puis irradiant, qui donna des formes aux arbres. Les deux suivaient l'insurrection du jour. Ils étaient las, les paupières brûlées par le sel de l'insomnie. Ils se taisaient toujours, bercés par les rires des femmes, maintenant, puisque les hommes, moins pieux, s'étaient endormis dans la maison ou dans leurs cases. Les oiseaux de jour firent claquer leurs becs quand les coqs les réveillèrent, les feuillages s'agitèrent, car le jour porte la brise avec lui, et la forêt entière frissonna comme un jeune enfant au réveil. La lueur montait dans le ciel, avec des reflets vermeils, elle fondait la brume transparente qui s'abaissait vers le sol, changée en rosée.

Tio parla le premier.

— Voilà, fils, une fois encore la lumière a vaincu les ténèbres. La vie est en train d'éclore, le silence s'évanouit et la nature fait son vacarme. La création...

Tio avait parlé, la voix sourde rouillée par la peine, la fatigue. Valentin était accoudé à la rambarde de la galerie, les yeux perdus vers le torrent de lumière qui dégringolait du ciel au levant. Les oiseaux, le bétail, les volailles réclamaient l'eau et le grain. Symphonie improvisée et sauvage qui parle à l'âme et l'émeut.

— Heron Alamillo m'a appris que le départ du troupeau était pour demain, dit enfin Valentin.

Après un court silence, il reprit, la voix moins prise par la peine accumulée :

— Demain, je partirai avec eux. Ils ont besoin de moi, et moi, besoin de les aider.

Tio Diaz dévisagea cette grande carcasse d'homme éperdu. Il comprenait la douleur de Valentin, son ami, son fils presque. Mais Tio était inquiet...

Le 17 janvier précédent, un cavalier s'était présenté à l'hacienda dans un intense état d'excitation...

Veracruz, depuis un mois, était entre les mains d'une armée étrangère ! Plus exactement de trois armées étrangères... Les navires de guerre espagnols avaient été les premiers à se présenter au mouillage, le 17 décembre. Cinq mille six cents soldats avaient débarqué sans encombres, sous les ordres de l'amiral Rubal Coaba, et dans les heures qui avaient suivi, les couleurs de Madrid avaient remplacé l'aigle mexicain au fort San Juan d'Ullua. Impuissante à opposer la moindre résistance, la garde nationale s'était rendue ; pas un coup de feu n'avait été tiré. Le 8 janvier, d'autres navires de guerre s'étaient présentés à l'horizon. Les mâts arboraient des pavillons français et anglais. Deux mille six cent dix soldats avaient débarqué des bâtiments français, huit cents des goélettes anglaises. La troupe s'était avancée jusqu'à la Tejeria, un petit village à 12 kilomètres de Veracruz, et ils y avaient installé leurs campements. Et la population ? A chaque heure, de longues caravanes d'hommes, de femmes et d'enfants quittaient la ville, de longues files s'étiraient sur les routes en direction de Puebla, vers le pays de l'intérieur.

D'où tirait-il ces incroyables nouvelles, le cavalier essoufflé ? D'un *cosechero* de Tuxtepec, qui lui-même les tenait d'un *ranchero* de Cosamaloapam, qui lui-même... les tenait d'une famille de Veracruz qui avait trouvé refuge à Alvarado.

Sur le coup, Tio Diaz et Valentin crurent l'homme fou, mais le *ranchero* leur avait tendu, en guise de preuve, un papier froissé, une feuille imprimée qui était passée de mains en mains...

« *Proclamation au peuple mexicain.*

« *Les représentants d'Angleterre, de la France et de l'Espagne remplissent un devoir sacré en vous faisant connaître leurs intentions dès leur arrivée sur le territoire mexicain. La foi des traités, violés par les divers gouvernements qui se sont succédé parmi vous, la sûreté menacée de nos compatriotes ont rendu nécessaire cette expédition. Ceux-là qui font croire que derrière de si justes prétentions se trouvent dissimulés des projets de conquête, de restauration et d'intervention dans votre politique vous trompent.*

« *Trois nations qui reconnurent loyalement votre indépendance réclament qu'on les croie animées de sentiments nobles, plus élevés et plus généreux que de vouloir vous tromper. Les nations que nous représentons, dont le premier intérêt est d'obtenir réparation des griefs qui leur ont été faits, sont mues par un mobile plus élevé et d'une portée plus générale : elles vous tendent une main amicale, à vous, peuple auquel la Providence avait prodigué tous ses dons, mais qu'elles voient avec douleur user ses forces sous la violente impulsion des guerres civiles.*

« C'est la vérité, et nous, qui sommes chargés de vous l'exposer, nous ne le ferons qu'en vue de vous faire travailler à votre avenir. Nous ne désirons pas la guerre, c'est à vous, sans aucune intervention étrangère, qu'il importe de vous constituer d'une manière solide et durable. Notre œuvre sera œuvre de régénération, à laquelle applaudiront tous ceux qui y auront contribué, les uns par leurs opinions, les autres par leur illustration, et tous par leur bonne foi. Le mal est grave, le remède est pressant : c'est aujourd'hui ou jamais que vous ferez votre bonheur !

« Mexicains, écoutez la voix des Alliés, ancre de salut pour vous : au sein de la tourmente dont vous êtes environnés, fiez-vous à leur bonne foi et à leur généreuse intention. N'ayez aucune crainte des esprits inquiets et malveillants. Votre attitude résolue saura les confondre tout le temps que nous assisterons impassibles au spectacle de votre régénération garantie par l'ordre et la liberté. C'est ainsi que le comprendra, nous en sommes sûrs, votre gouvernement suprême auquel nous nous adressons ; ce dont les bons patriotes seront forcés de convenir, c'est qu'au lieu de recourir à la voix des armes, le mieux est de mettre en avant la raison qui doit triompher, seule, dans ce XIXe siècle. »

Cette proclamation, datée du 10 janvier, était signée par Charles Wyke, consul d'Angleterre, Hugh Dunlop, commodore des forces navales de la Couronne d'Angleterre, Jurien de la Gravière, contre-amiral des forces navales de l'empereur Napoléon III, Dubois de Saligny, consul de France, comte de Reuss, général des forces espagnoles...

Valentin et Tio étaient ignorants du mouvement des événements qui gouvernaient le pays. La canonnade n'avait pas atteint la vallée où ils vivaient, et le peuple de l'hacienda n'avait jamais eu affaire à ces bandes de guérilleros qui fondaient sur les voyageurs innocents pour les dépouiller. Aussi, les deux hommes se demandaient quels pouvaient bien être les griefs que l'on reprochait au Mexique pour qu'une escadre de forces armées traverse l'océan Atlantique. Ils savaient, l'un et l'autre, que la guerre de trois ans était finie, que don Benito avait retrouvé sa place légitime à la tête de la République, et pour eux, cette information était suffisante. Ils n'avaient guère besoin d'en connaître plus. Dans leur bout du monde, l'activité des hommes de gouvernement leur importait guère.

Ce qui affligeait Tio Diaz, c'était de voir l'Angleterre, et surtout la France, faire cause commune avec cette Espagne et concourir aux mêmes fins. Comment la France, championne de la liberté, pouvait-elle s'allier aux partisans des abus du clergé, du despotisme de François II, pour venir restaurer au Mexique le régime des prêtres, la domination du sabre ? La conscience s'y opposait.

Tio Diaz avait été éduqué dans le culte de la France, « ce grand foyer où s'élaborent les idées et les progrès de l'univers ». Paris... Le premier jouet qu'il avait possédé avait été une boîte de plombs français qui contenait les soldats des trois armes, quatre canons, deux tentes de campagne... les soldats de la République ! Sur le couvercle de cette caserne de jouets brillait, en lettres d'or, « Paris ». Paris ! Ce nom bref, de prononciation facile, avait été l'un des premiers qu'il eût appris à force de le voir gravé en relief sur les objets domestiques, les marchandises, les livres qu'il avait découverts enfant. Ce mot parlait d'une terre mystérieuse, lointaine, qui, sur les cartes murales, apparaissait teinte de rose... Adolescent, ce mot s'était converti pour lui en un symbole : celui des droits de l'homme, de la liberté des peuples à disposer d'eux-mêmes. Ses notions historiques se réduisaient alors à trois grands faits : l'Éden, le cri de l'indépendance mexicaine et la Révolution française ! Il avait découvert, en vieillissant, d'autres attraits à cette France : le bordeaux, le vieux cognac et le champagne. Mais malgré l'âge, il se laissait emporter par le souffle de Victor Hugo quand il chantait les exploits des soldats de l'an II : « La révolution leur criait : — *Volontaires/Mourez pour délivrer tous les peuples vos frères !/Contents, ils disaient oui./Allez, les vieux soldats, mes généraux imberbes !/Et l'on voyait marcher ces va-nu-pieds superbes/Sur le monde ébloui !...* »

Charpenel aurait compris que l'Europe intervînt au milieu de la guerre civile, pendant ces trois années de luttes sanglantes, pour rétablir la paix, mais il comprenait moins qu'on ait choisi le moment où précisément le droit triomphait de la force, où le Mexique établissait, au plus grand des sacrifices, le gouvernement le plus légal de toute son histoire.

Refusant l'inadmissible, les deux hommes s'étaient accrochés à l'espoir que si la France était au nombre des puissances présentes aux côtés de l'Espagne, c'était pour garantir que l'intervention ne serait pas dirigée contre la volonté du peuple mexicain, mais uniquement dans le but d'affermir le régime de la légalité. Les nouvelles qui parvirent de Veracruz les semaines suivantes les avait confortés dans cet espoir. En effet, le 19 février, une entrevue avait eu lieu au Ranco de la Purga, près de la Soledad, entre le général espagnol Prim et le ministre mexicain Manuel Doblado. « J'ai trouvé dans le général Doblado un homme très distingué, de très bonnes manières, avait avoué Prim, à son retour à Veracruz. Il m'a paru instruit des choses de son pays et je crois qu'il y avait de la sincérité, de la franchise dans ses paroles, car il ne s'étendit pas, comme ont coutume de le faire ses compatriotes, sur les perfections de son pays, ni sur la supériorité du parti auquel il appartenait. »

Les deux hommes s'étaient longuement expliqués ; Doblado avait exprimé des remerciements pour la main amicale que les Alliés offraient à son pays, mais « le secours d'une force armée, avait-il expliqué, est inutile pour consolider le gouvernement existant ». Et d'ajouter : « La République a la confiance que les représentants des trois puissances, à la vue du mouvement de régénération, de plénitude de vie que le gouvernement de la Réforme a donné à cette nation autrefois enchaînée par les préjugés, retourneront dans leurs pays et y porteront le témoignage de la grande œuvre de pacification du Mexique par lui-même. » « Présider au grand spectacle de la régénération mexicaine, avait répondu le général Prim, cela signifie pour nous contraindre le pays sur le seul terrain des traités à s'acquitter de ses dettes. » Pressé de questions, il avait formellement désavoué toute intention de mener la guerre à la nation et à son gouvernement. « L'État mexicain est résolu à faire tous les sacrifices pour prouver aux nations amies que l'accomplissement fidèle des engagements qu'il contractera sera à l'avenir un des principes invariables de l'administration libérale », avait conclu Doblado.

Les deux chefs s'étaient séparés sur la signature d'une convention stipulant que les Alliés, reconnaissant le gouvernement du Mexique, se plaçaient sur le seul terrain du respect des traités et juraient d'avance ne pas porter atteinte à son indépendance, à sa souveraineté et à l'intégrité de la République. Des négociations plus complètes auraient lieu à Orizaba ; en attendant, le gouvernement mexicain permettait aux forces alliées de quitter les Terres chaudes et leur climat funeste pour s'avancer jusqu'à Cordoba, Orizaba et Tehuacan.

A l'hacienda, la confiance était revenue : la guerre n'aurait pas lieu ! La voix de la diplomatie aurait eu raison sur celle des canons et des baïonnettes. Une solution pacifique et amiable serait trouvée pour régler les difficultés pendantes ; d'ailleurs, le drapeau mexicain avait retrouvé sa place, aux côtés des drapeaux alliés, sur le château d'Ullua et sur le palais du gouvernement à Veracruz...

Mais le 14 mars, d'autres échos avaient fait sombrer l'espoir. De nouveaux bâtiments de guerre battant pavillon français étaient arrivés dans le port. Quatre mille cinq cents hommes avaient débarqué. Ce 14 mars, quatre *rancheros* risque-tout avaient quitté l'hacienda, ils étaient partis rejoindre les bandes de guérilleros qui s'étaient formées plus au nord.

Valentin était adossé au pilier de la galerie. En un instant, il avait décidé de partir avec le troupeau, il éprouvait le besoin de s'étourdir de fatigue, d'être en selle des heures durant. De galoper enfin, en concentrant seulement son esprit sur le bétail à conduire. Le vieux le fixait et comprenait cette manière de fuite, cet élan qui éloignerait sans doute la houle de tristesse qui ne se taisait pas entre ses tempes.

— Prends soin de toi, mon ami, fit Tio Diaz, prends bien soin de toi. Qu'il ne t'arrive pas malheur.

— Malheur ? J'ai mon compte, n'est-ce pas ? Je crois que cette cavalcade me mettra les idées d'aplomb.

— Ne t'attarde pas, le tabac a besoin de tes soins.

— Je ne me fais guère de souci, les hommes sont bons cultivateurs, et Miguel me remplacera facilement.

— C'est bon. Mais reviens vite... L'hacienda sera bien silencieuse sans tes ordres et ton ministère. Que deviendrons-nous si... pour une raison ou pour une autre tu ne revenais pas...

Valentin s'approcha du vieux et posa sa main sur son épaule. Il sentait la vieillesse qui inexorablement poursuivait son œuvre, et d'un coup, il éprouva toute la tendresse dont un homme est seulement capable pour son propre père quand la mort, fatalement, se rapproche. Ce père qu'il n'avait pas eu était désormais Tio Diaz ; il se substituait à cette absence. Valentin, pas un instant, n'avait songé à quitter sa « famille », cette vallée des Terres chaudes, Pepa éplorée ce matin-là, et Tio qui réclamait la filiale amitié d'un homme qui aurait pu être son fils... Pour lui, Charpenel était l'image de la vie, celui qui, d'une certaine manière, poursuivrait son existence.

Le lendemain à 5 heures, les hommes rassemblèrent le bétail, illuminés par les torches des femmes dans l'aube jaunissante. Ils étaient vingt cavaliers, fiers comme Artaban, heureux d'en découdre avec la route et les bestiaux. Pour l'occasion, ils avaient passé à leurs cous de grands châles bruns qui leur serviraient de masques pour les protéger de la poussière, du froid, la nuit, quand ils dormiraient à même la terre du bivouac. Ils avaient abandonné les vestes de toile pour des blouses, des gilets et des pantalons en peau de daim ouverts sur les côtés. Bottes et bottines étaient passées dans les étriers de cuivre, et le tout était encore protégé par des jambières épaisses de cuir fort, large d'un doigt, pour protéger les jambes des épines, du fouet des branches basses. Les *sarapes* multicolores, roulés derrière la selle, prêts au service, donnaient les seuls éclats colorés à ces diables d'hommes qui avaient ensemble la teinte uniforme d'une troupe de franciscains, plutôt que celle de cavaliers de foire. Ils avaient de l'allure, assis fort en arrière sur les selles, tout droits de la tête aux pieds, car on est mieux debout pour rassembler et guider les bœufs.

Des pétards répondirent aux sifflements des hommes de tête ; le *pueblo* saluait les siens. Valentin suivit les ordres de Vicente Zacardo et de Rafael Zamora, les *commandantes* de l'expédition, et les cinq cents bestiaux s'ébranlèrent quand les onze taureaux dressés pour mener le troupeau se poussèrent du flanc pour prendre la première place. Une poussière de tous les diables ne s'éclaircit qu'une heure plus tard, quand les deux derniers cavaliers d'arrière-garde piquèrent des étriers en regardant une dernière fois leurs douces et les enfants mal réveillés.

Les deux premiers jours, les chevaux gras, bien gras, car ainsi les épines leur épargnent les flancs, soufflèrent et reniflèrent : il fallait qu'ils s'habituent à toute la quincaillerie qui leur battait les flancs, éperons, carabines, longs *machetes* et *lazos* de crin. De bons chevaux fringants, à l'encolure courte, aux naseaux fins, à la croupe ferme et aux pattes d'acier.

Le troupeau grimpait les collines et les montagnes, s'élançait sûrement sur les cimes en traversant les campagnes, les forêts aux arbres géants. Les gosses et les mères indiennes leur offraient des fruits dans des *pueblos* de clairière, chaumières de bambous construites sous l'ombre des manguiers, et les cavaliers jetaient quelques réaux pour des brassées de bananes d'un vert tendre. C'était beau, ce défilé de carcasses de bovins roux, à longues cornes et à bosses, qui saccageaient les lianes d'orchidées trop basses, froissaient les buissons de gardénias, les touffes de roses sauvages. Les vachers se consacraient exclusivement à la surveillance de leur unique capital. D'un œil exercé, ils claquaient les fouets sur l'échine des attardés qui paraissaient aux arrières. La troupe progressait lentement, car les pâturages étaient tentants, l'eau coulait partout. Le soir, le troupeau se laissait guider dans des enclos qu'on louait en échange d'une tête de bétail. Les jours passaient, lents et pleins, et le paysage muait, merveilleux. Les terres tempérées s'ouvraient avec leurs plateaux austères, leurs populations clairsemées. Pays de taillis, pays de faucons, de forêts de cactus et de plantes grasses qui ne fleurissent qu'au printemps.

Les éclaireurs, qui galopaient à l'avant-garde, traversèrent quelques *pueblos* désertés par tous leurs habitants. Des champs moissonnés avaient été incendiés, et les gerbes disséminées à équidistance formaient comme des bras noircis qui vainement appelaient à l'aide devant ce désastre... Des plantations de caféiers laissaient seulement croire que des hommes industrieux avaient vécu ici. Le pays était désespérément vide, et les enclos des maisons formées par des yucas à feuilles aiguës, serrées comme des mailles, n'enfermaient aucune chèvre, aucune brebis. Pas un homme, pas un mulet... Des hameaux entiers avaient été dévorés par les flammes.

Vicente Zamora avait compris : les hommes avaient fui avec leurs familles devant les étrangers et laissaient la terre brûlée.

Alors que le troupeau traversait le village désert de Chilac, une troupe de trente cavaliers dévala d'une colline. C'était des Mexicains, des pauvres assis sur des mulets de bâts, vêtus de toile et portant des *huaraches* de cuir sur leurs pieds nus. Ils avaient mauvaise figure, ces paysans, et les plus fiers étaient coiffés de chapeaux de paille évasés retenus derrière le cou par de longues lanières de cuir nouées. Un des hommes à l'air aussi patibulaire que les autres portait un manteau gris à capuchon et le ceinturon de cuir blanchi de l'armée mexicaine. Tous étaient armés de bric et de broc, de lances et de coutelas, de pétoires et de bâtons, mais résolus, les gaillards. Ils attendirent sur un côté que les vachers se rassemblent et viennent à leur rencontre. Valentin, en arrière-garde depuis un jour et demi, arriva à leur hauteur alors que le dialogue s'était ouvert.

— Les *pueblos* de Chilac et des environs ont été brûlés voici deux semaines, fit le soldat d'occasion. Les *gringitos* ne trouveront pas même une racine à se mettre sous les crocs.

— Mais où sont-ils, ces *ladrones* d'étrangers ? fit Zamora.

— A Orizaba, *compadre*. Là-bas, ils tiennent la ville, mais la campagne est hostile. Les collines et les montagnes sont pleines de tous les hommes valides. Quant aux familles, nous les avons cachées dans les vallées sombres. Nous nous préparons à la guerre de partisans... Mais où allez-vous, *amigos*, avec ce troupeau ?

— Vers Tehuacan, pour le vendre à notre armée. Depuis six ans, nos bonnes bêtes de Valle Nacional sont pour le coutelas des fantassins mexicains, mon camarade.

— Tu as de la chance, vacher, les étrangers ont quitté cette ville !... Mais nous allons tout de même vous servir d'escorte. Il ne faudrait pas que cette bonne viande rouge tombe en de mauvaises mains... *Adelante !* Partageons la poussière du chemin et offrez-nous ce soir une bête bien grillée. Depuis un mois, nous mangeons du maïs et des bananes, quelques poulets... Mais bon Dieu, un bestiau bien saignant...

La guerre !

Valentin seul avait sursauté. Ses compagnons, hommes des Terres chaudes, ne connaissaient pas la guerre et ne s'en préoccupaient guère, et là, sur le seuil d'un village incendié par ses habitants, les vachers Zacardo et Zamora ne songeaient qu'à mener leur troupeau à bien et à s'en retourner d'où ils venaient...

Il donna des éperons et vint se placer aux côtés du soldat en guenilles. Il avait besoin de savoir les événements où ses compatriotes étaient mêlés, le pourquoi de cette guerre qui s'avançait...

Depuis le 12 avril, la guerre était déclarée contre l'armée d'invasion française...

— Au moment où le gouvernement préparait la sortie de ses commissaires pour ouvrir les négociations convenues à la Soledad, un accident a tout mis par terre, dit le soldat mexicain.

Le 12 avril, les plénipotentiaires alliés s'étaient réunis à Orizaba. Dubois de Saligny, au nom du gouvernement français, refusa de reconnaître la convention que l'Espagnol Prim avait signée à la Soledad avec Doblado et exigea d'autorité la somme de 20 millions de piastres pour les dommages subis par ses ressortissants, à quoi il ajoutait 25 millions pour le solde intégral de la créance Jecker. Les Anglais et les Espagnols eux-mêmes furent scandalisés par le procédé... L'objectif qui avait amené les trois alliés sur la terre mexicaine ne visait que les obligations contractées ; or les créances réclamées, mais non réglées, n'étaient pas incluses dans le pacte. Dubois de Saligny rétorqua aux Espagnols et aux Anglais que les 45 millions de piastres n'étaient pas encore justifiés, mais qu'ils le seraient, que lui seul et son gouvernement étaient juges de la créance Jecker...

— Soyez certain, répondit Charles Wyke, que ce contrat scandaleux et léonin ne sera jamais accepté par le gouvernement Juarez. Les Mexicains préféreront encourir les conséquences d'une guerre inégale à l'ignominie de céder à une aussi injuste prétention.

— Je ne me résignerai jamais, s'écria le général Prim, à

employer l'influence de ma noble nation et le sang de ses soldats à précipiter dans une ruine totale ce malheureux pays en soutenant des exigences aussi mal fondées.

N'ayant pu se mettre d'accord avec le ministre français, Wyke et Prim avaient considéré leur alliance rompue et décidé de reprendre la route de Veracruz et de quitter le pays.

Les troupes françaises, quant à elles, faisaient leurs préparatifs pour marcher sur Mexico. Les plénipotentiaires de l'empereur des Français, manquant au pacte solennel selon lequel ils reconnaissaient la légitimité du gouvernement constitutionnel, prétendirent qu'on ne pouvait accorder foi à « un fils bâtard du Mexique », un Indien sujet à sentence des tribunaux pour ses délits contre sa propre patrie. Ils rompaient donc le pacte de la Soledad signé avec le Mexique.

Le jour même de cette rupture, Benito Juarez lançait un appel au soulèvement pour la défense de l'indépendance.

« *Concitoyens,*

« *Le gouvernement du Mexique, qui a conscience de sa légitimité découlant de la libre élection du peuple, s'est donné des institutions que la République défend avec constance. Il considère comme le premier de ses devoirs le maintien de la souveraineté de la nation. Ce gouvernement ressentirait la dignité de la République bafouée s'il s'abaissait à discuter les points d'un memorandum qui mettrait en cause sa souveraineté et son indépendance aux dépens de tant d'efforts héroïques. Le gouvernement de la République, disposé à épuiser encore tous les moyens de conciliation pour trouver une issue honorable, en vue de la déclaration des plénipotentiaires français, ne peut ni ne doit faire autre chose que repousser la force par la force et défendre la nation de l'agression injuste dont on le menace. La responsabilité de tous les désastres qui surviendront retombera sur ceux qui, sans motif ni prétexte, ont violé la foi des conventions internationales.*

« *Une fois les hostilités ouvertes, tous les étrangers pacifiques résidant dans le pays resteront sous la protection des lois, et le gouvernement incite les Mexicains à accorder à tous, y compris aux Français, l'hospitalité et les considérations qu'ils trouveront toujours au Mexique. Dans la guerre qui s'ouvre, les règles du droit des gens seront observées par l'armée et les autorités de la République.*

« *Mexicains ! La magistrature suprême de la nation vous*

invite à la seconder dans ses efforts pour la défense de l'indépendance. Elle a besoin de tous vos moyens, de toute votre santé, de tout votre patriotisme. J'espère que vous préférerez l'infortune et le désastre au mépris et à la honte de perdre l'indépendance ou de consentir que des étrangers viennent fouler aux pieds vos institutions et interviennent dans votre vie. Gardons foi en la justice de notre cause ! Sauvegardons l'indépendance du Mexique en faisant triompher non seulement notre patrie, mais aussi les principes de respect et d'inviolabilité de la souveraineté des nations. »

A la suite de cet appel, il y avait eu des manifestations spontanées dans tous les États, amenant en masse les citoyens à prendre les armes. Une guerre de fin du monde était lancée par Juarez. Guerre par tous les moyens. Des *bandos* furent reproduits et affichés dans les plus petites villes.

— Nous ne laisserons pas l'ennemi pénétrer plus avant dans le pays, dit le cavalier. Nous éviterons les batailles rangées, le peuple doit détruire ses foyers, brûler ses champs, attaquer l'étranger par des embuscades, le chasser par monts et par vaux, le réduire à ses propres ressources. La soif, les fièvres, les pluies... les mauvais mois de l'année approchent, le *vomito negro* décimera les Français sur la côte, et bientôt les pistes seront impraticables. Mon capitaine prétend que le rêve de la conquête du Mexique par les Français s'inscrira dans l'histoire à côté de la désastreuse déroute de Moscou. Il dit que 1862 sera le corollaire de 1812. Vous comprenez ça, vous ?

Valentin Charpenel était abasourdi. Il fixait l'horizon, les tempes en feu. Lui qui avait fui l'Histoire, lui qui avait poursuivi des chimères, traversé le désert de Sonora à la poursuite d'une utopie, lui qui s'était enfui au travers du Mexique, qui s'était réfugié dans les terres chaudes pour y vivre un certain bonheur, il était rattrapé par l'Histoire. La France en guerre au Mexique !

— Mon capitaine dit que l'usurpateur du trône français sera bientôt convaincu que l'époque des conquêtes est terminée, poursuivit le guérillero. Nous vaincrons, nous abattrons cette armée, et sa défaite libèrera la France du vasselage que lui ont imposé les baïonnettes d'un despote...

Le soldat en loques prit l'épaule de Valentin qu'il croyait métis tant sa peau était bronzée, tant son savoir du parler du pays était parfait.

— Il va se passer des événements graves, *amigo*, des événements auxquels on ne peut pas ne pas prendre part. Je crains que tous les hommes honnêtes ne soient amenés à choisir leur camp.

Valentin Charpenel avait choisi le sien...

XXVIII

C'était un calme mois de mai baigné de fraîcheur à la tombée du soir. Les citadins se promenaient sur la place d'Armes et s'asseyaient, indolents, sur les chaises de paille tressée aux dossiers décorés de fleurs, de fruits verts et jaunes. Les gandins commandaient aux enfants nu-pieds des verres d'eau de citron qu'ils puisaient avec des mesures dans de grands vases transparents. On buvait, on bavardait et on jetait quelques réaux sur des plateaux couverts de pétales de roses que des jeunes filles passaient dans la foule des promeneurs. Une quête pour une fête à la cathédrale.

Sur *l'azotea,* Jeanne goûtait la quiétude de ce jour agonisant. Elle pensait que Mexico était une ville bénie quand la folie des hommes s'apaisait. Les commis, assis à même la pierre de la terrasse, rêvassaient et chantaient une ritournelle que les musiciens de rue vendaient depuis près d'un mois. C'était une chanson d'amour qui racontait le départ au combat d'un brave paysan abandonnant sa cabane, ses deux petits et sa récolte de *magueys* pour aller combattre le Français. C'était un chant déchirant que le jeune homme, fusil à l'épaule, tenait à sa compagne serrée sur son cœur. Il était question de foi, de liberté, de sacrifice pour les enfants...

Un mois déjà... Le 17 avril, l'armée d'Orient avait quitté les casernes sous les ordres du général Ignacio Zaragoza. Des milliers de volontaires s'étaient rendus chaque jour à l'exercice dans les rues du centre ville.

Depuis, une atmosphère électrique planait sur la ville. Tout le monde avait compris qu'une guerre inévitable allait éclater et que celle-ci ne ressemblerait pas aux autres. La convention de la Soledad avait été favorablement accueillie par l'immense majorité des Mexicains, chacun avait eu espoir dans l'issue de la conférence qui devait s'ouvrir à Orizaba. Puis, coup sur coup, on avait appris l'échec des préliminaires de la Soledad, la rupture de la convention, la retraite des forces d'Angleterre et d'Espagne, la protestation des représentants de ces deux nations, et enfin la déclaration de Dubois de Saligny jurant qu'il ne traiterait jamais avec le gouvernement de Juarez...

Le Mexique constitutionnel n'avait plus pour ennemi que la France, dans l'hostilité de laquelle il n'avait jamais voulu croire...

Invraisemblable ironie de l'Histoire : le gouvernement légal du Mexique était composé d'hommes vrais, courageux, qui étaient nés à la politique avec la France pour nourrice. Leur modèle ? Ses révolutions. Leurs connaissances ? Les œuvres des penseurs français. Leurs institutions ? Les codes et les mœurs de France... Et la France bénie considérait désormais ce gouvernement légal comme l'expression d'une minorité aigrie, violente et oppressive. Pour parfaire l'ignoble, les journaux américains avaient appris aux Mexicains que le félon Juan Almonte, l'aide de camp de Santa Anna, en exil à Paris depuis 1847, était à bord de l'escadre française, à l'abri du drapeau tricolore. Quand il mit le pied sur le môle de Veracruz, la colère emporta la nation. Quoi ? Ces Français respectés qui protégeaient déjà Marquez et ses hordes pillardes, débarquaient maintenant Almonte qui, aussitôt, inondait le Sud de ses proclamations où on lisait qu'il s'était fait chef suprême intérimaire...

La rage était portée à son comble, la rage bouillante, celle que ressent l'ami trahi. Le nom de France ne fut sans doute jamais autant couvert de malédictions dans toute son histoire ! déceptions tragiques ne furent sans doute jamais aussi innombrables.

L'Empire français, avocat et mercenaire des idées rétrogrades, des hontes de la réaction cléricale ! La France qui foulait le sol mexicain afin de réclamer réparation pour ses nationaux traînait dans ses soutes les pires créatures du passé funeste du Mexique, les mêmes hommes qui tuaient et pillaient auparavant aux cris de « Mort aux étrangers » ! La France de 89 rabaissée au rang d'une catin sanglante plongeant ses bras dans le brouet du *pronunciamento* en faveur d'émeutiers vaincus par l'autorité légitime de Juarez, unanimement reconnue pour l'heure par tous les États de la confédération !

Les exilés français du coup d'État de 1851 signèrent une pétition contre l'intervention dans le *Siglo*, et grâce à eux, la colère du peuple épargna les biens de la colonie. C'est que la tentation était forte de se venger sur les deux mille cinq cents Français qui avaient choisi le Mexique pour terre d'accueil... Des feuilles, rédigées à la hâte par les étudiants, tentèrent d'exalter les esprits, réclamèrent leur expulsion. Des bandes excitées peignaient sur les murs des églises qu'il fallait confisquer les biens des « chiens impérialistes ». Des maîtres et des politiciens firent entendre d'autres voix et prônèrent le tri ; que l'on distingue les bons des mauvais, les amis du Mexique et ceux reconnus pour hostiles au pays... Au palais, le gouvernement semblait résolu à ne pas sortir de la stricte modération qu'il avait choisie depuis les prémices de la crise. On avertit par voie d'affiches que celui qui s'en prendrait aux Français serait arrêté sur-le-champ et enrôlé dans les régiments de première ligne. Étudiants et professeurs se firent plus circonspects...

Prenant le risque de compromettre sa popularité, le gouvernement entoura les résidents français de toute la protection possible et veilla soigneusement à leur tranquillité. Dans le *Siglo*, un rédacteur auprès du secrétariat de l'État exposa, dans une série d'articles, que l'expulsion n'était ni juste, ni convenable, ni politique. « Il n'existe aucun exemple que dans de semblables circonstances, aucun peuple du monde ne se soit conduit vis-à-vis des nationaux des puissances avec lesquelles il était en guerre avec la modération dont a fait preuve le gouvernement mexicain depuis l'ouverture des hostilités. Nous défions M. de Saligny de citer un seul cas de persécution exercé par le gouvernement de M. Juarez. Traitons les étrangers pacifiques, laborieux et circonspects avec les sympathies que tous les enfants du Mexique ont su toujours leur manifester. La popularité de M. de Saligny parmi ses compatriotes au Mexique n'est pas si grande qu'elle puisse faire ombrage aux patriotes mexicains... »

L'appel fut entendu et la colonie ne fut plus menacée. Jecker, Clément, Caburru, Rodolphe Frisac, Eugène Clairin, Charles de Barrès et Gustave de Saché, bien connus à Mexico pour leurs opinions antilibérales, purent reposer la nuit sans crainte. Seules odorantes représailles : le magasin de nouveautés de Gustave Bonhomme, calle de Plateros, fut couvert d'excréments une nuit, car il avait pour enseigne le portrait de l'impératrice Eugénie... Et lorsque le *Constitucional*, un titre à forte audience, se lança dans une offensive xénophobe, il ne fut pas écouté. « Nous prions de toute notre âme les dames mexicaines d'effectuer leurs achats dans les établissements des Anglais, des Espagnols et des Allemands, mais de ne pas favoriser les magasins des sujets de l'empereur Napoléon III que nous préférions tant auparavant, écrivit-il dans le courant avril. Leur silence dans les injustes imputations que nous a faites M. de Saligny nous semble une manifestation de mécontentement. » Les dames mexicaines firent la sourde oreille et se présentèrent chaque jour dans ces magasins, du moins dans ceux où l'on professait de la sympathie pour leur pays, montrant plus de tact que l'auteur de l'article et pensant sans doute que le silence des résidents pouvait recevoir une autre interprétation que celle prônée par le journal.

Le calme revint bientôt. Les journées étaient consacrées à un maigre travail et à l'attente des nouvelles ; les soirées, à la rêverie, à la lenteur et à l'inquiétude.

Jeanne, à l'instar du plus humble de ses compatriotes, luttait contre les pensées contradictoires qui l'assaillaient. Elle tentait de garder raison, écartelée entre son attachement profond à ce Mexique insensé et l'amour qu'elle éprouvait pour sa terre natale. Les émigrés, ceux qui ont décidé, par raison ou par hasard, de s'établir aux antipodes, possèdent en eux cette extrême sensibilité qui les rend plus nerveux, plus attentifs, plus fragiles quand il s'agit du pays originel. Et Jeanne souffrait. Bien sûr, elle discernait la malignité des raisons impériales ; certes, elle était honteuse d'être, elle, « la Fortoul », l'otage d'une armée qui jouait d'un prétexte afin de camoufler une action politique d'annexion. C'était cela, Jeanne se sentait le pion sur l'échiquier d'un jeu qui la dépassait. Les intérêts de la France au Mexique étaient bien peu considérables — les créances d'État à État ne dépassaient pas 750000 francs et la valeur annuelle des échanges, dans ce marasme politique, atteignait 20 millions — et se seraient justifiés par un bombardement, au pis par un blocus. Or « les tricolores » avançaient vers l'intérieur du pays... La jeune femme ressassait cette discussion entendue un soir de bal aux Tuileries ; elle se souvenait de l'assurance de ce Mexicain établi en Europe, de l'intérêt que prenaient à cette discussion deux ou trois officiers. Et si Napoléon III exigeait plus que des indemnités ? S'il cherchait, en des desseins fous, de substituer au gouvernement de Juarez un ordre différent ?

L'entrée de l'armée libérale, en décembre 1860, l'avait tranquillisée, comme elle avait rassuré la plus grande partie de la colonie. Son adhésion prenait sa source dans la conviction, sans cesse proclamée par Olivier Meyran, qu'avec Juarez et ses partisans, c'était les amis de la France qui triomphaient à Mexico. Les étrangers, c'est vrai, avaient toujours reçu protection des gouvernements libéraux ; d'eux, ils avaient toujours bénéficié de facilités commerciales. Alors, pourquoi cette guerre décidée par Paris ?

La question tenait, chaque jour, des dizaines de colonnes dans les journaux. Deux noms s'opposaient à chaque ligne : Napoléon et don Benito. Jamais leader n'avait été si profondément lié à la cause du peuple ; depuis quelques jours, les jeunes filles se découvraient pour le saluer dans la rue. Vers lui, les enfants étaient poussés de la main par leurs parents, et l'Indien d'Oaxaca baisait la main des dames qui l'applaudissaient quand il se rendait du palais à son logis. Indissolublement, le président était la nation ; il s'agissait là d'une fusion biologique nécessaire à sa survie ; on touchait à la dévotion quand on évoquait le nom de ses minitres, et même les chrétiens de cœur qui avaient le Mexique à l'âme priaient pour lui et sa bonne étoile.

Jeanne assistait à cette passion charnelle et se sentait emportée par cette humaine sympathie pour l'homme le plus humble hier qui, à présent, incarnait la fierté nationale. Et elle tournait et retournait dans sa tête les causes et les objectifs, si aveuglants pourtant, de la troupe française qui avançait dans la sierra de Puebla...

Pour Olivier Meyran, cette expédition aurait pour conséquence d'ébranler les institutions de la nation dans le but de renverser la République, d'y proclamer l'avènement d'une royauté... Napoléon III allait donc parler au peuple mexicain le langage de Brunswick et des coalisés de 1814 ! Napoléon le

Petit, lui aussi, appellerait délivrance ce qui n'était qu'une oppression étrangère ! Il prononçait contre Juarez une sentence semblable à celle d'Alexandre contre son oncle. Celui qui venait d'inaugurer en Europe la politique des nationalités envoyait son armée au Mexique pour y réaliser ce qu'il avait interdit aux Autrichiens en Italie. « Ce n'est pas à moi, issu de l'élection populaire, de prétendre peser sur les décisions d'un peuple libre », avait-il écrit récemment à Victor-Emmanuel. En faisant pis, il allait, par le fer et par le feu, briser les institutions d'un peuple libre.

Inlassablement, Olivier Meyran publiait de terribles articles contre l'expédition. Il reproduisait intégralement les éditoriaux de *L'Opinion nationale* et du *Temps*, ces journaux de Paris qui arrivaient par les États-Unis. Il donnait à lire les discours prononcés au Parlement par les députés républicains opposés à cette aventure. Et on lisait les propos fougueux de Jules Favre, Hénon, Darimon, Picard et Ollivier. Il s'agissait de diatribes violentes et précises qui attaquaient la politique suivie par le gouvernement impérial au Mexique, avec une vivacité, une logique et une masse de raisons solides, incontestables. Ces hommes libres démontraient au peuple français que son armée se compromettait pour protéger le vol de quelques millions, avec les fameux bons Jecker ; ils prouvaient que l'exaction n'était pas du côté de Juarez et de son gouvernement, mais de l'autre, qui manipulait la presse avec cynisme, prétendant donner des leçons de moralité au monde.

Le 6 mai au matin, le télégraphe de Puebla annonça que le 5 mai 1862 figurerait désormais au Panthéon national du calendrier mexicain. Le général Zaragoza et sa valeureuse armée d'Orient avaient repoussé vers Orizaba et la côte les assaillants qui avaient perdu plus de mille hommes.

Le délire s'empara de Mexico alors que tous les Français gardèrent leurs volets clos. Ce ne fut que farandoles et *abrazos*. On se congratula et on dansa sur les places jusqu'au matin. Toute la ville était sens dessus dessous. Les journaux étalaient des titres glorieux et vengeurs : « Les aigles français ont traversé les mers pour laisser choir au pied du drapeau mexicain les lauriers de Sébastopol, de Magenta et de Solferino. Nous avons combattu les premiers soldats du monde et nous avons été les premiers à les vaincre. »

XXIX

Les jours et les semaines s'écoulèrent, et les déserteurs français arrivèrent à Mexico... C'était de pauvres bougres exténués qui descendaient des diligences et des chars qui arrivaient de Puebla. Ils étaient pris en charge par des soldats mexicains en haillons, et ces déserteurs, dans leur extrême dénuement, avaient plus fière figure que leurs vainqueurs. Dans un premier temps, les commerçants ne surent pas quelle attitude adopter à l'égard de compatriotes qu'ils méprisaient pour leur lâcheté et qu'en même temps ils plaignaient, victimes vaincues d'une aventure que les Français nantis réprouvaient en silence. On en vit jusqu'à sept à la fois, se portant les uns les autres, traînant entre la maison de poste et la caserne de l'Acordada, où on les nourrissait. Ils étaient hagards dans leurs uniformes de zouaves, le visage mangé de barbe, les moustaches en bataille. Ces soldats portaient leurs uniformes d'Afrique, et l'on distinguait encore les basquines passepoilées de rouge, malgré la charpie. Les pantalons garance amples et bouffants surprenaient les citadins et les guêtres de toile blanche qui recouvraient leurs brodequins noirs faisaient rire les *muchachos.* Deux déserteurs coiffés de képis brûlés par la poudre tendirent leurs bidons de cuir aux gosses pour qu'on leur donne à boire. Autour de leur taille flottaient de larges ceintures de flanelle bleue qui leur serraient les reins. Un médecin militaire avait dit, à Paris, qu'il fallait cet appareil pour protéger le soldat de la dysenterie due aux températures élevées le jour et glacées la nuit dans les régions du Sud.

Brémond, le commis barcelonnette, raconta à ses pays que deux des hommes arboraient encore leurs médailles de Crimée et d'Italie. C'était à pleurer.

Les compatriotes étaient honteux : il était patent que l'on ne désertait pas dans les armées de France! Pour les démentir, les chasseurs de Vincennes, du 99e et du 62e de ligne, quémandaient chaque jour le secours du gouvernement mexicain et des passants, dans la rue...

Les fourriers mexicains avaient reçu l'ordre d'offrir des vêtements décents aux soldats perdus. On les restaurait à la caserne, dans des auberges, et ceux qui le désiraient pouvaient rejoindre les villes de l'intérieur du pays avec 25 piastres en poche, pour s'établir et travailler.

Un matin, Jeanne pria trois commis d'aller ramasser sous le Portal un Français en grand état de dénuement. C'était un bel homme blond qui dormait à même le pavé, coiffé d'un mouchoir qu'il avait cousu à son bonnet de police pour se faire un pare-soleil sur le cou. Il avait encore, signe de son état, la large ceinture garance qui pendait sur ses basques comme un calicot. L'homme était là, sans connaissance ; on le coucha dans les combles et il dormit trois jours, veillé par les garçons qui lui changeaient ses draps, car il suait comme un noyer. Ses délires l'abandonnèrent le troisième soir et le déserteur prétendit se nommer Édouard Piquat, appartenir au 3e bataillon de zouaves, être originaire de Muret, en pays toulousain.

Il avait déserté quand il avait découvert la tromperie dont il avait été l'objet et surtout quand il avait mesuré la force et la conviction des Mexicains. Les officiers français avaient prévenu que tout déserteur subirait les plus horribles tortures de la part des Indiens mexicains. Mais il avait passé outre et découvert le mensonge : partout, il avait été accueilli avec égard, de la part même d'officiers supérieurs qui s'étaient empressés de lui venir en aide. Par bribes, il raconta son histoire.

On avait fait croire à la troupe que la marche de Veracruz à Mexico serait une promenade triomphale portée par les acclamations des naturels. On avait dit que si l'armée française observait la plus rigoureuse discipline, s'abstenait de toute exaction et de toute insulte envers les personnes, les

Mexicains ne verraient aucun ombrage à sa présence sur son sol. Les capitaines avaient aussi certifié qu'il n'y avait pas de grands obstacles politiques, non plus que matériels, à ce que l'armée parvienne à Mexico, s'y maintienne le temps nécessaire pour négocier un traité de paix qui réglerait le montant des indemnités à payer aux Français spoliés et aux familles des personnes assassinées. Un général avait même ajouté que dans l'hypothèse où les troupes devraient prolonger leur séjour au Mexique, un des meilleurs moyens de s'y rendre populaire serait de délivrer le pays des incursions qu'y faisaient les hordes guerrières des Indiens du Nord...

Mais il y eut Puebla de los Angeles... Dubois de Saligny leur avait affirmé que « la ville des anges » ne leur était pas hostile, que les prêtres les accueilleraient dans des nuages d'encens, que les jeunes filles leur passeraient au cou des colliers de fleurs. Et Puebla fut un désastre...

Mille hommes hors de combat... Des morts, des blessés affreusement atteints.

Ces Mexicains, que l'état-major avait dépeints sous les traits d'une populace abrutie, mal armée, dépourvue du sentiment de discipline, s'étaient révélés des soldats aux pieds nus poussés par la farouche énergie d'une armée de gueux transfigurée par le devoir sacré de défendre sa terre. Honteuse défaite. Même le ciel s'en mêla. Des trombes d'eau crevèrent les cieux et la pluie, des torrents de pluie ravinèrent montagnes et collines, noyant le camp des Français. Les soldats de la plus belle armée du monde pataugeaient dans la gadoue, s'effondraient dans les fleuves de boue qui dévalaient des pentes. Les combattants ne voyaient pas à 10 mètres devant eux, la poudre des fusils devenait pâteuse, les roues des pièces d'artillerie s'enfonçaient dans le sol et les fûts des canons s'obstruaient d'eau et de terre. Les campements s'abattaient, les estafettes hurlaient en vain et se perdaient dans cette armée crottée, ruisselante, aveugle. Les homme se changeaient en statues de terre jaunâtre, dégoulinantes. Et les guérilleros du camp adverse, sans chaussures, presque nus, attaquaient par tous les fronts l'armée désemparée.

Révolté par les mensonges des officiers, Piquat avait sombré dans la mélancolie. La troupe était dans un grand état de trouble et grogna quand les sapeurs reçurent l'ordre d'exécuter les prisonniers et les blessés mexicains.

Alors qu'il errait sur le champ de la bataille, le Toulousain avait été attiré par des hurlements. Un groupe de chasseurs avait découvert un survivant enfoui sous un monceau de cadavres, et le blessé geignait en... français. L'homme avait la jambe entaillée du genou à l'aine, il avait perdu beaucoup de sang et semblait appartenir à la guérilla mexicaine, si l'on en jugeait par son accoutrement. Après l'avoir extirpé de la bouillie de chair qui le recouvrait, un sergent découvrit dans la veste du Français une trentaine de libelles ainsi rédigés : « *A vous, soldats de la France, à vous, enfants du peuple le plus sympathique du monde, de cette nation grande et civilisatrice qui, par son intelligence de la liberté, a fait trembler, en d'autres temps, les despotes de toutes les monarchies européennes ! A vous, qui par mille raisons devriez être nos meilleurs amis, nous, soldats du Mexique, venons dans cet instant solennel qui doit précéder notre rencontre au champ d'honneur vous expliquer comment vous avez été trompés ! Nous devons vous faire comprendre la justice d'une cause au nom de laquelle nous sommes obligés de repousser votre agression. Depuis Clovis jusqu'à Louis-Philippe, aucun de vos rois n'a été aussi indignement trompé que votre actuel souverain...* » Suivait une violente diatribe contre Dubois de Saligny, accusé de mentir à l'empereur dans le but misérable de contenter ses intérêts et son avarice. Le manifeste se terminait par une fort belle rhétorique qui invoquait M. de Lamartine : « *Que ce soit donc comme victimes, que ce soit comme sacrificateurs, nous défendrons dignement, soyez-en persuadés, la terre trois fois sainte qui nous a donné le jour !* »

— Bon Dieu, le beau fumier ! s'écria le sergent. Avec la découverte de ce citoyen, je vais gagner un galon. Venez voir, les gars, un traître combat aux côtés de ces bâtards !

Dire le désespoir des hommes ne les absout pas de leur brutalité. Trois zouaves qui avaient perdu leur caporal au combat accoururent près du blessé et le maltraitèrent. Ceux-là étaient privés de toute raison et, tirant le corps mutilé, le giflèrent à la volée pour lui redonner connaissance. Ils entreprirent de l'interroger.

— Holà le drôle ! D'où viens-tu ? Qui es-tu, Français, pour porter le costume des pillards ?

— Tu parles, salopard ?

L'homme semblait émerger de son absence, mais des propos incohérents, délirants, sortaient de ses lèvres.

— A la retraite... Retraite... *Amigos*...

Le blessé se prenait encore pour un combattant, décrochant de l'action dangereuse qu'il commandait.

— Juan... Abandonne tes armes... Vite... Courons, à la retraite...

— A la retraite, mon salaud ? Nous te tenons, fit un zouave, nous te tenons, et la poudre de mon arme va te souffler son air chaud dans la caboche ! Regardez-moi celui-là ! Il croit qu'il va se reposer dans notre infirmerie, que notre toubib-major va lui recoudre le gras !

La rage et la rancœur éclataient. Un chasseur réclamait que l'on colle le traître contre le tronc d'un arbre et qu'on le fusille sur-le-champ. Et l'autre geignait, replongeait dans son délire ouaté.

Par bonheur pour le blessé, un capitaine interrompit ce semblant de mise à mort et ordonna qu'on transporte la victime aux avant-postes, chez les médecins.

Qui peut se vanter de comprendre les hommes ? Qui pourrait expliquer ce qui se passa dans le cœur du soldat Piquat ? Celui-là avait assisté à la découverte du blessé, aux sévices qu'il avait subis, au sort funeste auquel il avait échappé. Deux jours après ces événements, Piquat retrouva « son » blessé dans le grand désordre qui régnait dans l'organisation du camp français. Les chirurgiens avaient nettoyé la vilaine plaie, recousu les chairs, et le blessé dormait sur un bat-flanc, la jambe immobilisée dans une attelle. On l'avait installé dans un chariot bâché proche des baraques du commandement. Une sentinelle montait la garde, car en haut lieu on craignait pour la sécurité des Mexicains prisonniers. Alors, pensez, un Français félon... Piquat s'était porté volontaire pour aider à l'infirmerie. Quatre jours durant, il avait veillé l'homme, attentif comme une nonnette, épongeant le front du délirant, portant à sa bouche la gourde tiède. Il attendait que la raison revienne au gars, que l'intelligence lui permette de parler, car le Piquat voulait savoir ce qui l'avait amené là, dans le camp des barbares. Un après-midi, l'homme avait dit son nom. Et l'autre l'avait écouté, des jours et des jours. Il avait compris peu à peu pourquoi cet homme qui aimait ce pays comme le sien avait épousé sa cause. Piquat écoutait, les coudes plantés sur ses genoux, hochant sa bonne grosse tête. Ces deux-là, paysans et pauvres de souche, voguaient sur le fleuve des souvenirs, du passé et de leurs dures existences.

Trois semaines plus tard, l'infirmier d'occasion serra la main de son ami quand deux factionnaires le mirent sur ses jambes pour le conduire au cachot. La nuit venue, le Toulousain avait déserté car il n'admettait pas que l'on puisse fusiller un homme sans avoir écouté son histoire, sans avoir entendu la musique de son âme. Piquat le paysan avait perdu un ami et, désormais, fuyait l'armée de Napoléon le troisième.

— Je n'oublierai jamais cet homme, dit-il, las. C'était un homme des Terres chaudes, un planteur de tabac, comme mon propre père. Il s'appelait Valentin... Valentin Charpenel...

Hyppolite Cougourdan dévala les escaliers. Il fallait prévenir Phonse.

XXX

Les Français vaincus s'installèrent sept mois sur le littoral. Sept mois d'attente, d'exercices et d'intenses palabres avec les Tuileries. Le général Forey accueillait chaque mois de nouveaux officiers et des soldats, beaucoup de soldats. Le moral de la troupe remontait. On rêvait d'en découdre près des bivouacs. Les hommes brûlaient de faire payer aux Mexicains l'humiliation de Puebla, un an plus tôt. Et quand, en février, Forey annonça à ses officiers que le siège de Puebla commencerait le 16 mars 1863, une clameur formidable parcourut les bataillons français. Une armée de trente mille hommes...

La Ciudad de los Angeles fut fondée en 1531 dans la vallée de Cuetlaxcoapan, le lieu où l'on tanne les serpents... Quelques années plus tard, elle devint Puebla la belle, la délicieuse Puebla tant aimée des Mexicains. C'est que les femmes y sont les plus belles du monde et les galants, en voyage à travers la République, ne manquent jamais la messe du dimanche à la cathédrale... Ni chaises, ni bancs dans la vaste nef, où les grandes dames, les vierges et les drôlesses s'agenouillent à même la dalle. Pour l'observateur placé près des stelles réservées aux prêtres, c'est un charmant spectacle que celui des toilettes bigarrées, des yeux de jais lumineux, des tailles fines et des éventails qui frémissent dans les mains potelées. Les Poblanaises ne portent pas de missel : elles savent les prières et les chants sur le bout du doigt et peuvent donc chercher des yeux le joli cœur, le vieux barbon ou même le plus mignon des séminaristes. Et elles ne s'en privent guère...

La messe achevée, les jeunes gens s'empressent de gagner le parvis et se groupent en haies, pour que défilent les *chinas* qui les raillent et se moquent d'eux avec les mots les plus saugrenus.

Étrange ville où le mystère appartient à la vie de tous les jours. Ainsi, dans la sacristie de l'église de la Compañia, reposent les restes de la *China Poblana* d'Acapulco, cette belle princesse mongole vendue par les pirates à un riche marchand de Puebla. En ville, il rendit sa liberté à cette beauté asiate qui, pour le remercier, apprit aux cousettes de la ville des Anges comment fabriquer son sublime vêtement. Aujourd'hui, toutes les belles de la sierra de Puebla sont habillées comme la *China* dont elles portent le nom exotique...

C'était cette ville bénie des dieux qui fascinait les Français, c'était là qu'ils voulaient se venger des défaites que leur avaient infligées les guérillas.

Et le 16 mars, les *arrieros* d'alentour pénétrèrent dans la ville en hurlant que les Français arrivaient !

Terrifiant spectacle que cette armada. Les guetteurs, le conseil d'*ayuntamiento* et l'*alcade,* tous observaient à la lunette, au travers d'un mur de poussière, la marche des colonnes si longues qu'elles se perdaient à l'horizon. Des dizaines de chevaux tiraient d'énormes fûts de canons ; les chariots, les diligences trop lourdes chargées jusqu'aux ridelles étaient poussées par les fantassins ; des milliers de cavaliers avançaient au pas sous le ciel brûlant. L'état-major était déjà à l'œuvre sous un village de tentes que les avant-gardes avaient fabriqué depuis belle lurette. Vers 5 heures, à la plus grande chaleur, ces milliers de soldats renforcèrent le siège de la ville en se déployant de part et d'autre.

Les trente mille hommes du général Gonzalez Ortega avaient rendu la ville inexpugnable. Puebla était construite à l'espagnole, c'est-à-dire qu'elle était composée d'un assemblage de pâtés de bâtiments construits en damiers. Deux cent soixante et un carrés de maisons, et chaque maison était fortifiée, chaque famille de *leperos* ou de commerçants avait offert ses meubles, ses matelas, ses terrasses pour héberger des soldats. Chaque ruelle était barricadée et des batteries assistées de servants coiffaient chaque barricade. Chaque grille, chaque gouttière, chaque entassement de pavés était une embrasure d'où sortait le canon d'une carabine, d'une escopette, d'un tromblon à pierre.

Formidable ruche que l'armée d'agression devait vaincre !

Et trois mois durant, ce fut l'enfer... L'eau s'empoisonna vite du fait de la trop grande population qui vivait dans les murs ; les tonnes et les tonnes de maïs, de farine et de *frijoles* s'épuisèrent au deuxième mois, et les maladies de la faim décimèrent d'abord les petits, puis les adolescents.

Les Français déclenchaient le feu à l'improviste. Le ciel s'embrasait, les coupoles des églises et des couvents, recouvertes d'émail, d'onyx, de fins *azulejos* s'effondraient, foudroyées par des bombes fabriquées en France. Une mer de feu s'abattait sur la ville, la nuit, des spirales de flammes montaient des quartiers. Et le matin, insouciants des mitrailles, les braves soldats d'Ortega défilaient tambour battant et drapeaux au vent pour rassurer les *Poblanos.* Sur le parvis de la cathédrale, parfois quand venait l'accalmie, des Indiennes allumaient des bûchers de bois odorants et l'on offrait les derniers fruits secs économisés aux hommes de faction. Mais les officiers interdirent bien vite cette langueur : une nuit, à 2 heures, malgré les cris « Gare à la bombe ! », « Gare au feu ! », des obus de plomb coupèrent les arbres, éclatèrent le portail de la Major, fauchèrent une vingtaine de jeunes hommes qui sommeillaient, la tête sur le genou sur leurs belles.

Trois mois de vacarme, de sifflements et d'explosions, trois mois de résistance et de bombardement. Comme on manquait de munitions, les prêtres avaient accepté, contraints, de céder les cloches que l'on fondit pour fabriquer des obus et des bombes qui éclataient bien mal.

Et puis, le 17 mai, à 1 heure, une terrible série d'explosions réveilla les dormeurs et les malades : les Français pénétraient dans la ville. Avant de se rendre, les Mexicains, affamés, firent éclater la crosse des fusils, brisèrent les canons à la masse ou les dynamitèrent en chaîne. Les hommes s'activèrent sur les obus de 15 et de 16.

Au lever du jour, Gonzalez Ortega se dirigea avec son état-major précédé du drapeau blanc vers l'avant-garde du général Forez.

— *Señor* Général, comme il n'est plus possible de défendre cette place, car je manque de munitions et de vivres, j'ai dissous l'armée qui se trouvait sous mes ordres, j'ai détruit tout son armement, y compris l'artillerie. Je laisse maintenant la place aux ordres de Votre Excellence et lui demande de prendre les dispositions qui s'imposent pour éviter à cette ville les maux que pourrait entraîner une occupation violente. Le quartier des généraux, des chefs et des officiers, qui se trouve au palais du gouvernement, se constitue prisonnier sur-le-champ.

En trois mois, les soldats français n'avaient réussi à s'emparer que de dix-huit quartiers et d'un seul des huit forts qui formaient la ligne de défense. La victoire de Puebla n'était pas une victoire, c'était une tragédie obtenue en ayant affamé l'ennemi. Depuis trois semaines, les assiégés mouraient de faim, tous les animaux avaient été mangés, toutes les cartouches tirées ; la ville était exsangue.

Drapeau déployé, le 19 mai, le gros de l'armée fit son entrée dans Puebla. Pas une autorité pour accueillir les vainqueurs, pas un spectateur dans les rues, pas un visage aux fenêtres pour saluer les soldats. Puebla ville morte. Pas un cri ou une insulte pour rompre le silence qui régnait dans la cité désolée. Les colonnes défilèrent dans les décombres. Les cèdres qui bordaient les rues portaient les traces des terribles assauts. Le pénitencier, gigantesque édifice noirci de fumée, criblé de balles, saigné par les boulets et les éclats de mitraille, dressait ses lambeaux de muraille, et chaque pierre tombée masquait une tache de sang. Dans l'intérieur de la forteresse, une grille forgée, en explosant, avait écrasé sous son énorme masse une compagnie entière de fantassins mexicains. Les yeux terrifiés ne pouvaient s'arrêter sur un angle de maison, une corniche de toit, qui ne soit éraflé, dentelé par une balle, écorché par un boulet rayé ou un éclat d'obus. Les jardins, les parcs de la ville étaient parcourus de longs rubans de modestes croix où généraux, colonels, officiers subalternes ou humbles soldats reposaient.

La gravité des vainqueurs ne fut même pas troublée par la fanfare martiale, lorsque la colonne arriva devant la cathédrale où les prêtres français entonnaient un *Te Deum* solennel en l'honneur de Forey et de son armée.

XXXI

A Mexico, l'annonce du débarquement des troupes de Forey, au lieu de ralentir le patriotisme, l'avait exalté. Sous l'impulsion de Manuel Terreros, le gouverneur du district, plus de deux mille hommes s'étaient employés aux travaux de fortification de la capitale. Les dames s'étaient partout organisées en sociétés pour recueillir des dons en faveur des hôpitaux militaires. De belles représentations dramatiques étaient données en bienfaisance. L'enthousiasme était élevé. Une frénésie même se levait quand apparaissait sur scène le drapeau d'Iguala, les spectateurs se dressaient, les dames saluaient la bannière de l'indépendance en agitant leurs mouchoirs de dentelle. Jamais on n'avait vu pareil déluge de bouquets, de couronnes et de sonnets. Le président Juarez, qui assista à la première représentation, sortit de sa loge et, parlant au milieu de la plus grande excitation publique, prononça une allocution qui fut suivie d'applaudissements inouïs. Don Benito engageait les citoyens à se regrouper autour du drapeau national pour soutenir la cause du Mexique, celle du droit, de la civilisation et de l'humanité.

La ville se préparait au pire, et l'activité de tous se portait à la défense de la patrie.

Le commerce était aux abois. Plusieurs maisons françaises avaient fermé leurs portes par manque de marchandises. Les autorités françaises, qui contrôlaient le port de Veracruz, avaient permis le débarquement de biens et de ballots par certains ports du golfe, mais à des conditions trop onéreuses... Les négociants devaient acquitter 30 % de droits de douane! La pénurie guettait et chacun tentait de constituer son stock de nourriture. La rareté des objets de première nécessité était déjà grande. La graisse, par exemple, valait 3 piastres le litre; quant à la menue monnaie, elle manquait au point de rendre impossibles les petites transactions. A défaut, on avait frappé 5000 piastres de cuivre. Des sous en bois apparurent même sur les comptoirs...

Le 31 mai 1863, à 3 heures de l'après-midi, sous une chaleur accablante, une salve d'artillerie éclata aux abords du palais. Jeanne attrapa au vol sa capeline de paille sur une console et quitta précipitamment le magasin, suivie par les commis. Une immense foule silencieuse se réunissait sur la place d'Armes. Les députés du Congrès, un à un, sortaient du palais, graves : l'assemblée s'était dissoute... Toute l'après-midi, la foule, toujours muette, demeura sur la place, grossissant chaque quart d'heure un peu plus. La réverbération était aveuglante, on transpirait et on attendait sans impatience. Les visages étaient crispés, les larmes ne se dissimulaient plus. Les chariots, les voitures, tout ce qui roulait embouteillait les chaussées où la foule énorme déferlait en vagues. Hommes, femmes et enfants, pressés les uns contre les autres, ceignaient le palais de toute la crainte du monde.

Au coucher du soleil, Benito Juarez apparut au balcon entouré par son état-major. On écouta religieusement le cri du chef.

— Face aux graves considérations liées à la défense de la nation, j'ai demandé à notre armée d'évacuer Mexico. A Puebla, nous avons été refoulés par les Français, mais l'ennemi devra bientôt reconnaître que la République ne se limite pas à cette ville! Il découvrira que l'animation et la vie, la conscience du droit et de la force, l'amour de l'indépendance et de la démocratie, le noble orgueil révolté par l'inique envahisseur de notre sol sont des sentiments répandus dans l'ensemble du peuple du Mexique. L'état-major français adresse à Paris des rapports qui parlent d'une majorité silencieuse dans notre peuple, mais notre nation prouvera bientôt que Napoléon III a commis le plus grand attentat que le XIXe siècle ait connu. Majorité silencieuse ? Chimère inventée par une poignée de traîtres !

Il se tut un moment, avant de reprendre, la voix gagnée par l'émotion.

— Les Français se trompent en croyant pouvoir s'emparer de notre pays par le seul bruit de leurs armes. Ils se disent maîtres de Puebla parce qu'ils occupent le fort de San-Xavier. Ils se trompent quand ils se vantent de dominer le pays, alors qu'ils entrevoient à peine les difficultés de la misérable expédition. S'ils ont mis tant de temps, investi tant de recrues, sacrifié tant de vies pour remporter quelques victoires, que pourront-ils attendre quand nous opposerons comme armée notre peuple tout entier et comme champ de bataille l'étendue de notre vaste territoire ? Qu'a donc gagné le maître de l'Espagne, Napoléon Ier, quand il s'est emparé de ce royaume ? Que lui est-il resté de la Russie, après l'occupation de Moscou ? Les armées d'invasion ne furent-elles pas chassées de ces pays ? Et dans laquelle de nos villes n'avons-nous pas renversé le pouvoir de l'Espagne ?

La foule ne manifestait rien. Alors, Juarez ordonna d'amener le drapeau. Et la bannière, lentement, descendit le long du mât. Les hommes s'étaient découverts, les femmes tendaient leurs enfants au-dessus des têtes, pour qu'ils voient. Tandis que la troupe présentait les armes, que les tambours roulaient, le peuple entonna l'hymne national. L'enseigne fut remise à Juarez qui la porta à ses lèvres.

— *Viva* Mexico ! cria-t-il d'une voix haute et claire.

La foule reprit ce cri avec cette inflexion qui donne un accent poignant à toute voix populaire, et le cri résonna longtemps, sans décroître.

Olivier Meyran, son prote et deux ouvriers quittèrent Mexico. Ils suivaient Juarez. Le journaliste tenta de convaincre Jeanne. En vain. Elle ne voulait pas rejoindre l'île de Cuba, encore bien moins les États-Unis, car la guerre de Sécession y faisait rage. Elle resterait aux Sept Portes, en désespoir de cause. Son esprit flottait. Jeanne assistait à l'effondrement de ce qu'elle avait aimé ; autour d'elle, ses amis disparaissaient. Les hommes qui avaient compté dans sa vie s'effaçaient, rejoignaient les limbes. Le Mexique se défaisait, et cette fois encore, la guerre étrangère était aux portes de Mexico ; les Français, son peuple, réduiraient le peuple qu'elle aimait aussi. C'était cela, son âme flottait... Elle ne se sentait ni inquiète, ni désespérée, les choses et les êtres qui l'entouraient s'évanouissaient simplement dans l'espace, au-delà du décor. Il lui semblait, vivante en sursis, que le pire était à venir. Olivier avait tenté de la convaincre, mais elle n'espérait pas la sécurité de La Havane, elle ne craignait ni Mexico, ni l'avenir, impalpable encore. Elle était là, meurtrie, attentive au pire. Son enfant, à Paris, le dernier lien charnel qui la retenait à l'époux qu'elle avait trahi, serait élevé par d'autres. Elle retrouverait Honoré changé, transformé.

Désastreux bilan.

Les commis semblaient innocents des événements. Si les plus anciens s'en tenaient à une certaine gravité en sa présence, elle les entendait rire et se chamailler dans le patio. Jeanne les enviait, elle enviait leur jeunesse, la communauté que ces adolescents formaient, les liens chaleureux qui les rattachaient les uns aux autres, et surtout la tendresse qu'ils se manifestaient. Jeanne, elle, s'épuisait de solitude. A trente-cinq ans, une fois de plus, son existence marquait la pause. Seule, désespérément seule devant l'avenir incertain, elle imaginait toutes les opportunités qui s'ouvraient à ces jeunes hommes. L'aventure leur appartenait, tandis qu'elle éprouvait le sentiment d'avoir vécu les temps les plus forts d'une vie agitée. Derrière elle, des ruines et des morts, plus de souvenirs froissés et blessés que de raisons d'être dans l'instant, pour les lendemains.

Il lui restait les Sept Portes, des murs, des jetées de bois qui luisaient dans l'ombre dorée du magasin désert. Les Sept Portes lui appartenaient ; là, dans cet antre, tous les êtres qui l'avaient aimée s'étaient échinés avant elle, avaient rêvé d'une vie de miel et de lait. Élise, sa sœur, avait étendu la cire sur le *mostrador* ; les mains de Jean Pascal avaient saisi cent fois l'escabeau qui permettait d'atteindre les soieries les plus fines. Et Valentin Charpenel, mille fois, avait briqué les planchers à la paille de fer. Les siens, tous les siens avaient peuplé l'espace de ce qui était désormais son bien.

Et cette mendiante d'amour se jura de tenir bon contre les éléments, l'histoire injuste. Elle poursuivrait la tâche, elle réaliserait les rêves de ceux qui l'avaient précédée. Aux Sept Portes. Jusqu'au bout...

Phonse Ébrard entra dans le salon et toussota pour signaler sa présence. Il dit :

— Que ferons-nous quand... les Français se présenteront ?

Jeanne ne bougea pas. Elle fixait la place d'Armes, nue et vide ; sa main tenait le rideau de velours. Après un long silence, elle répondit :

— Nous les accueillerons aimablement. Que voulez-vous que nous fassions d'autre ?

L'impression de ce livre
a été réalisée sur les presses
des Imprimeries Aubin
à Poitiers/Ligugé

pour les Éditions J.-C. Lattès

Achevé d'imprimer en avril 1985
N° d'édition, 85057 — N° d'impression, L 19802
Dépôt légal, avril 1985

Imprimé en France

ARIZONA
NOUVEAU MEXIQUE
TEXAS
HERMOSILLO
CHIHUAHUA
Rio Grande
MONTERREY
GOLFE DU MEXIQUE
OCEAN PACIFIQUE
TAMPICO
GUADALAJARA
MEXICO
TOLUCA
APIZACO
PUEBLA
VERACRUZ
ORIZABA
MERIDA
OAXACA
BELIZE
GUATEMALA
HONDURAS
MEXIQUE
1/15.000.000